当代作家作品精选集

心灵的归处

XINLING DE GUICHU

李言谱 著

贵州出版集团
贵州民族出版社

图书在版编目（CIP）数据

心灵的归处 / 李言谙著. -- 贵阳：贵州民族出版社，2025.4 --（当代作家作品精选集）. -- ISBN 978-7-5412-3072-1

Ⅰ.I267

中国国家版本馆CIP数据核字第20250QS414号

心灵的归处
XINLING DE GUICHU

著　　　者	李言谙
图书策划	李江山　魏润滋
责任编辑	李江山　陈欲倩
装帧设计	姜　龙　胡小珍
出版发行	贵州民族出版社
地　　　址	贵州省贵阳市观山湖区长岭北路贵州出版集团18楼
邮　　　编	550081
电　　　话	0851-86825177
印　　　刷	长沙市雅高彩印有限公司
开　　　本	880 mm × 1230 mm　32开
印　　　张	11.5
字　　　数	250千字
版　　　次	2025年4月第1版
印　　　次	2025年4月第1次印刷
书　　　号	ISBN 978-7-5412-3072-1
定　　　价	79.80元

版权所有，盗版必究
图书凡有印装差错，请与营销部联系

目 录

长陵春色 / 001

闽北物什记 / 013

东丁村风物 / 026

青岛的三个转角 / 034

蒲松龄的故乡 / 043

柳泉和聊斋 / 058

过年记 / 071

山海间的风景 / 099

南山情长 / 108

十梅庵记 / 127

民主路 37-1 / 143

十笏园记 / 148

王林的选择 / 154

追忆鲁家庙 / 162

从大红袍到章堂涧 / 173

章堂涧的石桥 / 180

韩家民俗村见闻 / 185

考亭淡影 / 191

胶河观鸟记 / 222

桂　枝 / 231

凤凰古村在时光中安睡 / 261

道上柳树 / 266

香蒲记 / 272

一粒或多粒鹅卵石 / 279

八里峪红叶 / 283

寒泉精舍记 / 285

湖上梅花 / 292

东坡梅花 / 301

得其所哉 / 310

崂山茶人 / 318

长陵春色

1

万历十年（1582年）春分日，知县黄继贤穿戴整齐，吩咐出城一天，不跟随从。县城二丈三尺高的砖围子东门，通济桥横跨小康河，连接城外的沙砾路。通济桥是一座木桥，自河底立三排梁尹岭红松，撑出两个桥洞，上覆胶河柞木铺就的桥面，又撒上一层厚粗沙，和官道就没分别了。黄知县停步在木桥中间，这时候晨曦早抹上城门楼了，太阳还没从三里外的东岭冒出脸。他回身瞥了一眼城头的"广惠"二字，那个"广"字，每次看都合他的心念："广，辟也。"黄继贤独喜"广"字的"开辟"之意。知县南向而立，风扑到脸上，没了几天前的寒意。县城南门一箭地远的南河湾地势低洼，还影影绰绰的，他盯了会儿。这时桥身突然摇晃，知县赶紧走下桥头。

通济桥东首连着南、中、北三条道，迎小康河往南再东南，经紫兰庄通胶州是一条官道。去年春上，黄知县命人在穿过堤东村和大昌村之间的胶河狭窄处搭建小石桥，缩短了不少脚程，今天他想去瞧一眼石桥的模样。顺着小康河往东北过娘娘庙和埠口到达莱州府，也是一条官道。雨季东岭北坡飞流直下的辫子水汇入百脉湖低地，每年都把这条道的一些路段冲垮冲烂，为此，黄知县专门设立了护路队，护路员日常在家务农，雨季组织起来巡逻，是县邑东北隅的一大特色。两条官道宽三米，而迤逦于东岭西坡的中路小径不足一米，通达东岭的最高点莺来岭。小径在岭地半腰分岔为"丫"字形，斜着朝东南的岔去往梓潼庙。莺来岭高五十七米，位于东岭中部偏南，是观赏长陵春色的最佳地点。长陵春色南起梓潼庙，北至埠口村，景观连延，号称十里不绝，是高密八景中最为壮观的，黄知县还不曾上去观赏过。中路小径即县城居民往来莺来岭赏芳寻美与梓潼庙村民入城踩踏而成，径弯道狭，无法运输货物，村民推车或赶车入城，需要从东岭南坡的村道下到官道再绕回来。

　　知县黄继贤望了一眼小径，抬手抓了抓头皮，嘟囔着"浮云不共此山齐，山霭苍苍望转迷"，拐上南去的官道。前年，在南北官道和小康河之间的土崖，他组织人力植下一行垂柳，固堤岸护河道，同时给老城添点景色。两年下来，柳树胳膊粗了，长急了点的似大腿，误栽的两棵榆树格外惹眼，亭亭玉立，像走错了门羞怯难言的大嫚[①]，搞不清自己的枝条朝下还是朝上长好。黄

[①] 大嫚：山东青岛方言，指年轻女性。

知县下官道，捏起一根柳枝，想确认春天是否真的来了，其实他一上木桥朝岸边柳的一溜鹅黄扫了一眼就知道春天来了，现在他把"春天来了"的消息捏在手里，只为让自己放心。

黄知县绕过八蜡庙到达庙南，勘察从东南方淌过来的一条水流。八蜡庙位于小康河东崖，水流过八蜡庙南的大沟，与正南面的水流交汇北上，西来的水流则在南河湾汇入小康河，都属于小康河的源头水，南河湾在至少三条水流间扮演着积聚、分散、平衡的角色。现在，南河湾一圈柳梢也染上鹅黄，因为春风载着晨曦落到水面了，使整个大湾亮堂起来。黄知县今天到这里不只为看春色，他感兴趣的还有城南永安门、小康河和八蜡庙的关系，或者说为了建一座出永安门，过小康河，到八蜡庙的桥，缩短进出高密南城的距离，方便民众易货商贸。桥建成后，梓潼庙、卤坊、郑家庄等村民进城便不用多绕二里路走东门了；城内的乡贤们，以后在诸如今天这个立春日，也不用"春牛春杖""春幡春胜"前呼后拥绕广惠门而至八蜡庙了。黄知县几乎在瞬间作了两个决定：石桥的名字和石桥的位置。新建的出永安门，跨小康河到八蜡庙的桥，就叫永安桥。通济桥还叫通济桥，用石头替换木头，以永固替换易朽。黄知县嘴角纹抖了抖，看不清他在笑还是在哭。

目标达成，黄知县一阵轻松，摇头晃脑地念："春牛春杖，无限春风来海上。便乞春工，染得桃红似肉红……"背着手朝东南方水流上游走。有人说小康河东源在郑家庄，有人说在卤坊，他今天要亲自探一探，否则睡不着觉，深感作为一任知县，对不住郑家庄，也对不住卤坊。起先他没觉得自己在爬坡，一刻钟工夫鼻尖出了汗，才意识到一直在低着头爬坡。就在一身细汗即将渗出时，他迈上几间草屋前的高埠，一棵二十多米高的银杏赫然跳到跟前，几乎把他吓一跳，接着敬拜起来。因为他听说郑康成先生曾在这个埠头讲过学，银杏树正是他的子孙和弟子为了纪念他栽植于此的，如今已是荫蔽一方水土的巨树。黄知县猛然听到流水的声音，奇怪的是，之前根本没听到或留意水声，莫非在这一刻春风才突然扑向水流，把埠前大沟里淤积了一个冬天的滞浊清除了，还了这水轻盈之身，春天才终于奏响了清纯响亮的曲子？

黄知县生了感伤，胡乱拜了三拜银杏树，继续前行。官道沿水流蜿蜒，并不平直，甚至迂回过几个潭泽，只为了更便捷地穿越长陵。知县黄继贤并未意识到绕过了岭坡西南面，人到了南面的位置。他被岸上菜畦里的蔓菁吸引，蹲下来，手指捏着肥大的叶片，反复端详着蔓菁浓郁的青绿。四周枯草漫地，沟沟坎坎间，这抹青绿太宝贵了。他刚要感慨，岸边三四根老葱冒出新芽，闪耀的嫩绿几乎将他"击倒"。来不及起身，黄知县脚尖踮地，屁股贴住脚后跟，腰部使劲，带动全身向前移动，探身抓住一根老葱，还好在葱叶的支撑下没扑倒在地。他站起身，嘴里含着葱叶，伸长脖子朝岭上张望。

葱叶何时掉到地上，黄知县全然不知。此刻他被眼前的美景惊呆了，怔怔地立在原地。从岭顶到丘坡，再到五十米外，一条红白相间的带子半飘浮着，岭上和岭下两端仿佛有人奋力拉扯，抖动飘带此起彼伏。不消说，红色为梅，白色为杏，都绽放了。而黄知县目瞪口呆的原因主要来自梅树和杏树的腰部。那些从梓潼庙开始朝岭上簇拥而来的梅树和杏树，每一棵都比农家的水瓮粗。而枝干末梢上，梅花点点，杏花朵朵，一抹红加一抹白，一抹白再添一抹红，不是并排的两行奔来丘下，而是顺着村道，蛇形散开，躲闪而又似有规律的组合，像谱好的曲子按着顺序飘落溪水，而溪水迅速用特有的清脆和轻盈唱了出来。一定要形容黄知县嘴含葱叶立身望见一坡花树刹那的惊喜，就像他当年初次翻看《汉书》和《后汉书》时一样。

也就几息，知县黄继贤恢复了正常，双手举过头顶，向花树们摇摆问好，同时迈大步，大声朗诵，走向梓潼庙："立春之日，夜漏未尽五刻，京师百官皆衣青衣，郡国县道官下至斗食令史皆服青帻，立青幡，施土牛耕人于门外，以示兆民，至立夏……"

2

乾隆三十四年（1769年）清明日，李宪暠背上他的古琴，悄声走出单襄荣家的青砖瓦舍。二哥李怀民、四弟李宪乔大睡未醒，单襄荣眼皮睁开一下，翻个身继续打呼噜。昨天，李家三兄弟到高密城西给父亲扫墓，晚上折返北马道诗友家谈技论艺，直到拂晓。李宪暠倚在炕头迷糊片刻就起来了，他打算去东岭赏春，怀民、宪乔早有言在先：不感兴趣。

云雾低垂到屋檐，空气中翻滚着冰凉的下雨气息，街巷难见行人。雨点稀疏地滴落，李宪暠走出城门，在横跨小康河的三孔石桥上瞧了一眼城头朦胧的"星聚"二字，皱皱眉头，为自己尚无理解这俩字的学问唉声叹气。他快步下了通济桥。小康河沿岸的垂柳碧绿，柔韧的丝条随风起舞，南河湾已见桃花。

李宪暠由中路径直登上莺来岭。岭道给人奢侈感，路面宽足三米，铺了粗沙碎砾，既不滑脚，又蜿蜒曲折，颇有盘旋迂回之态。

道外丘地植梅、杏、李、桃、梨等果木，都体态丰腴，激情饱满。此时，梅花杏花落了，李花桃花正盛，梨树花苞点燃了引信，随时可能"爆炸"。半坡"丫"字道口，开辟出一百多平方米的空地，立着一凉亭，葫芦顶四柱六角，红松圆木柱立在大青石垒砌的平台上，内部的斗拱梁椽均采用楸木材料制作，榫卯相扣，原木色透着稳固。李宪曧注意到凉亭的不同之处，亭檐平而展翼远，尽力扩大着亭内遮凉、挡雨、看风景的空间，亭子本身也就成了东岭西坡的风物之一。凉亭横额牌匾上的大字早已模糊，只能看出是两个字的痕迹，还好平地内立一块石碑，正面雕刻两个大字：广仁。在这样的郊野，应该有个这样的名字。再看碑下落款：知县黄继贤万历十一年春日。李宪曧在石碑旁沉吟半晌，自言自语：来日老家也立如此碑亭。

由亭内向西瞰视，东城门即便在雨雾迷蒙中也可辨清一二，尤其小康河两岸的柳梢，长长的飘飘的，频繁点击水面。视线过城及至西郊金岸岭，就是一派朦胧了。春已深，万物匆忙，想必金岸岭也一派春和景明的气象了吧？李宪曧手伸向亭外试了试，几乎感觉不到下雨。他耸了耸肩后的古琴，走向"丫"字道口左边的分岔。

李宪曧选择登上莺来岭乃因一个"莺"字。时常抚琴，他对发声之物便逐渐有了特别的关注。多年前，莺来岭便吸引着他，然而阴差阳错，始终无缘与岭上的莺鸟一会。李宪曧知道，看莺听莺选仲春。黄莺鸣候，莺一嘤嘤，农家开启忙桑蚕之事，耕牛也下田犁地了。清明节这天，也许是与莺相遇的最佳一天。《格物总论》云："三四月鸣，声音圆滑。"这"圆滑"之音是否即"嘤嘤"？想毕，李宪曩脚底便生出力气。

莺来岭顶上比想象的平坦，无丘中丘，壑中壑，竟是一片杨柳园，除文昌庙院后一大丛翠竹和几棵松柏，庙外岭地多为垂柳和青杨，柳树占绝对数量，青杨量少，却以耸近百米的高度无与其争锋者。当然，此地佳景，非垂柳莫属。莺来岭的垂柳与小康河岸边的不同，年岁更大，腰更粗，皮更厚。柳丝瀑布般拂地，如少女发丝，浓密、妩媚、妖娆。穿柳丝，每进一步，都要伸出一条胳膊拨开一层，否则很难正常挪步。右胳膊往右拨一下柳帘，然后迈一步右腿，半个身子过去了，再伸长左胳膊拨一下柳帘，然后迈一步左腿，再半个身子又过去了。这般穿越中，人不仅忽略了柳林中蹿上蹿下的黄莺，很可能还忘了朝廷，甚至忘了自己是谁。

李宪曩费了不少力气由南往北穿过柳林，移动了也就四十来米，不到莺来岭宽度的一半。他深呼吸几口，顺过劲来，才记起忘了听黄莺"嘤嘤"了。他想回柳林，转身时一个凉亭的尖顶映入他的视线。凉亭就在东岭东坡内凹处，离他不到十米，地面平整，亭下铺了青石板。他放弃柳林，顺坡道下到凉亭。亭内空间和广仁亭相仿，中间多了一条棠梨木条案，木板厚半米余，宽近一米，长度足有一米半，年头久了，略有裂纹，透着沉重感，整个亭子都显得沉甸甸的了。亭外立一石碑，雕刻"响水"二字，大概也是凉亭的名字，再看落款，同样为"知县黄继贤"，时间比广仁亭晚一年，为"万历十二年春日"。石碑一侧栽植一株棠梨，高约二十米，胸径不止一米，开了满树白花，那样的白，有着让人说不出的适意感。另一侧向阳之处，栽植一株银杏，高度是棠梨的两倍多，目测胸径有一米半，尚未发芽，望上去枝条似乎变软，没了冬天寒气中的僵硬。裸露在地面，形似水瓮的粗根开始变青，生命已然萌动。他面朝东，在台案边坐下，正好观赏到近处的秦家岭，东北方的黄山岭，大晴天也许还能够遥望到张鲁岭的春色。让人叫绝的是正前方的景象：一棵垂柳的头部，正好与坐在台案上的人的视线齐平。浓密的柳枝上，上百只黄莺突然齐刷刷出现了，从这根枝条跳到那根枝条，你唱我和，异口同声唱一首曲子。曲调温婉动人，犹如春天暖意，直达风景的边界。

李宪嵩再按捺不住，将古琴置于案上。古琴乃琅琊王家所赠，李宪嵩深得王家弹奏指法，空灵而不失沉稳。他边弹边吟：

> 雨意霏微拂絮轻，春郊日日爱闲行。
> 埠头远莺随人落，原上羸牛带犊耕。
> 野服弟兄为伴侣，飞花时节又清明。
> 相将到处堪行乐，何事浮荣累此生？

3

民国四年上巳日，单老夫人给小孙女聚儿的小辫扎好红头绳，穿好割花虎头鞋，抱她上了两人乘双人抬的小轿，出了南马巷辘轳把胡同尽头的青藜堂，管家单二跑着跟在轿子后头。不一会儿，过高密东城门，上了跨小康河的通济桥。单二回望了眼城头，还是一个"星"字，另一字少了大半个，认不出。他每次都想问问单老夫人，那个当年被捻军毁了的字是什么，话一到嘴边总又忘了。他叹息一声，觉得自己无论如何应该认识那个字。小康河上的柳叶儿长大了，枝条和叶片被春风揉搓出声响。单二想，春天就应该是这个样子的，一浪高过一浪。

绿呢小轿拐去向北的官道，行三里远，再东拐上了一条岔路，行不到一里，即到东岭的北端娘娘庙和埠口村。娘娘庙在娘娘庙村中间偏东的村道北侧，平日人稀少，香火不旺。庙前大门正对路南娘娘庙甜水井，打水的人络绎不绝。井口直径两米，深不定数，枯水年四五米，大水年不足两米，没听说断过水。来甜水井的人多，井台四周的空场被踩得光溜溜的，基本不能生植被。空场南边，数间泥墙草屋后面，两棵榆树和两棵泡桐比着长高，需仰视才可见顶。上巳这天榆钱花和泡桐花竞相开放，泡桐花的香气落到地上，似乎又炸开一茬芬芳四溢的花，甜腻腻的，直噎人。榆钱花无味，花的青绿直接把长陵春色推向了高潮，不过对于居民来说早不新鲜了。人们打水挑水，连抬头看一眼的兴趣都提不起来。在这平淡的景色中，也存在一点不平淡。离井台石板不到五米，有一棵三米来高的桃树。这棵桃树不算高，也不粗，却有着非常高的年龄，据说不止五百岁了。一棵普通的桃树居然活了五百多岁，一定是个奇迹，没人说得明白它为什么不死。更惊人的是它的枝条稀少，南北两根杈上各顶着五六根桃枝，每年开满花朵，花容娇艳，眼目明丽，如果想象不出桃花眼长什么模样的话，来这儿一看便知。它惊人的美丽表现在梨花都落尽了，还能鲜艳数天，然后一夜风起之时，悉数香消玉殒，踪迹全无。据说，无人得见它的花朵枯萎之夜的容颜。

单老夫人从路边折下两根柳枝，一根给小孙女聚儿，一根留给自己。单二打上一桶水，倒入带来的木盆里，再打一桶，把木盆添满。单老夫人清洗柳枝，井水清，柳叶儿浸在甜水中愈加翠了。聚儿看着好奇，学奶奶将柳条浸入木盆，不过瘾，干脆搅起来，水声便有了韵律似的，一声短一声长，在这柳枝与井水合奏的音乐声中，单老夫人走了神，盯着前面，又似什么也没入眼，只管喃喃着念：

> 雨意霏微拂絮轻，春郊日日爱闲行。
> 埠头远莺随人落，原上羸牛带犊耕。
> 野服弟兄为伴侣，飞花时节又清明。
> 相将到处堪行乐，何事浮荣累此生？

"奶奶，您说什么？"四岁的聚儿不懂奶奶的自言自语，把柳枝上的水滴弹到奶奶脸上，咯咯地笑着问。

单老夫人回过神，眼角就挂了笑，也用柳枝点着聚儿的手、脸和发，水珠儿便在空中飞溅："聚儿的奶奶，记起了奶奶的外公的一首诗。"

"为什么记一首诗？"

"因为奶奶的外公在很多很多年前来东岭赏春，他遇到了神交已久的黄莺鸟，在莺来岭上和上百只黄莺合奏了一曲古琴，奶奶的外公即兴吟诵了《长陵莺鸣》这首诗。"

"这首诗好吗？"聚儿眨眨眼，抖掉脸颊上的水珠儿。

"当然……"

单老夫人还要继续说下去，不料聚儿被新兴趣吸引，跑开了。她跑到三十米开外的一棵古槐下，那儿停放着一辆手推车。手推车的两根如手腕粗的后腿比正常的高一寸。吸引聚儿的是平摆在手推车盖板上的泥叫虎。聚儿三蹦两跳来到中年手艺人跟前,好奇地看着他在光着屁股的泥老虎身上涂抹颜色。看了一小会儿,忍不住问:"为什么老虎是红屁股呀?"

中年人笑笑:"因为老虎屁股摸不得啊。"

"那——那一只怎么是绿屁股呀?"

中年人又笑:"因为春天来了,老虎屁股也可以摸一下子了啊。"

"我要摸!"

中年人把绿屁股老虎放到聚儿肉乎乎的小手上,教聚儿按住虎头,推老虎屁股,泥虎发出"呜——呜——"的叫声,聚儿咯咯地笑,如大白鹅挺起脖子唱歌,声音响亮。

这时候,单老夫人赶到聚儿身后:"聚儿,别给人家弄坏了老虎。"中年人立马放下泥虎和毛笔,肃立起来:"原来是老夫人,您好!"单老夫人被人认出,颇觉得意外:"年轻人,你认识我?"

"单夫人,"中年艺人不好意思地瞄了眼自己的脚,一双蒲鞋里露着大脚趾。"多年前我随父亲给青藜堂送柴,见过夫人,您没怎么变,还是老样子。再说,大半个高密城弹古琴的,哪个没受过夫人点拨?"

"哦,还知道我弹琴。"

"谁都知道您是琅琊王家嫡传,琴艺高绝,我闺女就在青藜堂的古琴学堂学琴……"

"哦,这就对了,都对上了。"单老夫人点点头,给单二使了个眼色。单二赶紧从袖筒摸出一枚锃亮的袁大头,吹个响声。

中年人抿抿嘴唇,咽口唾沫,双手夸张地摆着:"夫人,使不得,送您孙女个叫虎,不成敬意,万万使不得啊。"

"那——好吧。这样,礼尚往来,俺娘俩收下你的虎,我写个字给你。借你的纸笔一用。"

聚儿听不懂大人说话,仰脸盯着娘娘庙村粗壮黝黑的古槐,突然发现了秘密似的,大声说:"奶奶,奶奶,快看,大树不发芽,是不是想喝水?"

单老夫人左手握毛笔,抬头看了眼古槐,对聚儿,也对自己说:"春天来的时候,生命都会发芽。聚儿,放心,古槐就要发芽了。"说话的当儿,单老夫人左手挥毫,写下四字:倪家泥玩。

"夫人还记得我姓倪?"

"我记得你父亲叫倪富贵,你叫倪来财,名字好记。青藜堂好几代人都用倪家的木柴。倪家木柴好用,都是桃木、梨木、核桃木、棠梨子木、桦木的,烧着一股清香气。"说罢,单老夫人题上落款:广惠,琅琊王氏,民国四年上巳日。

闽北物什记

友谊巷

砖垛贴墙根立着,上下长满苔藓,绿得发黑,街坊邻居不愿靠近它,这没让它失魂落魄,却自得其乐。垛顶摆两盆绿植,一盆圆叶,一盆窄叶,和苔藓同样绿,像一位浑身长毛的古人半蹲在巷中,天生两颗脑袋。黄昏的余晖弱下来,通过楼房的缝隙落到两人宽的巷道,条石、础石、台阶和砖面的墙上一层浅金色。它们相互比较谁更古老,谁能与时间同行得更远。它们有的两面光滑,有的仅一面凹凸不平,躺或竖在巷子边。过去,它们完成了一个使命:作为某建筑的支撑物或宣示某个人继续存在的墓碑。而今它们有了一个新使命,以看似无用的姿态证明一段与自己不太相关的历史。说无用并不完全对。友谊巷中段凹进去的地方有一处砖厝①，院门外两块半米宽一米长的石板横躺在三个砖墩上，样子潮湿，厝中住户在此洗洗涮涮。时光中高墙围住的深巷烟火缭绕，石板没有机会与一墙之隔的麻阳溪亲近，但和所有忠于生活的人一样，石板也喜欢水，如今有机会得到很多，经历更多的风吹雨淋。石板近旁曾支撑门框的础石没那么幸运，不知谁把它撂在那儿，眼巴巴看着石板受水滋润，没自己的份。水与石，多少个年头以前是密不可分的一家人吧。

　　门洞中，础石特别入眼。供出入的门很难说离得开哪一样组成门的构件，但础石似乎更紧要些。它是起点，支撑起与门洞有关的全部重量。假如础石腿软，整座门洞也许便要坍塌，而保平安的门之所以能每天开合无虞，其中原因，除了问苍天大地，恐怕就要问础石了。从千年古巷走过，我体验到某种尖锐的滋味。尖锐感来自物的一些棱、一些角、一些枝叶。没了这些旧物，我们大概真的会裸露在崭新的荒凉中。近巷口，厚重的大青石上架腿坐着一中年妇人，应该是在这古巷居住的。她穿一身紧身黑衣，脚跋红拖鞋，低头穿针引线，纳一只鞋帮。天蓝色的线，有点粗，用其做好的鞋子一定时尚，市面上恐怕买不到。大青石稳固地托着她，与旧城墙上的木槿花构成对景。她既没留意有人过来，也不曾留意落日，专注于针黹这门古老的手艺。

---

① 砖厝：方言，房屋。

井头巷

  井头巷的入口正对着明清建筑古街——后畲村中街。巷子口由大青砖干垒而成拱形门洞，酷似我从旧照片看到的民窑入口，框出难以言传的神秘。门上的横额用砖圈起，一砖高，四砖长，隐约能看见三个字：解放巷。这大概是古巷的曾用名。现在不用了，恢复了井头巷这个原名，"解放巷"三个模糊的字便留在门额上，没人去管它了。巷名的由来源于一口距它不远的古井，井是后畲村先民挖的，有人说不晚于北宋。巷子比井晚，叫井头巷自然鞭辟入里。

  井头巷舒缓地上升，当我朝里走的时候，又舒缓地下降，当我想走出它的时候，它在我认为到头了的地方拐了几次弯，短而急，墙角与墙角交错，光也似被折弯了，多了变化而避开了单调，像个光影恍惚、人生起伏的隐喻。遗憾的是古巷铺了薄薄一层水泥，冲淡了古巷的幽古之醇，旧时光在这样的地面上行走难免会打滑摔跤。隔壁胜利巷尽管不长，地面却是原始的泥土，铺开一层野生苔藓，我用想象取胜利巷的长补了井头巷的短。

  井头巷两侧的土墙矮的五六米，高的则近十米，把巷子严密地封住，阳光再怎么使劲也照不到底。高墙用当地绛红色的泥土以干打垒的方法制成，紧要的地方，如拐角、斜坡、门垛等加少量大青砖稳固。历经岁月，墙面褪色，除了苔藓，无一处不因被风雨侵蚀而苍老。此苍老非人之苍老，我们至今不能全部理解它。说它破旧了未免浅薄，其实还崭新着。我抬头仰望，天空一条窄长的缝，仿佛地上的巷子，这便是我的眼界。我黯然神伤的时候，一朵大大的白云飘过，没因深巷的狭窄而变小，让我欣慰，由此生出愿望，找晴朗的夜晚来望星空，也许星宿的光离尘世愈远而愈明吧。

突然，地动墙颤，青苔碎土震落巷内，从开裂的墙缝钻出不知哪个朝代的一位仕女，"手如柔荑，肤如凝脂，领如蝤蛴，齿如瓠犀"。人干净极了，上下宽松的汉服，握玉柄蚕绢团扇，粉色坠儿摇荡。她莞尔一笑，走上前头的二十级台阶，立于拱形砖门下，微风式转身，俯视着我。我眼前，除一个够一次通过一人的完整门洞，便是它的额、肩及周围的残垣断壁。我将它称为山门。出了山门，便到了后畲村背靠的山腰上。随便立一棵竹下，都能遥望村前日夜流淌的芹溪。朱熹先生棹歌而来，去下游会他的朋友。

芹溪花桥

芹溪的源头在崇雒乡后畲村前，溪流上一座单孔石拱桥建于明朝中期，名花桥，至今坚固。桥的廊亭在 2017 年重修过，和五百多年前一样古朴，是此处山水间重要的乡间意象：人去水逝而意象长存。

花桥离村落有点远，田野却近在身旁。文人墨客由廊桥向外望，也许会感慨：水近山远，白云苍狗。远似乎近，近似乎远，对于在稻田与荷塘耕作的老农而言，却不是那么回事。近就是近，远就是远。一块黑云经过，落起雨来，又飘来更多黑云，斗笠蓑衣挡不住冷雨侵身，老农撂下农具，赶不及回村，快步往就近的廊桥跑，至廊内终于没有湿透，摘掉斗笠，解下蓑衣，掏出旱烟管，吸上一袋，或立廊下望大雨隔断远山，竹木迷离，或坐在廊柱间的木条凳上，抬眼瞧木桁架在廊顶穿檩斗拱，低头细数脚下石子通道叠加的往事……这时候即使雨水斜进廊内打湿屁股，再经由桥壁石缝淌去芹溪也感觉不到。

多少人曾在廊桥内躲风避雨恐怕数不清了，我恍然明白为什么他们称廊桥为厝桥。这是他们田野中安的家，是村庄寓居生存的延伸，是全部宁和生活外溢的一部分，寄托着某种额外的情愫。可是，厝桥这个天地间的突兀意象，到底抵挡了多少风雨，恐怕也是个数不清的事。踩着石子铺成的斜坡进入廊桥是我平生的第一次，支撑廊顶的双排两列廊柱分散着我的注意力，三十五米长的石子通道似乎止不住地往一头的稻田和另一头的荷塘里去，甚至通往山坡的茶田。小路弯弯，五百多年前的茶商古道上你来我往，有空手而来的，有满载而去的，都趔趄到这廊桥的美人靠上小憩片刻，再去远处的后畲村打尖。花桥与后畲是他们万里茶道上的一个驿站，从这里经由武夷山，到福州，再到广州，最后将岩茶分销至东南亚各国。桥下的芹溪，漂浮着一代又一代茶人的富贵梦，而溪水，距离所有景物，总是不近也不远的。

洋尾泉水

水泥斜道通往洋尾村内，道旁的桂树正准备中秋节的花朵，提前绽开几粒，飘出幽幽的花香。长在村口连成片的荷塘旁的桂树，比道口的茁壮。高大的柳杉树下有一个简易的建筑物，是四根水泥立柱撑起梁木搭建的人字形凉亭，下面是个较大的水池，漂浮着青苔。池子里的水因它边上的水井溢出的水聚成，池水顺着窄窄的水渠流入开阔的荷塘。水井的水没减少过，保持快到井沿的量，弯腰伸手便可取到。它也不曾泛滥，总是不疾不徐地流出，点点滴滴外涌。节气似乎对它不起作用，无论好坏。梅是崇雒本地人，想必常喝井里的水。她说用它泡岩茶，岩韵就能充分释放。她对我说泉水经权威部门检测过，绝对安全。梅装了一瓶准备带走。我用井台的舀子取了点，喝下回味一番，忍不住又舀更多，然后喝足。井口不到一米，砌井的石头挂满青苔。井不深，也就两米，水却取之不尽。泉水甘洌甜润，水底的细沙上白云簇拥，一条锦鲤在水里也在云里游来游去。喝着泉水生长的荷花，花更美，莲子也更糯更香吧。

石 臼

凿大石为臼器，舂米为粿食，以糕粿为节日祭礼，是农家对稻米的尊重，也是米乡古老的文化。我对石臼钟情是由于不懂制食之理而取其器以观以慰。舂米场景不常见而石臼多见，云清说我孤陋寡闻，乡下舂米依传统而为，节假日特别是春节期间，舂米之声家家可闻，场面火热，山村走走自会了然。我将信将疑。据观察，南方的石臼亦如北方的马槽、牛槽、猪槽，早开始落寞了，但依旧是个器皿，产生了其他用处和价值，包括新的使用价值和衍生的收藏价值，市面上视为艺术品，古玩店门前多有摆放，待价而沽。石臼比石槽多，估计是原始用处还存在之故。农民丰收节上，初次见舂米糕现场，臼深杵长，舂者大力而为，有表演的成分但非全为演示。南方的舂米仿佛北方的捣蒜，神似而形异。马伏村马伏古街的泥厝内，时见石臼倒扣在厢房角落或厝内雨水井旁，命运如那木板老房子，已闲置，但从中得知，石臼曾经如床榻一般，是居家生活的必备之物。光明建盏生态农庄内遇见两只石臼，存放在主题餐厅对面的甬道旁。一只正面朝上，贮水养香菇草；一只倒扣，臼底朝天，顶托花盆，成了小而圆的石桌。

舀 子

舀子可用于取水浇菜，也可用于炉内取光饼，区别在于舀子大小。浇菜的舀子头大柄长，取光饼的则短小，更卫生。城北狮子山下有一片菜田，远看像沼泽地，进去不见太多水。一条窄浅却细长的水沟将菜田分为两块，蔬菜属于不同的人家。水流绵绵，不用担心断流，沟沿杂草青鲜。中年男人取水浇他栽好的扁豆苗，双手握木柄，看着很得劲，半弯腰舀子头够到水，迎上一兜，便满了舀子。一舀子水六七斤重，然后顺垄一墩一墩浇水，让扁豆苗喝足。他小心地重复这个动作，直到浇完全部豆苗。他戴斗笠，避免阳光曝到脸皮。他的皮肤是难得的烟熏色。

民主路和前进路交叉的巷子口有一家光饼店，小两口经营，壁炉放在巷子内，卖光饼的笸箩在巷口，相距四五米。光饼出炉，外焦里嫩，香味老远就吸引着我。我买了两个，边吃边沿童游农贸市场闲逛，走出百米，光饼吃完了，不解馋，转身回去，一笸箩光饼卖完了，只好等下一炉。小伙子细高个儿，口罩蒙住半张脸，眼睛明亮，一手握取光饼的舀子，一手握火钳，在炉口探头察看火色。舀子柄短，最多一米，舀子头为不锈钢制，天长日久染上了烟火的焦黄。我想到浇菜的舀子，异曲同工，不禁一笑。趁没光饼卖，女人取来红酒曲糟的芥菜，反复清洗，剁碎做光饼馅。我中意冬天的土坡上又高又大略微苦涩的芥菜，也中意用它糟的菜。五分钟光景，火候到了，小伙子把舀子探入炉内，用火钳将贴壁明火烘烤的光饼拨入舀子，一舀四个，然后快行几步，倒进巷门的笸箩。女人跟过来，一脸喜色，把光饼码整齐，卖给我两个。我又吃下热烘烘、香喷喷的两个光饼，整个人便如那喝足水的扁豆苗一样精神了。

磨刀石

寒泉精舍去往半山坡私人农庄的山道尽头立着一块磨刀石，长四十厘米，厚约十五厘米，是块天然的细砂石。虽然雨水常常滋润它，顶部还是开了裂，像有人用美工笔画了一横一竖两条交叉为十字的线。地面以下磨石被埋了多深很难估计，但肯定足够稳固。固定它的泥沙表面生了苔藓，连磨刀石各边棱也长满了，并且厚，藓毛小指长，牙签粗，浓浓着绿，斜立石头各侧面。苔藓历史古远，磨石也奈何不了它。浓厚的苔藓同时证明磨刀石立在那儿够久了，历经不少风风雨雨、电闪雷鸣。这些都放不倒它。一根牵牛花的蔓子一边开着粉色花朵，一边沿着地面朝前爬，似乎想爬到磨刀石身上去。磨刀石严肃地瞪着它，看不出是真不愿意还是假不愿意。真相是牵牛花不清楚磨刀石的厉害。尽管磨刀石强壮威猛，酸浆草、小米星、石蝉草等植物却对它提不起兴趣，各自生各自长，相安无事。风雨擦过磨刀石表面流到地皮，仿佛磨了一下，出了刃，渗透至杂草树木根部。磨刀石周围两三米见方组成一个世界，生长着我不认识的植物，发生着我不懂的事件。我尽力观察，忽然发现它像一条舌头。这发现非同小可，我张口结舌。福克纳认为沉默的舌头才是最高的智慧。年过五十，总算遇到沉默的舌头，看见了最高的智慧。

冬　瓜

　　1984年，松溪县水南村一老农种出一个冬瓜，长一米五，周长一米七多，重约一百四十斤，产出如此大个冬瓜等于给自己出难题，人生苦短，而卖掉这个冬瓜的时间太长。有好事者统计，闽地冬瓜平均个头三四尺，四五十斤重，都算生长客气的。建阳城北狮子山坡有块天生的凹地，由于还不够凹，种冬瓜者顺势下挖，深两米半左右才止，整得像个大而深的井，随后拉来竹竿、木棍、铁丝，搭好棚架，让冬瓜蔓爬上顶棚。冬瓜的绿叶遮盖山坡，看不见下面有个深井，冬瓜便吊在棚架上，垂向井内长大，不太见阳光，长得越大，表皮白霜越浓，肉质越嫩。我到近前发现玄机，干脆蹲在井沿，半趴着往里瞅，等眼睛适应了凹处光线，才看清冬瓜们像潜水艇一样垂吊着，甚是喜人。此刻的冬瓜犹如南宋诗人郑清之《冬瓜》里描述的那样："蒻蒻黄花秋后春，霜皮露叶护长身。生来笼统君休笑，腹内能容数百人。"我爬起来整理相机,望见冬瓜地北侧木板房前,一个中年男人朝我张望,见我起来了才拉门进屋。我猜测他不担心冬瓜,即便北方大汉也扛不走任何一个。他也许想提醒我小心一种无脚的爬行动物。我望着漫山翠竹,脑子里全是冬瓜,琢磨为什么本地人每次买一小片带回家,不像北方例如山东大汉那样,不买则已,一买就是整个或几个,大车拉回家慢慢吃。如此才不糟蹋冬瓜,浪费人生。

丹桂香

老年人留恋美好的事物,比如在丹桂树下轻嗅花香,看人车往返,目视溪水远来远去,光景就慢下来了。年轻人不愿逗留,埋头赶路,相信远方有更美好的风景等着自己。老年人望见了过去的美好,年轻人望见了将来的美好。老年人望着年轻人,年轻人望着老年人,仿佛各不相干。老人们有的步行,有的骑车,有的坐老人车由另一位老人推着,出建阳古城东南面的景阳门、东面的永安门,来到城东崇阳溪边的观景平台。更多老人出驻节门经过城北菜市口朝这里聚集,这个古城偏东北角的门离溪上的观景平台更近些。平台约一百平方米,中间面对朱熹大道是个公交停靠站,过朱熹大道则为潭山公园东门口的文化广场,高大的朱熹石雕像深情注视着崇阳溪,溪水的哗哗声爬上城墙,漫过潭山,注满建阳古城的大街小巷。平台北端和南端各有丹桂四棵,占据三分之一面积,都是百年以上树龄,干粗冠茂,金花溢香如流。每年中秋节期间的下午四时左右,老人们默契地集结在北端四棵树下，大部分时间坐着发呆，也偶尔交谈，或凭栏凝视溪水和跨溪的桥梁。北端的视野优于南端，虽只间隔几十步，但一步一景，移步换景，挺令人舒心的。在拱宸桥的旧址上，一座桥正在加紧建设，不妨就称它拱宸桥吧。桥下游的鸟石滩凸起在崇阳溪中，溪流绕石而去，白鹭立于石滩灌木顶上东张西望。古人称这些石头为鸟石，一定经历过有意思的事。近处几个竹筏上下划动，由于安了动力机器，速度极快，两个男孩不敢站在竹筏上，蹲缩在一头，感受速度与激情。溪对岸一片绿坡，坡下一条茵茵小径，苇秆和草尖下，两个女娃子伴着手机播放的音乐不厌其烦地练习着一段舞蹈，青春洋溢。整个画面美好得无法言喻，像丹桂的香气，似有若无，似可见又不可见。

雨　雾

闽地多雨，径下菜蔬，涧谷稻荷，丹崒茶域，凭了雨水而圆莹，粒粒芽苞新出，说着与季节无关的话。时光无痛，落尘有涯，老枝嫩叶，都在生长，均因天赐而饱足，替农家省略好些劳顿。疏密间时的雨中，不顾清晰与模糊，放下些心事，只管撑把伞，斜于肩头颈上，找条坡地弯道，朝让自己越走越淡的地方去。道旁的植物，不相识的依旧陌生，但不妨碍它们撑开花花绿绿的伞，伞的开口向上，只为接住更多雨水或光亮。可见，草儿花儿的观念似乎和我们相反，张开胸怀迎接着我们躲避的。这些时候，装束应该轻薄，宜撑红伞着绿装，或着红装撑绿伞，穿粉白轻便鞋，身无别样饰品。这样的场景适合女性，并不适合男人。男人出门，得咕咚喝完一杯,撂下茶具,随便穿戴些什么,趿拉拖鞋,冲开雨帘,低头往溪边走,逆流而上或顺流而下,碰见一堆鹅卵石,拨开芦苇蒲草,找到最大最圆带尖顶的坐上去,呈垂钓状,盯着被雨滴震出凹坑再缓慢合上的溪水。看久了累眼,男人便眺望对岸起伏的山峦。在浓重的光阴下,有关闽地的水墨画定了格,有的方寸下笔轻,有的下笔重,浓淡疏密又朦朦胧胧,正是这模糊的手笔让日子清新,恰如阵雨击打竹叶,雨滴飞旋,叶子也跟着颤抖。

稻 香

若说下雨天可知闽滋味却不尽然,晴天的乡间也有无穷的好处。此时山道上行驶的车子像在漂浮,远处的千山和近处的稻田是海洋,荷花塘是一朵跟一朵的浪花,而竹林似乎已修成正果,年纪却不大,一群群撑开绿伞,学那田埂上闲步的女子,无论如何却迈不动腿,只好鼓着翠腮,赌气般近瞧溪水,远望青山。我停了车,鼓足勇气凑近了,闻到的是青春的玉香,听见的是幽怨的喷叹,莫非已识愁滋味?这滋味从我身体流过,竟似生命的妙境。朱熹言:"著书者是不见用之人。"我非书者,乱抒情却犯了不见用的毛病。乡土深处证明自己的"见用"非多难之事,只需研究一番谷穗。稻田连绵,环绕着廊桥,包围着村庄,也簇拥着山峦溪水。过几道土坎,脚踏青草,在稻田的水沟边停下,确定无异物游动,蹲下瞧眼前的稻谷。穗子满了颗粒,表皮微黄,若取下一粒剥开,手心一定会多一个白白胖胖的怪物,且散发清香。这香味与翠竹的不同，如何不同却不可言。此刻假如我左右分别蹲着朱熹和王阳明，共同格这粒稻米，格明如何言稻谷香怕是件难成之事，饿着肚子的陶潜该会再格出个桃花源来。我手里捏了撮青苗，下到铺满肥水的田里，弯下腰抓一把黄泥，凑近了闻。也许我天生善于插秧，手脚并用，上下翻飞，几行秧苗看着歪斜，想必长大结籽的过程将变得笔直，即便不直，少些美感，谷粒总不至于不香。腰酸之际，直起身望田边翠竹，这一丛连着那一丛，得多少往事啊。

东丁村风物

1

"越陌度阡"说的是多年没回故乡的人。他从秋天的太阳底下拐出来,下了官道,眼前一条羊肠小路,路边半枯的狗尾草和鼠尾草,说不定还有虎尾草,都稀罕地盯着他,故意不吱声。阡陌间他走走停停,依稀的样子。秋风掀翻他花白了的头发。他的眼神因见过世面有些浑浊,衣衫由于走过远路沾了灰垢。他展望风景,远的虚,近的花,一派朦胧,但还是望见埂畔深处,隐约有一位乡亲、一头耕牛、一副木耧在刚收过玉米的庄稼地里来回走动。他认出那是在播种冬小麦。他想越过田野,踱到近前,听听"摇摇蛋"一左一右撞击木耧挡板的声响,戴上老花镜瞧瞧小麦种子如何滚进泥巴。这当口,村南二里外树林中散完步的小黑狗瞧见了他,瞪圆双眼,尾巴翘高,前身伏地吠几声,转身小跑去村庄，边摇尾巴边喊："陌生人来了。"路口熟透的石榴脸颊绯红，冲他含笑咧嘴，露出细密的牙齿，算是和还乡人打过招呼，就埋头继续梳理长辫子了。

这个乡间的古旧意象，说起来不算太老。我仰视东丁村雕梁画栋的牌坊时，心想还乡人昨天也许来过，他没找到记忆中的羊肠小路，是走水泥路径直进的村。东丁村人称这座牌坊为龙门，横跨路口，指明通向村庄的路，走三里地就到。牌坊于己亥年夏天新建，一门两楼，两根四棱大红立柱支撑，赋联"古槐荫荫睦邻尚善赢才俊，绣水泽村润德崇贤惠子孙"。牌楼上立柱托华栱，华栱托栱令，栱令托耍头，耍头托檐椽，漆蓝与天同色，覆瓦成柱檐，层层叠叠，相互映衬。飞檐往四个方位翘首，檐尖蹲海马、狻猊、獬豸、斗牛等窑作飞禽走兽，除像还乡人那般远望风景，还端详就近的白杨树、榆树、石榴树等如何在秋冬之际变幻叶片的颜色。龙门不设有形的门，也不设无形的门，可随意跳出随时跃入，整体上给人"东风动百物，草木尽欲言"之感。

"越陌度阡"还说的是一条河久去不回的流水，忽然要返乡。这事非同小可，虽然和还乡人一样悄悄地来，但动静比还乡人的大，脚步声比还乡人的响。河是红绣河，数千年来，在高密西南乡这片土地上蜿蜒、闪亮，经过东丁村的田野时，不知动了什么念头，不再蚯蚓式曲折地游走，而是像素描的线，笔笔直直穿过，叫人琢磨不透。明朝洪武年间，一户丁姓人家流落至此。他们在荒野上发现几间茅草屋废弃在一条河边，墙歪顶漏，长满野草，然而稍加修葺就能遮风挡雨，不至于继续风餐露宿。尤其走到河边往东朝西一望，红绣河笔直的一段经过这里，流水清澈且平缓，蒲苇丛一簇连一簇，几只野鸭探头探脑瞧他们，眨着大眼猜想他们是哪个朝代的人，这么好的时光里却穿戴得如此古旧……河道上，一群鲫鱼撒欢过境，扁着身子逆流，尾巴扬起水花，阳光下熠熠的，向这几位古旧的流浪人打招呼，宛如石榴立道边问候还乡人。说不出太多的诗意古韵，没多久，他们喜欢上这个地方，喜欢上这片平展的黝黑的土地、潺潺而率直的小河、破败却能抵御风寒的茅舍。

安家时，他们发现了东丁村牌坊楹联中提到的"古槐"。这棵古槐长在圮房外，紧靠一堵颓墙，树干被一块尖角重石贴根砸歪了，树脂渗出，日积月累，明晃晃凝固如琥珀，蚂蚁们爬到它周围乱嗅，但树叶抖擞精神，闪闪如梦，风中摇落铜钱的响声。洪武年间的这棵古槐还算不得古，树干两米来高，比大腿还细。丁家几个男人合力，哼哧几声搬开大石，树桩皮肉绽裂，骨头外翻，心道这槐树活不下去了。一老者弯腰从地上抓几把黑土，使劲往它伤口上敷上一层，又唤人推倒挨近槐树的泥墙，离它几米夯了新墙，建成第一个院落。随后的日子，东丁村以槐树为中心，向外扩展，有了第一条南北胡同、第一条东西巷子，有的搬去了河南岸居住，河南河北，炊烟相望，袅袅地升腾至今。"四运循环转，寒暑自相承。"槐树也许受这葳蕤日子的感召，没有死去，反而萌发感恩之情、顽强之力、崛拔之功，特别茂盛，荫蔽一方，成为名副其实的立村槐。因古槐的存在，东丁村历史上的第一条南北胡同被命名为古槐老街，成为村庄文化的重要元素和特征。

红绣河记不得多少年未还乡走一遭了，我大概记得至少十年。河床如晒干的蜈蚣，遍布野草。美丽河流的死亡让人肝肠寸断，与其痛苦等待，不如在河床上种树或辟菜园，算一种抗争。万物游移闪烁，难以把握，红绣河明白每个人都必须服从命运的安排，但时日久了，喘不过气，奄奄一息中，忍不住亮出家伙，争斗一番。它向潍河借水。潍河慷慨，说借水给红绣河是养育人，借多少都行。红绣河暗喜，心道早知如此就早开口了。它引导潍河的水，突破自己，一路尽量藏匿声响朝东丁村来。我在东丁村的土坝上望见它升着水雾，步伐整齐，俨然一支军队。笔直河道的视线尽头有个拐弯，它边拐边积蓄力量，准备一举突破东丁村的直道。

毕竟干涸太多年，大地的饥渴超出想象，河床和两岸的土壤像海绵，每一步都似要吸干它的身体。那个拐弯让它步履艰难，不得不走一步，停一会儿，等每根芦苇喝足，每丛蒲草返青。它很快接受了这个现实，不再着急赶路，晃晃悠悠地担起润物的责任。晃晃悠悠的步态带给它愉悦感，间或干脆驻足欣赏岸上忙于种麦的播种机走一个来回，甚至把播种机的轰鸣声当成自己体内的旋律，就地舞蹈一番。它似乎瞬间明白了还乡人为什么要犹犹豫豫地走向木楼，那是一种心情的流露，因为久别重逢。它完全忽略了土坝上我望眼欲穿地等待，忽略了东丁村整装肃立地翘首，但它一定会裹挟着生命到来，走遍红绣河每一寸泥土，给万物带来生机。

与全然不知还乡人回村的消息不同，在夏天，东丁村就收到红绣河水秋天回家的消息，全村沸腾。村支书王孝福组织人马，清理河床的枯枝败叶，移走杂物，挖掘淤泥，夯实堤岸，整修道路，一条四里多长的河床笔直地呈现于村中，比断水的十几年开阔了许多。他们想象大水注满河床，蒲苇唱歌，鱼虾欢蹦，彩虹桥卧波，两岸瓦房倒映水中，白胖的月亮斜挂柳梢……全村老幼农耕之余或茶余饭后沿河堤的林荫大道，朝迎旭日，晚踏暮晖散步，田园牧歌式的新生活只等它的浪花"越陌度阡"而来，并期盼它常驻村内，赐还失落已久的明镜。为此，东丁村给途经村庄这段笔直的河床起了个渊源颇深的名字——绣源湖。

2

岁月的陌，时光的阡，阡陌纵横，密密地织就一张网，网住村庄的过去、现在和将来。网内有还乡人迟缓的脚踪、绣源湖逗留的波痕、一个村庄闪烁的梦想。日月赶着朝前走，多少人和事，在网眼上打了结，解不开，理不顺，被混混沌沌地挂在檐角，悬于枝杈，我们只能望着它，却难以承接它飘逝的甚或滴落的记忆。正是光阴的缘故，在它猛烈的冲击下，这张网脆弱不堪，被撕破，被掩埋，被遗忘。而我们要做的，是打捞、挖掘、重现、珍藏，塑其形，铸其魂。这些忙碌，看上去是为自己、为现在，实际是为别人、为将来。

绣源湖的名字来自一块大青石，大青石来自一座小石桥，小石桥来自村庄数代人的口口相传，但没人说得清古石桥建于哪个年代，叫什么名字。多少人期盼这座曾经连接东丁村河南北两岸村舍茅屋的古石桥像还乡人、红绣河水那样，越陌度阡，重返故里。物有偶然，事有凑巧。东丁村决定在河水到达前，按传说的样子建一座新的石桥，重现古石桥风貌，还原村庄的历史。新桥址选定在与古槐老街同一直线上，以此构建村庄的历史长廊、文化中轴、教化基地。河道清淤时，从开工建设的新石桥东侧，村庄交通主干道的彩虹桥西侧，让人颇感意外地依次挖掘出厚重的石柱、石板，打磨掉淤泥，露出青石条本色，一段古老的时光破开尘封，重见天日。一块不太完整的石板侧面，雕刻着三个完整的字：绣源桥。至此，人们获得了它的名字、它确切的位置、它的宽度和长度，古石桥的传说变为现实。一座古桥还乡了，一座新桥建成了，新桥旧桥使用了同一个名字，新与旧无缝连接，合二为一，融为一体。"正是在细致分辨这一点上，世界发生了巨大的变化。"这个世界既是我们所见的村庄，又是我们无法得见的村庄的心灵。

滨湖风景大道沿绣源湖北岸穿过东丁北村，"绣源桥"石板单独摆放在湖滨道旁，竹影洒落，晃动日光的斑点。作为村庄的文物，它和其他被挖掘的古石桥的石板、石柱一起，组成新的景观，展示在文化广场。桥面的石板平铺地面，一块块错落为小径，继续做行人的道路，绕过竹丛，到达岸边，是观景的平台。站在古旧的石板上瞭望一天天增多的绣源湖水、彩虹桥和对岸的绿树瓦房，恍惚有返回过去回望现在之感，又隐约望见初来乍到的丁家人在岸畔寻觅的身影，时间朝前走又往回去，仿佛巨大的旋涡，翻腾着白浪。在"绣源桥"石板对面，几根支撑古石桥的柱石，依然直立在地上，或高或低，它们如今撑起的是一个古老的意象、一个村庄的念想。其中一根两米多高的石柱镌刻"古槐老街"四个鲜红大字，流动的光影中如一本古书，书卷记载了整座村庄的流年变迁、四季流转和熙来攘往的人情世故、喜怒哀乐，等待来人翻阅。

3

古槐老街过去是条泥巴巷子,是旧东丁村的中心,也是村庄先辈们生活的起始之处。丁家人建村伊始,便在老街两侧的茅屋居住,手牵耕牛,肩扛犁铧,旧岁月中走进走出,像一幅挂在炕头的老画。如今,村庄变了个样儿,一横一竖,再一横一竖,是排成队的宽大砖瓦房,隔出纵横交错的街道胡同。街道打了地面,布设了排水暗渠,干干净净,似一幅崭新的画卷。老街也换了装束,从南端的绣源湖,到北端出村的田野,地面全部铺设了青条石,因为崭新,地面尚未磨出岁月的幽光,那一路的历史幽光,全部集中在了古槐身上。

我相信还乡人和我的想法、做法相似,也是在走遍村庄的各个角落之后,才从绣源桥步入古槐老街,来到古槐面前的,区别可能只在于我从村南进入,而他走的是村北,但都是为了靠近古槐。我们为什么这样做,具体想法是什么,表述不清,或者应该就是这样,于是就是这样。也许我们,无论在这里出生长大,还是远道而来观瞻,永远无法到达一个村庄的中心。这是村庄共同的秘密,也是它生生不息、风雨不倒的原因。我和还乡人不约而同地将古槐设定为东丁村的中心、村庄的灵魂,我们最终抵达的,即这个点。因为这个点的存在和彰显,村庄外在的、内在的乃至心灵的秩序才得以建立。

今天的古槐,也许和一百年前、二百年前没什么不同,它停止了生长,幼年被大石挤压的伤疤早已愈合。它高九米,树干至少要三人合抱,树冠枝叶茂密,郁郁葱葱,是整个村庄的制高点。

它心怀村庄对它不遗余力地保护的恩情，年年生发新枝嫩叶，从高处俯视村庄每个时代的变化，成为村庄默默的守护者。这种相互依存的关系在我走到它身边观察时得到证实。古街铺设青石板时，在它周围架设了七十厘米高的围栏，与地面用的是同一种石材，既保护它免受外物撞击，又说明了它在古街的重要性。围栏南侧立着太湖石，正面郑重地雕刻"立村槐"三字，背面小字是它的简要来历。如今的人们对它的了解一如从前，不多也不少。它经历了怎样的生命历程，只有它自己和村庄清楚。生活在这里的人们，仅仅是它的过客。然而如果没有这些过客，没有转瞬即逝的苍茫，也就没有它的今天。这是我的想法，想必也是还乡人的想法。

古槐的正南面，放置了四只石鼓凳和一张圆形石桌，来人或站或坐，可在树荫下小聚，谈论家长里短或古槐的传说。我面北坐下，正对古槐，我眼中的它皮肤黝黑发亮，如一滴浓浓的油脂。或许那是它正在流淌的体液。它向我展示的是一个生命体，像任何生命体那样，有血有肉，保不准还有思想。它是一位老人，更是一位智者。它的思辨胜过一条河的独白，也胜过一座石桥的沉默。

诗人荷尔德林说："在神圣的黑夜中，他走遍大地。"他"越陌度阡"，走到应许之地。我想，"他"不是你，不是我，也不是还乡人。"他"从时间的黑夜走来，带着光，闪着亮。"他"是一条河、一座桥，也是我眼前的古槐。

青岛的三个转角

1

两堵朱红的墙,高两米有余,墙脊和斜檐由金黄琉璃筒瓦和片瓦组合而成。琉璃材质的瓦当收檐垂至墙外,分别由远处起步,行至一个点,墙头鸱尾相交,垂脊封线合为一体,构成直立的"V"字形转角。转角两边,白色檐椽下方,朱墙上预留两块长方形白底,框红边,写黑字,单向箭头指向前方,告知不远处为鱼山路;双向箭头指向前后方,指示的是临街的大学路,刚好从朱墙一面穿过。此时,我眼中的朱墙转角,一面向阳明亮,一面背阴较暗,是太阳斜身滚向海边栈桥的缘故。不光我感觉这个转角有些趣味,或暗含某种意思,打此路过的人,大都驻足瞧一眼,琢磨琢磨味道。一对恋人,或相熟的男女伙伴,男孩由亮的一面往暗的一面转,女孩由暗的一面往亮的一面转,并非真的要走过去,只上半身前倾，一瞬间越过转角，碰了头，如同许久不见。除了几乎搭碰一起的两只激动的手，表情也跟着立现惊讶和惊喜："哎呀，原来你也在这里。"

真是意外的相逢。一对刻骨铭心的恋人，由于这样那样的原因，最终未成眷属。三十年后，知天命之年，二人取得了联系，深感有见一面的需要，了却夙愿，约至此转角见面。一个由大学路往转角走，若无其事地慢慢走，进美术馆兜一圈也无不可，时间还充裕。那个从鱼山路过来的，如果第一次来青岛，有可能走错路，有可能走上鱼山路立交桥，错过重逢的时间。所以，鱼山路让给男的走，男人在识路上没那么难，他在梁实秋先生故居稍作停留，晓得进故居瞧一瞧不会误事，然后在故居西侧一条下行的夹道分析辨别，是上桥远去还是走夹道碰头。他毅然决然从夹道顺朱墙走下去，然后下台阶往前走。两人差不多同时赶到转角，明亮与阴暗在那儿等着。他靠在写着"鱼山路"一侧，她靠在写着"大学路"一侧，短促的呼吸相闻，却不轻易喊出对方的姓名。他像块烤地瓜，她像只熟土豆，时间在他们身上的印记那么耀眼。他们各自回忆对方年少轻盈的模样，想象爱情的崇高与光荣，暗忖谁先探出头来，探出人生的转角。

这是我的假设，或想象，或幻觉。人生哪有这般美妙的事？再凄美的电影也无此情节，因为演不下去，因为太真实、太私密、太本质了。能演下去的，属于单个人赶来。在落叶缤纷的深秋，一场雨后，金黄的银杏叶、浅黄的法桐叶、鸡血似的枫叶洒了一地。离转角越来越近，季节的镜头盯住脚掌，盯住沙沙的响声，盯住慢下来的更慢下来的人生的光辉……这不，说来就来了，不是土豆，也非地瓜，一位妙龄少女，身材修长，皮肤嫩白，长发过肩，上身象牙白的T恤，下身淡蓝色牛仔裤，脚穿乳白运动球鞋。她踩的是当下的阳光和阴影，手里摆弄的是徐志摩式墨镜，行至转角时戴上，眼神隐于镜片后面。她转身，从面对转为背靠写着"大学路"的一侧，头微仰，45°角目视天空，双手背在身后，一条腿直立，一条腿弯曲，脚尖点地，脚后跟磕在花岗岩的墙基上，这样的姿势告诉我她在怀念什么。就一分多钟，青春少女转过墙角，站在了写"鱼山路"牌子的一侧，她改变站姿，直立着，略微哈腰，可能朱墙过于笔直的缘故，双腿一前一后，目视正前方，前面阳光灿烂。不久她转身，离开了那个墙角……转角空了，一边面对大学路，一边指向鱼山路，两条不同方向的路去往不同的地方，或同一个地方，只要善于绕行。也许，她并非失恋，而是在预习失恋，年轻时需要储备这个状态，可她身边无人陪同，她只能自己面对……我年轻失恋时，也该到此倚一倚，站一会儿，应该比去前海沿好受些，因为有墙可依，还有同情的目光。

这个转角怪有意思，刀削般锋利，棱角分明，面无表情，它本身鲜明的意义让人捉摸不透，或无意义。

2

黄县路是青岛的一条老路。"老"指年岁，也指历史，或历史凝结的文化。从一号到三十七号，长一里多地，窄窄的巷子，人走到长颈鹿咖啡馆才算到了中间。以咖啡馆为中心，往南分出一条岔路，岔路为更窄的巷子，呈"丁"字形结构，与主路连成整体。"丁"字的"竖"较短,也就"横"的一半,时光上,和"横"一样长。老舍故居在"竖"的中间西侧,三层的几间大屋让"竖"的重了许多,除了人来人去,还有它积淀下来的分量。那个"钩",从它钩的方向看,正好钩住大学路朱墙转角,钩住来来往往的情怀。

黄县路整体的韵味用怀旧包裹着,怀的是旧时代的生活和情调,当然还有安静与意趣。不长的街道两边,开着咖啡馆、手工作坊、特色餐饮和书屋等小店,充满现代生活气息,而在欧式建筑、苍老树木、古典装饰、自由散漫的氛围中,现代生活更易让人生发怀旧情愫。在这里,追逐时尚感的文艺青年与逝去的文化名人似乎进行着一场无休止的对话,虽然对话并非刻意,甚至不涉及具体内容。这要感谢那些依托黄县路文化背景开设的个性店铺,它们是连接现在与过去的桥梁,最终,它们本身也化为文化种子,在将来萌发新生。黄县路让我想起上海的多伦路,一样的文化名人街,一样的颜色,一样的节奏。我一样地走走停停,进咖啡馆,要一杯摩卡。那时候,我这样写:老松木桌椅备好,坐下来,看稀疏的光落下。香樟泛出青绿。半墙之隔,是热闹的街道。再过去,是老房子,藤蔓攀住旧墙……我搅拌咖啡,在"We+Coffee","竖"的一边一家宽大院落的咖啡馆,杯内旋转的是同样的花纹,仿佛一片泛黄的法桐叶,和十年、二十几年前的一样,只是咖啡香与多伦路桉树咖啡馆或老电影咖啡馆的略有不同了,因为我转过某个转角的缘故?

我在"We+Coffee"搅拌一杯摩卡,那个我是残存的生活状态。我刻意点这杯咖啡喝,因此,由于太过刻意,我视为并非自己在搅拌咖啡，而是故我，本我已弃之而去。香樟泛出青绿，藤蔓攀住旧墙……枫藤过不多日，只要落上秋霜，就会变红，墙垣、院落和城市，便有红色飘摇，点缀成景，这个夏天甚或秋天就过去了。周而复始是轻松的话题，但我们被允许怀旧，允许伤怀，允许从一个转角转去另一个转角，也允许往而不归。

模糊的世界因为被发现而清晰，沉默的世界因为被定义而有了声音。一位娇小的女孩，脚步轻快，脸露笑容，从"竖"的一侧走向另一侧，只要几步路。她为了延长某种心情，走出一条略长的斜线，也许只比直线多用几秒，但那几秒不属于时间，归于心情。她不需要那么快到达花岗岩的围墙，因为她在恋爱，那些挂在墙上的空信箱吸引了她。信箱不规则地钉在墙上，高高低低，错落无序，木质表面涂满卡通画，成为墙体的装饰物，成为"随遇而安"店铺的广告。她喜欢这类装点，一面空洞的墙体有了意义，对她而言的意义：今天我在这里。信箱，尽管是一种虚设，或一种假设，可它们还是定义了明天：明天就到了别处。时间从昨天模模糊糊往前走，在沉默中发出了清晰的声音，像那女孩移动的脚步和展现的笑容。

那位穿吊带白裙的女孩，由于接近了什么而欣喜，对，是那块"快！抓住夏天"的木招牌。也许她根本没看这块招牌，因为她就是夏天。连同扑面而来的笑容一起，她坐在胡子星球手工冰激凌店门口，右胳膊支撑在圆茶几上，手虚握成拳，顶住右腮下部，让笑脸面对相机。另一位女孩蹲在地上，卖力地拍下各个瞬间。对我来说，这些已构成怀旧的画面。我们抓住的夏天，已挣脱我们而去。巷子虚化为怀念的背景。一旦虚化，这条巷子将显示它孤独的本质。我安静地绕过她们，迎向位于"丁"字路口的长颈鹿咖啡馆，咖啡馆入门一侧临街的窗户吸引了我。而窗户的侧对面，就是个石墙转角。可现在，让我先说窗户。

窗户没有阻碍视线的窗框、窗棂和玻璃，而是预留墙体的"口"字形，高不足半米，长却超过一米半，临街正对"丁"字的"竖"，从窗口可尽望那条"竖"。那样望一眼，望到钩住的大学路，许是悠扬的感受，至于侧对面的转角，更能一目了然。但我不能入内观望，因为两位女孩占据了窗口，一位高抬胳膊，为另一位侧坐的女孩整理散在额前的长发，她们的坐姿、举动已经定格，变成固定的风景。这让我再次回味卡夫卡那篇短文《临街的窗户》："孤独生活着而又想跟外界有点接触的人，因着昼夜、气候、工作环境等等的变化而很想看见任何一个他可以依靠其手臂的人——这样的人没有一扇对着巷子的窗户是不行的。即使他不想寻找什么，只不过疲惫地靠在窗台上，目光随便在天上和地上的行人之间游移着，即使他不想怎么样而把头转了回去，他仍然会随着底下马车的喧闹声被拉入人类整体之中。"文章并无深刻的道理可言，卡夫卡向我们描述了一种生活或人生的状态，即个体在整体中游离的状态，某种自我许可的存在状态。每个人都有适合自己的存在形式。有些人离开整体越显价值，有些人离开整体则毫无价值。加入人类的整体，凭一扇临街的窗户即可解决。在临街的窗口，可以看，可以听，可以思考和表达，这些接触足够，但若走上大街共同喧闹则需谨慎，虽然这必然导致"孤独地生活着"，但置身于人类整体中，有多少个体不是以孤独的状态生活呢——即便整体性吞噬了个性，让个体丧失了存在的价值和意义。

这些当然与长颈鹿咖啡馆的窗口和窗口内的两位女孩无关，她们是整体的一部分，她们的举动或许也构成了整体的全部——卡夫卡的窗户只与那个转角有关。

　　转角为临街院落砌出的一角。院落狭窄逼仄，但转角很大。它通体用大块的花岗岩凸石勾边垒砌，角不尖峭，有平缓的立面，减弱了稳妥和肃穆构成的凝重感。转角分隔开黄县路和岔路，乍看像艘搁浅的石船。由黄县路的"横"转过去，到"竖"的一面，只需一个跨步。我在窗口下，隔着数米，观察这个转角，观察经过转角的行人。这时候，我就像一扇临街的窗户。我看到转角石垛顶部的灯一直亮着，而阳光强烈，让灯光十分微弱。阳光还铺散在爬上转角的枫藤和蔷薇上，它们待在上面，与灯光同样静默。它们或许也像我一样，在观察路过的行人。热恋的女孩走了过去，抓住夏天的女孩走了过去，那位窗口内收拾好妆容的女孩也走了过去……人们并未留意转角的存在，经过时低着头或望向别的方向，脚步轻盈。很明显，这是个孤独的转角。

3

　　太阳倾斜到龙江路4号上方，继续擦亮黄县路。摄影师手端长焦镜头，逆光后仰，阳光打到左手边黄色屋山墙，再反射到他擎高不动的手指上。一对恋人，着白上衣牛仔裤情侣装，先生揽住女士腰部，另一只手斜插进牛仔裤口袋，女士双手拿橘黄色玩具相机，神情甜蜜，微笑，头歪向先生肩膀，两人背对斜阳，面对摄影师。一位陪同服务的女孩，躲在情侣身后，下蹲，尽量不让身影穿帮，朝空中吹送肥皂泡。气泡一串串升起，旋转着漂浮着，绚丽多彩，但旋即破灭，女孩不间断地吹送，模样呆萌可爱。他们身后，有一栋淡黄色墙体的两层小楼，双筒烟囱高出屋顶，多个斜坡屋顶的红瓦在阳光下似炫彩的迷雾闪耀。小楼的二楼爬满枫藤，有两组绿木框的窗户侧对黄县路。小楼的入户门面向龙江路，一楼的窗户正冲黄县路和龙江路交会而成的十字路口，小楼陈旧，视觉中略微倾斜。摄影师以此为背景为情侣取景拍照。

这栋牌号为龙江路4号的小楼，看上去极其普通，若放置在建筑群中，不会显眼，更不会引人关注。小楼原先经营杂货，现在是"不舍昼夜"咖啡馆。它是栋在青岛知名度极高的小楼，红遍网络，不仅仅因为它陈旧的气质，还因为它构成了一个转角，一个意味深长的转角。

我在它面前驻足，如同在朱墙转角和石墙转角驻足那般。我本打算推门而入，点一杯摩卡，但我品尝过了，没再进去的必要。我从龙江路一面转入黄县路一面，再从黄县路一面转入龙江路一面，阳光普照大地。其实我想尝试从一种持续的体验中，从可见的事物找到不可见的事物，比如情怀、爱情、爱恨、文化、时光等等，这些难以描述，或无从描述。莫里斯·梅洛-庞蒂说："我们看到事物本身，世界就是我们看到的那个东西。"在转角，我看到一家咖啡馆的老房子，门外的牌子写着"秋雨淙淙"，还写着"不舍昼夜"，它下午的阴影躺在十字路口，不断扩大，而上午的阴影已难觅影踪。街道上车来车往，人们匆匆而过，若非刻意，不曾留意这些地方，它们的存在，只为有备而来的人。不知生活是否也是这样的，但人生并非准备好才会展开。即便有所准备，智慧满满，步履稳健，从这个转角顺畅拐入下一个转角，也难以梳理出那转来转去的本质含义。

　　在青岛于我陌生的街巷，我走过三个转角，它们本身的意义早已丢失，但我还是把它们走完了，如同自己的生命走向虚无。直面虚无是勇敢的举动，或许每个人最终都将触及它。莫名的角落传来那首《好久不见》：你会不会忽然地出现，在街角的咖啡店，我会带着笑脸，回首寒暄……

蒲松龄的故乡

1

　　蒲松龄的故乡叫蒲家庄,位于山东省淄博市淄川区洪山镇。1640年农历四月,蒲松龄在这里出生,1715年正月在这里离世,一生跨了明末和清初两个朝代,历经三个皇帝,加上李自成、张献忠等算四五个,乱世生乱世长,去世时和多数人类似,如抛物线合拢为圆,归于零,很平淡。蒲松龄呱呱坠地的房子和过世的房子是中国北方农村民居典型的土坯草屋。我们出生的地方属于父母和过去,过世的地方属于子孙和将来,由不得自己选。土坯草屋不管在世时还是离世以后,都在风雨中飘摇,泥巴的墙皮一层层剥落,麦秸的房顶由厚到薄、由黄变黑,时光里极易腐烂,留存到今是件难事。蒲氏故居早已荡然无存。但在历史中,这两幢各三间的房屋,只隔着一个农家场院的距离,土夯的地面,时不时冒出些既不退化也不进化却生猛常新的野草,脚踏荒草,丈量一遍只需几分钟,在蒲家庄是个微不足道的小角落。而蒲家庄在鲁中山水之间,在齐国腹地,不过指甲盖大小,也不惹眼。

蒲家庄以姓氏命名,村民八成姓蒲。蒲家庄的蒲姓人多,血脉的枝蔓却不散乱,因为同宗同根,血脉归一。据蒲氏族谱记载,蒲姓后人在蒲家庄,都源自蒲璋一人,其被尊为始祖。始祖碑于康熙五十四年(1715年)立,至今在蒲氏墓园。明洪武年间,蒲璋至母亲娘家,即蒲家庄的前身满井庄隐姓埋名寄居,躲避灾祸,后娶杨氏女为妻,生有五子,蒲氏遂在满井庄开枝散叶,村中大姓刘家、郭家逐渐衰微,蒲姓胜出。蒲松龄生于老长支,即子忠一支,至其父槃是第九代,算来完整见证了明朝的兴起与覆灭。第十代的蒲松龄排行老三,乃嫡母董氏所生次子,因此,在蒲家庄,蒲松龄被称为"三老祖"。这些是陈年旧闻了,像燃过的香灰,飘起来,沉下去,染了世俗和沧桑,最后躲进故纸堆,磷火般,明暗无别,只有对蒲松龄感兴趣的人才会看见。

我渴望一头扎进蒲家庄,像鱼扎进河流跌落的瀑布,顺流而下,周遭灌满泡沫和历史长河的混响,两岸且行且退,景色迷离多姿,泥沙溅起,恍如尘埃,恍如隔世。水草涤荡,四季缠绵,似晨露打湿眼目。过了很久,我才睁大双眼,恢复神志,在蒲家庄村外瞭望它的陌生与迷蒙,猜想那些即将让我熟悉的草木砖瓦和泥墙残垣,灰黑的门楼,灰暗的街巷,灰白的人间聚散……忽近忽远。冰冷与温暖,干燥与潮湿,新生与霉变,日光般抽丝,披散而至——如同暮年的蒲松龄,辞去在外养家糊口的私塾先生的身份,返回故里,撩起长衫,散开发辫,从村西的平康门,走向村东的仙乡门，从某个不眠之夜走向长夜将尽之处。这段路并不长。它最终向每个行走其中的陌生人呈现的乃灵魂所见，而非眼睛所见。

所以，迈进平康门之前，我必须先把灵魂洗净，以便心明眼亮、心地单纯地与蒲松龄的灵魂会合——假如足够幸运的话。在蒲家庄，我们无法不面对灵魂问题。我确知蒲松龄有个忧伤且不幸的灵魂，伴随他的一生。同样我也确知在他的笔下，有些快乐的灵魂。他把自己的不幸与忧伤，幻化为幸运和快乐，给予了狐仙鬼怪、花鸟鱼虫、大千世界。有人说，只有历经不幸与痛苦，才能理解公平、正义、诚实，并对人类抱以同情心。同情心是人类伟大的情感，它将美善赋予四季，长成花形，播撒清香。我想蒲松龄是其中一个，他的同情心，不仅给了人，还给了他所见和不得见的一切。我驻足凝视"平康"二字，蒲松龄的手书，炎热中散发柔和的白光，稳妥地阴刻于西门的黑色匾额上，与耸起的城楼、齿状的围墙构筑成仡立不倒的整体，平视着村庄内外的世界，万事万物，静默的、喧哗的、怯弱的、勇毅的，都从"平康"二字进出。这是他的希冀和愿望，抚摸过众多不幸和忧伤，除了他自己。但转而又想，在蒲松龄不幸和忧伤的灵魂深处，一定有个炽热发光的内核，是他对抗贫困潦倒和失意的力量之源。那内核不是别的，正是热爱和快乐。由此，他勤勉一生的讲述中，人不是人，狐不是狐，仙不是仙，鬼不是鬼，花不是花，世态不是世态，炎凉不是炎凉，而是对灵魂的颂扬、鞭挞和拷问。世人误解了蒲松龄。他既不"孤"，也不"愤"，《聊斋志异》绝非孤愤之作。他甚至不需要人间的安慰和同情，那是他欣然接受的命运，无论多么不幸。哲学家说："不存在什么高高在上的命运。"爱因斯坦终止了他的全部研究，掩卷而叹："宇宙间一切物质都不存在，唯有精神永恒。"事实是蒲松龄因为同情心而不惜放逐灵魂的精神，这让他快乐，并因之幸福。庄子明言："人皆知有用之用，而莫知无用之用。"但蒲氏知之。

挽起蒲松龄的宽袍大袖，抑或搀扶这位老人的胳膊，梳理下髭须，调整好脚步，一同迈进平康门，走进他的村庄，走进蒲松龄的内心世界。我把他的精神当成村东满井之水，用之洗刷并洁净了自己。我们如两只快乐的笨鹅，摇摇晃晃，左右顾盼，缓缓而行。

2

重修的平康城门洞内呈拱形，通道幽暗短窄，数步可跨过。眼前一条街巷，石板铺的路，宽足六米，略微倾斜下沉，通向蒲家庄叫仙乡的东城门。石板铺的街巷将村庄分为南北两部分：南部较小，通过南北胡同，可一眼望到尽头；北部较大，胡同扭曲，一眼难望到尽头。南部地形高于北部，东西部高于中部，村庄布局于丘陵之中，房屋朝向并不统一，依地势而筑，既有坐南朝北，又有坐西朝东。街巷两侧，白墙黑框的建筑依次排开，挤靠着延伸，留出数条贯通南北的胡同。胡同大都铺了青灰的砖块，伏天雨后的湿气，既显其悠长，又蕴含幽怨。墙头青苔和挂墙植物以及高耸的树木，绿意不减，让我感受到现代生活的气息。石板路大都用了青石，间或褐色、栗色石块，枕头大小，一块枕着一块，用不规则的线条，勾勒彼此的界限，铺满街巷，直铺到视觉尽头，抑或铺向了清朝、明朝、宋朝，铺向了脚步无法抵达的所在，只有思绪可模糊地触及。然而思绪是无形的，目光锁不住，知觉绑不牢，它飘忽成蝴蝶，遁远了。它真的通往仙乡吗？我扭头，想问问蒲松龄。他的胳膊抽搐一下，接着干咳一声，并不说话，胡子翘翘的，继续蹒跚向前，往那个叫仙乡的城门去。我们的软底鞋，踩到石板上，绵绵的，没有声音，更没有回声，回头看，也没落下脚印。假如两只白狐，这样静悄悄结伴走过，会不会留下两行印子。白狐们在蒲松龄的文学世界里穿梭，上天入地，往来人生，脚丫可见。

但我知道，蒲松龄生活的年代，蒲家庄并无石板路，这条从平康通往仙乡的街巷也没有六米宽，最多三米或两米，不平直。巷子扭个弯，再往前，这样扭来扭去，就到了蒲松龄称为"聊斋"的家。那是个深夜，白天下过暴雨，山路泥泞，脚步踉跄，一步一喘息。他赶了一天的山路。星星们困乏了，有的干脆闭了眼，只极少数干涩地眨巴几下。聊斋门前冷清，无人进出的脚印，明晃晃的水沫，摸黑可见。没院墙的草房歪斜，房门紧闭，那时候没电话没微信，拍个电报也不可能，夫人刘孺人不知丈夫回家。三十多年了，蒲松龄在六十里外的西铺村毕家设馆授徒，随着年龄增长，他的腿脚越来越不利索，六十多里山路是阻隔他与妻儿的屏障。蒲松龄回家的次数逐年减少，但为生计，为一家老小的粥米，他得咬牙做下去。他抬手敲门，身后留下两行深陷水洼的脚印，清晰、明亮，像星斗。房门携带刺耳的响声，迟迟疑疑地开了，白发掩面的刘孺人佝偻着身子，门缝中两张沟壑纵横又惊又喜的脸，几乎碰到一起。

"我辞职了。"他说。

"不走了？"她问。

"回家了。"他说。

那年蒲松龄七十岁。他终于返回仙乡——他的家，他的聊斋。他无须走到那个不远处的城门。"夫妻向隅，茅舍无烟，相对静默……"中年时，蒲松龄在《促织》中写道。"他记得从前一个先令就能买到十三只上等的牡蛎。"我想起毛姆的《月亮和六便士》，不胜唏嘘和辛酸。

满街建筑，大都建于20世纪中后期，但形式和使用的建材，无不试图把人们拉回历史，让人们在行走、观摩中重返过去，至少回到三百余年前蒲松龄生活的岁月。那些屋顶门楼堆叠的鳞瓦筒瓦，正脊翘伸的龙吻，垂脊斜脊蹲守的小兽，飞椽尾部雕花刻纹的瓦当，硬山式灰砖山墙和房屋门垛剥落的白灰……虽然清楚是对过去的仿制，免不了做作，也愿意停下来瞧一瞧，因为我相信只要事物展现在眼前，便有其深层的意义。当他目睹我兴奋地走向几个仿古的门楼时，他对我的行为颇为不屑。他立定于石板的街巷，眯着眼望天，像一棵倔强的槐树，等我失望后返回。以他数百年的丰富阅历，他清楚时间不会往回走，只会往前去，往前的过程才是新的事物苍老的过程。仿制也属一种新吗？弄不好还被说成一种创造，却没用，因为时间还未前进到让它们苍老霉变的阶段，还没让足够多的人忘记它们模仿者或仿制品的身份。然而，时间的残酷性正好显示其中，在时间漠然的脚步里，一部分事物黯淡了，退场了，遭到遗弃，不再被提起，同时却把另一部分,极少的一部分,或微不足道的一部分,磨出棱角,催生出光芒。时间离去越远,那棱角越分明,光芒越强烈,直至炫人眼目,高山仰止,照耀古今。

"比如《聊斋志异》!"我回头,高声道。蒲松龄笑而不语,灰白长衫里的沧桑簌簌落地,有的触地弹起,击打屋顶片瓦。他眼角的鱼尾纹,像仿制品房屋正脊两端的鸱尾漂亮的弯钩。

其实吸引我的不单单是门楼,还有胡同尽头的一位老人。远看,胡同口有个下行的水泥斜坡,一位老人,右手拿根细长的竹竿,左手握把韭菜刀,忽而往坡上跑,忽而急转身下坡,于是脸就凑近了门楼下坐马扎的老伴。老伴的右手挂着一柄木拐杖,腿部有伤,不敢站起,却笑个不停。隐隐地似有乐曲传来,老人在四五米的范围内旋转、追逐,一会儿右臂张开,竹竿在空中画着弧,一会儿左臂探出去,韭菜刀凭空割着什么。他的腿,一条着地,一条抬起,抬起的那条,膝盖处打个弯,小腿悬空,左右摇晃。老人挥舞手臂时,嘴里发出响声,仿佛喊着某种号子——老人在舞蹈,伴着当地的俚曲,我这样判断。我急急地赶去,忘了观察门楼和院落里三面硬山的房屋。待到近前,我发现老人的舞蹈是有功用的。他的周围,也就是胡同口,东西两侧院落前,起了菜园。小菜园除了韭菜、茄子、生菜等,还栽了树。核桃树结了鸡蛋大小的青色果实。香椿的叶子因为过了采摘季,便任其生长,蓬松在枝头,特别肥大。过了东西水泥马路,小拐向上,连着一小截胡同。一家聊斋饭店门口,撑着一把遮阳棚,棚子下,放了两只马扎和一张矮腿方桌,桌面脱了漆,油渍斑斑点点,透着岁月感。饭店关了门,马扎空着,只有零星小雨在落。二胡的声音飘过饭店的墙头，往茶桌落座，再断断续续沿了胡同，往跳舞老人的腿上贴。

但这些不是老人跳舞的原因。原因是蜻蜓。它们飞出菜园，也由那首俚曲相伴，翅膀一折一折的，在老人前后左右旋转，有的滞空不动，似在挑逗。老人挥舞竹竿，捕捉它们。躲不及的蜻蜓，被捉到捏住翅膀，长长的肉肉的身子拱起来，不能飞了，心想这下完了。老人每捉住一只，便紧跑几步凑近老伴，交到老伴左手里。老伴提溜着蜻蜓翅膀，大眼瞪小眼看会儿，佯装不小心，让蜻蜓忽悠一下飞走，仰脸对转身的老人哈哈地笑。老人并不在意，继续捕捉下一只，依然像跳舞。被放飞的蜻蜓，却不敢再靠近老人，躲去小菜园的核桃树下，心"怦怦"跳着听曲子，那俚曲还咿咿呀呀，时断时续地飞舞。

"快去屋里躲躲雨吧。"毫无疑问，老人姓蒲，蒲氏后裔，七十多岁，与蒲松龄同龄，晚出生了两百多年。他见我走近，停了舞蹈，忙不迭招呼。"没关系，"我说。"那曲子是？""三老祖的俚曲，《墙头记》啊，没听过？"蒲大爷旋即要唱一段似的，韭菜刀从空中劈过。"好像听过，曲子很熟，我母亲会唱。"我转身，望向胡同另一头石板街巷中的蒲松龄，长巷中，细雨霏霏，他也在舞蹈，孤独舞台上的孤独舞者，双臂一升一落，双腿一曲一直，裙摆一飘一荡，忘了身在何处，忘了心在何方，忘了时间的巨轮碾压过他……

3

蒲家庄的雨,下得像江南的黄梅雨,呈悱恻状,在村庄东西街、南北巷飘成十字。我不能肯定那是不是雨。也许是幻觉。两位七十多岁的老人,隔着两百多年的时间距离,在同一个空间,跳着类似的舞。这场景,我也不能肯定其真实性。我端详胡同南端,再端详北端,像一页页翻开《聊斋》中的故事。故事里的人物活得蹦蹦跳跳,袅袅青烟中,他们的一颦一笑,历历在目。但我不知身处故事中,还是被抛进梦境里。突然,也许并非突然,一股磨出毛边的轻风,裹挟伏天湿热,经过青石板的巷子,街巷便如水带子,在我眼前上下起伏,像匹丝绸,两端由人拉扯着不停地震荡。我如同树叶,在丝绸上飘浮着。我向东走去,脚步像喝醉的狐仙。一棵宋槐直直地站立在石板巷和南北胡同中间,一动不动,连树叶都是静止的,它的四周,风起云涌。凭我多年行走大地的经验,我清楚宋槐是真实的,同时确认宋槐站立之处为蒲家庄的中心,村庄围绕它向四面铺开。以宋槐的目光,并以它的高度,往西可见平康门、往东可见仙乡门,而往南可见葵阳门、往北可见景徵门。土围子连着四门,或四座城门串联了土围子,形成不太规则却给人安全感的圆圈。人们在圆圈内,日复一日,一代一代,过着并非安全的生活。宋槐的年龄肯定远远大于蒲松龄的年龄。蒲家庄前身的前身,在宋代,叫三槐庄,与它有关,所以以宋槐的年龄,它对蒲松龄的一切一清二楚,对捕捉蜻蜓的蒲大爷的生活,也一目了然。恐怕因为知道太多,上帝封了它的嘴,无论真假,都不可言说,只能一动不动、呆若木鸡地站立,学习花开花谢。如果说人生的本质是孤独,"人生的一半是在欲语还休、扭头不看和沉默寡言中度过",那么没有什么能比宋槐更深刻地理解和体会孤独的了。

最终,我失去了是否来过或还在蒲家庄的判断,即使蒲松龄拍打我的肩膀,也没能让失神的我回过神来。

那阵轻风,有颜色,乳白或象牙白;有轮廓,像一位身穿长袖连衣裙的女子,胡同内飘进飘出。一切不真实感和幻觉都源于此。我松开蒲松龄的胳膊。他伸手拉我,没抓住。我冲进胡同。胡同里的雨隔几米才有一滴,也有颜色,落在砖块的地面上像槐米,白中透黄。那槐米绽放的瞬间凝固了,成为一只只小小的白蝴蝶。

轻风似一位年轻的女性,她一袭白裙,黑发及肩,双臂前伸,往胡同深处跑。她一定刚刚挣脱蒲松龄的书页,不知是青凤还是小翠,轻轻地从半空或破开泥巴封糊的墙壁,飘落胡同。我追了进去,速度如闪电。我想这样的速度,肯定能一把抓住她。我探出手,手臂比平时长几倍,像一根绑了铁钩的绳子。我看到铁爪就要落到她起伏的右肩,但是落空了,她依然在我前面,保持刚开始的距离,幽幽地穿过墙壁间的丝瓜架,往前面的葡萄架去了。我盯着前面的白色人影,冲过瓜架,悠长的胡同白得耀眼,一束白光刺痛了我的眼睛,在我闭眼睁眼的瞬间,白色人影不见了。我很失落。她定是拐进某个院落,藏在某片草叶下了。

胡同住满人家,门上大都挂着铁锁,锁鼻子生锈,想必有段时间没打开了。外面没锁,从里面闩着,小狗听见动静,惊奇地吠。搞不清吠我还是她。我无法破门而入——她可以,这点我不怀疑——只好顺着胡同往北去,希望她再次从天而降,或破壁而出。

突然,一扇门"啪嗒"一声开了,我吃惊地睁大眼睛,不敢喘气。先是一个自行车轱辘出了门枕,接着是车把和握车把的两只戴黑手套的手,再接着是一双白色凉鞋——我相信她更换了装束,白鞋子没来得及换。自行车和她完全在胡同里了,她骑上,直接从我直立的身体穿了过去,我难道不存在或是个影子?等我的目光追上她背影,我断定她不是她,她来自现实,而她不是。墙根吐芽的青苔做证。

但是慢着,她又出现了,在前面五十米处,比上次更突然,而且靠近了北城门。出了城门,她就会融入外面的世界,世界人太多,她一出去,我就很难找到她了。我一着急,子弹般飞了过去,还是晚了一秒,她就地打个旋,像一阵轻风,不知飘去了哪里。城门下又出现一位蒲大爷,笑吟吟地站在门洞前,仿佛在等我。

我打量那座城门,或许是幻觉的缘故,城门变成两座,一座新,一座旧。新的顶着城墙的齿轮,青灰中泛着白,正对着出村的胡同。城门洞像桥洞,上部的线条如同半个桃子,下部则为四方体,两侧半米高的洞沿,坐着几位休息的老人。又一位蒲大爷,站在城门前,面向东侧,一会儿扭头看北边的城门,一会儿看东边的城门,难道他也发现了她?旧城门并不通往村外,而是去往蒲家庄东北角。我猜测她没通过新城门出村,一定经过了旧城门,拐去了村东北角,找了个隐蔽的地方藏身。蒲松龄是否晓得她藏身的所在也未可知,回头我得问问他。这么想着,我走进旧城门下,又一位蒲大爷跟了进来,用手比画,演示城门如何开启和关闭。我发现残存的石头门枕、拱形门洞两侧安插圆木栓的圆孔、上下转动大门的轴心还在,散发岁月的油光,尤其固定在门洞半空的枣木板，并未因时光流逝而陈旧。又一位蒲大爷越说越兴奋，他神秘地轻声道："这城门下有个秘密，有条流水的暗道，连着村内的大湾和村外的湖泊，我小时候在大湾洗澡时发现了这个秘密，但没敢从暗道游出村外。"又一位蒲大爷用力点头，示意没骗我。他补充说，大湾和湖泊都被填平了，盖了房子，村庄的风景没了，就剩这条看不见的暗道。我并不关心他们说的话，因为我的注意力和兴奋点在通过城门洞去往村东北角的灰砖甬道上，或者说在她身上。又一位蒲大爷仿佛看穿了我的心思，望着甬道内一户人家又高又大的枣树，附耳道："你不用去，都是死胡同，出不了村。"

4

蒲松龄拍第二下的时候，我的肩膀动了动，人便苏醒了，失忆一般，呆立在宋槐下。我仰了仰脸，并未下雨，甚至有了一丝亮光，心中不免纳罕，仔细回忆却不记得了。宋槐簌簌，是叶子的摩擦声。蒲松龄津津有味地数树叶，我看他频频点头微笑，想必是数错了，要从头再来。他望我一眼，好像问我干什么去了，我挠挠头皮，干脆说："去旅行了——我们都是旅行者，我是时间的旅行者，先生是灵魂的旅行者。"他笑了笑，肯定了我的说法。

我们继续在宋槐下站立，彼此沉默，进行各自的旅行。蒲松龄打小就聪明，博览群书，过目不忘——人们都这么说。说他过目不忘也许是夸张，说他自小聪明我相信，否则不会在十九岁，也就是清顺治十五年（1658年），蒲松龄初应童子试，就得了县、府、道三个第一，这种聪明人不多。奇怪的是之后他却不聪明了，直到五十岁都没考中举人，进士的身份就更摸不着了，在外人眼里成了遗憾终生的事，成了一生命运多舛、贫困潦倒的凭据。我不这么想。凭蒲松龄的聪明和博学，写篇应景的讨考官欢心的八股文如同熬碗米粥，再简单不过，可他就是和自己过不去，写不下去那样的治国方略、道德文章，不第在情理之中。这成了蒲松龄生命的谜团，无人解得开，那些看上去解开了谜团的答案和情节纯属谬误。

得了三个第一，门庭放光，父亲蒲槃自是高兴，心想这下家族要出个大官儿，门庭若市指日可待，便煮了壶酒，唤蒲松龄来喝。蒲松龄端起杯子便喝，一口一杯，一连喝了好几杯（可见，蒲松龄不仅善于卖水，还善喝酒）。酒劲上来，头晕脚软，说要出门走走，散散酒气。蒲槃正高兴，便放蒲松龄出门。

蒲松龄醉醺醺出了父亲的草屋，脚步轻飘，走过场院，在场院西边三棵明朝古槐中间小解一番，脑袋清爽许多，可身子依然摇晃。他摇摇晃晃来到既通平康又通仙乡的窄巷，眼神迷离，不一会儿就到了宋槐旁。此时夜深，巷头巷尾不见人影，夜色如墨，星星酣然入睡，他心想自己真的醉了，一屁股坐在树墩上，双手后撑着宋槐的老根，迷迷糊糊睡着了。一阵窸窣声，如树叶吵架，惊醒了他，他睁眼往上一望，酒一下全醒了。该是吓醒的。但见宋槐三根大杈中间，两团白色的翘着大尾巴的毛茸茸的东西向下盯着他看，眼睛明亮，仿佛四颗发光的寒星。他浑身的汗毛立时竖起来，忍不住喊一声。原来是两只白狐从树洞外出散步，发现了树下的蒲松龄，已盯他看了一时。它们不惧怕他，即使蒲松龄发出一声喊叫。两条白狐的大尾巴摇曳着纠缠在一起，用它们特别的语言与蒲松龄说话，蒲松龄只感觉恐怖，站起身，准备逃走。

但好奇心又让他迟疑片刻，在这当口，两只白狐跳下宋槐，落到蒲松龄脚下，身子直立，前爪高高抬起，向蒲松龄问好，接着转身，往仙乡门方向蹦跳而去。蒲松龄呆立不动，未从恐惧中清醒过来。白狐蹦跳几米，转回身，双双立着向蒲松龄招手，意思是跟它们走。蒲松龄抖抖胆，跟了几步。白狐们再往仙乡而去，嘴里发出兴奋的"吱吱"声。第一步迈出，恐惧便从心里解除了，只剩下好奇。蒲松龄与白狐保持数米距离，出了仙乡门，往村外东北角又行百米有余，到达满井周围的柳林。两只白狐并不停步，回头看看蒲松龄，就上了满井东北侧的几块山石，在两块巨大的山石前，驻了步子，一齐发出叫声，甚是温婉。石缝中晃悠而出四五只幼狐，都一身白，像些小小的雪堆，先是围绕两只白狐转圈，之后围绕蒲松龄转圈，尾巴和前爪不停摆动，仿佛在舞蹈。蒲松龄心生喜悦，蹲下身抚摸它们。白狐们伸出红红的小舌头，舔了舔蒲松龄的手背和手心，一阵奇痒难耐，让他笑出声来……

"松龄，松龄，醒醒，醒醒……"刘孺人紧握蒲松龄的手，挠他的手心，喊他的名字。蒲松龄咧嘴笑的时候醒了，嘴角流着长长的哈喇子。他望一眼刘孺人，他年轻的妻子，好似不相识，再抬头望望宋槐，树杈间，一个又白又大的月亮正静静地凝视着他。

"你说，狐狸生下小狐狸后，是不是住在一起？"蒲松龄试探着问。

"不，它们分开住，为了安全。"刘孺人望向深巷，幽幽地回答。蒲松龄内心惊诧不已。一个故事、一本书在他心中酝酿。白狐红红的舌头舔舐他手心的温存，让他体会了从未有过的鹣鲽情深。

蒲松龄拥有了另一个世界——用一支笔掌控的世界。

我也开始数树叶，手指碰到蒲松龄的掌心。他触电般抽走了手，眼神异样地盯着我，仿佛暴露了重大的秘密，想掩饰，却晚了。我们会心一笑，停止数树叶的游戏，不约而同转身，走向仙乡门。经过名人题写的"蒲松龄故居"匾额时，他未抬头，认不出自己的家，好像路过陌生人的家门口，只在院前的三棵古槐下略微沉吟，便低头前行，如当年尾随白狐那样，沉默着上坡。前面不远，是仙乡门。

仙乡门也重修过，已是新的城门，用无可挑剔的完整向我们展示它脆弱的一面、陌生的一面和不幸的一面。唯"仙乡"二字，他熟悉。对蒲松龄而言，不知出了城门是仙乡，还是留在村内是仙乡，或者宋槐是他的仙乡。对我而言，这里是人间，酸甜苦辣、五味杂陈的人间，欢声笑语、尘埃起落的人间。

仙乡门下，一位卖瓶装水的中年男人，戴副墨镜，坐于门洞，望着叫"柳泉"的牌坊发呆，不一会儿，又站起身整理冰柜的瓶瓶罐罐。蒲松龄看到了熟悉的行当和事物，抛下我，快步上前去。

柳泉和聊斋

柳　泉

1

　　蒲家庄的前身叫满井庄，始于明初。满井庄的前身叫三槐庄，始于宋代。明中期，村名固定下来，叫蒲家庄，一直沿用到今天。村庄不大，道旁植了槐树，年纪大的三棵。朝东头出村一里半有一口水井，人称满井。什么满了井？我猜可能是灰尘，从明朝到现在好几百年了，每天哪怕仅仅过路的轻尘落进几粒，一口井再大，差不多也满了，何况还有更大的颗粒，比如唾沫星子、人间恩怨、欲望美梦等等。井也可能被日子填满，日子随日头起落，掰着指头一天天过，累积多了，数不清也算不准，胡乱叠放在那儿，山峁坟头般又厚又鼓，干脆扔到井里，随它去吧。至于文人骚客，也许会说是日光、月光或星光填满了井。你看，潮湿的季节下起雨，打落灰尘，雨滴穿透时空的阻隔，瞄准井口，携带太阳的亮光、月亮的洁白、星宿的烂漫……耐心等，总会满的。

满井始建于何年，人工开挖还是天成，已不重要，它就处在蒲家庄村东自东南向西北蜿蜒的沟岸上。一个晚上，月亮升了起来，像一盏高举的银灯笼，把沟渠照耀得清晰，猛然闪现两只白狐，蹦蹦跳跳地下沟沿，十九岁的蒲松龄梦游般在后面紧跟，他顺沟的方向上下瞧，心被撞击了一下。当时的景色颇有仙气。素常来捕鱼摸虾，并无此刻的感受。他不免多瞅几眼，两岸和向坡伸展的柳林一派银青色，岚气飘摇升腾，柳丝根根垂腰，仿佛村里的大姑娘小媳妇们弯腰低头，漂洗秀发，夜风清爽拂过，同一个节奏甩头，发丝飘扬，半晌落下不得。蒲松龄直接呆傻了。白狐的"吱吱"叫声使他收回了目光。它们已经爬到满井近旁的土岸上，停在一棵粗壮的柳树下。平时来这里，蒲松龄玩累了，便躺在树荫里打盹，数万千丝条。此刻，两只白狐彼此搭着肩膀，后腿交叉站立，一只腾出一只前爪，既似向迎面迈步过沟的蒲松龄打招呼，又似指着满井要让蒲松龄来看。蒲松龄脚踩卵石跳过沟，上岸至井旁，探头往满井内瞧。满井的水尚未满，水不起纹。蒲松龄斜身于井口之上，水中倒映一轮沉思默想的明月、两只笑容可掬的白狐，奇怪的是，唯独瞧不见自己。他莫名惊诧，抬头望望白狐，再低头看井，还是看不见自己，井水却缓慢上涌，至井沿不止，溢出流到沟里。他想问这是怎么回事，还未张嘴，白狐却往前跑了，尾巴蓬松高翘，像两面白旗，在山坡间消失了。

第二天，蒲松龄又到村东的满井。午间万木垂寂，碧绿的柳丝懒得伸腰，野草都矮了下去，恹恹欲睡。巨柳下数个人影，有老有少，在歇晌。距柳树几米远，济南府通青州府的官道上，停放一辆木轮手推车，两边靠前各放一个黑坛子，坛子上竖贴一张红纸条，纸条上写黑字，字为"半里红"，估摸着是酒。车的一侧放了块常见的大青石，五六十斤的模样；另一侧却空着，因为偏沉，中年男人坐在轻的一侧，维持手推车平衡。男人握块玉米面饼子，嘴巴旋转着咀嚼，眼瞧柳树下的一对母女。女孩尚小，七八岁，手摇一根柳条玩，羊角辫跟着摇。手推车旁边立着两捆柴火，扁担横担干柴，想必是那位正往满井探头的老汉的。再远点，还有棵老柳，比立井沿的稍小，一头驴低头啃草，无暇顾他。一位既像书生又有些官府模样的中年人，坐在一块闲石上，低头抱着本打开的《渔洋精华录》，头一点一点的，似要睡着。蒲松龄环顾一圈，像欣赏一幅画，心却惦记着坡上藏身的白狐。他径直往那岩石斜坡去，寻遍了石缝树隙，除了瓦砾碎草、蓝天大地，皆空空如也。

　　蒲松龄失望而回，脸色不怎么好看，心道无非一梦，何必当真。老汉坐在井沿，吧嗒着旱烟，目睹蒲松龄的一举一动，见他悻悻然，吐出口烟雾，道："小哥满腹心事，不妨听老汉讲个白狐戏书生的故事。"蒲松龄又生诧异，却不动声色，一屁股坐在井沿边，低头数指头。老汉便讲了白狐戏书生的事，竟如他所梦的一般。松龄听罢，不再惊慌奇怪，扭头问老汉："后来呢？"老汉的长寿眉一挑，笑道："后来，这古道边，人心里，多了个讲故事的老汉。"

　　老汉说完，起身挑柴，那柴火在他肩上，如俩空盒子，毫无分量，再瞧老汉，健步如飞上了官道。一声呼哨，来自中年男人。男人猛地站起，手推车竟然并不偏倒。母女听见叫声，起了身，女孩坐到空位去，背对父母和蒲松龄，羊角辫翘着，柳条举得高高地摇晃，柳叶儿如灿烂花开，花瓣一片片落，古道一片片绿。中年男人手推车子，木轱辘吱扭扭响，女人与男人并肩，迈步前行时回头一笑，蒲松龄顿感十分熟悉，仔细看背影，似两杆白旗晃动，又寻那骑驴书生，早匿了踪迹。蒲松龄摸摸井台上老汉坐过的条石，多了个凹坑，还留有温温的热度，再看那口井，泉水刚好与井沿齐平，满而不溢，映现一位眉清目秀的年轻人，髭须初露，脸上写满了困惑，身子却清晰在朗日之中。

2

蒲松龄用食指朝我的掌心用力一划。他一直不出声，我靠感触，懂得了他的指语。我笑了两声，催他赶快前往柳泉（也就是满井），此刻我最想见到的是昔日的满井，今日的柳泉。

"早今非昔比了。"

蒲松龄嘴角一咧。我们停步在蒲家庄村东广场一座四柱三门石坊前，望着正面的"聊斋园"三字，面露尴尬。凡带"园"字的，大都与经营有关，凭票入场。我阔气地拉他往广场南侧售票处走，意思是请客。待知晓门票价格，我满脸通红，翻遍口袋，凑不出两张门票钱。蒲松龄不含糊，翻开随身褡裢，蹲在地上一溜儿摆出三枚铜板，表明那是他的全部财产。

"教书三十年，退休金就三个铜板？"我擦掉额头上因羞耻渗出的汗水。蒲松龄并不着忙，小心捡回铜板，凑近嘴边吹去水泥灰，认真藏入褡裢，起身在我手心用食指画了个圆。

"得了吧,谁还听你讲故事？倒给钱,差不多会有个把人听。"我推开他苍老的手，眼瞅着一朵黑云，心生怜悯。他笑两声，笑容淳朴，如井水清澈。他拉着我的手，折回石坊背面看"柳泉"两个字。蒲松龄推推我，挥舞胳膊，指向东北角。他晓得真"柳泉"何在。

迎宾广场正北立着两排两层小楼。一条水泥道路通向东北方，拐上去转向北，可去往蒲家庄新村。水泥路右侧与"聊斋园"围墙之间，泥土是三百年前甚至更早以前的。道边开辟了菜园，种植韭菜、大葱、生菜、茄子等。豆角在支架上长成柳条状，豆角叶比柳叶儿宽，再宽点的，是玉米叶，最宽最肥的数黄瓜叶子。黄瓜藏于叶下，活泼且水灵，嘴含黄花，并非为了吹喇叭。低矮的篱笆挡不住人，我抬腿迈进，摘下两根黄瓜，一根递给蒲松龄，一根揣进自己口袋，饿了吃。

我被小道尽头的绿色吸引，或者本来蒲松龄就想带我去那儿。那是座普通农家小院，大门很隐蔽，却非故意弄得隐蔽，是外院墙壁内外的翠竹高大的缘故。蒲松龄大概想带我来看竹子。我知道他爱竹，种过竹，写过竹，比如"短榻信抽引睡书，日上南窗竹影碧"等诗句。竹子倚墙而生，内外都有，高出两米多的墙头，竹茎绿中泛黄，竹叶斜出剑式，一丛丛的可不比柳叶少。蒲松龄径直走到靠西墙的釉子缸旁，手指水缸，示意我过来看。缸内装了水，十分清澈，映竹影也映人影。我没搞懂他想说水缸是柳泉还是缸内的水来自柳泉，只晓得他的所指与柳泉有关。

出翠竹小院折向北，我们在新村的宽街走得很快，继而西行，拐进胡同。胡同大都狭窄悠长，两侧是高大的新房和红砖院墙，院墙披挂葡萄架，有些熟了，我一路摘下往嘴里送，蒲松龄却无此嗜好。在一架葫芦架下，他驻足良久，估计数过了葫芦个数。离葫芦架西去几十米是蒲家庄老村倾圮的房屋，他并未带我过去，而后沿新村胡同继续往西北，或者说围绕老村的外围一边观察一边行走，不多会儿到了村庄仅剩的一段土围子外，他放慢了脚步。

三合土夯实的围墙早已残缺，多个地方用新材料做了修补，围子里面多为房屋和树木，外面有一条新修的沿着围子起伏的水泥路。蒲松龄对古老的围墙没兴趣，却对围子外面的草和垃圾堆兴味盎然。他兴奋地跑开，又失望地折回，一会儿点头，一会儿摇头。我猛然醒悟，这半天工夫，蒲松龄带我行走的，或者说一路寻找的，原来是那条村外的大沟，那条流水不绝的深沟。我们沿大沟昔日的路径走了一遍，而沟的终点，正是这段旧围子外的一片湖。如今湖泊被填平，掩埋了蒲松龄的记忆，他走入历史的盲点。同时，我又记起村庄北门的那位蒲大爷说过的神秘的话：一条暗道通往村外的湖。难不成蒲松龄在寻找那条暗道？我走上前，挽住陷入困局的先生，领他往村北那座叫景徵的城门去。城门洞开，续接了蒲松龄的原始记忆。城门外旧墙下，他收住脚步，双手按住我的手，手指冰冷僵硬，眼睛里闪烁湿润。我等他说点什么，可他什么也不说。他要离开了，通过那条暗道。

再见，先生。

3

公元 1679 年,蒲松龄四十岁,居家日子越过越难,几近衣食无着。执着的先生依然遍访乡野,搜奇猎怪,埋头读书著述,幸得夫人刘孺人体恤,方可为继。大多时间,蒲松龄往来于聊斋草屋和满井之间。在满井旁时向路人卖水,换几个铜板,顺便听些村野趣闻、离奇故事,返回草屋则撰写成文,日积月累,收获颇丰,痴迷不悔。如此这般,早把那些道德文章抛诸脑后,如何中第?即便无事,他也愿到满井处,守着井水发呆,望着自己的倒影发呆,皱纹有了,白发有了,时间无情地改变他的容颜,他头脑里的天地却不停止运行,一个个故事如满井之水,泉涌不息。他的愚痴,感天动地。途经的飞鸟,停下鸣啭,收紧翅膀,待滑翔过柳林与满井,飞回时间内部,方扇动一下,啼唱一声。

这一日,又是个安静的午间,蒲松龄踱步至满井,井中的他愁容满面。他蹲在井沿,以手撩水,水中的愁苦人碎了,碎片荡去井壁,碰得更碎,细小的碎片荡回水中央,最后聚成繁星,聚成岁月之光。他起身,往那两块巨石走去,身影单薄,有些摇晃。他抚摸每块石头,轻轻地拿在手里,端详得仔细,仿佛抚摸雪白的幼狐。他有些惆怅,仰望天际,耳边听见内心一声长长的喟叹。一朵流云瞬间裂为两块,分别向两个不同的方向飘忽而去。为生活计,他答应了六十里外西浦村好友毕际有的聘约,到他家中绛帐授徒。天地空阔啊,他来与满井、垂柳、白狐告别。

三十年后,蒲松龄七十岁,他解了聘约,蹒跚归庐,翌日首件事便来看满井。水还那般清冽,倒映万物,倒映风云。柳树却苍老了，柳叶儿不似以前浓绿，稀疏地挥手问候，它们还记得蒲松龄，即便他白发冠顶。因为兴奋，它们齐刷刷地将发辫甩往一边，就这么停滞在半空，一动不动。他再没遇见那对白狐、挑柴的老汉、摇晃柳枝的少女、骑驴看唱本的书生，他们也老了吗？少女手中的柳叶儿仿佛还那般鲜绿，像绿色的花朵，撒向古道。他又分明时常与他们相遇，与柳叶、流水、天地相遇，在文字里、故事里、冥想中……他掏出手稿，引燃，火舌席卷了柳林，满井中也有一团火，跳跃着膨胀，仿佛要烧掉这个世界，他那么愤怒又深爱的世界。白狐们星散而去。

了却了心愿，蒲松龄微微地笑了。他想起设馆授徒的第一天，讲台前，端坐着几个学生，他记得他们的名字，一个叫世泊，字公远；一个叫世演，字公范；一个叫世渡，字公筏……他们正襟危坐，聆听教诲。蒲松龄手执戒尺，开言道："请叫我柳泉先生……"

聊斋

1

"聊斋"为三间泥坯草屋，也是一部文学名著。草屋"聊斋"作为蒲松龄的居所，是他生活的仙乡。还有个仙乡，他想挤进去，叫官场。去官场的路上，他从十九岁走起，赶路不息，按一般步幅计算，齐鲁大地走了一遍不止。五十一岁那年，蒲松龄再次科举应试，吊诡得很，他病了，无法坚持，考试半途而废。他神情懊丧地回到草屋，夫人刘孺人劝他："君勿须复尔！倘命应通显，今亦台阁矣。山林自有乐地,何必以肉鼓吹为快哉?"意思是命里没官运,别折腾了,山林本是自在地方,何必非要去听打着板子向百姓催税的声音呢?一语点醒梦中人。蒲松龄想起满井,想到自号柳泉先生,还想到为自己命运煞有介事写的旁注:"知我者,其在青林黑塞间乎!"强烈的羞耻感涌上心头,他望了眼那条仙乡之路,有点恋恋不舍,但他止步了。支离破碎的一生开始愈合,生命回到十九岁前的状态,无所欲求。

然而,在求功名不成的弯道上,蒲松龄不自觉地抵达了真正的仙乡——中国文言短篇小说的顶峰。这座峰峦成了孤峰,沉默而冷峻,像他留存世间的画像,木然注视群雄。但是生前,蒲松龄无此自信。他在求生存和求功名的途中百般折腾,潦倒、困顿、愤懑让他信心尽失,幻灭中他走完一生。幻灭成就了他。

也许任何一座仙乡都不存在,只是虚幻和泡影。蒲松龄从满井中望见的真实,无非假象投射的真实,比虚无更缥缈——这正是聊斋作品的真相。蒲松龄从未停止探索世界虚假、人性荒诞的一面。有时阳光灿烂比月黑风高更为恐怖,高歌猛进比呻吟退守愈加平庸。因此,鬼魅世界胜似人间天堂。一粒米是真实的,胜过一枚铜板的真实。蒲松龄尽力在讲堂费尽一天的口舌,这是他活下去的理由。假如只喝满井之水能够存活,他会选择守住满井了却一生。人生的荒谬和无奈不过如此。

发愤著述,发奋科举,在真实和非真实之间,在本我与非我之间,蒲松龄痛饮命运的苦酒,酣畅淋漓。七十四岁时,蒲松龄垂垂老矣。蒲筠请画家朱湘鳞为父画像,画中的蒲松龄姿势僵硬,表情呆滞,却透出一副官样,完全不是蒲松龄日常的样子。蒲松龄对画中的蒲松龄异常满意。这留存世间唯一的肖像,画下了蒲松龄真实和非真实、本我和非我的结合体,画出了他矛盾和妥协的一生。一个痛苦的人跃然纸上,一个自己与自己不愿相认的麻木者跃然纸上。假如说蒲松龄平生得到过什么安慰,那就是他把自己沉入聊斋世界,沉入不能言与不可言中。蒲松龄为肖像欣然题诗:"生平绝技能写照,三毛颊上如有神。对灯取影真逼似,不问知是谁何人。"

我们或许认不得自己,却认得他。

康熙五十四年(1715年),蒲松龄七十六岁,生日刚过的正月二十二日,他斜倚聊斋南窗,书卷摊开,盯着木窗窗户纸,眼神倦怠,上眼皮似有千斤之重,沉沉欲睡。几道白光滑过窗棂,伴随"吱吱"声。蒲松龄眼皮动动,嘴角翘翘,想说或喊。他或许听见自己说了或喊了什么。或许我和白狐都听见了。那声音,是寂静之后的寂静。一滴水悄然入湖,水面略微凹陷后恢复平静。世界从未感觉到发生过什么。窗纸黑了下去。聊斋空了。

他解放了自己。

2

雨点儿飞来,温热又冰凉。房前有石榴树两棵,石榴树左右又有柏树各一棵,因过于对称显得多余。雨点落在它们中间,打到石榴的青果上,雨点碎裂得悄无声息,雨水沾湿枝叶。石榴树中间对开黑色入户门,门框也黝黑,透着暗纹。雨未形成水帘,不用挑即可迈入堂屋。门框两侧,沿墙面分蘖或粗或细的线条,划分出石基与白墙、白墙与木窗的领地。黑白分明的墙面，留给白天的日光、入夜的星辰随便描画点什么，无论疏影还是朦胧，都曲曲折折的，变幻年岁的侘傺。门垛两侧白墙各挂一串玉米，暗示此处为一户以务农为本的农家居所。东门垛中间的位置，褐黄色木牌上写着"聊斋"。这便是蒲松龄的故居。

故居由三间房屋组成，面南而立，南北屋顶斜坡铺着深灰鳞片状的小仰瓦，如村东大沟晾晒的鱼，鱼鳞被晒得卷起。正脊、斜脊由筒瓦构筑，状如花墙，可疏风寒，可走月色。屋檐短促，不设瓦当，雨水直抵檐下，片刻不留。正脊东西两端龙吻微翘，看样子无法呼风唤雨，给人谨慎小心之感。这个故居并非蒲松龄当年生活的房屋，乃在原址重新建造而成，比之曾经的泥坯草屋豪华许多。大宅给人安慰，若蒲松龄此刻与我并肩而视，对他窘迫穷困的一生、舌耕岁月的劳苦，该有所释然吧。毕竟，此地已是花园，离红尘较远，静谧的环境适合著述。活着时，不知蒲松龄有无这样梦想过。

入聊斋门，进得堂屋，待适应室内暗淡的光线，不妨先环视，再凝视，再胡乱感慨不迟。自左往右扫一遍，故居空间并不局促拥挤，整体低沉的色调冲击视觉，让人稍感压抑，但比蒲松龄压抑的一生强多了。西屋墙上的长方形细木格窗透进光亮，让沿墙摆设的暗色柴木家具有了可视的光感。各式家具排满三间屋子，估计蒲松龄用不完。西墙根条几前的罗汉床比较显眼，罗汉床靠背凸雕的斑竹顶天立地，竹节粗大清晰，想必蒲松龄当爱不释手。迎面正对堂屋门的条案、八仙桌、圈椅和其中摆设的石雕等，这似乎是蒲松龄一家围坐或会客之处。蒲松龄除了喜爱竹子，还喜爱石头，灵璧石是其最爱，可见，他并不呆板，爱好广泛，只是迫于生计，让他无法施展。东间屋为展示重点，一眼便知是蒲松龄的书房兼卧房，东墙角的书架上存放着他喜欢的书籍，南窗下一个大炕，粗布被褥已铺好，累了，蒲松龄可随时入寝休息，醒了，可伸手取书阅读，十分方便。

视线旋即转回堂屋北墙。从整个布局来看，北墙为观瞻的重点，迈步入门正好可以看到蒲松龄正襟危坐的画像。当然，最好先看画像两边郭沫若手书的楹联：写鬼写妖高人一等，刺贪刺虐入骨三分。我把它理解为后人对蒲松龄文学价值的肯定，即使肯定得不怎么充分，但足以宽慰蒲氏一生了。

我与蒲松龄心灵相通，他不用说话，弯弯手指即可。画中的蒲松龄头戴红帽，脚穿红鞋，十分可爱，但仍比不上生活中可爱。若脸颊胡子够浓密，大雪天街上一溜达，雪花世界中，活脱脱一位圣诞老人，他再穷，也愿意分舍些小礼物，唤醒孩子们心中的美好。他端坐，目视真真假假的世界，表情别扭到自己觉得舒服，呆若木鸡到自己觉得惬意，这是他和我们开的玩笑。我是谁？也许他在这样问，也许他永远不会问，如果这样问，那自己便与万事万物隔着距离，而蒲松龄没有这种隔阂。他本是满井里的一滴水，柳泉先生，不用问来自何处，更不用想归于何处。来路即归路，他无须去找往前的路，敲路过的门。这些都是表面的，谁都读得出。往局部看，像凝视满井，就深了。我看他抬起的左手手指弯了弯，明白他要我看他的脸。他的脸在蒲家庄我看了一路，一张沟壑纵横的老脸，说不上耐看，早已熟悉，但不妨再看一遍。这一看吓我一跳，他的脸迅速消瘦，一点肉都没了，皮包骨头，也许他在暗示我,一个文化人,一个创作者,可以不要肉,但不能没有皮,更不可丧失骨头。没了骨头,只剩媚态,就是肉丸,就站不起来,只能滚或爬,那才叫悲惨。我见他的手指又一弯,比刚才更用力。难道我理解错了?他把手指伸直,一瞬间我恍然大悟,原来他让我看他下巴的一撮白胡子。那胡子只有一缕,逐渐收窄往下探,越探越长,像条白狐的尾巴。我咧嘴笑了。

雨大了,稠密却无声,村西平康门外下棋的、看棋的,四散逃离,棋子丢在棋桌上,湿趴趴的,帅不是帅,卒并非卒,马亦非马……混沌中,只那一片混沌,无比的真切。

过年记

爆竹声声

1

不用父亲喊,我一大早就醒了。腊月二十七,年前赶最后一个柴沟大集的日子。东方微白,父亲就开始准备赶集的口袋了。父亲收拾妥当,坐在院落水井旁垫高的石头上,点燃旱烟卷,深吸一口,直直地冲向眼前的柿子树喷出去,微白的烟气被或粗或细的树枝分为几股,扩散开,消散于清晨寒冷的空气中。他在等我。

在乡下,赶集是稀松平常的事,但腊月二十七的柴沟大集对我有不同的意义。这天,父亲允许我跟随他到集上转转,说是见见光景。那时候,我七八岁的样子。如今回忆,绝大部分光景已很难浮现,依稀可见的只有那个爆竹市场。因为在爆竹市场看爆竹、听绵绵不绝的爆竹声的记忆深刻。我不清楚那些画面为什么模模糊糊地留存至今，也许与当时年幼有关，但仔细想想，又似乎关系不大。那时的心花怒放即便在今天，也是难得的。或许在岁月的增长中，在内心的深处，我曾无意识地将这些画面反复演绎过，只是自己并未察觉。

家距离柴沟集市七里多路。四十多年前的父亲也许已预见到当今的汽车时代，所以他挖空心思，一毛一毛攒钱，舍不得买大金鹿或凤凰牌自行车。父亲背起空口袋在前面走，我紧随其后，甩开大步，往集市赶。那条泥泞的路在我的记忆中不断伸展。泥土的路，由坑坑洼洼串联，起起伏伏，弯曲如蛇行。大雪封盖了田地，远望近看都是白。村庄变得遥远，如生锈的图钉按在雪地上，时而有时而无。如果没有这条被脚踩车压变黑的道路，人行其中会迷失方向。父亲总是很小心地避开雪和雪化成水结的冰，近乎跳跃式地踩着泥土往前赶路，空口袋在他背上像破旧的门帘一样起伏。我则相反，专门走被风吹皱的有雪的波浪的地方，为的是听到雪层因挤压从脚底发出的"吱吱"声，或干脆在雪水结成的冰上打个滑溜，双臂张开，像只鸟，享受片刻飞翔。偶尔，父亲回身望一眼，有点担心，但并无话说，扭头继续赶路。

路上并不只有我们。路两边或远或近的村庄的人们也在往这条路上汇集，虽然通往柴沟大集的路不止一条。大家大步流星，蚂蚁般奔向集市。间或驴车马车经过，车厢内拉着年货，赶去集市兜售，无非是些蔬菜、家常器具、对联等。那个年代的商户，算是有钱的人家。每当有车辆通过，我们便让到路边，站定，目视他们远去。遇见认识的，相互打个招呼，也就说声"赶集啊""这么早"之类的话，车辆并不停留。

跟随人流，我和父亲来到集上。我心里只装着去年的爆竹市场，爆竹在我脑海里早已炸响，恨不得父亲径直把我带到那儿，但是程序并不是这样。父亲要先选购对联、过门签、年画、蜡烛、香、烧纸，有时还有轴子等，之后专门选购筷子。筷子每年更换一次，大年夜全部用新的，这个传统自我记事起就有，只是说不清为什么。也许是对新生活的某种寄托，也许希望有新的可喜的事情发生，也许为了人丁兴旺。只是新的事情在农村永远是偶然事件，即使发生，对既有的乡土人生、约定俗成的生活轨迹也无太多影响。生活总是平铺直叙、淡而无味地到来又远去，与筷子的新旧毫无瓜葛。

最后挑选蔬菜。年关销售新鲜蔬菜的并不多，那个年代物资紧缺，不像现在，物流发达，南方北方的时令鲜蔬应有尽有，甚至不需要预先买好，想吃，开车去趟超市即可。父亲买蔬菜比较挑剔，总是看了又看，选了又选，价格谈了又谈，试图找到那最好最便宜的。我竖起耳朵，听到隐隐约约传来的爆竹声，心急如焚，汗水渗出，顺着裤裆往下流，流到大腿变凉甚至结冰——再晚一点，那卖爆竹的人是否还在呢？但父亲并不急，千挑万选后，终于买下一小把韭菜、一扎菠菜、几根芹菜，装进已经鼓鼓囊囊的口袋。在他把口袋扛到肩上的瞬间，我看到世界原来一片光明，人生烂漫如花。

日上三竿后的时光属于我，节奏由我掌控，由不得父亲做主。我穿过人隙，向集市西边飞奔。说是飞奔，其实只是提高了步伐的频率，比平时稍微快了些，但我心里是想推开人墙飞奔的。父亲扛着一米多长、直径六七十厘米的口袋，搜寻我的身影显然有些吃力，可我还是希望他再快点。

爆竹市场到了，黑压压一片人海，人声鼎沸。黑是因为几乎清一色的男人，穿清一色的黑棉袄，他们将手揣在袖管内，有的抱在胸前，有的倒背在身后，嘴里吐出热气，脸上的皱纹在兴奋中莫名地抖动，眼珠旋转，寻找刺激神经的所在。人头上面，寒冷气流里，起伏震荡着白中泛青的烟雾，那是爆竹炸响后升起的青烟，是我梦寐以求的颜色，它在岁末年前，开启了我对美好事物的憧憬。青烟举重若轻地上升，漫过垂柳和白杨，向更高的地方飘浮，最终消失在树梢顶端。我仰望树顶高远的天宇，幻想它们加入了云朵的欢唱，并在合适的时候，化身雪花或雨滴，坠落在了我熟悉的家乡小径。它们也许认得我或静悄悄进入过我深夜的梦。

对了，应该向您描述爆竹市场的环境。人群之外，零零散散的人家，房屋低矮，隐藏在高大的树木下。树干拴着马、驴、骡等，它们或站或卧，间或嚼几口干草，一脸茫然，那大大的眼睛却清纯可爱。木制板车东倒西歪，匍匐于树丛，属于贩卖鞭炮的人家。车内存放着已经空了的纸箱，所有鞭炮早已搬到市场，赶完这个集，他们也要回家过年了。那里安静，与市场的热闹对比鲜明，几乎不见大人，只有几个如我这般大小的孩子逗动物玩，但持续不了多久，他们也跑去鞭炮声声的市场了。

爆竹市场其实是占用了一个干涸的大坑，在高密，我们叫它"湾"。几乎每个村庄都有个湾，除了大小，没有区别，旱季用于蓄水，雨季用于排涝。因此，湾一般位于村庄中部低洼地带，是过去村庄的标准配置。在我的印象中,柴沟爆竹市场的湾非常大,呈鹅蛋形,也够深,却无积水,底部黝黑,长满野草,干枯后,积了厚厚一层。湾四周的树木特别高大,一般为杨树、柳树、榆树、梧桐等,夏季阴凉浓密,是纳凉消夏的首选场所。如今,湾底存蓄了雪,覆盖了野草,被众人踩踏后,黑白交织,其状狼藉凄惨。

湾沿一圈,挤满了卖鞭炮的商家,各自独立又紧挨着,几乎没有间隔。他们的外围和湾底,站满了围观和购买鞭炮的人,密密麻麻。外围的多是大人,湾底的多是孩子。大人静观商家竞争,看好哪一家,便上前问价,满意便掏钱买几挂,笑眯眯地离开。他们再看一会儿,便急匆匆往家里赶,算是结束了一年中最后一个柴沟大集。湾底的孩子们,前呼后拥,抢夺那些没有炸响的鞭炮。我们叫它哑炮,捡到后,仿佛得了宝贝,迅速放进口袋,用手牢牢摁住,生怕被人抢走。口袋满了,我也不愿放弃搜寻争夺,瞄见岸上的父亲发火了,才十分不情愿地爬上去,一步三回头地离开。

我钻进人墙,到达湾沿处,环视所有的鞭炮商家。比起捡拾哑炮,我现在更渴望看到此起彼伏的鞭炮燃放。因为离大年只有三天,鞭炮卖家希望今天上午将存货全部出手,下午便可往家里赶。有的商家距离遥远,要用一天一夜甚至两天两夜才能到家,因此,这个集他们兜售得特别卖力,也更情愿多燃放一些,以吸引购买。这个上午,是鞭炮齐鸣的上午,对于我而言,是名副其实的过年。这让我心花怒放。

那个又矮又瘦又黑的男人站起来了。我认识他。他去年也在这里。他站上一只大木箱,嘴角叼着烟卷,烟雾从另一个嘴角喷出去，气度非凡。他环视四周，并不着急喊话。他的眼神像鹰，锐利、钻心。他放眼望去，整个湾安静了，但他依旧不说什么。我兴奋地盯着他，他就在我对面，隔着宽大的湾，我盯着他像凝视初恋情人。窒息是我此时的感受，手指几乎戳破了棉袄口袋。他挺立木箱之上，玉树临风，像鹰展开翅膀滑翔着巡视田野。他的双手握紧足足有六米长的竹竿，左右略微摆动，像要分开寒冷的北风。之后，他将竹竿探向湾底，探向那个在湾底手拿一挂鞭炮的同伴，同伴将鞭炮利索地挂上竹竿顶部的铁环弯钩，长长的一挂，足足有五百响。他并不着急让同伴点燃爆竹，而是举起来，让竹竿下弯成月牙形，仿佛钓到了一条大鱼。他将鞭炮左右摇晃，向所有人展示这挂鞭炮的雄姿。我爱死了这挂鞭炮，希望它永远在那里摇晃。他猛地吐掉吸了一半的香烟，那个烟头，用一条漂亮的光弧，飞向湾底。他开始吆喝，声音嘶哑，是最流行的烟酒嗓，穿透力如两块毛糙的钢板用力地摩擦："老少爷们——光说不放是假把式，又点上了，路过听响不要钱，买回家过个红火年了——"喊毕，他示意同伴点燃，眼睛依然巡视四周。同伴用烟头往爆竹引信一戳，引信爆开光焰，引燃第一个爆竹，因为竹竿未及时抬到高处，爆竹在接近湾底炸开，一声闷响，如重物相撞，释放一团电光。这是我期待的声音，爆竹市场上最大的声音，震耳欲聋。围抢哑炮的孩子们捂紧了耳朵。

这个小个子男人的表演并未结束，他将鞭炮高高举起，几乎到达了树顶。他先是向左伸至最远，在极限处停顿，即将站立不稳时，由左向右慢慢移动，鞭炮在高空，在同一水平面爆炸，一团团火焰像水上漂踩出的水花，却比水花明亮、耀眼。不一会儿，鞭炮到达极远的右点,停顿后,再向左移动,他的嘴唇依然在动,哈气飞扬,但我已听不见他在吆喝什么,我听见的只有内心的春天鲜花的绽开声。

还沉浸在这无与伦比的表演时,父亲抓起我的手,走出人墙,绕过半个湾,挤进这家鞭炮摊砍价、购买。与往年一样,父亲只买三挂鞭炮,响数不多不少的那种。大年那天,一挂用于傍晚迎财神,一挂用于午夜迎接新年。最后一挂存放几天,因为新年一过,还需用爆竹的炸响,追赶着送走它。

2

大年三十中午,吃了水饺,与家人围坐,喝茶唠嗑。茶是父亲精心准备的,虽不是什么上等好茶,却是父亲尽了最大努力买来的。记得小时候一般是喝花茶,茉莉花香比日常喝的更浓烈。茶叶依旧是碎的粉末,茉莉花掺杂在碎茶叶末里,如夜空的繁星,闪亮并飘出沁人的清香。父亲仔细解开捆扎茶叶的牛皮纸细绳,再打开发黄的包装纸,半斤花茶和他的笑脸便呈现在茶几上。父亲偏好喝浓茶,总是先抓起一大把,再犹豫着用三根手指捏几撮投进白瓷茶壶,注入开水,盖上壶盖焖几分钟,然后倒进茶碗。茶水浓厚,黑如清咖,也像韩国料理店的大酱汤。父亲看看我,鼓励我喝一口:"好茶,尝尝,很香。"于是与其说是我陪父亲,不如说是父亲陪我喝起这种浓茶,一喝就是十几年,直到我离开高密故土。我大学毕业后辗转于南方几个城市二十多年,每当遇到大酱汤,便会想起父亲的茉莉花茶。于是,隔段时间给父亲寄些茶便成了我的习惯。每次回家过年,喝着年三十下午的年茶,父亲总要回忆他的茉莉花茶。再好的茶,在父亲的口味里,总不如那浓烈的碎末茶香。其实,他喝的是对早已远去的中年时代生活的点滴记忆。

喝着年三十的年茶,也是为了等待下午三点去河东上坟这个时刻。上坟即祭祖,是为了把埋入黄土的先祖请回家一起过年。这段时间,母亲总是愿意参与进来,聊聊东家,再聊聊西家,最终总会聊到村里一年中又去世了多少人,因为什么原因去世,家里还剩下几个人等,直至聊到唏嘘难抑。我总是极力从记忆中搜寻母亲提到的去世不久的人们的影子,有的记忆犹新,有的早已模糊。对那些模糊了的人,母亲不厌其烦地说起过去的事情,希望我能清晰地记起此人的一切。在母亲的提示下,那些故人便真的出现了,——从我眼前走过。

我出生的村庄在一条河的西岸,村庄不大,人口也不多,与高密的其他村庄一样,平凡又普通。河的名字叫五龙河,河面不宽,最宽阔处也不过百米。河的西岸高于东岸,岸边树木高大,沿堤岸斜坡长满低矮的野枣树。儿时的五龙河,四季有水,水流清澈,冬天结冰,可破冰取鱼。西岸下,是一户一户的人家,日出而作,日落而息,一代一代,日子如河水,静默地流淌,极少有波澜。孩子出生和老人离世是村庄的大事,每一次几乎惊动所有人家。无论老幼,去世的人,都被送往河东一片果园下葬。如今果园没了,种植了单一的白杨,丧葬的习俗却没有改变,黄土堆积的坟头不断增加,站在西岸望去,石质的墓碑林立,规模已不小于村庄。

三点左右,结伴去河东上坟的近亲陆续聚集到父亲这里,再喝过一杯浓茶后,父亲起身准备上坟用的烧纸、酒壶、鞭炮,把它们装进一只宽大的黑色手提包内。我则扛起早已准备好的放鞭炮用的竹竿,与亲戚们一起出门去河东。这个时间,家家户户穿着新衣的晚辈们几乎都在去往河东上坟的路上,手提大大小小的包裹,肩扛竹竿,满面笑容,互相寒暄问候,走下河堤。

五龙河早已今非昔比。每年回到故土一次,每年走向河东一次,每年蹚过五龙河一次,感觉变化最大的是这条河流。过去布满松软黄沙的河床,如今只有绵延不绝的大大小小的凹坑,沙子早被有经济头脑的村民挖走,卖给了城市化不断扩展的巨大工程。河水已经成为资源,被上游层层截流,几乎从我出生的村庄开始,宽阔的河蜕变为干涸的沟渠。河流的堤岸,也成为寸土必争之地,抢占、铲平、变卖、租赁,导致植被严重破坏,满目狼藉,风光不再。只有挣扎于沙砾之中的野草,枯干着身体,摇晃在沿河刮过的寒风中,像一首首哀歌。不知道深埋在河东的祖先们如何看待今生今世之人的作为。

踩着咿呀失声的哀歌,我爬上五龙河东岸,走向坟地。先民们的坟头大小不一,全部为黄土堆积,像一个个变形的玉米面窝窝头,倒扣在这片黄沙地上,隔开生与死。过去坟前没有墓碑,只有熟悉的人才能认出哪个坟头是哪一家的祖先。如今富裕了,坟前都立了碑,碑上刻着死者的信息和活着的人的名字。这些碑立起来后,死者的灵魂似乎都活过来了,看到了活着的后代的孝心。墓碑的高低也似在比较着后代孝心的大小。

结群而来的人们分散到各个坟前,点燃烧纸,有多少坟头就有多少堆火光,青烟袅袅,北风卷起烧过的纸钱,旋转着飞向高空，又黑压压地在不远处落下，汇聚到衰败的草丛中。取出烧酒壶，在每个坟前洒上一些，以告知先祖们新年来了，可以随孩子们回家过年了。而我每年来到这里，除了祭拜祖先，还要祭祀我少年时的伙伴——一位品学兼优的邻居。他年长我两岁，学习优异，无可争议地占据全公社第一名的位置，据说在初一时，他就已经学完了高中课程，成为公认的神童。那年他初中即将毕业，一场疾病终止了他的学业，也终止了他的生命。弥留之际，看他吐尽最后一口气，我感到哀伤。他让我深刻领悟到生命的无常。他的坟茔矮小，几乎贴近地面，爬满衰草，在偌大的坟头林立的旷野，那样孤单无助。每年来到这里，站在他的坟头前，我总有面对灵魂这个重大课题的沉重感。我相信人是有灵魂的，要么坠入地狱，要么升入天堂。我希望他的灵魂在天堂安息。虽然我并不相信纸钱会有什么用处——因为如果他去了天堂，又何须纸钱？而假如坠入地狱，那化开的纸钱碎屑，他又如何得到？我只祈求他走到神的面前，满怀感恩，得到救赎，得到灵魂永生的喜乐——但我还是怀揣思念，点燃了那一把无用的黄纸。

最后的议程是燃放爆竹。夕阳西下，白杨树林肃穆萧然。鞭炮挂在竹竿上，被高高扬起，噼里啪啦的声音传遍四野。年正式开始了。我仰望那一声声炸响，已没有兴奋和激动。那些声音仿佛从远古传来，驾一叶扁舟，披星戴月，航行于生命的河流，永不回头。

3

　　上完坟走回五龙河西岸，心里装着列祖列宗，他们似乎也由河东返回了西岸的每家每户。也许祖先们真的能够回来，一年仅此一次，一次住两天，吃好喝好，大年初二晚被送走，年便告一段落。这种传统习俗在我的家乡高密呼家庄延续了多少年，即便乡镇村庄年纪最大的人也说不清楚了。至今也没人愿去阻止它，只要村庄在，恐怕就会存在下去。无论你离开家乡走出多远多久，只要返回村内，便会身不由己地参与进来。习俗成为传统文化的一部分，其力量为何如此巨大，寄托了什么，值得社会学家研究一番。

　　返回河西的路和走去河东的路几乎一致，只需再涉过五龙河。夕阳又沉下去一截，不再光彩夺目，像块早已烧透的炭火，眼看从平原的尽头忽闪着余光落下去。风中的寒气加重，枯草变硬，踩在上面发出折断的声响。上坟的人们加快了回家的脚步。父亲早摆好供桌，点上蜡烛，焚了香，烧过纸钱，坐在茶几旁喝茶抽烟，等候我们和祖先们一同回来。

　　傍晚来临，夜色挥舞取之不尽的墨汁，从一个村庄涂抹到另一个村庄，蜿蜒而去的河流隐匿了踪影，一两颗流星经过，微光浮动，让大年夜更多了静谧深邃。此时，街上出现了行人，鞭炮的光和震响冲破夜幕，撞击到窗玻璃上，带着刺耳的摩擦声渗入屋内。该出门迎财神了。

　　迎财神是过年重大的项目之一，因为与燃放爆竹有关，我便有极高的参与热情。年幼时家境贫寒，除了燃放一两个单响的炮仗，再无别的花头。过了些年，单响炮仗换成了两响，一个在地面先响，另一个被推送到空中再响，有的还会绽放漂亮的礼花，炫人眼目。我们叫它二踢脚，一个一边爆炸，一边耍个倒挂金钩，将另一个踢飞，被踢飞的，恼怒之下，吆喝出更大的响声，我喜欢这个家伙就像喜欢中国足球。如今生活好了，迎财神也要放一挂长长的鞭炮，甚至大型的烟花，噼噼啪啪响个没完，照亮半个夜空，却没了参与的激情，只是站在一边看着，偶尔莫名地笑笑，原因恐怕是人至中年，不再追逐绚烂了吧。

然而心里，还是渴望还原那个少年的我，那个我更像自己，那些岁月更接近岁月，那些虔诚更接近本真。那时的父亲是年轻的，听见街上迎财神的炮仗声时，他并不慌张着急，而是慢条斯理地端起茶杯，再喝几口，然后放下，起身走去另一间屋子，准备迎财神的灯笼。灯笼的材质是木条和玻璃。细木条封边、开槽，涂红漆。灯笼的三面玻璃被固定在木槽内，只有一块玻璃可上下拉动。灯笼的上部和底部为木板封合，上部开直径五厘米左右的圆孔，以便透气。圆孔上用铆钉固定一个拱形铁箍，铁箍顶部套有可任意活动的圆环，用一根长约半米的铁钎钩子做提手，钩住圆环，提起灯笼，便可四处走动了。

灯笼的光源是蜡烛，父亲挑选一根长约十几厘米的红烛，点燃，提起活动的玻璃，将燃烧的蜡烛向下倾斜，探入灯笼底部中心位置，让融化的烛泪滴在上面，足够多后，把蜡烛翻转，烛光朝上，烛底朝下。等红烛的底部黏合在烛液上，与灯笼凝固成一体，即使奔跑、摇晃，蜡烛也不至于倾倒。这样的灯笼，透光好，不怕风吹，用铁钎钩子提起，行走方便。正月十五元宵节，父亲提着这只灯笼，先是举到每个家人的脸上照一照，再到猪圈、牛栏、鸡窝等，凑到动物们跟前照个遍。他还会照树、照井、照门、照家具，凡属家里的一切，他都要照一照。心情好时，母亲会催促他，走去离家几里的坡上，照一照即将返青的小麦。这样照着，心里升腾起希望，好的年景，便归功于这次的照灯。

现在，我们要提着红烛燃烧的灯笼，照亮财神，给他引路，走进家门，坐上炕头，给全家人带来一年的好运气。父亲庄重地将灯笼交到我手上，我提着它，沉甸甸的。父亲再从炕头取一叠烧纸，两只单响的炮仗，准备妥当，走出家门，走到村口，迎接财神。

每年财神总是选择不同的方向进村，而每次的方位，父亲早就知道，村里的其他人家也知道，我却一直摸不着头脑，只觉得其中有个很大的学问。今年我们必须面向西南方迎接他。寒风吹来，在村口打旋，比往年强劲，夜空中的寒星，眼睛一开一合盯着它们身下光怪陆离的世界。我放下灯笼，烛光在地面摇曳，扩散成忽明忽暗的圆。我靠近父亲，为他挡风，他擦火柴，亮光一闪便被风吹灭，他继续取火柴，这次是两根，用力一擦，引燃了火柴头，父亲迅速凑近烧纸，烧纸的光画出了一个更大的圆。圆内，燃烧着温暖。

终于到了放炮仗环节，我重新提起灯笼，举高到父亲眼前，让他清楚地看见炮仗的引信。父亲掏出小刀，贴紧引信轻轻一割，引信被割出一条"伤口"，黑色药末暴露出来，这样容易点燃。父亲仔细割好带出来的炮仗，让它们直立于地面。他直起身，望向远处，从口袋掏出一根卷烟，含在嘴角，并不着急点着。他眺望远处,足足几分钟,对我来说却像过了几个小时。父亲终于点着香烟,深深吸几口,吐出烟雾的声音如同叹息。

父亲示意我走远点。他蹲在地上点燃一个炮仗,然后快步走到我跟前,接过灯笼。炮仗喷出亮丽的火焰,足足一米多高,它也在折磨我,并不急于爆炸。就在我怀疑它是否能够炸响时,一声惊天动地的巨响不是由一个点而是起自四周,我不由自主地用双手捂紧耳朵,父亲笑了,拍拍拍拍我的肩膀,然后走过去,点燃第二只。

放炮仗的时间如此短暂,我渴望再放一只、放十只,那样时间就会变长,年就会无限延伸,快乐和幸福的童年就会停留在那个时刻。为此,第二天一大早,我跑去村口两个炮仗炸响的地方,仔细寻找它们遗留的痕迹。坚硬的地面,两个黑色的圆点,仿佛两只眯起的眼睛对着我微笑,长久地微笑。炮仗的碎纸屑有白、有灰、有红,染着霜,散在周围。

4

财神到家,置拦门棍于大门外。棍拦门意为挽住进得门的祖先、财神在家小住几天,留下吉祥、平安、财宝,年尽方可归去。形式寡味,内容无稽,只是那千家万户要讨好日子的殷殷心愿昭然若揭,诚恳之意感天动地。于是,遵大人的叮嘱,我手提灯笼,入房门即高声喊:"财神来了——!"忙活年夜饭的母亲从大锅旁抬起头,笑容可掬,朗声道:"快去炕上坐。"热乎乎的炕头,似乎真的有什么坐在那儿了。

此际,若灯笼的烛光左右摇摆,上下跳跃,母亲难免神情忧虑。是不是起了风?在母亲的世界观里,年三十入夜起风昭示来年庄稼收成堪忧,所谓起风不收粮。这时,父亲表现出了男人的风范,劝慰道:"一点点,一点点,无碍。"

相比城市,农村过年味更足,年更浓。尤其喝年夜酒,自个家的没喝完,便坐不住了,要去别人家喝。家里的男人,除了尊长,不分老幼,放下自家酒盅出门走去邻居家,在这家喝几盅,再去那家喝几盅,几乎喝遍大半个村子,直喝到脑袋飘飘,脚下无根。喝得再多,也不会耽误午夜时分回家,吃团圆水饺,燃放辞旧迎新的爆竹。

午夜临近,父亲开始忙着迎接新年。那些仪式,我自幼目睹,想想十分熟稔,若真自己操作,却不知所措。母亲烧水,灶下烧的是平时不舍得用的棉花柴、豆秸等,火旺,不起烟,大铁锅里的水很快滚开了。这一锅开水,只下八只素馅水饺。水饺翻腾几个滚,熟透,分别盛放在四只新碗内,每碗两只,放置在锅台备用。

院落中央,早预备好一张矮腿长条桌,虽用了多年,依旧朴素如新。靠院南墙,一张四腿高椅,椅上置香炉一尊,燃三炷高香,香味四散,弥漫整个院落,以敬谢天地。父亲一碗一碗端出水饺,长条桌上放三碗,每只碗旁摆一副新的红色的筷子,第四碗端端正正放在香炉前面,同样放一双筷子。我站在门旁,听候父亲吩咐,打打下手,其实心里惦记着已经摆在供桌上的鞭炮。父亲取来烧纸,又从墙角抱出一捆几天前准备好的谷秸和芝麻秸,放在长条桌和门中间,面向南面,引火点燃。

谷秸混杂芝麻秸,极易燃烧,火势强劲,噼啪作响。烧纸易燃,瞬间化为灰烬。为什么焚烧谷秸和芝麻秸,父亲说不出个所以然,只说是祖辈传下来的习俗,遵守便是。年龄增长一些,我有点明白,但始终没得到准确的解释。那燃烧的一定是些简朴的愿望,比如祈求生活如芝麻开花节节高,子子孙孙健健康康有学识,遇上赶考,考个一官半职,赚取些俸禄,自是最好不过。秸秆立在地上,向上扬起橘红色火焰,映红了院落。树木仿佛睡醒了,用它们的影子跳起欢快的舞蹈。

祭祀后,父亲示意我取鞭炮。我欢快地跑进屋内,抱起躺在供桌上沉甸甸的那挂爆竹,跑出大门,等候父亲。父亲依旧慢条斯理,重新点燃灯笼里的红烛,直到火光旺了,才一手提灯笼,一手拿放爆竹的竹竿,走到门口临街处。掏烟、点燃、吸几口,再望望天空,我也学父亲仰起头,繁星点点,天幕清澈。时辰已到,父亲一定这样想。他弹了弹烟灰,向烟头吹口气,烟头的火光明亮,像一颗星星。

爆竹依次爆响,不紧不慢,不慌不忙,从下往上冒着青烟,如日月从简而行,如旧岁渐次离去。炸响处,一团火光,中间白中泛蓝,四周白炽如昼,挥舞白袍,盖去黑暗。这是去旧的一刻,也是增岁的年轮,推来新的希望,碾碎往昔的梦想。那条炸响的路,从我的童年,到少年,续接了青年、中年,有笑容无数,也有泪花点点,像那爆竹的纸屑,纷飞着五彩,洒落下来。

我手擎竹竿,看爆竹落地,听震耳雷响。邻居的玩伴突然冒出来,冲进火光中捡拾哑炮。我恨不得扔掉竹竿,参与抢夺,嘴里不断高喊:"走开,你们走开。"但是爆竹声淹没了我的叫声。

放完自家鞭炮,我的大年才真正开始。扔掉竹竿,二话没说,冲进小伙伴中间,加入捡拾哑炮的行列。父亲站在街口对我喊了什么,根本无暇去听、去想。那时,我人生最大的意义就是多捡一些爆竹。

我们大约四五个一般大的伙伴,都是男孩,平时朝夕相处,情谊深厚。但在捡拾爆竹这件事上,绝不相让,从不手软,甚至不惜恶语相向、大打出手。

我们高高耸起耳朵,好似灵敏的大狗,准确地判断方位。不管哪一家的爆竹,只要冒出第一个响声,便飞也似的奔去,像子弹射向目标,准确无误。我们跑啊跑,从村东头跑去村西头,从村南奔向村北,不放过一家一户。我们钻进"爆雨"中,跪或趴在地上,使出纯熟的摸鱼本领,摸到一只,放入口袋,再摸下一只。直到全村沉寂下来,确定再也不会有人家外出燃放爆竹了,才失望地聚在一起,互相看看,默契地四散回家吃水饺,决不向对方展示自己偷偷藏了多少"战利品"。

大年初一,天刚明亮,凝视完迎财神两个炮仗留下的微笑,我们不约而同汇聚到邻居同伴的屋山东头,神秘地捂紧口袋,彼此用眼神挑逗一番,开始比试"战利品"。一个一个地来,每个小伙伴最先展示的往往是最差的小红鞭,好不容易剥出引信,点着后一声响,稀松平常。好的、大的鞭炮都要保留到最后。

几十个回合后,有的小朋友口袋空了,脸上露出失望,像斗败了的公鸡,翅膀耷拉着,脑袋歪着,但绝无回家的意思,继续围绕口袋还鼓鼓囊囊的同伴转圈,之后他们只能听响,不能动手摸任何人的爆竹。比试继续,战斗酣畅淋漓,高潮不断。近中午时,只有一个人还有鞭炮,那个人不是别人,正是我。

我保留了最后一个爆竹，仅仅比败下阵去的另一个同伴多这一个。这是一个最大的爆竹，乳白的身体，身躯皎洁，毫无瑕疵。它足足有十五厘米长，中指般纤细，结实如璧，内藏巨大的能量。它在我手上翻来覆去，一会儿躺下，一会儿站起，一会儿跳舞，一会儿静息。我不想那么快让它粉身碎骨，它的美让某些人垂涎欲滴，朝思暮想，恨不得跳井。我叫它美女。它最大的美是一根长长的引信毫无损伤，像条烫染过的辫子。

我使出绝招，掏出木制的匣子枪，这是我精心雕琢了半年的秘密武器：枪杆上挖凹槽，一根喷雾器的空心铁管被两头锯断后嵌入凹槽，固定好，探出枪管约三厘米。"居然有枪管，一把好枪。"后来他们都这么说。我巡视四周每一张脸，踌躇满志地将"美女"插入枪管，外面只露出引信。我示意可以点燃了，哗啦一声伸过来四五根燃烧的火柴。

后来，一声巨响，珍藏半年的匣子枪在我手里只剩木把，"美女"和枪管已不知去向。我茫然若失，走回家去，开始盼下一个年早点来临。如此这般，又长了一岁。

摆　供

古稀之年的父亲一辈子坚持用心做的一件事，大概只有每年大年三十下午太阳落山之前，用近两个小时虔诚地布置家堂了。从我记事到今天，年年如此，从未中断。虽然我始终认为这是件毫无意义的事，但是一个人，能够把一件几乎无意义的事持续半个世纪以上，且谦恭如一，从不懈怠，亦无疲倦，它本身便显示了某种价值和意义。此事很像一支蜡烛,点燃后开始燃烧,直到烛泪流尽。这从开始到结束燃烧的过程,对于它自己,是无意义的消耗,但对周围,对于某处漆黑的角落,它用生命提供了光亮。

过去的农村,房屋低矮、阴暗、潮湿,远不如现在宽敞明亮。为了让家堂"富丽堂皇",四壁生辉,距年关还有数月,父亲即开始操持忙碌。三九隆冬,他徒步到邻村编席的人家,订购一张符合布置家堂的高粱席,为此要往返几个来回,确认尺寸、颜色、做工。尤其席子的颜色,他选定的高粱皮子必须是红白相间的,席编成后,花纹漂亮,耐看喜庆。无论雪花飞舞,还是寒风刺骨,他总要亲自去取,扛在肩上,心满意足地走回家,摊开在炕上,招呼家人欣赏一番,再卷起捆扎好,放置在土坯房的角落里。父亲预先物色过充当摇钱树的杏枝,等到年三十上午从树上剪断取回。枝杈均匀,长短参差,颇有小树的形状。糖果、点心、水果等,也是打好招呼,让人提前预备的,品质有保证。

令我记忆最深的是一对烛台。既省钱又称心的方法当然是自己做。他不知从何处弄来一截刺槐圆木,直径约二十厘米,用手锯锯断为两截,高度也在二十厘米左右,将圆木打磨成圆锥体,底座磨平,锥体顶部用木钻钻出细圆孔,再用钳子钳住烧红的钢条自圆孔贯入,钢条嵌入圆木内,骨肉合一,再难分离。钢条高出圆锥三厘米余,上部锉尖锐,蜡烛便可轻松插入烛台。最后的工序是涂漆,大红漆均匀涂抹,晾干后再涂一层清油,红色永不脱落。这对烛台沉重稳妥,比市面上的工艺品烛台不知好了多少倍,父亲用了很多年,它们也一直留存在我的记忆中。后来父母搬进城住,烛台不翼而飞,却把摆供的习俗带进了城。

家堂设于祖屋堂屋内。堂屋形同城市住房的厨房和起居室合用的空间，与其他房间的格局、大小并无区别，只是不用于居住。进房门一左一右各为大锅灶台，灶台旁立风箱一只，拉风箱吹火烧灶，烟沿内屋大炕，再经屋顶烟囱排出屋外，热量大多留在房内，冬季可取暖，夏天则增加了热度，烟熏火燎，燥热难耐。堂屋北墙窗下是家庭最具价值的家具——一张八仙桌，平时放置碗筷、贮存食物的笸箩、笊子等，过年则成为无可取代的供桌。

年三十下午临近三点，父亲在卧室炕前的茶几喝罢茶，抽完烟，起身到堂屋，摸摸母亲上午擦拭一新的八仙桌，再目测桌面到房顶的距离，其实那些尺寸他早已烂熟于心，这样观察只为满足心理需要。母亲此时唯唯诺诺像个受气的丫鬟，屏息站立一侧，静候父亲吩咐。这段庄重的时间，即便被父亲斥责几句，也得赔上笑脸，因为这一时刻属于父亲和写在家堂轴子上面的祖先们。

父亲将预备好的报纸铺满八仙桌，再脱掉鞋子，人便站在上面。母亲迅速取来席、锤子和钢钉，再跑去屋外拿进四根早就备好的尺寸合适的又长又匀称的高粱秸秆。父亲将新席贴北墙拉起，盖住后窗，用母亲递上来的高粱秆、钢钉和锤子先横向靠顶固定，再竖向固定两侧，一张席便服服帖帖地靠在了墙壁上。父亲跳下八仙桌，将席摊平在桌上，用最后一根高粱秆在八仙桌靠墙处横向固定席面，席便直角拐弯平铺在桌面上，最费劳力的布置宣告完成。

挂家堂轴子父亲一个人便可完成，只需用竹竿挑起，送到墙席顶部，挂在预留的钉子上，轴子靠自身重量倚席垂落，下部滚轴正好到达八仙桌桌面。轴子已经用了多年，纸张泛出黄色，斑点可见，只是不知是否为真的高密扑灰年画。后来我判断，以父亲当年的财力，那年画应该是比较便宜的印刷制品，而非年画师傅亲手所画。父亲一直笃定告知我的所谓真迹和我见过的真迹大相径庭，只是我认为，真与假在供奉的内容和内涵上，并不存在差距和区别。

每年上完坟回来，在跳跃的烛光下，我会仔细仰望那比我高出许多的轴子。小时候看不出个子丑寅卯，随着年龄增加，书也读了些，才了解了些许那画面上的内容。整个轴子，像祠堂的俯视图，局部又似剖面，里面的人和物一目了然。居高处的一男一女两位老者，应是家族始祖或可理解为人的祖先，代表已作古的先辈，他们面前立了牌位、供桌和供品，正在享受后人的孝敬。密密麻麻的竖格内填写了已故者的名字，男左女右，对称的为夫妻。最下端老老少少，分立祠堂入门台阶两侧，毕恭毕敬，作揖互拜，侍童们手提或肩挑食盒、祭酒，伺候在大人后面，侧立两旁的大人物分别着明清两朝服装，似乎还在等什么人，时辰到了，再一起进祠堂供奉。

轴子中间的格子两边有立柱，立柱贴对联，我家的对联是"祖德宗功千载泽，子承孙继万年春"，横批是"永言孝思"。祠堂的门边也有一副对联，上写"俎豆千秋永，本支百世长"，横批"一脉相承"。我曾对"百世"一词向父亲提出异议，认为应修改为"继世"，父亲皱眉问为何，我言说百世为限定词组，继世则不限定，父亲轻松笑道无碍，又说家堂对联无非表达"俎豆馨香、慎终追远"之意，不必较真，此话一出，让我对一生务农的父亲顿生敬意。在高密，大户人家的家堂轴子比小户人家的轴子尺寸更大些，因此对联的字数也就多出几个，但也不外乎"衍祖宗一脉真传曰忠曰孝，教子孙两条正路唯读唯耕"之类，展现的是朴素的俗孝文化和边读书边务农的沧桑正道。

轴子上亦画有松柏梅竹等树木花草，鹤鹿兔狗等飞禽走兽，一是丰富了画面，二是寓意吉祥，寄托了人们超越现实的美好愿景。每当我在轴子跟前沉思默想，父亲总会悄悄离开，进到内屋，继续泡他的浓茶。

挂好轴子只是完成了摆供的第一步，祭品是早预备好的。五双新的大红筷子立于轴子前，筷子的空隙间摆五只新花碟，碟内放糖瓜、蜜三刀、大蜜枣、桃酥、糖棍等，好的年头，再买些糖果，散置于盘子内，有时还会见到几个大大的红苹果，让我垂涎欲滴。

供桌上的三件供品值得记述。准备这些供品的活儿属于母亲，父亲只在场外指导。首先用金黄的黏米做一方年糕。年糕尺寸大小并不固定，每家每户视自家供桌大小订制，但一定是正方形的，有方正做人、稳步升迁的寓意。为了让年糕美丽动人，制作时在年糕光滑的一面插进五个大枣，金黄的"天空"便多了等距离的微红的点缀，似乎闪耀着光芒。年糕完工后，再做枣山。枣山由十只用麦面制作的枣花叠起而成。面和得不软不硬，捏成细长条，东折西折，在母亲手里不一会儿变成了面的花朵。花朵呈三角形状，三个角各插进一个红色大枣。在父亲的帮助下，母亲将十朵枣花固定在高粱秆制作的三角形框架上，按四三二一的顺序由下往上排列，形成一个等边三角形，制作完成后放置大锅内蒸熟，放凉取出，圆润而美好，用又白又软的粗棉布盖好藏好，直到年三十下午摆供时取出。枣山寓意着生活步步登高、人生放眼世界，殷殷之情，日月可鉴。

最重要的当然是摇钱树的制作。摇钱树的"土壤"是隔年饭。隔年饭是一碗金黄色的小米。金黄色的小米先是在大锅的滚水中翻几个滚，半熟时取出，放入碗内，沥干水分，让其凝固。隔年饭的形状圆圆的，高出碗沿五六厘米的样子。在它的周围插一圈大枣，再把杏枝的摇钱树从顶部中间插入碗内，使其不摇晃，不歪斜。枝杈如手指，伸向四周。摆供时，父亲取来完整的三株菠菜，让它们"长"在碗上，菠菜的绿叶覆盖了金黄的米饭。枝杈上，插上鲜绿的菠菜叶，像一棵长满了绿叶的树。过去用十元大钞放置在树枝之间，如今用嘎嘎作响的崭新百元钞票。

摆好烛台、香炉，插好蜡烛。红色蜡烛上金色的"福"字朝外，一进门就可看见，释放耀眼的金光。父亲自上而下，从左往右再细细检查一遍，感觉满意了，才长舒一口气，掏出难得一见的卷烟，慢慢点燃，轻轻吸几口，对自己微笑。

香烟吸至一半，父亲迅速掐灭了它，放进棉袄口袋。他擦着火柴，点燃供桌两侧的红烛，等红烛火光大了，再取三支香，凑近烛火引燃，毕恭毕敬植入香炉。烛光烟晕，袅袅娜娜，如迷幻的梦境。

父亲退后几步，凝视家堂，神情肃穆。母亲忙不迭地从内屋抱出蒲团。蒲团在烛光中反射着星星的白，像极了那轮九天之上滚圆又丰满的明月，款款飘落在父亲跟前。父亲屈膝跪下，向家堂三叩九拜。他祈求过什么呢？

贴　红

　　20 世纪 70 年代的农村，居住条件差，大多是土坯房。房屋低矮，院墙低矮。人因为口粮紧缺，吃不饱，也是低矮的，却让树木显得高大。在干打垒的墙外踮起脚，一眼便可把不大的院子看得清清楚楚：一般三间正房，麦秸铺的人字形屋顶上立着两根烟囱，一日三餐，冒白烟。东屋窗外，一口压水井与进门的门楼平行。西墙下，是鸡舍、猪圈、茅房，鸡啼猪嚎，蹲在茅房内，可听它们合唱。站在北墙小窗下，竖起耳朵，隔着糊着白纸的木格窗，能听见屋内说话。所以，即便深夜，屋里的人，无论做什么，总不敢发出大声，否则，第二天一早，新闻便传遍村子。

　　过了腊八，便数年。小孩子是真数，掰着指头算，咧开嘴笑，仿佛好日子近了。中年人数年，是一件事一件事忙着数，总有忙不完的事，好像儿女嫁娶，不到喜事操办完的那一刻，船靠不上岸。因此，中年人是忙年，为儿女忙，为老人忙，忙到心力交瘁。老人也数年，坐在门外，或背手散步，走到村口，一坐一天，把那条通往外界的弯曲小路看到变直，望眼欲穿地数，因为年一到，闯世界的儿女们就回来了。

　　我家也是三间茅屋，中间一间堂屋，左右各一间睡房。睡房用土坯垒了炕，炕上垫麦秸，麦秸上铺高粱席，席梦思一般。高粱席旧了，磨出了洞，露出橘黄的秸秆，我经常抽着玩，被奶奶训斥，说我祸害，不会过日子。土炕靠南窗，立于阳面，为取光暖，避严寒。窗是刺槐木的，做成木格窗棂，涂黑色油漆，冬天从里面糊层白纸，我手指蘸满唾沫，点在纸上，窗纸便洇出指头大小的洞。我听见院子里有响声，爬上窗台，贴近用一只眼看，便会看到外面来了什么人。一只眼看院子，院子更大更清晰。

父亲从村支书家出来，夹着一捆报纸。每年腊八这天，父亲总要抽时间去书记家拉会儿家常，为了弄点报纸糊墙。书记心知肚明，早有准备，只待父亲告辞时，从墙角一堆报纸中拖出一捆，说着不够再来之类的话。父亲夹着报纸笑眯眯地走回家，有胡屠户般的满足，因为报纸崭新，似乎没被翻看过。

大扫除的活属于母亲，父亲从不动手干脏活。父亲擅长技术含量高的干净活。比如用报纸糊墙、挂年画以及贴窗花、对子、过门签等。父亲说这叫贴红，要忙很长时间，得男人干。我只能做小工或干脆当看客，因为我是小孩。比如我就喜欢看母亲裹上头巾，高举笤帚清扫顶棚、四壁的蛛网灰尘。我一只手捂住鼻子，一只手捂住嘴，看尘土在屋内飞扬，看破旧的报纸碎屑从墙壁飘到炕上、炕前、地面，逐渐积了一层，恰如旧年轮的污垢从记忆中剥落。

父亲总会在母亲打扫完之后回来，不早不迟，已成规律。他笑眯眯地进门，说今年的报纸好，干净。然后摆好炕桌，端来母亲煮好不久的麦子面糨糊。那糨糊冒着热气，浓浓的，黏黏的，一定好吃。我咽了口唾沫，咕噜一声响，是肠子在蠕动。我主动申请在报纸上刷糨糊，理由是我可以让"人民日报"几个大字朝外。父母一致认可我的提议，夸赞我有创意。趁父亲忙于将报纸贴于墙面，母亲坐在天井忙于剪窗花，我偷偷把高梁穗炊帚狠狠蘸进糨糊搪瓷盆内，然后送到嘴边，伸出舌头，用力一舔，一大口又软又甜的"冰激凌"吞进胃里，爽呆。后来在苏州、上海等地吃哈根达斯冰激凌火锅时经常想起这一幕，总忍不住大笑，惹得女友怒骂。父亲贴好一面墙，看看搪瓷盆，总是纳罕：用得这么快？

深夜，躺在炕上，四壁如新。闻着报纸的清香，透过昏黄的灯光，盯着满墙的大字小字，它们活了，像蝴蝶一样忽闪翅膀，穿越时空，向我款款飞来，覆盖了我，把我装扮成会飞会发出嗡嗡之声的蜜蜂。我飞往春天的花田入眠，携带憧憬和希望。

一天一天向年靠近，母亲的窗花剪好了。大红纸被剪成一个个圆，圆内有字，福禄寿喜分别占据一个圆，让喜鹊和梅枝围绕，或由两条鲤鱼抱起，或被两只大公鸡叼住，宛如有始有终的梦。父亲恭恭敬敬展开，仔细查看，在不尽如人意处提议修改。瑕疵，即便在贫苦人家的年中，也不被允许。而完美，是在父亲认真地将窗花贴上窗棂之后才得以显现。我站在南墙根，望向大红的窗花，它们鲜艳欲滴，如父母的心跳。

离年越近，父亲赶集的频率就越高。他首先挑选年画，即使再艰苦的年景，即使少吃几顿饭，他也要买些称心的年画、门画。这些东西并非一次能置办齐全。因此他拼命赶集，为的是买到好的。当我看到本来只有报纸的窗旁、窗顶贴上了红蓝相间的半刻半印的花瓶，花瓶上盛开高低错落的牡丹荷花，甚至有鱼在半空跳跃，我总能感受到这沧桑世间生命的律动。

而年画，父亲总是喜欢四条幅，沿一面墙排开，春夏秋冬便住在了家里。春天,杏花开在远处,像雾一样散开,而近处的桃花一直灿烂。初夏的荷塘,荷花点点,似开未开,一只青蛙卧于荷叶上,它想跳起来,到水里游泳,寻找池塘掩埋的繁星。深秋,菊花开了,它散开美丽的长发,渴望常驻人间,等待它的梦中情人。冬雪覆盖了原野,披挂于高大的松树枝杈,古朴的红梅从白的世界弯进来,举着红的花瓣……它们领我走进绚烂的世界,在那里,向我展示本真。

腊月二十七,父亲从柴沟大集买来对联、过门签,放置在炕头。二十八,由呼家庄剃头铺赵师傅剃过头,美美地睡了一夜。二十九一大早,父亲将我从梦中唤醒,那时,我刚要伸手抢夺一只大大的被我称为美人的爆竹……贴对联了,圆圆的红日头刚好爬过五龙河,光芒四射。大门"吱呀"一声拉开,我站在几米外,一边打哈欠,一边指挥父亲贴对联。我说往上,父亲便往上;我说往左,父亲便往左。一切那么井然有序,像日升,像日落,也像四季更替。

贴罢对联贴福字,厚厚一摞,大红的纸上是乾隆御笔的福字。院落水井要贴,高大的白杨树要贴,盛水的水缸要贴,腌咸菜的大缸要贴,放饽饽的筻子要贴,存碗筷的筐筥要贴,总之屋内所有家具都要贴。大门外"出门见喜"的竖幅边上也要贴,还有炕头"抬头见喜"两边各贴一个。那福字,抬头低头都可看见,怎么会不紫气东来、福如东海?

最后贴过门签,我搬来方凳,父亲踩在上面,举高双手,将过门签贴上门框,贴上窗顶。此时的父亲是如此高大威猛,我仰视成看天的样子,看他手里一叠过门签魔幻般变成一张一张,紧挨着贴满门窗。至今我也说不出那过门签有多少种颜色，它像朝霞，充满赤橙黄绿青蓝紫。

微风拂过，过门签翕动，哗哗声悦耳。坐于门槛，我看它们摇曳，像看到风的身影，那么具体而形象，还有五谷馨香。我喜欢它们传送的声音。我听到春天的脚步，从这家门槛迈进那家的门槛，没有遗漏，也不厚此薄彼。

山海间的风景

小鱼山不高,像块从海中凸起的岩石。你说它像位老人蹲坐海边也行,说它少女般玉立海边也行,状态似沉睡,神情却宁静。海风吹过或海鸟盘旋时,我意识到它大概是有生命的,体内的生命元素是沉默,竭力与时间抗衡。这沉默与生俱来。它望风景不言,不像我,总想说在看什么和看到了什么,此为岩石与我的重要区别。长此以往,它一言不发,却诉说了全部,且说得明白,而我看到和说过的,不过是其中的一部分或微小的局部,且说不明白。或者可以这样说:小鱼山看见了与它同样静思默想的时间,我却只能得见时间中存在的事物。它望见海洋,我望见半瓢咸水。

由于特别接近海边,小鱼山成了看风景的高点。山顶上,一座飞檐碧瓦的三层八角塔,名"览潮阁",十八米的高度高出六十米的山体一截,每一层有一个汉白玉围栏围成的平台,供环绕瞭望之用。这样凭栏望风景，既能俯瞰，又有全景视觉，边转圈边极目，收入眼底的就是360°立体图。当然，这图景最终在脑海中拼成的画面比抖翅升高的海鸟俯视到的景观，饱和度、灵动性和立体感可能都欠缺，人的视觉能力和由之创作的艺术作品与鸟类一瞥相比，仿佛少了一次本质性进化——虽然这类进化不存在。可正如总有人相信自己来自猿类或一只落地的猴子。这只猴子深更半夜逃离密林，裸奔中开始进化，大平原上成了人，嘴里含着片树叶，双手高举，挥舞成胜利状。在小鱼山拱形门入口，我摆过这个姿势，两腿叉开，双手举过头顶，相机在胸前晃悠，表示顺利到达这里。在别人眼中，或空中飞翔的海鸥眼中，摆这个姿势的我可能貌似一只逃脱铁笼的大猩猩，一路没进化好，流窜到这片丽景之地。

潮汐漫过一块礁石，又漫上一块更大的。赫拉克利特有一句名言："万物流变，无物常存。""永恒的流变"从我的左肩到右肩，又从右肩到左肩，不停地来回，我却毫无察觉。这并非我看到的，而是在登上"览潮阁"第三层观景回廊时想到的。一群海鸟仿佛明白我的心思，树叶般飘向汇泉湾，于是，我最先把目光投向了它们。飞鸟没落向海滩，它们回旋了几回，又升高了，飞向它们更向往的蓝天。落在海滩上的是些大大小小的人儿，大概高度和距离的缘故，我看不清他们的眉眼鼻嘴，却能看清他们或躺着，或站着，或在行走。当然他们有的在游泳，金黄色海滩上便多了斑斑点点的颜色，海水里也像撒了彩色纸片，被海浪簇拥着移动，如漂浮物。这些当然不是视觉的中心，因为他们太小了，似秋天的几片落叶，不管什么角度，一阵风过就能吹走。视觉中心是汇泉湾，它有个让我着迷的轮廓。这轮廓既与高高低低的建筑物无关，也与绿荫中蜿蜒的海滨大道无关，而是海水画出的游移不定的白线条。这线条是根内弯的弧线，内弯指海滩而言，就海水或大海而论，弧线是外凸的，是圆的一部分。

我趴在"览潮阁"的栏杆上，一方面理解了"览"的含义，因为那条白线是水的泡沫，是潮汐鼓荡的结果，它在不停地撞击中变化曲线，却毫无声息。闻一多先生住海边时，因海浪噪声难以入眠，怕是万籁俱寂之后的事。可以想象海浪一刻不曾休息，这让闻先生不能忍受，若海浪忽然休息了，随万籁一同沉寂，能不能忍受呢？他深夜该到"览潮阁"睡觉才对。另一方面，海风擦过耳垂，我眨巴着眼睛，琢磨那条白色弧线，假如换一种弯曲方式，即反过来，让沙滩外凸，海水内凹，该是怎样的风景。

我重新振作精神，感觉一切还算正常，望见的还是我们常识中正确的风景：汇泉湾海滩像个弦月，从大海上望是下弦月，从信号山望是上弦月，总之是弦月就非异常。而大海，汇泉湾的大海，始终是个由海水灌满的"太阳"，温柔地舔舐汇泉湾海滩，既不完全吞噬也不彻底远离它，让它始终是个残缺的月亮。那年冬天，雪花飘飘，先到达太平山，再拐弯到小鱼山，然后飘进汇泉湾海滩。隆冬里，海滩像枚新月，残缺的新月。雪花落到仰躺在残缺月亮中的梁实秋先生身上，月牙上仿佛多了只毛毛虫。整个海滩，只有他自己，沙子冰凉，海浪有声，刺啦刺啦在他脚前画着弧线，梁先生浑然不觉，只觉得整个海滩都属于他了，或全世界只剩这

101

弯新月，却无残缺。寂寞是残缺的填充物。

　　风景美妙，却也寂寞，并非人来人往就能冲淡它们孤寂的情怀。但丁在《神曲》中写道："四周一片岑寂，只有一缕清风飘忽不定，来也无名，去也无形。"寂寞发展到了极点，无从把握，犹如生命孤独地航行在漆黑的海上。极少有完美的人生，光鲜照人是其表面，光彩熠熠是其装扮，迷失才是道路，残缺才是本质。人们不厌其烦地往风景地钻，用名胜古迹的寂寞填补人生的残缺，用风景之美换取生命的乐趣，旅游的魅力即在于此。在陌生的风景地，因为初来乍到，因为第一次，自己犹如回归最初，观摩生命路上早已远离的破碎但熟悉的自己。那是个可怜的背影，一个在他乡依然寂寞的背影。

　　转身，向右移，目视南方辽阔的海域，一条驳船拖着白色水线驶离，波光粼粼，乃海洋之梦的碎片。那个隐隐的所在是小青岛，那个依然隐隐的所在是栈桥。逆光中，它们换了件衣裳，灰白但素雅。我知道小青岛有座灯塔，高十五米半，白色的塔身，八角形，立在岛的最高处，像小鱼山的"览潮阁"一样，不同的是它的四面都是海，白天望海景，入夜为往来船只导航。它的体内装有航标灯，照射距离十五海里，因此，在幽暗的深夜，"览潮阁"成为"听潮阁"时，它也在看风景，用自己发射的光亮探视，也让船舶进出胶州湾时辨明航道。我想，人类的思想家们也像这座灯塔吧，他们的脑袋里装载着水晶的反射镜，旋转着发出亮光，哪怕只能照射十五海里，却足以让芸芸众生不致迷失，找到出发和回归的路。虽然这些思想家不能保证自己永远不迷失，但在通往真理的途中，他们为我们照亮一段航道，只要我们渴望走过去，这就够了。至于栈桥，它让我们找到迈动双足走向大海的感觉，但只能步行一小段。它像根伸往大海的四百余米的火柴，当走到回澜阁，走到火柴的头部，眺望小青岛和海洋时，我们将想到点燃和燃烧，也许它正在竭尽全力伸出去，试图引燃小青岛的灯塔甚至海洋吧。这是个无限接近的目标，一个美好可见的愿望，但它们始终保持那段不能再接近的距离。所以，远观之下，栈桥又似一支折戟沉沙的箭，挣扎着抬头，倔强地凝视未竟的目标。我们可能永远不会知道这个目标是什么。可是现在，它们是众多人理想的观光地。

如果想感受瞬间，需要转到小鱼山"览潮阁"北面，眺望青岛老城，或被称为旧城，即凸起在大片丛林中的红瓦屋顶，但它们既不老，也不旧，阳光下光彩夺目，摄人心魄，荡人胸怀。可视线无论怎么游移，左摇右晃，总无法摆脱信号山南麓上的建筑。它像是时间和空间的聚集点，有足够的能力把你飘移的眼球吸引过去，但仔细扫描，其中似乎并未包含瞬间的东西，永久之物貌似更多。所以，感受瞬间并非易事，不是睁眼闭眼能解决的问题，倒不妨称之为寻找瞬间。也许寻找的过程就是感受的过程。即便瞬间，或瞬间的百万分之一，也有个亚里士多德所说的不可或缺的"整一性"，因此，这必然是个完整的行动，而行动的目标，我终于明了，就是那栋总督府。让我简要叙述这个过程。

到达小鱼山前，我在中国海洋大学鱼山校区内，被信号山半山腰的总督府吸引，驻足观望良久。那时候德国总督特鲁泊上将正从总督府二楼观察俾斯麦兵营的动静，当时没动静，普鲁士士兵正在午休，海大的学生们也在午休。闻一多先生躲在故居二楼，抱书仰躺分析《诗经》的一句话，脚趾露在老布鞋外头，而我在一棵树干比我粗两倍的法桐下一声没吭，树荫覆盖着我，我躲进将来之中，特鲁泊上将也没发出声音，吐了两口烟圈，隐入窗后，甚至拉上了窗帘。好像阳光有点刺眼，之后窗户前没再见到他的身影，也许他去了院子，在石阶前翘首欣赏总督府的恢宏呢。他特别欣赏蘑菇石垒砌的墙垛和窗角，那些花岗岩，让他感受到持久不变，像一整盒雪茄烟升腾的香味。最后他和我得出相同的结论：总督府具有永恒的审美价值，不仅是一道风景，还是一个可供怀念的伤疤。

于是我希望接近总督府，像栈桥试图接近小青岛。可能是进化的缘故，我比栈桥略微聪明，晓得接近的方法。有效的方法一是俯视，二是近观，不能用第三种——躺着不动。最好能有一种方法取代前两种，这样省事，前提得借来特鲁泊上将的望远镜，用鸟瞰的形式，能俯视又能近观。我借来了单筒望远镜，古老又破旧，不过挺好使，用力一拉长达半米。我想到小鱼山，那儿高，离总督府近。我走出海大的四号门，顺着鱼山路往前，从海大五号门左拐，上坡至顶到了福山路，福山路上文化名人多，大家都知道。沈从文先生一早散步未归，不知去了海边还是别的地方，按习惯早该回来了。山体夹道的石阶上，张兆和女士撑开油纸伞，如画入石墙一般，亭亭玉立，嘴半张着，那句"我欢喜你"尚未出口。220路公交巴士又驶来一辆，打大花阳伞的中年女士收伞上车，我没来得及看清她的长相。苏雪林女士的马车刚好在山道上拐弯，只见一个背影，短发被山风吹成了直线，转眼她和车就都消失了。我继续往前，似是冲南的方向，回头看总督府，视线被粗而歪斜的法桐树杈挡住了，也可能是被肥大的树叶或八关山挡住了。八关山上红屋顶的建筑多，据说洪深、吴伯箫、成仿吾等先生都住这儿，顾不上细看，我心里着急，因为总督府不见了。

我加快了脚步，不多会儿左拐上了福山支路，不多会儿福山支路有个分岔，一条波螺油子路弯曲倾斜下行，一条柏油路也倾斜着，是条上坡路。走波螺油子路能到康有为故居，康先生一般在故居二楼的风雨廊望汇泉湾的风景，望累了便搬把藤椅躺下。他记起曾经有人问他："子历览万国殆尽矣，何国为善也？"康先生捋着花白的大辫子说："夫固各有所长也。"这时候康先生躺在故居的风雨廊，躺在青岛的红瓦绿树中，蜷缩着，像件清朝的小棉袄。我不便打扰，再者心里惦记总督府，我得尽快找到它。

我走上柏油路，爬坡时在12号熊希龄总理故居耽误了点时间。熊希龄总理故居院内2号楼下，一个青花瓷缸种了荷花，花已开过，除了一片荷叶还绿，其他包括荷梗，都枯萎了，成了残荷。我觉得应该凭吊一番这缸残荷，就围绕它转了几圈，周围的植物都还绿着，这残荷就生出些特别来。可来不及细想，我兜转几圈便走开了，继续往上，随后到了小鱼山拱形门入口，我面对马路，摆"V"字形，酷似青蛙，两腿叉开是倒"V"字，双手高举成正"V"字，两个"V"挢掅着，似两个响亮的口号，但我实在不清楚自己战胜过什么，就那么摆了会儿，然后买票进了山门。

眼含苍翠，顺山道缓行，往右扭头，从榉树、枳树、藤葛缝隙中，我看见了信号山南麓的总督府，如同彩色的鱼，举张红帆，在绿树丛中游泳。还是太矮了，我得寻个高处，这样才能发挥单筒望远镜的作用。我望见了"览潮阁"，在此地有惊人的高度，可一览大海和城市。我找到入阁的门，是拾了几级台阶之后找到的。我走了进去，内里似圆筒，开阔空洞，假如去掉顶盖，便是望天的望远镜，也是坐井观天的枯井，适合和尚或道士静坐。圆筒两侧为旋转向上的楼梯，一边写"上"，一边写"下"，互不干扰。我从上的一边向上，再去二层的平台时，看了会儿贴在墙上的一张黑白照。照片中的两个男人，从一个远去的年代拐过一道石墙出来，路是泥土路，背后是层层叠叠的石墙垒出的台地，旁边一副木架子支撑的石板桥。两个男人没走石板桥，看样子是沿泥土路去海边。左边的男人除了穿件白上衣只有一枚扣子没别的特色，右边的男人戴着一顶六角麦秸秆围笠，抬起右手扶着，估计怕海风吹走，围笠把脸遮成黑色，大辫子垂在胸前，左手还抱着什么。因为我在拍照，这个男人就收住脚步，礼貌地等我拍完，两个男人背后的小男孩和一头牛，都静静地望着镜头。我收了相机，不耽搁他们往海边去，然后读照片右下角的文字："1388年（明洪武二十一年），即墨县东海边筑城设防，建鳌山卫，下辖浮山所、浮山备御千户所、雄崖所。部分内地人迁移到胶州湾东畔定居。从明朝永乐年间之后，陆续建立了上青岛村、下青岛村、会前村、小泥洼村、小湛山村、大湛山村……"我往上爬，很快到了"览潮阁"三层回廊，在回廊北侧望总督府，这下好了，青岛旧城一览无余,总督府尽收眼底。

  我拉开单筒望远镜,不仅看清了整个总督府,还能看清它的局部,红瓦屋顶、青灰色蘑菇石、凹廊、滚圆立柱、墙基和墙角历历在目,就连辉煌、华贵、荣耀、统治……也能看清,但我主要想找到特鲁泊上将,想知道他走出办公室之后去了何处。我透过树丛一点点搜寻,不放过任何角落。在总督府前左侧,我望见几根巨大的松柏木,那是从欧洲运来的,还没来得及派上用场,不知为什么就那么一直撂在那儿了。往右移,府前有一个平坦的院子,中间喷水池里立一座假山,假山不高,幼儿也能攀上去,但禁止攀爬。假山前的一把石椅,有高高的靠背和扶手,和木头椅子一样,据说是世上仅存的三把石椅之一。特鲁泊上将坐在上面,我以为他在看风景或山下的俾斯麦兵营。他平时坐在上面让旗手用旗语发布命令,稍后兵营传来响亮的口号,震撼天地。特鲁泊上将点燃一支雪茄,吸得津津有味,在小鱼山就能看见雪茄的烟雾。但是现在他没看风景,没吸烟,也没发号施令,而是两腿叉开,双手耷拉在扶手上,低垂着头,仿佛睡着了。也许他一直有坐在石椅中睡觉的习惯,但未经考证……一片树叶脱离枝头,我瞬间合上望远镜,不再观看——让树叶永恒地飘吧。

南山情长

1

巩家桥公墓位于村庄东北角。东西通村北的水泥路口两侧,坟冢隆起,大小不一,有旧有新。黄土造的窝头,倒扣在地面,披挂五月的野草与野花。巩家桥新村先北后东扩展,用了几十年,旧村落所剩无几,村庄越来越靠近公墓,眼见就连成一体了。李子红背着黑色暗纹阿迪达斯背包走到公墓西边,朝北过一座跨沟短桥,球鞋踩碾沙砾,响声细碎。杨树影落上桥面,麦蒿和毛茛草的黄花不再那么刺眼,野芫荽、灰菜以及不知名的野草叶子由翠绿变暗绿,像斑点胎记。平川上北去的麦田却更加明亮,麦芒刺入白光,清晰如昨天的雨。

父亲的去世也如昨天般清晰,其实已满三年。九十岁时,父亲无疾而终,很让李子红兄妹六人宽心。遗骨埋在哪儿却是个问题。读完初中,李子红随父母进城居住,村里保留了几间老屋,后来老屋被卖给邻居。也许嫌碍事,不久邻居把老屋拆除,仿佛拆掉了仅存的记忆,李子红回村的念想更寡淡了,一年或几年回一趟,无非走走旧街坊和父亲这边的亲戚。村庄虽然离高密城不过五十里,李子红却从心里觉得越来越远,渐渐生了陌生和隔膜。父亲的离世让李子红重新思考自己的出生地,也是父亲的出生地。从哪儿来回哪儿去吧,或许正是老人的心愿。一家人决定让父亲回归巩家桥村。他们一家的户口因迁离村庄,回村安葬还费了点儿周折。

父亲的坟在公墓边沿,坟北是庄稼地,蓬松的土垄种了花生,绿苗钻出地膜,因雨水多,今年比往年长势好,驻守公墓边的父亲每天也许能望见花生喜滋滋地生长。李子红先是静默在坟前,背对阳光,继而蹲下,停顿一会儿后跪在泥地上,对着坟头叩首。四周特别安静,南山一带高高低低的丘陵悄无声息。她听到自己的心跳和平缓的呼吸,此刻的万物或许正在吟唱,却像银针垂落地面,苦菜打开金黄的花朵,都在极安静中完成。

父亲亡魂还乡让李子红与巩家桥再次建立了联系,或确立了新的关系,除了出生地,还有了归宿地的内涵。形式上,她回村的次数比三年前频繁了,每年清明和春节都要到父亲坟前祭奠,顺便走走村庄,观察村庄一年年的变化,记下消失和即将消失之物,也记下新生。逐渐地,"回家"的意义增加,单纯的扫墓演变为复杂无序的情感,逼迫她审视多年的文学创作之路。她发现,原来自己血液里一直有条河流淌,有座山耸立,岭岭相连,起伏绵延,像心中孕育的文字,却被日复一日庸常的生活和自己有意无意的懈怠忽视,甚至丢弃了。她想找回来。

"从前我不敢一个人来公墓,连靠近也不敢。可是,自从父亲进了公墓,我就不害怕了,还生出亲切感。过去,我得躲开这个角落,从横穿村子的水泥路进出村庄。如今回来,我都先来这里,无论天气好坏,转转坟茔,逗留一会儿,一点儿怕的感觉都没有,死亡的恐惧消失了,真奇怪。"李子红望着水泥路上的树影,像自言自语,又像是对我说。

生命里,这是种奇妙的转变,有无深刻的奥秘,我说不清。我蹭掉脚底的泥巴,回头又看一眼像个村落的坟群:一块块墓碑、一棵棵松柏、不多的苦楝树、松软的泥土上进出公墓的脚印、野花野草、黄土地……它们静默于某个时刻,成为同一存在,或许还会成为言辞,成为供叙述的生命,或生命的参照物。

"巩家桥的麦田的确是最好的麦田。"我转过身,回答她。

"是的,世上最好的,生机勃勃的。"李子红应道。

"有没有注意麦粒,无论多么饱满,总是缺一点儿……"

"可为什么呢,总是缺一点儿。"

2

小满之后,气温升高,麦子迅速成熟。芒种时,北方收割麦子,南方插秧。我和李子红走在两个节气中间,在她出生村庄的边角、街道、胡同随意游荡,看似漫无目的,实则沿着她幼年的记忆,一步步走向过去,只在驻足时才重返现在,有一搭没一搭地聊几句,说的也是眼前的事物。我情愿做一个旁观者,拒绝走进她记忆的胡同，只随着她去找一口井、一个湾、一条河、一座桥或一片树林、几间旧房。她的记忆琐碎而不连贯，毕竟隔着四十年光景，脑海底片上的景物人事褪色或模糊不清了，但她努力追忆，试图把碎片粘贴成完整的影像，投射到我眼前，让幽深的胡同渐次明朗，让我目睹一位十岁少女的村庄生活。

其实，李子红比我更需要这种完整性。"这是我的出生地。"行走时，她不止一次感叹。我想，她需要找到生命的本源、人生的起点、善与恶的交会处。这样，她此后迈出的每一步才真正属于自己，才有可能回头时，遥遥可见自己的脚印，文学之路写下的每个字因为真实才不虚浮。前几天，李子红从鲁迅文学院自然资源系统作家研修班毕业返回高密，本已麻木的创作神经受到刺激活跃起来，她反思从1991年完成长篇小说《喜鹊窝》到2017年写完短篇小说《梨花》和《桥》的创作过程，发现不管怎么写，笔下的人物都离不开自己的出生地，离不开生生不息的南山，就像威廉·福克纳离不开约克纳帕塔法县甚至杰弗生镇及其郊区，获得诺贝尔文学奖的作家莫言离不开高密东北乡。可是南山，居然那么陌生，连儿时的小村庄，在审视之下也恍惚起来。

我能回去吗？当她向自己提问。南山知道她的心意，明白她的身心就要回来了。当李子红跪地向父亲的坟头叩首，起身时，在闪烁的阳光下，她迷离着双眼遥望连片麦田和树丛，而自己被压缩成一个油亮的黑点，显得无足轻重，渺小至极，内心再也满足不起来。但她获得了肯定的答案：她回来了，身穿崭新的花裙，背着行囊，踏上了这片土地。

她突然想起福克纳小说中的一句话："女人一生总在自己折

腾自己，不像男人那样，得过且过，随遇而安。"许是阳光掠过额角，她眼前一亮，心头的阴影消失了。在不折腾的年代也要折腾。她顺手从路边掐下两支麦穗，一粒一粒摘着，咂摸小满的滋味。福克纳这厮，歧视男人还是歧视女人？

3

　　两支麦穗吃完，李子红还没找到那口大井。她形容井"大"时，说整个天空都在里面，能容纳一个白天和一个黑夜，其中的某个晚上还住满星星。我跟在她后面，防备跌落井内，有时绕个圈，跑去前头，观察李子红与村庄环境的相容性，这时候我恍惚觉得她正在一口大井中行走，井比她形容的大，她在我的错觉中茫然不知。身在井中找井，如何找得到呢？她不肯放弃，询问村西往拖拉机车斗收拾柴草的乡亲，乡亲们告诉她，大井就在身边，一丛灌木中。

　　我趋近了，看她找井的眼神。她的一只眼，是十岁时少女的眼，泉水一样清澈，另一只已满五十岁，泉水流过岭地，流过枯枝败叶，流过沙层和岁月之河，有些浑浊，隐隐地往外溢出沧桑。我留意了少女眼中的大井：村庄西北角，大井隐藏于洼地中，深到她不敢靠近，井沿苔藓鲜艳，很湿滑，让她晕，她怕一不小心会像一粒沙子入水，被大井吸进去，瞬间消失。她只能与大井保持安全的距离，目视村庄的人们挑着水桶，来到井边，用扁担顺桶到井中，左右一摇晃，"噗"一声，空桶满了水，使劲往上提，碰到石壁，水洒下去，撞击深井的镜面，像摔碎一块块玻璃。她很想知道水被撞碎的模样,可她不敢趴在井沿往下瞅,只能猜测那片星空多么清冽,星星们四散而去,拖着长长的尾巴。井口真是够大的,大到全村人可以同时到井边打水。水桶露出井沿,伸手抓住,往身前一提,落地时故意用力一顿,清水动荡,击打桶壁,有些外溢到苔藓上,井水便被激活了,像有了生命,欢快地跳舞……

她的另一只眼我更熟悉,因为我也有这样一只眼,有人生的履历、生命的划痕,看上去有些浑浊,却多了沉稳,减了偏执,明了需要什么,什么属于自己,要割舍和放弃什么。用这样的眼看井,井就变了模样。那条不到半米宽的小路还在,铺满往年的落叶,从村庄的房屋院前朝村西延伸,搭上新修的水泥路。小路两边,长满乔木和灌木,不能一目了然。大井藏在小路和水泥路的夹角,周围圈了铁丝网,井口被两米左右长的水泥板覆盖。它很小,小到我不认为那是一口井。李子红也发现了此时的井与记忆中的井的巨大差异。她沉默在铁丝网外的碎叶中,刺槐、荆条和白杨树的阴影遮盖了她半个身子,我看不见她的表情,她看不清大井的表情,时光从我们的缝隙中滑过。

在她不留意的时候,村庄悄悄移动了位置,让大井由原来位于村庄的西北角变为西南角。是大井变了模样,还是说它一直都是这个样子?星星呢?是不是还安歇在井中,披着岁月的衬衫?

瓦尔特·本雅明写道:"在一个信仰犹太神秘宗的村庄,安息日夜晚,犹太人聚在一家破陋的客栈。他们都是本地人,只有一个无人知晓、贫穷、衣衫褴褛的人蹲在房间的暗角里。客人海阔天空地闲聊,随后有人建议每人都表白一个心愿,假定能如愿以偿。一个人说他想要钱,另一个人说他想有个女婿,第三个人梦想有张木匠新打的长椅。这样每人都轮流说了自己的愿望，只剩下暗角里的乞丐没说。他很不情愿、踌躇再三地回答了众人的询问：'我愿是一个强权的国王，统治着一个大国。一天夜里，我在宫殿里熟睡时，一个仇敌入侵我的国家。凌晨他的马队闯进我的城堡，如入无人之境。我从睡梦中惊醒，连衣服都来不及穿，身披衬衣就逃走了。我翻山越岭，穿林过溪，日夜跋涉，最后安全到达这里，坐在这个角落的凳子上。这就是我的愿望。'座中的几人面面相觑，不知所以。'那对你有什么好处呢？'有人问。'我会有一件衬衫。'他答道。"

"你看，那几块水泥板，刚好盖严井口。"李子红伸手指了指。

4

这是我初次到巩家桥，之前，我肯定没来过。村庄的模样就是我看见的样子，若对人说它的变化，得在将来某个时间再来，对比之后，才能说个子丑寅卯。将来能不能或有无机会踏足，说不好。也许会来，也许不会再来。因此，巩家桥对于我，是张画好的图，挂上墙或卷好存放在柜子里，笔墨纸张陈旧了，画的内容却静止不变。同样的一幅画面，画了同样的东西，展开在李子红眼前，她看到的就比我多，因为其中暗藏她亲历的过去。过去是她人生的源头。如果从现在无法通往过去，现在的意义便会丧失，就是骗人的摆设，像花瓶或插在花瓶里的鸡毛掸子。新根只能从老根生出来，漂亮的树头抛弃了老根就会枯萎。

李子红从鲁院研修班毕业坐火车回高密的路上明白了这个道

理：文学之路需要溯源，沉于本真，找到文字生生不息的老根，找到被时间冲淡的情感，找到思考的基石，并且绕开张扬于时下的喧嚣、迷人的说辞、华丽的皮毛。

因此，李子红的步伐特别坚定，有时候甩开大步，有时候踩着碎步，向一座村庄的过去，也是她自己的过去前进。是的，前进，不是倒退。我都快跟不上她的脚步了，气喘吁吁，大汗淋漓。这鬼天气，忽冷忽热，极不正常，过去可不这样。过去巩家桥三面的山岭都有尖，村南的叫南岭，村北的叫北岭，东边的就是东岭，村西一马平川，土壤肥沃。村庄南低北高，与整个南山的地势相反。季节呢，春天像春天，夏天是夏天，似山岭的坡，平缓舒适，在世间轻轻过渡。这点我清楚。我的出生地呼家庄社区南李村也如此。小时候天空透明，从村庄能望见南山，包括柴沟的岭、李家营的岭，也许还有巩家桥的岭，胶河淌着忽深忽浅的水，在山岭间迂回，像根摇来晃去的绸带。抽空我也回村走走。我们那儿是大平原，偶尔有个把土丘，还有条拔剑出鞘式的五龙河。我会从村庄的破旧角落挖块老树根，提溜着，逢人扬一扬，朝自己的脸扇出风，趔趄着从全世界走过，证明生活不仅有诗和远方，还有苟且，同时表示我也是个有根之人，绝非无知的傻子。当然，更多时候，根是摆设，或当裤腰带用，时常解开松松乏。

李子红穿的是菊花连衣裙，用不上裤腰带，她用碎步和大步在村东头的中心街上走，我跟在后面。房屋、树木和月季花往两边躲开，迟疑着后退，花香四散，挤进鼻子，十分浓郁。屋墙、院墙和门楼，仿佛一张张卡纸，被人用镊子夹住，投进装满颜料的大缸浸泡，染成了橘黄色，一排排立着，在日光下特别耀眼，如后现代绘画作品。这样的水泥街道横的三两条，纵的也三两条，把短的长的窄的宽的胡同串起。黄色的卡纸挂上红瓦，每家每户就坐在格子里，人们从格子出来，在村庄或世界绕一圈，再回格子去，过一日三餐的日子。中心街的水泥地面起了毛，裸露着一粒粒石子，想必这街有了年头。我看到的是有年岁的街道和道路两侧貌似崭新的房屋，李子红看到的却是条引水渠。渠道从五里外的褚家王吴水库起步，贴岭根，不多会儿来到村东，从庄后朝西拐弯，然后去了村西。十岁的李子红和五十岁的李子红都不知它流去了何处，幼小时她不敢顺水渠往远处去。如今回来，她只能犹豫着判断：此处是村北，水渠曾经过这里，渠北是树林密布的北岭。等到了村西，李子红目睹十岁的自己远远站在大井边，一会儿看乡亲打水，一会儿看潺潺流水的灌渠，她的犹豫消失了。她确认了水渠和大井的位置，也确认了自己的位置，亲眼见一个小女孩怯怯地边看边听，满怀惊奇。但我琢磨不出其中的深意，也许她需要一个立足点，一个记忆的背景，好比一幅画，核心周围涂上朦胧的色彩，那些朦朦胧胧是画的边界，是神秘的未知。我估计再过二十年或更久，神秘的未知依然神秘，文字无法破解。

"很热，是吗？从前不这样热。"李子红斜着身子，从过去往现在回头，看着我。"从前有水声，很多水声。水声让人清凉。"

我竖起耳朵，听了半天。因听力有限，只听到风声。风吹裂蓝天，吹散月季花香。

5

　　与巩家桥中心东西街十字交叉的是南北大街，东西街把村庄分为南北两份，南北街再把村庄分为东西两份。在村里它们叫街，出了村叫路。南北路很长，长出了李子红的记忆，因为它过了南岭下的南河，爬上南岭就不见了。村里的小男孩跳过南河的石磴，消失在南岭一侧，而李子红的记忆只停留在那些石磴上。南河从西往东，水流清浅，很少漫过石磴，就像不敢靠近大井，李子红也不敢踩上石磴。越过南河，去南岭望一眼。村庄周围太多让她胆怯的事，北有墓地，南有南河，东有水渠，西有大井，都让她止步。可她十几岁就跳出了村庄，去了县城，由起居在"十"字中变成生活在"井"字中，她迷失于城市宽阔的马路、密集的楼房，经常不得不停下，左右顾盼，东瞅西寻。

　　还好有文字，她让文字替自己从止步处向前，一部作品仿佛竖起一根灯杆，点着灯，照亮一个个黑暗的色块，但她照旧怯怯的，因为灯杆前面，有块更大的黑暗，她犹犹豫豫，试探着不知是继续往前，还是转身返回的好。她始终认为自己胆子太小，比如守着村庄沟沟汊汊的活水不敢学游泳，快五十岁时才在县城的游泳馆花几千元学会狗刨，但从那时起，她终于听到自己制造的水声，恍惚认定，所谓浪花，无非一股水被声音提起又扔出的碎梦。

　　南北路还在，原先的沙子路铺了水泥，不再那么弯曲泥泞了，踩上去铿锵有力，由于直，一眼可到南岭，而路始终望不到尽头。南河消失了，也许是断流的缘故，有些段落被填平，成了庄稼地或林地，胶河失去了一条支流，李子红模糊了一段记忆。曾经被清水冲刷的石磴埋入了黄土，水声变成风声。黄土堆高，筑为堤坝，坝顶做成桥的样子，路便直接通上南岭。坝西叫巩家桥水库，千禧年建成并蓄水，库北装了提水闸，提闸后，水从路基的水槽顺灌渠向东流淌，取代了南河。有水年景，水库是水库；无水年景，则是摆设。如今的水库是个干涸的大湾，摆在巩家桥南一里外，像生长荒草的空碗，让李子红的记忆空荡荡的。她站在坝顶的水泥凸槽上，像一幅画中多余的一笔。这多余的一笔迎着风，她侧耳细听远处南河的水声，似乎听到了，又似乎没听清。

时间真是好东西，它漫不经心冲淡一切的时候，顺便淤平了南河，小男孩们再用不着跳跃着上南岭了，只剩下小女孩翘首企盼。

时间不仅淤平了南河，还让巩家桥旧村北移一里地，以旧换新，成了新村庄。村落的旧房被拆除了。拆了旧房的人家卷了铺盖，肩挑背扛往北去，过了李子红记忆中的水渠。盖好的新房，用镊子夹住，如夹一张卡纸，放入染缸漂为同一种颜色，一座新村赫然诞生，亮到晃眼。旧村底子做了什么？复垦为田。

李子红说："我们村南低北高，但很奇怪，过去唯一的大井在村西北角，处在不高不低的中间。低地打不出水，高地却容易打出甜水，所以村庄逐渐往北岭迁移，家家户户打口水井，大井被废弃了。"

爬上南岭瞭望四周是李子红小姑娘时的愿望，当愿望实现时，她已经过了小时候或那一刻，瞭望的景物变化了。这正是时间的好处，它冲淡一切的时候，让人衰老，却把衰老者曾经的愿望固化在幼年的光景中，让一个人去和自己比对，由此产生生活过经历过的感受，但你终究未能抵达，这触不可及，或许便是创作的源头、思维的起点。所以，之前，我们并未通过巩家桥水库到达南岭，即便后来到达了，瞭望了周围，也是个永远回不去的地方。身在此处早已无关紧要，因为我们的心总在别处。

一头耕牛回村的傍晚，南北街的沙土路光影稀疏，三五只麻雀在路面上蹦跳。路东大枣树耸着肩膀，扛起片片暮光，准备过几天把枣花打开，而之前，路两边对称于枣树五十米外的两棵老楸树刚把花瓣落尽，这时候一只喜鹊立在树梢，四面张望，时不时啼鸣，招呼同伴回巢。青瓦的房顶，麦秸草的房顶，茅草的房顶，低矮的黑烟囱冒出白烟，幽深的胡同里有人开关院门……

6

本打算取道南北路直接上南岭，途中，李子红突然停下，盯着路边黑色石碑上的字。碑面上写"高密市挂钩试点项目，柏城镇巩家桥村拆旧区。"落款为高密市国土资源局，二〇一二年十二月立。石碑指示出巩家桥旧村址。显然，我们处在旧村落中，说不定正站在村庄中心。旧村不在了，房屋基本拆干净，宅基地复垦为耕地，也许还原成红线内的基本农田也未可知，只有南端和西端剩零星老宅残院，隐身于树木下，好像并非故意保留到今天。石碑是一个旧村和一个新村的时间界点，一种明示，两个都叫巩家桥村，穿同一身衣服，端同一个钵子，挂同一根拐棍，蹲在南山中，想必是李子红想要寻找回来的村庄。

我眼中的石碑不是静止的，尤其碑面上的字，像南河潺潺水波映出的树木的影子和流云的脸，闪烁变幻。李子红盯了石碑一会儿,点了两下头,又把目光移到石碑下一溜南北狭长的西瓜地。昨天大雨前,瓜秧分蘖的岔子已被拿掉,只剩一根主蔓,爬过各自的畦垄,长近两米,蔓上坐鹅蛋大的西瓜,像大自然生的卵,珍贵得不得了。西瓜地东,一方整齐的麦田,麦子簇拥,相互挤靠又相互扶持,顶着颗粒饱满的麦穗,绿得像一汪流不动的油脂。

像突然发现浅水里摆尾的大鱼,李子红惊呼:"看,那棵枣树。"枣树伫立在南北足够长、东西足够宽的麦田中间,甚是孤峭。孤峭是我的观感。说它孤,乃因麦地中没有与它同龄的树木,也没有比它年轻的树木,绝无仅有,它是单独的一棵。说它峭,乃因它如一根旗杆,插在麦田中央,形成一个平面的海拔,一个绝对高度。虽然它的顶梢,由于年龄大,分叉枯死了,但从它体内发出的新芽嫩枝可以看出,仍然年轻或老当益壮,与四十年前李子红望见的一样生机勃发。环绕麦田一周,我们无法靠近这棵年逾七旬的老枣树。麦田太稠密,像已逝的浓得化不开的日子,掰不开植株。在李子红的眼中,这棵枣树是一种珍贵的存在,稀有如一个老人拄着走过数十年的路后,不慎遗失的拐棍,浑身刻满生活的符号。

拐棍对一个新村或许没什么用,很少见年轻人拄着拐棍赶路,但老年人有了它,能多走两步,即便在路边停下,也能扶着歇息几分钟。其实,我一望见老枣树,便多多少少有些震撼。让我震撼的是,旧村落拆除了,老枣树却独自活在那儿。无论有意无意,它躲开了推土机和铲车,躲过了时代进步,瑟缩于旧时光中,像不肯倒下的信念。枣树显示了一种不光为自身存活的意义,正如新村有的人家门前的月季、玫瑰、蜀葵等,开了鲜花,展示的不光为追求美。它们还要合力说明在这个尘世,有一些值得珍视的东西需要被人记住,有一些并非属于人的事物正在为人活着。

我们几乎等距离地转到麦田的东北角,但始终无法接近枣树,只接近了新村的南端。此处是新旧交接之地。新是麦田,旧是麦苗下的宅基地。新是村庄悦目的衣裳,旧是村庄羸弱的身体。新是门楼前每家每户铺设的水泥地面,旧是水泥地东侧的泥土路。新是泥土路上淤积的雨水,旧是雨水中深陷的车辙。新是我蹲下,在菜畦里掐下一片韭菜叶放入嘴中咀嚼,旧是李子红朝东北角泥土路走的过程中反复回味的时光。新是她的脚尖碰触泥土路黏上的淤泥,旧是一棵老楸树筛下的光斑……

老楸树在一处院中,距离枣树五十米。院落三面围墙,开口在南面,泥土路从中穿过,因此,李子红轻松地走进院落。院落够大,足三亩地,辟成菜园,种了红萝卜、茼蒿、小葱、大蒜、油菜等蔬菜。老楸树在一垛红砖旁,树下有一条浇菜的浅沟,挂着苔痕。院东一片树林,挡住了视线。

树下光影斑驳,堆着杂物。李子红走近楸树,有些迟疑。楸树的年龄比枣树小,但差不了几岁,粗壮如枣树。我建议她再靠近一点,最好拥抱一下它。拥抱中,楸树明显比她想象的粗大,她手指对接才勉强搂过来。这个过程很有仪式感。假设李子红没任何感觉——我相信她是有感觉的,比如感觉拥抱到了四十年前的自己,比如想起了一个早已远去的炊烟袅袅的傍晚——老楸树也应该感觉到了一次拥抱,说不定它比村庄里的老人更真实地认出了一个不常在村东出现的小女孩。

听到同伴的呼唤,另一只喜鹊从南岭飞回村庄,一路啼鸣,算是回应。李子红打开院门,走向通往村东的胡同,很快到了南北路,落霞散开,为村庄抹了一层粉色,比清晨明亮,一点儿没有要天黑的样子。她走到今天刻着"拆旧区"的石碑下,那时是一条胡同口,翕动着鼻子往里瞧,正好望见尽头的枣树。枣花开得正浓。她跑到树下,闻到一股清淡的香。她望望树梢,树下一只小黑狗望望她,门口的大缸存了半缸水,都没发出声音。她迅速离开了,仿佛要寻找别的什么。不多会儿,她到了楸树南侧的泥土路,前几天刚下过雨,但路上不见积水,沙子把雨水吸干净了,踩上去沙沙作响。这时候天黑了,好像一下子黑下来的,像垂下一块黑布,村东的树林暗下来,藏着不可捉摸的世界。李子红忽然有点害怕,她赶紧转身,慌乱地绕着老楸树转了一圈,为了尽快折回泥土路。她没注意楸树的半个树头还很明亮,树杈上的喜鹊窝里站着两只喜鹊,正奇怪地朝下望着她。

"那时候的村庄真大,我们费了半天工夫才回到村西,过南北路的时候绊了一跤,扑地的声音很响,幸亏不是水泥路……"李子红松开拥抱楸树的双臂,重新把相机摆到胸前。

傍黑时,一户人家开始煎刀鱼,整个村庄都黑了,香味飘满每条胡同。那个年代半年闻不到一次煎鱼的香味,尤其刀鱼,真香,比枣花香,南北路都隔不断。

7

在李子红的记忆里,巩家桥的好去处不在西北角大井周围,不在村北引水渠和密林,也不是村东宽街窄巷耸立的枣树下和楸树下,而是在村南,准确地说是在村庄的西南角。

南北街"拆旧区"石碑对过,也是片麦地,北临新村,南抵南岭,西去平川,初望有上百亩,颇似一方墨绿的大湖,李子红称为西村。旧村拆迁前,西村有多条瘦长的胡同,像毛线交织,串联粗陋的房屋,迷宫一样,经常让李子红绕来绕去,理不清方向。麦地再大,可一眼透视,能被望尽的空间便显得小,走起来却和过迷宫一样费脚力,无论贴麦地边,还是穿过百亩麦田的生产小道,都会让人出汗。或许距离真实的记忆太近了,李子红的脚步迟缓起来,仿佛每一步都想落到从前的脚印里,其实这是件很难做到的事。

但如此这般像寻找一件摔碎的瓷器,仔细地围绕村庄西南角记忆中的老屋走一遍,那些四散的瓷片仿佛复原到瓷器本身,又变成一件值得珍视的器皿了,说不定还插上了刚从雨后的田地采来的迷迭草和月见花,离窗台不远的星星便印上瓷瓶,释放冷凝的光,可手一摸就不见了,原是一层露水,冷得手指头和一颗心都发麻。这恰似寻找中的迷失,看似寻找回来了,让人惊喜,却不慎迷失其中,不相信寻找到的正是那本来的物件,怎么看都不像,或顶多似是而非的像。于是从头再来,继续寻找的旅程,不断重复,像极了推动同一块巨石到山顶的西西弗斯,巨石滚回山底,再推上去,徒劳无功地一遍又一遍做着同一件事情。这在旁观者看来,既傻又蠢,全无道理,然而只有西西弗斯了解其中的意义和无意义,了解苦难本身不只有孤独和悲凉。正如阿尔贝·加缪的理解:"应当想象西西弗斯是幸福的。"也如海德格尔抬头所见:"晨光在群峰之巅静静升起……"

或许,人的一生不需要知道更多,了解一块巨石和它上山的勇气就足够，山巅的晨光是意外收获。毫无疑问，晨光永在，巨石不常有。有时候我们不得不承认，命运是一种约定俗成，不多不少每个人都喝过它的半杯佳酿，我们羞涩地称之为历史使命。

记忆从老屋南端开始，过个不大不小的场院，里面存放打场的石磙和推磨的碾盘，然后过一片树林——奶奶家的树林，林子够大，遮盖天地。出了树林，一溜儿平地前有一面湖，湖中有水，四季不绝，却不大，像只瓷碗，端着荷梗和蒲草。再稍微靠前，湖南边，一条小溪自西而东，分些水给瓷碗，又向南拐，汇入南河。记忆的焦点，是那座过溪的石板桥。石板两块，青黑色，幽光粼粼，厚约半米，宽近一米，长三米余，南北铺于溪中桥墩之上，总是湿漉漉的。溪水贴近石板，刮擦石底，时有响声，但水不深，顶多半米。水草不高出水面，叶沿漂浮丝状苔藓，只是晃，鱼虾绕水草进出。鱼是小鱼，瞪大双眼，仿佛要找什么，不停摆尾。虾子白色，眨动髭须，弓起身子往前蹿，它们也许晓得，南河不远，就在前面。

西南角的一条深沟，是李子红记忆的尽头，再往南便是莽莽苍苍的南山。沟北沿，碎石堆了条几十米的堑，她站在碎石间，指给我看奶奶家的房屋，父亲家的房屋，几个麦秸垛的场院，比世界大许多的树林，比碗口小的湖，穿透四季的溪水，供她停留的石板桥……她沉默了。她寻寻觅觅的桥，在深沟和树木间，时隐时现，难以捕捉。

村东北角埋着李子红父亲的遗骨，西南角埋着李子红十岁的记忆，中间隔一个崭新的村庄，庞大、有序，从这个角落望不到另一个角落。她站在供她回忆的石堑上，像十岁时站在石板桥上。

她也许是用站立的姿势、行走的步伐在等待。每个人都在那里等，等人都忘了你。

8

月亮飘到树林的时候，草木间吟唱的蟋蟀止了声，巩家桥安静了。李子红做完作业，将纸笔收拾进书包，躲开父母和兄弟姊妹，一个人出了三间茅草房的小院。月光几乎透不进树林，一棵棵比她粗大的树木面无表情，也似进入了梦乡。偶尔有蚊子嘶鸣着，飞过她的耳边，李子红一点儿都没感觉到害怕，在林下快速移动脚步，她想去石板桥看夏天的月亮。

比平时更快到了桥北，绕过湖，听见了溪水声，桥头两棵高大的柿子树分立两侧，每一棵她都抱不过来。深秋时，柿子金黄，叶子斑斑点点的红，飘落到桥面和溪水中，既热烈又安静，是她喜欢的一景，但她不着急一下子看到。她愿意等到季节转换，从桥上仰望树梢，感受天地围绕红叶旋转，盼望有片落叶向自己飞来。她走到桥上，夜也许深了，石板桥上结了一层露水。她望望天上的月亮，明亮又遥远，像只挣脱了线绳的风筝，飘飘荡荡，不肯落下来。她脱掉鞋子，坐在石板桥一侧，垂下双腿，看溪水中的月亮。溪水比白天流得缓慢，像擦拭一面新的镜子，但此刻从这面镜子中看不见自己，只有一个月亮，睁着大而圆的眸子，凝视桥上的她，那么近，只要伸直腿，就能碰到它，脚一碰，溪水和月亮就碎了。她赶紧抬腿，离开水面，不一会儿，月亮再次大而圆地靠近，比之前更清晰，她反复尝试，让它圆了碎、碎了圆，不过是想揽它入怀……

偌大的南山,像被什么东西塞满了,却空荡荡的。月亮的清辉倾注到里面,浓稠如水,但挡不住一阵阵风吹,填不平一束束阴影。

十梅庵记

1

十梅庵村北的路叫十梅庵路，1990年修，从西朝东爬个斜坡到围子山，沿途接通青岛市李沧区南北大动脉重庆路和文昌路，道路两旁的雪松都几十年了，枝丫的阴影浓厚。围子山距离西南方的老虎山望着不远，实际三公里多，徒步上去颇费周折。跨十梅庵路的"十梅庵欢迎您"牌坊南侧有一块花岗岩志石，正面刻"十梅庵"黑体大字，背面小楷，1993年10月1日立：

> "位于沧口区楼山中东部围子山西麓，面积2.6平方公里，有居民968户，2996人。据《胶澳志》载：明永乐二年（1404），由云南大槐树里移民迁此建村，因此地有一古庵，庵前有梅十株，故名十梅庵。"

永乐二年、大槐树里、古庵、十株梅树等信息准确，确切的时间、地点和梅树数量模糊着复杂的历史过程。我在它跟前想象：六百多年前，一位或多位盛姓人，有男有女，别了故土，背着不值钱的包裹，从云南云海里起身，在1404年大雪初融的早春，来到了现今大枣园村东的南岭，居高望北，柳树开始返青，嫩芽和云南老家的差不多。在草木尚未全部复苏的萧瑟山谷，一条涧溪，从右侧峡谷涌出，像流动的白云。他们以为溪水都像白云，柔软缠绵，不多会儿便了解此处溪水及遇阻而起的浪花只颜色像老家的白云，质地要硬朗许多，鼓荡时水花和叫声也大。涧溪初出老虎山时窄而急，到围子山下聚成平缓的湖，水中鱼群的尾鳍忽闪绸状的橘色，表情古朴。再看脚下的峡谷，四百多米宽，流水自湖底渗漏，淌成小河，河底的花岗岩巨石和鹅卵石都被磨圆了。

这条"L"形峡谷，出老虎山一端短而陡，下山势，至围子山下短暂的平缓后西拐而成长长的小河，过围子山西麓和十梅庵村前的缓坡，去往都市深处。小河与峡谷走向一致，但如今已干涸。围子山的湖底开辟为露天货场和停车场，往老虎山的青岛梅园游玩可选择这个停车场停车。峡谷至此被单向三车道的文昌路切断，谷地呈一段一段深沟状。村前的峡谷修了土路和水泥路，两岸斜坡和部分谷底被十梅庵村和大枣园村居民开垦为小菜园，蔬菜和灌木的绿替代了白花花的河水。村庄东南角峡谷上方，推土机推开了一块平地，泥土崭新，散发泥香。平地北边的房屋前，几棵梧桐的紫红喇叭花吹奏出甜香味。我从平地朝南岭张望，看到盛氏一行指指点点，还有手搭凉棚的，在谈论什么。

他们指指点点的是我停步的地方。他们望见的平地并非我看到的平地，乃与整个山麓一致倾斜的山坡，因斜度小，看似平整。他们首先注意到隆起一角的几间石头屋子，矮矮的，近前看像随便垒成的。石块取自峡谷，不曾打磨。茅草的房顶不规则凹凸，有些腐烂，夏天肯定长草，见有穿灰粗布僧衣者弯腰进出。石屋前十几米崖壁上不规则散列树木，除吐绿柳枝，梅树已经口含花蕾，但未绽放，一团红一团白的，缺少生机的峡谷便有些气象。

盛氏们斜侧身，朝岭下跑，脚下就起了红尘。

盛氏们径直往那古庵来。实际上眼见的径直并不存在，因为要越过峡谷的小河。他们借下坡的趋势加快脚程，我也绕开菜畦下到沟坡，想在沟底与他们相会。说话间盛氏们到了谷底南端，我到了沟底北沿。一条清清浅浅的小河出现在他们眼前，水流之上隆起的鹅卵石是迈步的桥墩，平衡好过河不难，再翻上长着荆棘和灌木丛的土坡，即至古庵梅下。在我眼里，河水依旧汩汩，无非是在想象中执着地流淌，意念里旋转白浪，实际上跟前是种了菠菜、韭菜、大葱、莴苣、包菜的菜园，土埂上夹杂了樱桃、水杏等果木。盛氏们张开双臂踩上鹅卵石，跳跃着往前，鹅卵石青苔太浓导致脚滑，也可能兴奋导致的腿颤，有人单腿落水，河水清冷，便唏嘘着惊呼。我感觉不冷，只有四月天的热和脚下时硬时松的泥土。我们在谷底相遇。他们脚踏鹅卵石，我踩几蓬青草，我没想躲开，盛氏们也不避让，直冲我扑来，我还没尖叫，他们就从我身体穿过去了。

盛氏们往古庵爬去，再没什么阻挡他们，除了软绵绵、湿漉漉的旧时光。我在新时光中去往南岭，瞥了眼高楼林立的南岭小区。我和盛氏们交换了位置，在他们停步的高处回首，眺望他们指指点点过的古庵、梅花和薄薄一层水雾，我只能望见新推平的空地和后面庞大的村落。我曾猜测那空地便是古庵所在。

　　盛氏们越过峡谷到梅树下，其中一位年轻人在梅树间兜圈，旁若无人。梅树有年纪了，树干比大腿还粗，表皮黝黑："其枝樛曲万状，苍藓鳞皴，封满花身。又有苔须垂于枝间，或长数寸，风至，绿丝飘飘可玩。"密实的花苞和部分初绽的花瓣仿佛从古老缝隙中探出的小手，要抓一把时代的气息。这时候古庵门帘掀开，闪出细眉皓齿的尼姑，款款飘至盛氏人中，道声："这是怎么了，刚才有个奇怪的人端着相机，春天了还穿着棉衣，这会儿又来你们几个，看着心事重重，此地难得见个人影儿，今儿却热闹。"年轻人道："这里有十棵梅树。"尼姑道："你真有心，我们住在这里都不曾数过，还不知正好十棵。"

　　"我们？"

　　"庵里十个姐妹，九人在外，平时只留一人。"

　　别过尼姑，年轻人四处走动，南到老虎山，东到围子山，西到坡下平地，北至十梅庵路，在花岗岩志石处逗留。最后决定不再流浪，安家立业，照古庵的模样，从捡石盖屋开始。

2

　　进村沿梅庵一路来回走，很长时间我脑袋里开着梅花，有从南岭望见盛氏先民指指点点的梅花，有清明节前十梅庵梅园的梅花。梅花开着开着就落了，我分辨不出相隔六百多年梅花的差别在哪儿，香味浓了还是淡了，想到的无非是《诗经》中的"终南何有……"

十棵梅树的花瓣落尽时，叶子舒展而大，在庵前谷坡布下阴凉，在外云游的尼姑们陆续回庵，有的用竹篓带回山货，放河水中浸泡，偷偷望几眼远处清洗野菜的盛氏男人，以为他们也是素食主义者。她们还发现庵后不远处盖好的石头屋，就几间，独门独院，矮小简易，门是篱笆门，碎石垒的院墙，比人矮，和她们的庵一样寒碜，但庵没墙。后来她们明白那院墙内主要养鸡鸭，不久院内角落又用石头圈了个更小的院，搭个遮阳挡雨的草棚养猪。河里活蹦乱跳的鱼虽不见少，可隔三岔五在石缝中看得见吃剩的鱼骨，让她们心惊肉跳。尼姑们说不出为何喜欢矮房矮院隔出的窄短胡同，起初胡同仅一条，之后两条、三条，有了东西和南北，都一米来宽，挤靠着。胡同多了就有了村庄的模样。村庄安静时，她们愈加喜欢到胡同走走。狭窄的胡同铺着不足半米宽的石板，歪斜但平坦，石缝长青草，早晨挂露珠，入夜铺星光。她们喜欢早晨和晚间在胡同转悠，遇见村民迎面经过，赶紧低下头，身子贴住墙壁。她们躲着月光，气喘吁吁跑回庵，掀开被子，蒙头痴痴地笑。她们深夜串胡同，会不自觉地听到一些声音，有时是几声孩子的啼哭，有时是女人深深浅浅的呻吟，这痛苦的叫声叫她们耳热心跳，赶紧跑开，回庵盖上被子才边笑边想：大概那就是人间的滋味吧。

村庄越来越大，胡同越来越多，越来越长，纵的横的，排满峡谷上沿、围子山西麓的长坡，但胡同依然狭窄，碧草依依，藤萝垂挂。十梅庵仍孑立村外，孤单清冷。胡同里她们的脚步，由轻快到迟缓，影子消瘦，身子轻了，脚步却重了，像枯败的梅花。

梅树的阴凉年年扩大，阳光浓烈而月光稀疏，终于有一天，她们失去了走进胡同的力量，守坐梅树光影之中，迷蒙着眼，偶尔抬头，望一眼河水西流，叹息时光的残忍。

"终南何有？有纪有堂……"纪与堂，在山谷的角落，在眼前的村庄。一个古庵，几位旅人，像山峰跌落的一角，胡同幽深的断痕，人间散落的羽毛。春天大概又要回来了，小河旋涡轻盈，语调欢快，梅枝上，点点豆粒夜夜膨胀，不几天，黢黑的皮肤泛出洁白的、粉白的、艳红的云团，庵前闪耀。安静的时光热闹了，村里的人们手牵着大的，怀抱着小的，孩子的粉脸，像极了枝杈间向阳的梅花。人们来到庵前，送上菠菜、小葱、红萝卜、胡萝卜，盛氏先祖最初遇见的也是最后守在庵内的尼姑，颤巍巍地接过，佝偻着身子，放在庵前的石桌上。她老了，回个身都慢悠悠轻飘飘，细眉脱光，皓齿尽失，嘴唇嚅动，却吐不清字句。我见过她年轻俊俏的模样，与梅花好有一比。"你是第十一棵梅树。"我对她说，又像是要告诉盛氏的子孙们。她开心地笑了，用深刻脸颊的皱纹和干瘪的嘴唇，用刹那的美丽。她喘息着，手舞足蹈，我听懂了，翻译给十梅庵村的后人听：

"年轻小伙爬上来，来来回回数梅树，数来数去就十棵。其实二十棵呢，他说十棵。梅树没名字，我们有名字，我叫春梅，去年离开的叫冬梅，冬梅前面是蜡梅……"

那是一个模糊的年份，光影斑驳，湿雾山间缭绕，苔痕清晰。那年深秋，山坡上、峡谷中，枫叶红了，圆柏苍绿，春梅凋谢。盛氏后人在围子山脚下寻了块墓地，刨个深坑，掩埋了她，像移栽一棵梅树。她葬在"年轻小伙"坟旁，往前一溜儿排开的是冬梅、蜡梅、艳梅、品梅……像一行鼓着花苞的梅树。那小伙没数错,十梅庵前依旧有十棵梅树,不过围子山上,又有了十棵。不多不少,十棵梅树,相互守望,静默于光阴,不见宿命,只有真实。

"终南何有?有条有梅……"空气干燥,从前的湿雾越来越少,缩短了春天,弯腰凑近梅花,嗅那清香,待直起身抬头,夏天的酷热就来了。溪水早干了,剩余几团,聚于老虎山谷,一个叫满香湖,一个叫溢香湖,还有一个,铁锚的形状,铁锚大小,叫清香湖,它们在村外停下流淌的脚步。行走在梅庵一路上,我思绪紊乱,像初来乍到的"年轻小伙"数梅树,我数的是槐树,道旁的大槐树列队两行,太多了,远远超过十棵,数了几遍都数不清,既隔开也连通着村南村北。槐树有了年岁,茎干老旧但枝梢新嫩,支棱当年的树叶,让我想起"年轻小伙"的故乡"大槐树里"。我走向村前无影无踪的十梅庵,路见数棵老楸树,在村庄的旧宅陋巷,在四月天里,喇叭花俏立枝头,向天吹奏。楸树身边,梧桐花束垂着喇叭,向一座古村、一片土地、一段历史低鸣。

我想这"大槐树里"的槐树我是数不清了,除非找到盛氏们的原始记忆,潜回他们云南故乡的起点。故土依旧吗?穿过槐荫,我折往路南,又折往路北的胡同。往南通峡谷,房屋陈旧,俨然旧村落,胡同如昨,一米来宽,青草稀疏,味道一如数百年前,旧人新人都踩过它们。石头的院墙,石头的房基,直立或坍塌,都在一块石头里将往事还原。我蹲在几棵青草旁,逆光望向胡同尽头,地面坚硬的黄土反射光泽,一些脚印浮出,有春梅、冬梅和蜡梅的,有"年轻小伙"的。这些脚印有的犹犹豫豫,羞涩满满;有的稳健踏实,印下执着;有的重叠,滴着汗水,曲曲折折,去向谷坡的菜园，像无法传译的语言。

一处过去的小院，紧挨现今的大院，贴着曾经的胡同，太不起眼了，若非门楼外爬满墙壁和碎石的野枸杞，若非枸杞长了新枝幼芽，蓬勃着生命，很容易被忽略。门楼一人高，青砖的墙垛夹着两扇柴门，门上贴大大的福字。柴门陈旧，原木色，或槐木做的。只见它轻启一条缝，一上一下，探出两张小脸，饱满如两片枸杞叶。一个扎羊角辫，涂腮红，是女孩；一个前额溜光，脑后垂根长辫，发梢结根红绳，是男孩。两张小脸一个往左瞧，一个往右瞧，见村庄安静，夺门而出，一前一后，跑过枸杞丛，跑过东西胡同，又转向南北胡同，朝十梅庵去了。快跑，否则追不上梅花了。

事实上，梅庵一路不长，也就一里地，我称它"大槐树里"。路的西端被"腾飞理发店"挡住，东端截断它的是"崂山茶专卖店"。两店东呼西应，天气好时可彼此看清"刮脸焗油""鲜爽醇香"的店头广告。"大槐树里"南侧散布着旧村落的老房、新村落的次新房和旧楼房，旧村落前由东而西的峡谷已是遍布菜园的深沟，巨大的柳树耸出沟底。

我在"大槐树里"数槐树，一棵、两棵、三棵……每次数不到十棵，便莫名拐去一条比上一条更窄的胡同，更窄的胡同领我又回到"大槐树里"，然后从头再来。每一次，即将接近"年轻小伙"故土的"大槐树里"时，我便被胡同里的事物吸引，功亏一篑。如此折腾至口干舌燥，到路边的"齐锐商店"买水喝，我想买一瓶带甜味的水，老板娘见我满头大汗，建议我买一瓶白水，一块钱，比甜味的便宜。也对，我体内缺水，不是甜水，买来矿泉水，拧开红色塑料盖，握紧瓶底，当着老板娘的面仰脖一气喝干。老板娘接回空瓶，说很甜吧，我说很甜，不愧是崂山余脉。我迈出店门，回到"大槐树里"，猛然发觉早已数清了槐树，共七十六棵，不包括一棵高大的榆树。

当我心满意足准备离开，从四月走回三月，从"大槐树里"走向古槐满街的村落，或从现在走到过去，奇迹发生了。理发店一端，春梅，或者冬梅，也可能是蜡梅，挑着担子，出现在梅庵一路。我们错身时，我的思绪还停留在现在，当我回头看她的背影，迅速回至过去，我怀疑她和"年轻小伙"一样，也把我当胸穿过。我追到她前面，看了看，没错，是梅花下的春梅，小河边的春梅，喜欢"年轻小伙"的春梅。她戴一顶遮阳鸭舌红帽，穿红帮软底鞋，胳膊套红布套袖，红色僧衣，内套蓝布衣衫，细眉皓齿，脸色宁静。她右肩挑着竹木扁担，前面挂黄色塑料桶，后面挂只白棉布包裹，包个空的不锈钢面盆，像云游刚刚回村。我一边退着走，一边预防她穿透我。

"挑的可是山货？"

"刚给工地送完饭。"

"哪里人？"

"安徽安庆。"

"离家几年？"

"三年。"

"一个人？"

"我们十个人。"

"住村里？"

"前面六楼。我们给老板打工。做饭送饭。"

"多少钱?"

"三千。"

"知道十梅庵吗?"

"这里是十梅庵。"

"我说十棵梅树的十梅庵。"

"我们十个人,住十梅庵。"

"你是春梅?"

"不,我叫红梅。"

此刻,"崂山茶专卖店"北边的"启航超市"开了门。

3

瞬间促成的历史总是微妙,其中的妙处也许在1404年的早春,"年轻小伙"爬上峡谷,梅树下望了眼春梅,或春梅瞧了眼"年轻小伙"便注定了。我能肯定他在思考一个问题:去或留。通常,村庄的诞生不用大动干戈。十梅庵村的诞生,一个眼神,一个留下的念头就够。于是,村庄便从无开始变为有。据说,如今十梅庵村的臧、张、庄、魏、盛等姓氏的居民加上外来常住人口有八千之多,做饭送饭的红梅算一个,同她一起寄居村庄居民楼的姐妹也算在其中。

十梅庵村,包括我不厌其烦数槐树的"大槐树里",比想象的大,一个庞大的村落,具有古村落衰落的气质。然而再大的村落,也有小角落,并由一个个小角落组成。古村落无论如何衰败,不堪入目,也孕育大气象,大气象留存在不起眼的小角落,不时跳马走车，炮打兵进，风起云涌，用的是倔强的骨血之气，数百年不变的基因之本。但我情愿把它设想得很小，小到初建之时一眼望穿，淳朴单一，小到"年轻小伙"瞥眼春梅时想说点什么却没说出口，转身离开，背对梅花，走上灌木遍地荆棘徒长的荒坡，逐渐缩为一个黑点，比蒿草矮，比叹息轻。

　　黑点再迈一步，停住，然后转身，对跟随的人道："大伙儿回庵那边，我一个人走走。"盛氏其他人回庵休整，春梅送来山泉水，众人边喝边说一路的辛苦，夹杂"好甜"的夸赞。"年轻小伙"一人往北，绕开灌木丛，起先上坡，接着下坡，估摸过了十梅庵路，抬头瞅围子山，直线上好像到了山北。太阳从两山之间的夹缝露出头，崭新如洗。他转往东，被一条向西北倾斜的峡谷挡住，谷底流水不如庵前的急。"原先并未注意还有条峡谷。"小伙嘟囔着，拽着谷坡的构树枝下到水边，眼神顺水流往上找，原来是庵前溪水的分支，两水同源，均来自老虎山。之前在南岭不能瞧见，乃因庵的左后方，峡谷的斜坡，生长了数株楸树，树干粗壮高大，冠枝浓密，且斜往谷中，外加黑松和小灌木，阻住了视线。现在由下往上瞧，阳光打在峡谷西侧峭壁，甚是明朗。那峭壁仿佛直耸，与庵前的大斜坡不同。庵与梅树，便在两条峡谷的夹角，独占高位，立南北谷底虽不能见，却可想象梅花飘下溪谷时，那景色是何等的绮丽。小伙颇有些按捺不住，想一探究竟，保不准春梅正手扶楸树往峡谷张望呢。

　　"年轻小伙"止住冲动，寻到溪水的窄浅处，蹦蹦跳跳过溪，一上岸顶，视野陡然开朗。我寻觅"年轻小伙"的身影，只见黝黑的路面和快速通过的汽车，不见他人。崂山春茶到货，专卖店老板忙着搬上货架，贴好价格。红梅手提菜筐，步行至雄鸡报晓雕塑路口的菜市场，先买几样青菜，最后割十几斤猪肉。腾飞理发店十点开门，晨跑的人不太留意有无上过门板，可灯箱亮着，昨晚离店，老板忘了拔电源。"大槐树里"一条街，因为早市与它无关，暂时安静。我选择观察的十梅庵村东的高点当是"年轻小伙"偶然登临的高点。

他瞭望的第一眼给了路西，即围子山西麓的长坡，从峡谷交叉的最高点梅树和庵房开始，由南向北扫视。长坡不长，西去不足三里开始平展，整体的坡度不太陡，夹杂浅沟和断层，土层较厚，不肥沃也不贫瘠，宜种宜居。视线回到庵房和梅花点点之处，不见他想望的身影，怅惘一霎，叹息一声，回身往东走去围子山。围子山的断崖岩石裸露，龟裂兽蹲，续接着升高，铺薄薄的黄土，生长植物，偶尔的乔木不高大，缩成灌木状，隐隐约约一条小径，很隐蔽，太久无人踏足被荒草侵吞。沿隐秘山径上行，围子山一忽悠一忽悠逼过来。脚下的硕大盆地，聚老虎山深谷流来的泉水，琥珀色，水草不多，一望见底，游鱼是大的，每天聚堆讨论如何游离这无处藏身之湖，却找不到出口。湖水仿佛永远不少也不多，深处只及人肩，原因是山里淌来的水与湖底渗走流去庵旁两条峡谷的水几乎等量。鱼儿们无可奈何，只能等暴雨来临，湖水猛涨时夺路而逃。

"年轻小伙"奋力攀上五米高的立壁，上面有个巨大的平台，直通围子山腰，他瞠目，继而狂喜。平台方圆百米，野草枯干。老虎山山坡、峡谷、巨石和簇簇黑松历历在目，一幅流动的山水画。老虎山的溪流，并非直直地流向围子山，而是在山间扭着腰身盘旋,在将断开处,聚一聚,成个潭,然后往外流,流一会儿,又聚成潭,再流,可见三潭,最后聚成围子山下的湖。他转身去山里,山里的景象与老虎山不同,整个山峁岩石赤裸,寸草不生。他想不出原因,只管走去,至山腰北沿,见西北方凸起些建筑物,比坟头大不了多少。后来春梅告知那是座古城遗址,据说好几千年了,地下埋了很多人,他不敢自己独往。春梅拒绝过溪,直到埋在围子山下,"年轻小伙"也没去成。十梅庵居民抬着春梅过溪去墓地安葬时,走的也是几千年前古人探查出的山径。他没能见到春梅过溪的情景。十梅庵村的后人始终无人清楚他俩是否结伴去过"古城顶"废墟。山溪的源头老虎山深处,"年轻小伙"肯定不止去过一次,就在那一天,他第一次到达那个小角落,靠近白布条般的瀑布,张开双臂,让水花浸湿全身。今天,小角落上方的巨岩刻了个大大的"梅"字,与青岛梅园的梅花相依相伴。

入夜,"年轻小伙"返回庵前梅下,不管族人如何打问,只是不语,和衣躺下,弯曲身子睡去。梦中,他搬石盖房,眨眼工夫,一栋石头屋盖好了。他栽下一棵槐树,槐树疾速长大,和云南"大槐树里"的一模一样。他走进树影,凝视另一栋陈旧的石头房和房前枝叶簇新的十棵梅树……

4

峡谷上沿的一个胡同口,往东一两个不大的转弯,两侧的住房和小院,肩顶肩,膀扛膀,用材都是砖和石,有的外墙涂抹水泥。胡同的地面和我南行的小径都是黄土,胡同北第一户的阳沟流出水,蛇行过小径,从小径西侧人家的红瓦房屋后朝西淌。胡同南侧五间灰瓦房有个后院,石块垒一米多高做墙基,之上一米多为红砖和灰砖,红砖的表层因蒙上尘垢变灰暗了。枫藤爬满西墙,叶子葱绿,几根新茎探头探脑,准备越过后墙从胡同往小径拐弯的大圆角攀爬,过这圆角,小径就垂直着通向峡谷了。一处石头院的绿底白字门牌写着"十梅庵村283号"。胡同口的古槐用阳光丢在村内的炭笔,在黄土地面画下自己的影子。

283号周围是十梅庵村非同寻常的小角落,因为槐树下,手捏炭笔,描画树影的并非阳光,而是村庄盛姓居民的始祖——那位"年轻小伙"。

早晨山麓清冷,朝阳还躲在崂山外头,"年轻小伙"被冻醒了。他裹裹上衣,看眼梅树,花朵比昨天大了点,山岚依旧。庵房垂挂布帘,纹丝不动,一只舀水的陶罐斜卧在门外石几的木框上,像只晾晒羽毛的灰鸟,耳边传来河水迂回的浅唱。他顺峡谷北岸往西,走得很慢,好像要等太阳升高似的。斜坡、岸上和整个围子山东麓,乔木不多,三三两两的垂柳,柳条尽绿了,柳叶抖开,在湿雾中摆动,沟坎间几丛野生迎春开了黄花。

弯弯曲曲走了约五百米,峡谷渐深,河水流动声变大,往西北一个平滑转弯,前进六十多米后,重新转回西行。弯上沿隆起的平台比周围地势高几米,很雄伟。一条不明显的窄径打着"S"形通到谷底,像在久远的时代被什么人踩出的,径旁冒出早生的荠菜、苦菜、苦苣菜等,给窄径镶了绿茸茸的宽边。"年轻小伙"在平台上停顿了会儿,没沿窄径去往峡谷,而是离开平台折往西北，顺围子山东麓的西边沿行约千米，过红瓦塔楼挺立十字架的十梅庵基督教堂，又行一百五十米，便到北坡立花岗岩石志的所在。"年轻小伙"犹豫着，思索要不要过十梅庵路，到北片的华烨涂装、增跃广告等企业走走。他掉转身，斜穿围子山西麓的庞大村落，走了往回的路线。西麓大坡比他估计的平缓，置身的每个角落都似平地，比云南老家的地势平坦许多。他路过村内大路口公牛奋蹄和雄鸡报晓的雕塑，路过集贸市场和练车场，路过平房和公寓楼，路过开花的楸树、无花果树和"大槐树里"，路过数条一米多宽的胡同和不到一人高的石墙……最后，他回到平台，眼神清澈，越过溪水倒映的蓝天白云，望一眼南岭和楼群高耸的南岭小区，一脸沉静，如山间景色。他发现身处的平台十分空旷，无挂无碍，只回荡溪水的哗哗声和暂住的风声。他站在那儿不想离开，干脆席地而坐下，从杂草中露出半个脑袋。太阳悬于老虎山顶，光芒四射，驱散着峡谷的雾霭。

古槐树扎根的胡同口，即283号周围，我推测便是"年轻小伙"很久不愿离开的平台——十梅庵村的起点。此地比过去矮了不少，但依然相对较高。我在胡同、小径及周围，发现了更多古槐，有的比胡同口描画自己身影的古槐还要古老，主干大部分中空枯死，枯枝断裂掉在胡同内，但多数古槐顽强地发了芽，嫩枝和幼芽与十梅庵一路年轻的槐树一样。更重要的是，我发现了"年轻小伙"选择平台立村的重要秘密。站在古槐旁，或爬上后院转角高墙朝东南望，让视线越过所有房屋，让峡谷北岸再度开阔，一览无余中，我望见几间庵房，庵前不规则排列的梅树，梅花点点，散居峡谷一角，雾气中朦胧却透着清晰，而此处平台隆起，是峡谷的又一角，与庵房相距五百米，驻足平台任何一处，都能看清庵房和梅树，反之亦然。春梅在树下抬头，西北角高地的一砖一瓦便历历在目，"年轻小伙"盖房的身影也会映入眼帘。

　　说来奇怪，"年轻小伙"自建房始，有人说他再未与春梅单独相处，也没机会再叙梅花。但他留下几条线索让人猜想。一是他居住的石头房与庵房几乎一样，同是三间，立于峡谷最前面，没建院落，置石几于空地。区别是庵房面南背北，房前十棵梅树，而"年轻小伙"的石头房面东背西，房前一棵大槐树，面向围子山和老虎山，正对庵房。二是脚跟站稳，垦荒种田，自给自足的生活开始后，院落不断增多，由平台往北往东连成片，有了多条胡同，村落形成。一年夏天，莱州府驿使途经此地，见一新村，入村探访，以便通邮。多方打听，驿使找到"年轻小伙"，商讨村庄名称，"年轻小伙"脱口而出"十梅庵"，驿使点头，崂山余脉堪舆图上的围子山东麓便多了个村庄的墨点。"十梅庵"三字引人遐想，多个姓氏的先人从四面八方前来安家立业，村庄不断壮大。"年轻小伙"劳作之余，每天用些时间立于槐树下，安静地眺望对面的庵房和梅林。三是"年轻小伙"终身未娶。但传说"年轻小伙"与春梅时有约会，包括一起探访老虎山、围子山和"古城顶"，有人在胡同的僻静角落，望见他俩并肩而行。那时的胡同已有大槐树挡住视线，看不真切。四是"年轻小伙"葬在村庄围子山墓地不到一年，春梅追随而去，两座坟茔近在咫尺。

民主路 37-1

空　间

　　把类似民主路 37 号这样的地方视为普通市民的生活杂居之地也许没什么不合适，因为达官显贵不太可能选择如此拥挤困顿的场所居住。往东不到十米的中共建阳第一个支部成立的旧址碑志似乎也在证实这一点。37 号所在的民主路经过一番整治，包括对地面加铺灰色地砖和下水道的处理，有些"新"的味道，但说到底它还是一条窄窄长长的旧巷子。它自崇阳溪东岸始，到通南北的前进路止，长三里余，中途拐了几个小弯，望过去依然如昨，古朴悠扬。若花些时间走走看看 37 号前后左右，便会与井巷、学坊巷、自由路、蔡厝巷等相遇，这些巷和比巷子宽不了多少的路，像一条条活的鳗鱼，弯弯曲曲，连接一扇扇窄门，串起人们活动的空间，叙述日复一日的熙来攘往。直到走出巷子，走到前进路中段的童游农贸市场，停在摊位前讨价还价，才能顺顺当当地喘一口气。

它是一座新城的古，也是一座古城的旧。

37号入口由两根约两米半的木立柱支撑，在高四十厘米的长方形础石上，础石两端外立面雕画图案，已模糊，其他立面外包的水泥是后加上去的，盖住了石头的历史。木柱立为门，额为松木板，不饰油漆，木质原色，左右外露两根横梁榫卯，中间贴对联的横批"一帆风顺"，一副对联则贴于作门框的两根立柱上，红底金字，分别为"迎新春事事如意""接洪福步步登高"。半年多过去了，像春节时新贴的一样。

门洞内似一条窄短小巷，因光线稀少而幽暗，依稀见高处一方砖雕，不多的光铺在上面，隐约透着特别的雅致。门外凉快的阿姨告诉我，这砖雕两百多年了，里面的建筑也是，住了好几户人家。原来它并非一条巷子，而是个院落。

天　井

入乡随俗的话，我不应该称37号为"院落"，用福建话"厝"称之更恰当。厝是居住的房屋或家，大多是指老式的平房民居，同时含逼仄、狭小之意，而院落尤其北方的院落比厝活动的空间开阔一些。我误入的37号为两进的厝。过砖雕门楼即第一进，两侧住户共用的厅一面完全敞开，面对天井，靠里一面在右侧留出入的门，通后一进。过一条窄黑的通道即见第二进。第二进的厅和第一进的一样也共用，敞开的一面屋梁下悬垂两只对称的大红灯笼，厅上摆桌椅、剩饭菜等；半封闭或完全封闭的一面贴联、摆拱、置香炉，用于平常和年节祈福。厝里的人家也许对祓邪存更多的期待，这大概是弱势群体共同的特征。他们不仅要在厝里祭祀，每逢重大节日或家庭事件，还会去就近的寺庙焚香烧纸，祈盼平安，多子多财。

不用太过仔细就可看出厝中的建筑原来用的都是木材，省却繁复雕琢之功。闽地多林木，取之方便，用之不竭，且比砖石省工省钱。如何在狭窄之地营造最大限度的生活空间，他们有自己的方法和智慧。木质结构的房屋多用穿斗式，重力由立柱和梁架承担，尽量避免阻隔，减少了对人活动空间的影响。圆柱均为粗壮的杉木，顶天立地，如虎踞龙盘。木础多采用鼓式、莲花式、八角式，饰以粗浅圆润的雕工，不失大气。绕立柱用细木板间隔出房间，不浪费一寸，木壁上留出入的门，门与整体浑然天成。房间是各家的私密处，我只能站在门外想象门内的生活。

厝内天井给了我关于天井不同寻常的认识。若屋顶完全封闭，室内则会失去采光，人们生活不便。若天井开得过大，雨季暴雨瓢泼，屋内不成灾也将充满湿气，伤及人身。到了冬天，冷风通行无阻，在没有取暖设施的年代，无异于"引狼入室"。人们在凄风苦雨中将度日如年。于是，人们走了中庸之道，在每一进共用厅前留了"井"，"井"占天井空间的一半，"井"上开"天"，四方形或长方形，"天"与"井"等大，雨来时，少量垂落，冷风到，则掠"天"而过，不会灌入室内。

天井大都铺青条石，有的厚三四十厘米，长三米多，乃永固之物。天井中留一下陷空间，为长四米、宽两米的长方形，或边长三四米的正方形，深度差不多与青条石一般厚，为"井"。"井"中放青条石两块，四周或三面成凹槽，雨经由与"井"等大的"天"落入天井，汇聚于槽内，若非倾盆暴雨，雨水很难注满凹槽，民间称之为"四水归堂"。人转厝经天井时，踏槽内青石而过，倏忽间便有些情致，似有"对山滴翠岚，两眉浓黛，水分双派，满眼波光。曲栏杆外，汀烟轻冉冉，莎草细茫茫"之境。今天，厅堂地面和天井凹槽还是苔藓隐隐。

砖 雕

吸引我踏入 37 号的毫无疑问是门楼上的砖雕。砖雕的门楼外观如牌坊，下留碑形门。如果没猜错，这两进的厝原属一家人所有，应为当地的富户，这会儿恐怕住了不止一两户，还加建了砖瓦墙。砖雕门楼过去曾为正式的入户门，正对巷子，现今外面又修了一道门，两侧各建了一堵青砖墙和一堵红砖墙，空间遭压缩，形成了不能采光的夹道，砖雕也被粗糙的砖墙从两边各吞噬掉一块，不再完整。

我对砖雕、石雕、木雕、玉雕所知甚少，不敢胡乱置喙。我在那段黑黑的夹道驻足仰观，没有放弃读懂它。我看出它有一个主题：在向凝视它的每个人诉说一个故事，故事不存在时间的阻碍，或者可以说它跨越了时间。这个故事与当地人们的生活方式和信仰追求息息相关。虽然它已经不完整，但不影响我将主题归纳为"天上人间"。

砖雕自上而下有两种颜色。上两组为土黄色，下两组为青灰色、圆雕、镂雕均雕工细致，构图精当对称。最上面一组雕刻的应是天上的事，内容比较简单，无非雕刻了神鹿、神雀以及松枝、树叶等。中间两组中，土黄色的一组稍微宽大，青灰色的一组则窄小。在土黄色的砖雕上，我不仅看到亭台楼阁，还看到一座颇具规模的官窑。官窑周围是富丽堂皇的建筑，一个官员模样的人骑高头大马经过豪宅，下人夹道迎接。青灰色的一组看不到像样的建筑物，只有地下深藏的民窑，窑口崎岖，条件简陋，匠人们有的丢掉了头颅，却不影响他们继续研究制瓷工艺。假如土黄代表了上等色，那么青灰色则代表下等色。

建阳是喝茶神器建盏的发源地，"兔毫盏"在宋朝时便流传到日本。建盏艺术直到今天依旧流光溢彩，天下无双。天青色等烟雨，而建盏在等曜变——无论上等的官窑，还是下等的民窑，艺术一视同仁。辉煌艺术的创造归根结底来自普通大众。

十笏园记

笏

笏，手执之物，《礼记》载："笏长二尺六寸，中宽三寸。"朝堂上躬身肃立，双手握笏板抱于额前，既成了礼，也严谨了条陈奏对的分寸。方寸之物却是展示个人雄才大略的道具。街巷内，若执笏而行，遇人鞠躬，喃喃自语，不被人骂，也会被视为神经不正常。因此，普通民众是不可过笏板人生的。即使官员，有资格执笏者也分等级，五、六品以下的官员，两手空空，宽袍大袖甩一甩，抱拳说话。

十笏园的"笏"既非象牙玉石的笏，也非竹板的笏，乃石笏。石笏两块，立于园子池塘南侧岸上。一块居西，立四根松木支撑，四角攒尖顶，离顶覆茅草的小沧浪亭较近。另一块居东，与西侧石笏位于同一水平线，相隔十余米，靠近池塘东南角假山下的漪岚亭。亭子下沉，居池塘旁，人滞亭中，低头可观池水波纹和游鱼戏莲，抬头可望嶙岣假山之巅，自成风景。两块石笋高不止"二尺六寸"，瘦瘦长长，若书生，伫立铁箍木板做成的箱体内，互不相干又遥遥呼应，看似相互作揖，行着古人的礼节。十笋园这一角，也就仿佛有人欲躬身开言了。

立于园北六角门洞的石阶上，视线越过池塘望石笋，仿佛池塘躺卧着，不管不顾一泓池水荡漾，一直举着两块笋板，面向天空，盯住流云发呆。换个方位，到南边，坐在面南背北的十笋草堂门槛上朝北望，便发现石笋像被作为正厅安置的草堂抱住，正面对池塘、池中的六檩卷棚式歇山顶的四照亭、北岸的砚香楼行礼。想象园主人读罢一页书，至二楼窗外的前廊，揉揉酸涩的双眼，俯瞰夕照下的园景，假山岚动，池水起皱，风光尽收眼底。

围绕石笋转圈，仰望俯察，看不出笋石来自何处。我能分辨的是它们的颜色，一块泛青，一块泛白，一青一白分立东西，颇可玩味。再仔细看，石笋两面均不着一字。不知这不着一字里面，是否尽得了风流。

园

一日，宝玉及众人陪贾政参观大观园，在稻香村，贾政因见了水井、辘轳等陈设物，勾起他归农之意。他问宝玉："此处如何？"宝玉不屑，议论道："此处置一田庄，分明见得人力穿凿扭捏而成……古人云天然图画四字，正畏非其地而强为地，非其山而强为山，虽百般精巧而终不相宜。"贾政见辩不过宝玉，喝命叉出去。

无意间宝玉道出造园尤其文人园的本旨：师法自然。十笏园可称文人园，布局之巧妙工整自不待说，但"穿凿扭捏"不可避免。丁善宝当年生意场上叱咤风云，走南闯北见识过不少江南园林，尤其扬州、苏州的园林，并不避讳模仿抄袭，独创之处除两块石笏和对各景点精心研究的命名，实在乏善可陈。

丁善宝造园似乎意不在创新。

丁善宝，老潍县人，巨商富贾，潍城四大豪绅之一，人称首富。光绪十一年（1885年）购得明朝刑部郎中胡邦依故宅，修葺改造，为举家日常起居之用，算是人生的归心之举。整个宅院可不算小，进数极多，青砖墙，挑白缝，留出入的大门，圈囿为庐。灰瓦片鱼鳞状覆盖屋顶，四周檐角翘起，蹲上瑞兽，顶面一沉，屋脊一翘，不避风雨，蔚为壮观。白墙间出的院落胡同，幽深可得，随便推开或大或小的漆门，又可得四合小院，无一处不幽僻，不悦目。院内植翠竹、蜡梅、石榴、海棠等文人树，用意可见。我进各处小院时，正值蜡梅衰败、竹子返青之时，薄如纸片的蜡梅花蔫于枝杈，行将零落，香味却依旧浓郁，如蝶挥舞翅膀在身边环绕，不得不把鼻孔再张得大点，目光再仔细点。比如在芙蓉居，此时虽不见芙蓉，却得蜡梅飘香，又见白墙上的一块木牌写道：丁毓庚第四位夫人孟氏在此居住。丁毓庚何人当不需问，自是这丁家花园的人。那孟氏，大有来头，乃山东首富章丘旧军镇孟家的女儿，为"亚圣"孟子的嫡传后裔，著名商号"瑞蚨祥"绸缎庄主人。嗅着蜡梅味，眼瞅午后疏影，想象孟家女衣裙窸窣，飘然而逝，我们会感慨在这人生中，跳不出也逃不脱生命发展的规律。这处丁家花园,占据潍城北端重要位置,一望便知是大宅门。生活于此,走一遍颇费周折,不知当年丁善宝先生是否能每天走上一遭。由此看,十笏园小景缩在一角,如一片瓦砾,余暇散散步,无论怎么"穿凿扭捏",也不算什么了。

丁善宝先生善诗文,不仅因生意见识了社会和人生,还在赚钱之余乐善好施,写写画画,著有诗文一卷,名《耕云囊霞》,文人情怀显而易见。此情怀并非仅表露在文集中,以当今来看,或许用庭园中的园子直视其心更直观些。用这个角度观察,丁善宝造园,确如贾政随心品评的那般,充其量不过把园林环境当作某种道具,或一个舞台,洗去生意人特征,广交文人墨客,便也把自己归了类。当然,一个结果的诞生,更多需要与自己对话——园林困境与丁善宝不沾边。所以,咸丰年间丁善宝捐得举人和内阁中书之衔,我们不妨将此举动理解为一位生意人的抗争,一位文化人的挣扎。园子造好后,他想到"笏",想到小和小中蕴含的乾坤雨露,既是对社会的态度,也是对自己的态度。丁善宝双手不曾抱过笏,我们可以猜想他心里是装着的,如今被园林半掩着,像抱着半遮面的琵琶,羞涩地弹拨出响声,弹拨着丁善宝的语言困境、叙事困境、人生困境。

十

我进十笏园前,首先想到"幽"字,乃由园名引发的联想。十为满数,与之相关的往往为追求的目标或理想,即便十恶不赦,也极少有人能做到。"十笏"不大甚至极小,亲"幽"而远"喧","幽"当是十笏园的品格。

把"幽"写到骨子里,当数"明月松间照"了。不信你看,那个瓷盘子忽然又圆又亮,悬于头顶,伸手可捉,若真伸出去了,除了捉到一段明晃晃的丝绸,别物并不可得。受了惊吓,瓷盘子一下跳高,比松林还高,瞪大眼睛,在林间东寻西找,闪光的裙摆被松枝松针缠住,怎么挣扎都脱不了身,只好跳到地上,土壤松软,想跑快点也不能,便蹲在树下喘气。远离荒野,身居闹市,这种"幽"既不可遇,更不可求。可人活到一定程度,总要寻出点幽来,因为幽中有静,静能养身,于是想到竹子,种上几棵,待来日捡些幽静颐养天年。

深得竹之幽的,郑板桥算一个。板桥掌管潍县时,常去好友郭芸亭家的南园赏竹、画竹、写诗。乾隆十七年(1752年)秋天,郑板桥被罢官,客居南园直至来年春天返回老家兴化。南园多竹,那个明亮的瓷盘子时常光顾,将一园清幽照得雪亮:

衙斋卧听萧萧竹,疑是民间疾苦声;
些小吾曹州县吏,一枝一叶总关情。

潍城人爱竹赏竹由来已久,却非受知县板桥影响。丁善宝也是个深得竹之幽滋养的人,他在丁家花园遍植青竹,隔窗听竹弄风雨,成了生活之外的意趣,自己不知不觉也悠悠然了。我进园所见之竹,当然非丁善宝手植的竹子,却也与当年的竹子没啥分别。它们依旧在漏窗前、门洞边、白墙上画画,画的是郑板桥的竹风竹韵,既有格又有调,幽中有静,静中含幽,活脱脱一群文士举着笔墨,从历史的深巷远间走来。再看那青竹近旁的蜡梅,疏影洒在地上,散开细碎的花香。于是,那"幽"愈加悠远了,在寒冷中挑着落荫和幽静,像月亮的光斑刺破了松林。

心灵的归处

王林的选择

店　铺

　　小心翼翼驻了车子，抬头便见一家店铺，屋檐出厦，白门白窗，门楣上三个字：酒肴店。门框两边黄墙上竖写斗大的两行黑字：烟酒糖茶，肉食海鲜。均为店主人手书。门口立一尊黑釉大瓷缸，几乎挡住左侧外开的纱门。瓷缸置门外一定有用处，但猜想不出它肩负什么使命，也许只为承接屋檐外探的水管导流的雨水。雨水进缸，聚为一潭，经困水晒水，蒸发掉氯，水健康了，浇菜浇花都好使。后来与村庄四周菜地的瓷缸、陶缸比较后，我如此猜想。

　　酒肴店占据王林庄南北中心大街和东西大街交叉的西南角，它的斜对面，即东北角，一家叫凯之奕的超市雨棚下，货架上摆了鲜果和蔬菜，几位顾客正在挑选购买，见我拍照便背转身去。它的正对面，过中心街，即东南角，又是一家超市，售卖的货物与凯之奕不同，为居家日用品。紧邻超市的一家修车铺，门头外落地招牌上挂了几条自行车内胎，差一点挡住"维修"二字。

凯之奕超市还提供红岛海鲜预订服务，而修车铺除了日常维修摩托车、电动车、三轮车，更换、销售蓄电池，还承接安装监控的业务。我在十字路口转悠的那会儿，刚中午一点多，行人稀少，店铺十分安静，街道越显宽阔。

南北中心大街是王林庄的商业街，伴随着村庄的扩大逐渐形成。有心人统计三里多的长街上，不仅排布着王林庄社区村委会、社区党支部、社区便民服务中心、社区卫生室、幼儿园、王林庄社区超市，还有天天鲜果园、低价超市、阔景酒水、学习用品玩具店、凯之奕超市、王林庄超市、城阳区王林庄水饺店、辉成超市、鸾麒饭店、嘉懿超市、郑琨超市等，我还看见数家理发店、修理店、花店，它们服务着村庄的生活。有人把这种日复一日的生活称为"重复"。

我们或可把"重复"视为庸常。这庸常却正是轰轰烈烈的人间既定的秩序。庸常里有更多幸福和乐趣。它有时像肖邦的叙事曲，有时像舒曼的奏鸣曲，有时像门德尔松的即兴幻想曲，有时又似柏辽兹阴郁凄凉的《浮士德的沉沦》，无论如何弹奏，壮怀激烈也好，平淡如水也好，感慨万端也好，总之人们用不同型号、音色的钢琴，合奏着同一首交响曲——命运。

王　林

对陌生的王林庄，让我处处留心和在意。走在中心大街上，我是个异乡人。我用异乡人的眼神打量所见，试图找出与交际过的众多村庄的不同，或村民日常生活的差异。这一点与王林乍到此地的心情肯定有别：我来是以过客的身份走走看看，他来则为觅得永居之地，足够安身立命的桃花源。

王林是一座村庄，也是一个人。明朝永乐年间，王林从云南动身迁徙至此立村。这句话包含的漫长历史，已经无从想象。他迁徙时的行踪应该飘忽不定，远比候鸟北归艰难。候鸟有既定的方向和终点，他没有，每往北迈一步，都踩在离故土越来越远的陌生土地上，这时候他对远方和迷茫一定有刻骨的体会，对安居乐业萌生过无比的渴望。

"朝阳不再盛，白日忽西幽。"终于，临近黄昏之时，王林来到青岛市城阳区上马街道这个地方，与同行的云南伙伴分了手，继续沿桃源河北上。他嗅到大海的味道，停下脚步，思忖再三。像下了很大的决心，王林脱掉鞋底快要磨穿的鞋子，塞进背囊，没挽裤腿蹚水过河。深秋的河水碧绿冰凉，走到一半便没了腰，他站定回头看看北岸，再转过头望望南岸。他把背囊举到头顶，不再犹豫，有惊无险地爬上南岸，胡乱拧几把裤腰上的水，便朝东去。夕阳尚有半根竹竿高，放射鸭蛋黄般的光芒。他真想吃一个蛋黄，以解饥困。王林走到一个所在，那里看上去绵延平展，虽然遍地都是半枯的野草，却不难断定是块肥沃之地。他又前行一段，遇到一条沟壑，沟底的潺潺之水从东朝西流淌，撞击蒲草芦苇，像人在窃窃私语。王林喜上眉梢，蹲去水边，捧起喝了几口，盯着西边的蛋黄咂摸味道。那沟里的水虽不如云南家乡的水甜，但足够养人了。王林站起来往东瞭望，隐约见一处木棍搭建的窝棚，悬空半伸进水里，想必有人常来钓鱼，他又一阵窃喜，抓起行囊朝窝棚奔去,酣睡了一夜。夜来一梦,王林坐酒肴店中,喝了半斤烧酒、两瓶青啤,吃了两盘蛤蜊、整条鲤鱼和半个猪脸。

王林黄昏时分用脚步丈量的荒草萋萋的开阔地,便是后来的王林庄,如今常住居民1583户,近4000人,耕地4999亩,聚落呈方形,东头多旧居,西首多二层新房,环村路面硬化,徒步绕一周需一个多小时,成为上马街道最大的社区。窝棚那一晚,已化为历史烟尘,但也许就在那个时候一座村庄繁衍生息的使命降落在了他身上,自己也因此结束了漂泊的生活。他因为建立了一个村庄而改变了一生。王林庄人尊他为王氏祖。王氏祖掬水而饮的沟壑,多年前被填平,盖上了新居,只剩村庄东南角一截,圈为菱角状的池塘,池中游鱼,水波微澜。池塘一侧,水底筑桩,凌空建成几间水泥瓦房,爱好垂钓者时常光顾这里。

20世纪60年代中期,突降罕见的天灾,海水倒灌,沿桃源河逆流而上,漫过河堤,侵入稻田。海水存留,数日不去,随后连年干旱,海水蒸发,盐分无法排出,富集于土壤中,在桃源河流域留下万亩寸草不生的盐碱地,有人赋诗:"春天地碱白茫茫,夏天地涝水汪汪,秋天十种九不收,冬天地冻硬如钢。"天灾发生那阵子,大水排山倒海,直扑王林庄,村口九棵老柳树阵阵惊呼,担心村庄不保。然而,海水抵达王林徘徊、由北而南的渡河之处,竟止步不前,王林庄躲过一劫。

在村北九棵老垂柳下,我像当年的王林一样踱步,琢磨一个玄妙无解的问题:当年王林如何隔着数个世纪,预测到这次天灾,将心中的桃花源——平安乐业的村庄设立在无虞之处?是怎样深沉的遐思让他把握住命运的呢?

旧　居

凌霄扶着老墙朝上爬，攀住墙头，翻个身，又爬去屋瓦，新枝嫩叶便簇为一片，灰瓦在枝叶的映衬下，不见年轻，越显苍老。灰瓦与枝叶迎着落下的雨点，准备弹奏什么，还没商量好，声音喷喷，轻袅难辨，任我怎么侧耳，都听不清楚。我移步上前，触摸凌霄的粗茎，这才发现，它的茎干早与老墙、旧居结为一体，你中有我，我中有你，不能分开。当我以庄重的心情触摸它时，仿佛不是我在触摸它，而是它触摸我。它的皮肤被滋养它的岁月侵蚀，像被海水腌渍过的土地，那些冰冷、粗糙、坚硬、沧桑的外在质感，让我感觉苍凉、悲壮，却不颓废、悲情。

旧居是一幢风烛残年的老房子，砖瓦结构，五十多岁。砖瓦都是灰色的，棱瓦尚算整齐，斜铺屋顶，屋山墙角的砖块被风雨侵蚀过，少了棱角，身体残缺。旧居没有门楼，或已拆除，却立着两扇木门，黑漆犹存，关闭着，捏一把大大的锈锁，警示闲人勿进。旧居院落的三分之二被一幢新居侵占，因此，留给凌霄生长的空间已经不大，风雨月光路过这里，也需要侧一侧身子才能通过，但它们并未忽略为凌霄屋瓦洒一层华光。

村庄的角落，形成新与旧抗衡的格局。旧居与新房抗衡，旧瓦与新叶抗衡，旧时光与新时光抗衡。如若仔细观察，不过是一幢旧居与周围一切的对抗，它似乎不甘于弱不禁风、势单力孤，发出一种力量，闪着光，把时间逼到了远处，对抗中碰落的鳞片击中了我的思绪。村庄经常以梦的形式望着它，殊不知它收集了全村的梦，只要打开那扇屋门，梦就会飞出来，释放自己，伴着人们的记忆起舞。

　　旧居几十米外的胡同内,贴着王林庄一幢次新房的院墙外,辟了个三角形的小菜园,也就几平方米,种了大葱、韭菜和小油菜。年逾七旬的张大爷弯腰拔小油菜,拔下一把,便递给菜园外的老伴。张家婆婆捋掉菜根上的泥土,摘去黄叶,码齐放到地上,然后等张大爷递过来下一把。小黄狗拴在门前,蹲着,盯着主人忙碌,耳朵前后扇动,很安静。拔够了一顿的量,婆婆收了菜,把自家大门开了一条缝,一只花猫走出来,若无其事地溜达到我身边,对我的拍照视若无睹。这是一只上了年纪的猫,见多了世面,不再像年轻小猫那样一惊一乍。随后蹿出一只小黑狗,看样子刚满月不久,猛冲向黄狗,逗得黄狗立起身来,张牙舞爪地防卫,又迅速伸直前爪,身体伏地,却不攻击小黑狗。张大爷坐上门旁的水泥墩,婆婆手提小油菜倚靠铁门,都低头微笑,看着两只小狗玩耍,时间从他们眼前流逝。

　　孙大爷八十多岁了,他睡醒午觉,开门走到街上。出门是东西街,拐着一条弧线形的弯与屋后的南北街相接,一趟两层的住房就在这拐角内。孙大爷不是王林庄人,房子是他租的,他一个人住在这里。我和他在弧形街口相遇。他背着手,望着街口前的池塘、池塘边的无花果树、对面的菜园、起伏的田野,一层层的绿染绿了池水。斜对角的岸边,王林曾在那儿酣睡一夜,那个窝棚,已经伴随历史消失了。我始终没问孙大爷为什么离开自己的村庄,来到十几公里外的王林庄租房居住。我也没问他是否孤独。他孤独吗? 我没法回答。

　　这时候雨下大了,雨水击打水泥地面和树叶,声音清脆,像有什么东西急急地来，又急急地去。我们跑到房屋后一排高大的白杨树下躲雨，看得出孙大爷身子骨硬朗，清爽利落，不像八十多岁的老人。我注意到他租的房子足够大，孙大爷笑笑说再大的房子对他都是浪费。他只需要一个小角落。容身的角落无论大小，都不会再给他增加什么，也不会减少什么。像孙大爷这样年龄的人经历过很多，而如今，那一切的经历不再重要。房主人已经搬离王林庄，这房屋，对他们是旧居。孙大爷搬来不到一年，是他的新居。

家　园

眺望西山在目中，更须宽展竹篱通。
残梅尚守清廉节，不嫁东君昨夜风。

我把宋代俞桂的《家园》理解为诗人对家园情感的固守。日暮乡关，烟波江上，诗人并未沮丧，而是对山河依旧的宽慰，对竹篱小径、梅花守节的赞叹。望见家园，或想起家园，都会心生诸多情感，五味杂陈中，家园给予了我们诸多情感抒发的出口。

家园是"家"和"园"的组合。在王林庄，家是村庄内分居各个角落的不同的个体，而园则为一个整体，表现在村子的四周，遍布菜园，种植各种蔬菜和谷物，是每个家庭、每个人为之用心倾心的所在。他们把小菜园耕作成了桃花源，村庄便坐落在这桃花源中，这菜园对村民而言像水的源头，花的蓓蕾，乐曲的基调。家与园的融合，合奏出的是一首和谐的人人向往的田园牧歌。

绕村外一周，不久从水泥路下到菜地，走出很远，几欲靠近高铁架桥。每遇一个晒水大缸,便逗留多时,对这个乡间意象有说不出的喜爱与猜想。它们是每家每户用来添加希望的吗?我从未与如此多的菜园如此亲近,呼吸如此多的新鲜空气,整个人精神很多,忘记了大雨将至,就连远处顶天立地状如人参的闪电也当成了上帝对大地的祝福。在菜园忙碌的乡亲,并不在意下雨,直起腰来打量我这个手端相机的异乡人,用生疏的眼神看我,而我对王林庄的陌生感早已消失,内心渴望他们把我当作久别而归的家人。我在乡间忘我地行走。我就是一首田园牧歌,或那支唱了几千年调子的某个音符。

我在村南一家菜园外,与一只大金毛相遇,它被铁链拴着,憨厚可爱,浑身毛茸茸,我因兴奋对它大呼小叫。它忍无可忍,用铿锵之声回击,声音如雷。一位挑泔水桶的中年人路过,见我处于劣势,就帮我叫喊。金毛眼珠转动,琢磨了一会儿,明白一人难敌四手,终于安静下来。

追忆鲁家庙

上

张波是鲁家庙人，"80后"。2019年11月9日22:00，他发微信说希望我去鲁家庙看看，写篇文章，给村里人留点儿念想。我被一个远离家乡的年轻人对故土的情怀所感动。如今，生活在锦绣都市的年轻人还有多少能在百忙中偶尔想起哺育过自己的"衣衫褴褛"的村庄？"花下重门，柳边深巷，不堪回首。"

张波的童年、少年是在鲁家庙度过的，2005年上大学时远离村庄，工作后每年回村几次，春节更要回家和父母团聚。从年味中，他重拾儿时的快乐，年龄越大，快乐越强烈，强烈到惆怅的地步。儿时的口味决定了一辈子吃菜肴的味觉偏好，审美层次提升，也很难抛开儿时的偏好。人的一生怎么说都很短，却要朝两个方向无限追求。一个方向高而远，仿佛是理想，为了它不惜付出一切包括生命；一个方向低而近，是对自我的探寻和剖析，恨不得认出一地的脐带哪一根属于自己。

兴高采烈还乡的年代，村里人没把他当客人，因为父母还在鲁家庙，他依然是鲁家庙人。后来，父母年纪大了，被接进城，回村次数骤然减少，鲁家庙便像村东的胶河水，在他记忆里流淌，乡愁如明月，时而圆时而缺。高密城区东扩，离城十里的小村庄跳进城区发展的视野，村庄为城市让路成为历史必然。2018年4月27日，鲁家庙整村动迁。张波记着这个日子。对于他而言，村庄的消失暗示着乡愁纽带的断裂。

我们在微信里敲出的字如凝露，一滴一滴闪烁，照着"低头思故乡"的脸。他的叙述恍惚，像讲一个梦，或梦在讲他。一会儿我眼前出现村庄的空间，时间在空间里运行。一会儿是时间里的村庄，空间被时间封锁。空间上不存在了的事物出现在时间中，时间上不存在了的事物又摆在空间内部。它们相互作用，彼此吞噬，又似互无关联。

空间是立体的，这个时候时间不再作用于任何事物，即使它"咻咻"不止。村北的鲁家庙也被叫作玉皇庙，一身黄颜色，横跨村北头的铁道。铁轨路基两侧，竖着黑色的栅栏，上部尖牙利齿的铁丝网支棱着，打着圆弧。"和谐号"火车头拉动绿皮火车或黑皮货物车厢，隔二十几分钟穿梭一趟，仿佛一片落叶经过秋天，轻飘飘的，听不到声响。火车看似正面撞上了玉皇庙，但很奇怪，撞击没让它坍塌，整列火车只是从它身体穿过，庙顶的黄瓦纹丝不动，就连香火的青烟也没受影响，依旧袅袅娜娜，升成直线。

鲁姓一行人，背驮行囊，从铁道北白杨林子露出头，望一会儿火车和玉皇庙，脚步歪斜，过了铁路地下通道。他们赞叹明朝初年的杨树叶比银杏叶还黄。道口南有一块空地，一老者分开枯干的鸡爪草，抓起一把土，土里黄沙带点红泥，带点黏性，随即起身看地形，西边略高，向东倾斜，东边传来河水的声音，一对喜鹊栖树梢观察他们。拢土建灶，简单填饱肚子，他们聚在一堆，商量如何修路筑房。他们相中了庙南这块上千平方米的土地。

俯视鲁家庙的立体空间，会发现一棵高耸的银杏树下，隐约还有一座庙，叫清微观。来往之人都猜银杏树的年龄，包括张波。他时常绕银杏树转圈、仰望，都猜不准。由于长在虚化的背景上，一会儿在静止的时间中抖落叶子，一会儿在苍茫如乌有的空间耸肩，仿佛很乐于取笑既受制于空间也摆脱不了时间的人们。我沿张波敲出的字走到银杏树下，像从胶河河底爬上来的幽灵。秋风的旋涡，由下往上，把我的衣服翻个底朝天，人如赤条条的冰棍儿。银杏从比白云高的杈子飞落叶子，金叶翻飞，飞去鲁家庙许多人家的小院，也往街道、胡同飘落。一同下落的还有一串一嘟噜葡萄似的白果，它们是垂直的，"噼噼啪啪"击打我的头部、肩膀和颈部，我没有任何感觉，疼痛来自想象，或我的那个身体压根不存在。我晃晃脑袋，坐直身子，望见自己弯腰抓起一把银杏叶，从叶的纹理和叶缘厚度，我断定银杏树一千多岁。

鲁家庙村东清微观的规模大于村北铁路线上的玉皇庙。银杏再高大也只能覆盖玉皇殿、大王殿几个垂脊飞檐的庙宇。三五棵壮观的雪松旁，大清阁、北斗宫、洞宾阁等建筑南北铺开，向东胶河方向延伸，娘娘殿、关帝庙等正脊耸山接续这一延展。从村东高坡即滨河大道一带举目越过村庄井字结构的街道瓦房眺望，整个清微观犬牙交错，层层叠叠，看不清边界。有心人数过清微观所有建筑物的门洞，共一百零二个，从这个门进那个门，光在门口站一站，就够忙乎半天，要全部进上香火的话，得有几个伙计用篓筐抬着香烛，一整天时间未必忙得完。

清微观南大门广场立两根各十五米高的旗杆，一根挂青龙旗，一根挂白虎旗，都呈三角形状，龙虎均金色双面苏绣，金龙镶青边，金虎镶白边，旗缘镶黄黑两色。旗子在风中如树叶，金黄翻滚，猎猎如波浪。旗杆南一箭地，有个荷花塘，是当年挖土取用而成，足六亩。池塘为圆形，一侧种荷，一侧种莲，交汇组合似太极图。池塘四周垂柳得双人搂抱。一棵柳绿色帘子下的马扎上，面水端坐当年（明朝末年）的兵部尚书张福臻老先生，他从1628年出资建清微观，到1644年初具规模，但还没全部完成他心中的模样，年龄大了，随即罢手。张尚书鹤发童颜，老当益壮，手里握根竹竿，不是在钓鱼就是在钓荷花。

下午放学，张波背着书包离开学校。小学在清微观西侧，紧挨村庄，也有人说学校的房隶属清微观。校外道上立着石马、石兔、石狗、石龟等，像看守村庄和清微观的士兵，不苟言笑。他经常爬到它们背上玩，如同骑真马在想象的草原奔驰。他摸一把石狗的鼻子径直朝村里去，路过村外的磨坊也没停步，听到磨坊内有人在转圈，磨豆子或玉米。他进了村，没进家门，沿村前第一条稍微宽点的街道继续朝西走。傍晚的阳光很弱，却没忘往树梢上抹染料。他身后自己的影子越来越长，回头看一眼，心想不知道哪一年自己能长这么大，可真长大了，老槐树的树洞就蹲不下了。

165

老槐树在前街北侧,面对一个湾,村前的湾比村东的荷花塘小很多。张波不是惦记老槐树,而是惦记槐树的树洞。槐树百多岁了,树干中空,破开的树皮形成椭圆的洞,大人钻不进去,小孩可以。大人对小孩说,树洞里住着黄大仙,即成精的黄鼠狼,专门捉拿不听话的小孩,目的是阻止孩子们钻树洞玩。越是被阻止的越有吸引力。黑乎乎的树洞吸引着张波强烈的好奇心。他几次想钻进去,可到跟前又胆怯了。这次他用了一天来下决心,老师课堂上讲什么都没听进去,却有一句入了耳:鲁家庙的张姓都是兵部尚书的后代,做人要正义,要勇敢……这句话帮他把钉子揳进了板子中。

树洞黝黑,像怪物张开的大嘴,深不见底。张波把书包从背后抱到胸前,斜开身子,与树洞成直角,长吸一口气,歪身探进一条腿,脚踩到实地,是连着树根的树桩,并非像大人说的那样小孩一进去就没了。他一阵兴奋,脚继续往里挪,身子就跟了进去,另一条腿拉进树洞后,整个人就缩在里面了。洞里不见黄大仙,只有他自己,怀抱书包,两眼大睁朝外瞅。

从树洞内看外面的世界和在外面看世界完全不同。他看到一个沉默的世界,如一幅静止的画,画上没有空间,时间也隐匿了。街道、胡同、房屋和树木组成画面,不见人,人躲去角落,不再增岁。炊烟黏住烟囱,一动不动,像凝固的河水,仿佛天地开辟之初。黄昏的天空像早晨,霞光相互辉映,云朵静止,缝合开始和结束。自家温顺的看家狗,卧于门外,耳朵垂到嘴边,睡着了……他眨巴眨巴眼皮,突然感到有股什么力量吞噬这一切,他有些恐惧。就在这时,他望见我和曾磊穿过圈住村庄废墟的围墙,走上村东头的南北大道,他张嘴想喊,却发不出声音。

下

当晚23:00,我给曾磊发信息,请她第二天上午陪我走走鲁家庙,完成张波的托付。曾磊是"70后",鲁家庙人,寡言而睿智,写诗、散文和小说,笔名鲁月。她是曾子后裔,曾子是鲁国人,鲁月之名应是对祖先的纪念。后来我和张波聊过后才清楚"鲁月"还有另一层意思。鲁家庙是鲁姓人在明初建立的村,之后张、曾、付等姓氏来住,"鲁月"寄托了她对娘家村落的一份情感。出嫁后,曾磊也与鲁家庙联系紧密,隔三岔五回村,因为父母一直在鲁家庙生活。母亲侍弄满院子的花。小院位于村东首,离清微观很近,花香飘过墙头,覆盖那块地方。如今,清微观旧址上种了树木,一层一层旧的新的落叶,杂草肆意生长。

翌日9:00,我们在鲁家庙废墟碰头。她着装简洁,淡奶黄丝绒长衣垂至小腿,遮盖着鹅黄上衣和天蓝牛仔裤,挎墨绿色坤包。我特别注意了她的鞋子。她穿一双乳白色新运动球鞋,黄色的鞋底还未染尘土。无论她有意无意,新鞋散发郑重端庄的意味。这里是她的娘家,这次回娘家与往次不同,父母和其他人一样,迁离了鲁家庙,房子、小院不在了,家里可能连一片瓦、一块砖都找不到了。离开村子时,母亲舍不得那些花草,大都送了相识或不相识的人家。曾磊也许意识到这或许是最后一次踏足自己的出生地,让新鞋子带走一些什么,告别一些什么。

"寒波淡淡起,白鸟悠悠下。"数年下来,我访问过众多村落,全面游走一个村落的废墟还是第一次,满目疮痍以致心情郁闷。除了四周被挖成深壑,孤立土峁的老槐树(据说是村庄的一再坚持,老槐树才未被移除),三两条南北和东西水泥硬化的村巷街道，昔日鲁家庙的房舍民居荡然无存，面目全非，完全不是一个村庄的样子，如今只能称它为鲁家庙旧址。旧址上，由于断绝了人的活动，野草当家做起了主人，蔓延无碍。蒿草最盛，长满院落，高过人头，密如牛毛，初冬均已枯死，但死而不倒，很难踏入。断壁残垣中，偶尔几棵树木，都被拦腰砍断，却从伤口丛生出新芽，嫩叶遭了霜打，奄奄一息。

我的眼前遍地瓦砾、蒿草和遮丑的塑料绿网，曾磊的所见也许和我不同，因为她保存着一个村庄完整的记忆。记忆与现实的碰撞让她神情黯然，多少次欲言又止，最后只淡淡地说，这是村庄的南北街，那是村庄的东西巷，那里原来是一户张姓人家，这里住着姓付的邻居，那儿有个小超市……她在自己的记忆里奔走，又似乎想摆脱这些记忆。我们走过的每个角落，既看不到新的事物，又很难发现旧的事物，记忆在窒息的时间和混沌的空间中紊乱无序，如一张破碎的渔网被揉成一团。街巷里一只旧鞋子，废墟中一张破皮沙发，屋底几块完整的地砖，沙土中一行看家狗的脚印，野生枸杞结了红果……这些都让她兴奋，她望见了曾经的生活、远去的村庄、故土的秩序。她小心地踩过瓦砾，躲过外露的钢筋，走进蒿草丛，鬼针草缠住她，野酸枣树用利刺挡住了她。她侧逆光站在那儿，望向远处白杨树梢的喜鹊窝。风吹乱了她的长发。

我们终于来到村庄北首的东西巷子，离斜穿村庄北端的铁路不足五十米，火车轰鸣着驶过。这里是鲁姓人家最早驻足的地方，是鲁家庙一切的开始。巷子东首北侧，一棵木槿赫然而立，居然十分完整，看它的主干，应有十几年树龄。我建议曾磊在树下留影，她拒绝了，也许她清楚木槿最终的命运吧。我把手指按到树干上，拍下照片，证明我来过。

　　天空飘荡白云的时候，曾磊揣好两块黑纹石子，收为村庄的信物。我们从村东北角的三岔路口离开鲁家庙旧址，走上与铁路线零距离接触、斜穿村东和村北的泥土路。这将会是一条古老的道路，假如它与铁路线并存下去的话。它的西侧是一片树林，南北两头呈窄的纺锤形，以白杨为主。林子西边，即为村庄旧址，林中有鲁家庙的墓地和传说中的清微观的一部分、学校、敬老院及磨坊。环形贯通进出村庄的两条路，一条在东北角，与村北端的胡同和东首的南北街连接，形成一个较为开阔的三角区。一条在西南角，与进出村庄南端的道路交叉，一头向西伸进村庄，一头向东过铁路地下桥通向田野，同时到达胶河，村庄主要的黄沙土耕地集中在这里。铁道线北面是村庄的黏土洼地，那里多为果园和树林。数百年前，鲁姓人家就是涉过洼地的泥泞到达了玉皇庙南的斜坡，创立了鲁家庙村。这条路的东侧较为简单，因离铁路护栏太近，不事耕种，生长了芦苇和荻草。秋冬季节，苇穗黄，荻穗白，在阳光和风的作用下闪闪发光，似无数只举起摇摆的手。这条路，尚未硬化，凹凸不平，白杨叶落到上面，像一条河激起的水沫，逆光中粼粼又灼灼，望去极其普通，但它此时，承载着一个村庄的所有记忆，也为更多回忆提供了可能。在它的表面，或它的躯体中，一定收纳着许多秘密。

　　晨曦似一缕薄雾，既披粉色的纱，又披洁白的巾，裹着水雾，让树梢的绿叶更绿，道边的青草更青。一辆前轮歪扭着的自行车，出了村庄，驶上小路。前面车梁坐着弟弟，姐姐骑车握把，曾磊坐在后面车座上，露水打湿了车胎，打湿了姐弟三人嘻嘻哈哈的笑声。三人不为别的，只为趁早晨，趁着小鸟跳跃枝头欢歌之际，到小路上走一遭。空气如蜜，美景如画，那是个什么季节？好像记不清了，一年有四季，一生有花季，没错，那是个少女的季节，曾磊记得很清楚，永不会忘记。绿皮火车从青岛慢悠悠开过来，望见前面的玉皇庙挡路，略用了刹车，仿佛就要停靠在三人身边。车厢内远行的人们，瞧见破旧自行车上姐弟三人摇摇晃晃的模样，忍不住提起窗玻璃，探身车外着急地招手。曾磊轻描淡写地叙述留给我想象的空间。她走到一丛芦苇旁，掐一支芦苇的穗子，再前行十几步，掐一支荻草的穗子，一黄一白，举过头顶，冲阳光摇晃。古人手握萱草以忘忧，她举芦荻之穗，是为忘忧，还是作别一段黄金岁月？

"难忘处，良辰美景，襟袖有余香。"

几年前，曾磊写过一篇散文，题目是《我们村的庙》，开头几段这样写：

"我家老房子的堂屋门口正中铺着一块大青石板。小时候，没别的地方可去，大青石板是我们玩耍的好地方。在上面趴着、爬着或摆条长凳写作业。我们在那个年代的冬天的太阳底下晒暖和，梳头、抓虱子。青石板好像还是我们的餐厅，我们在上面吃饭，吃窝窝头或者地瓜、地瓜面。因为这块青石板是那么的光滑、干净、漂亮，上面还篆刻着很多漂亮的字。

老房子的大门口正中还有另外一块青石板，同样的大，同样好看的青颜色，上面也密密麻麻篆刻着一样漂亮但字体和内容都不同的字。这两块大青石板躺在那里，和我家的堂屋、院子，和院子里的槐树、梨树、苹果树、核桃树、月季、水井、草垛以及西墙根儿住着的鸡、南墙根儿住着的狗，再加上我们一大家子的人，早已是一家子，是鱼水相融的一个整体。可以说，它们像母亲的怀抱，不露声色，不温不火，不计回报地接纳着我们，与我们朝夕相处。"

纺锤形树林中段，我步入鲁家庙墓地、行将淤平的旧日的塘坑、一幢被放倒的护林房，仔细拍照，目的是搜寻清微观的蛛丝马迹，哪怕发现那个年代一星半点的线索也可以向远方的张波报喜。新落的树叶踩上去沙沙作响，遍地狗尾草已经枯死，但还挺着一根根狗尾巴。牛膝草被残垣断壁压倒，再无迎风摇曳的可能。一面空心砖墙内，一棵年轻的榆树格外惹眼，它的叶子大部分变黄，枝条的影子投到墙上和地面上，像个人举着幡旗，跳着舞蹈。我想，它在为自己跳舞，为记忆跳舞，为一个流逝的秋天跳舞。

"快来看，青石板。"曾磊的喊声从小路传来，急切而兴奋。我对着榆树迅速按动几下快门，走出白杨林，看见横担在水沟上有零星落叶的青石板。曾磊已经用手机拍了照片，看似是她今天最大的发现。青石板约一米半长，七十厘米宽，二十厘米厚，像块庙宇中的石碑或墓碑，但周身不见雕刻的字迹，应该不是曾磊小时候家门前的那块。青石板的侧面被钝器垂直击打过，掉了一块，新茬裸露斑斑点点的碧玉色，击打它的人没发现玉，可能带走了被击落的一小块。

"我发到朋友圈，会不会有人来偷走它？"曾磊问。我一下分不清她问的是记忆中的青石，还是眼前的青石。她记忆中的大青石早已被岁月偷走了，在她毫无知觉的时候。我想了想，说："不会。"曾磊疑惑地看着我。

"它不值钱。"我解释。其实我想表达的意思是偷它的人说不定是救它的人。很多时候，偷窃和拯救具有同质性。一种正面的说法更合适："人们最重要的任务是拯救那种正在瓦解的东西，而非创造新的东西。"

随后，我们走进属于鲁家庙的原野。我们望见池塘边浓而绿的麦田，山丘下一畦青碧的大葱，一棵被蛴虫钻咬过的苹果树，一条黑色的冲我们乱吠的田园犬，两三亩垂丝海棠和桃园，一趟塑料温室大棚和蓝色铁皮屋，两棵粗壮的白杨树框定的门。鲁家庙人先经过这扇门，再翻越河床，爬上对岸到南曲村赶大集。我们用视觉、味觉、听觉、嗅觉感受这一切。然而，这些已无须追忆。

从大红袍到章堂涧

水至清有鱼

　　山多深，峡谷便多深。大红袍景区是武夷山峡谷的小段落，一个音符。峡谷两侧崚嶒千仞，擎举植被树木，如魅如幻，悉数攀爬恐怕不易，只能望着叹息。谷底高低起伏，少平整之地，往高处需拾阶，躬身抬足，就低的深处需后仰身子，以免失去平衡。眼见到了绝境，绕过一块大石，便又开始一段风景，如此撩人是在山里的好处。谷地就是谷地，再怎么高，也在峰峦之下，一旦进入，再想走出，若非游龙，便要耐心和体力。乐趣在一颠一簸中，凭个人所见觅得自然的内涵。

　　峡谷背阴处常年潮湿，苔藓和耐阴的植被却喜欢。向阳处珍贵，哪怕一天仅有几个时辰的光照，人们也会用石块筑起台田，填满殷红潮土，种上茶树。这些茶树或几行成片，或一行成垄，或单簇成圃。假如我是采茶人，说不定整天愁眉不展，因为那些巉岩的角落、尖峰的岬间，虽是茶树绝佳的生长地，我却爬不上去。背阴处一条竹竿粗的小溪，蜿蜒行于壁下，枯水的月份，水小到可怜，半米深的涧中，水只能淹没脚掌。水虽浅却畅快流动，不发响声，静中多寂，赏茶人来不及注意到它。涧溪是大红袍茶区景色的微末点缀，眉眼小，位置低，也就上不了台面。

到流香涧就不同了，听名字就晓得此景水是主体，涧水流淌不息，风携香拂面，估计这综合而生的滋味不会是俗世的脂粉气，应为自然天成，或可理解为甜。是否香甜，一尝便知。过大石裂开的罅隙，流香涧正式展开图画。涧稍宽，却依然不出狭窄的范畴。涧水流量比大红袍景区的略大，迤逦着从山上来，迤逦着到山下去，不偏离赏心悦目的度。流水一会儿在石径的左侧，一会儿过径下立柱返回右侧，曲折回旋，高低俯就，不失单调又不掩笨拙，深谙沁人心脾之法。

涧水悠悠长长，是首无主题的曲子，一定要寻个题目来，大概就是"清澈"了。清澈是其本质，安静倒在其次，因为这山谷中无一处不静。清澈到何种程度，我担心找不到合适的词形容，也就不去费心想，斜身下到能容纳自己的石壁间，脚底都是洁净的沙子，掬一捧水喝下，于是想再喝一捧，这样连喝三四捧，便立刻停下，不敢继续喝，悻悻然目送它去往下游。

慧苑寺与一百五十多年树龄的马尾松之间，地势相对开阔，涧随之宽起来，底部平坦，涧水至此看似停止流动了，有水若无水，好像对"一物不将来"的禅语有所了悟。其实我估计，和多数游人一样,涧水也要喘气歇脚。这当口,"一物"却来了,仿佛从地下冒出,是三尾小鱼,色如黄沙,长不过三厘米,宽不到一厘米,若非离得近,根本看不到它们,还真以为"一物不将来"呢。三尾小鱼也发现了我,僵在水中,一动不动,但不像受了惊吓,可能特意学习模特摆出迷人的姿势,只眨动单眼皮。要不就是它们瞧我头发短,以为来了个老衲给它们上课,赶紧就地眯眼打坐,冥思身外之物。

其实我从一开始便搜寻清湛的涧水中的鱼。与其说我在追随流水,不如说在追随自己的想法。我希望鱼儿现身之时,鱼儿却不想我,所以即便有,我也看不到,只能错身。可在我即将放弃时,鱼儿突然出现了,让我措手不及,甚至来不及惊喜。事后我怀疑,僵在当场的,也许不是鱼,是我自己,或我脑子里的念头。其实那几尾鱼,早一摆屁股,去了上游,或下游,或闪进了水草。

我快到鹰嘴岩时,遇到许多鱼。那儿有块硕石,与峭壁一起,围成潭穴,涧水失重跌进,填平下陷的凹坑,聚为潭水,溢出部分,流往低处。水下堆积树叶和极少的枯枝,有的新落入,还绿着,有的已经陈年,黑褐色,因此乍一看,以为涧水污了,其实是错觉,此地无尘可染,涧水照旧清澈见底。水底是个梦幻世界。岩石表层的苔藓和枝条绿叶,打破秩序映在水中,细密地交织,浓如凝固的油漆。峭壁这坚硬之物,被水软化,像在流淌,有些模糊,倒映在水中。树木的黑影在水底分叉,与岩影结为一体,看似还在生长。现实世界在那里扭曲变形,展示瞬间,呈立体结构。鱼儿们也许看到了其中的玄妙,汇聚一起,东瞅西看。弄明白了的,互相拍打腰臀,嘀咕几句,赶去下游;走到半道又糊涂了的,折返回来,蹙眉摇头,继续分解被抽象了的事物;耽误太久或沉迷于此的,变成了鱼骨化石。

我在潭边歇息了较长时间,像空气中一条丧失思考力的鱼,对眼前水墨画的要义无法领会。我拍下照片,瞬间被固定。我能做的只有这个:让它们静止。我发现静止的画面是一个结果:我来过这里,抽了两根烟,记不清烟蒂被丢进路边哪一个垃圾篓。

茶自寂寞来

大红袍景区是武夷岩茶的圣地,"岩韵"起于此,聚于此,像峡谷中的峦峰涧溪,绵延不绝。我喝过武夷山脉不同地域的岩茶,每天喝四五次,却没尝过大红袍景区产制的,略微遗憾。我与此地的茶叶还隔着距离。这是段尘世的距离,也是段神往的距离。凑近一棵茶树,在它周围蹲下又起来,起来再蹲下,用心观察,为的是缩短这段距离。它单独长在陡坡与平地交叉的棱上,在土壤中便分蘖两根主干,十五到二十厘米高,向斜坡倾斜,之后分开枝杈,长短粗细交错,形成冠,修剪后,树枝少部分倾向坡,大部分翼向地,维持住身子的平衡,展现了供审美的姿势。冠上叶子较少,有点稀疏寥落,却不难看出每片椭圆形叶子隆起的厚度和丰润,逐渐锐利的叶尖眼见就要滴下青绿的光泽和迷人的优雅。或许离清明这个让人期待的节气还有点时间,它便不急于长出新芽,但多条细枝的前端开始返青,芽苞将要萌动。它向我抛了个媚眼。

它叫毛猴,一种灌木型茶树,原生地就是这里,人称九龙窠的峡谷。它的周围是大红袍景区一片专供毛猴生长的茶园。它不合群,孤零零地长在茶丛外面,顾影自怜。由于天生丽质,担心遭茶园大老爷们打扰,它宁可寂寞孤独。搞不好这正是我对它感兴趣的原因。应该给它取个名,叫氤氲?太俗艳,最好选质朴的字。它野外生野外长,喝惯了山泉水,吹足了谷地风,一生被阳光雨露滋润,一定有山村姑娘聪慧爽直的性格,叫韵岩吧。不妨暂时用这个名,以后有更好的再改。种茶人担心寂寞久了的韵岩被荒草围困,早早地来替它松了土,铲除了鹅肠草、牡蒿、荚蒾、金粟兰等一干杂草,红土松松软软地裹住它。韵岩感觉大腿以下特别温暖,脚不凉了。心生爱意之时,它又觉得可惜,因为种茶人不太了解韵岩的性情,不清楚它喜欢挎上竹篮去野地割草。割草的时候它获得过自由。韵岩用一根手指缠绕头发,跷脚眨眼,瞭望栾柏竹枸、丹岩峭壁,发一声幽怨的嗔怪。

泡树叶喝是东方人对得起肚肠的发明,做茶的叶片于是成了非凡之物,但茶树平凡,树木种群中算不上起眼的。自然的神秘不可思议,它通过一片叶子让平凡彰显不凡之美。茶树上新生些叶芽,被活生生采了去,晾一晾,揉一揉,捏一捏,有些经受多年风吹雨淋,有些架到火上烤焦烤煳,最后没被嫌弃,反视为宝,取山泉水烧开一烫,叶儿们竟被烫出泪流满面的热潮,释放浓烈奔放的激情,无怨无悔,以德报怨,养起煮茶人的心肝肺和精气神来,实在是件啧啧称奇的事情。

流香涧七扭八拐,从崎岖处靠近慧苑寺开阔地带时,折出个东西向的直角。直角供人跨步的石径一侧,一溜儿红土宽约三米,长十来米,种了茶。这丛茶我叫不上名字,看长相像一群男孩。不羁是男孩的天性。它们的天性未受约束,甚至被无端放任了,因此，这些茶树更像一群野孩子。怎么野？直观上是想怎么长便怎么长，于是，年纪轻轻的它们便携手长成三米多高的瘦高个，完全颠覆了我概念中被修剪整齐、矮墩墩、胖乎乎、一垄垄的模样。这还不算，拔高的过程中，它们中的大部分还拧歪了身子，拧到变形，似乎这样对长高有利，在我眼里却像疯了。这种无拘无束的形态让我想起诗人埃里蒂斯笔下疯狂的石榴树。岩石上的石榴树，被白色的海风撕裂了枝干，疯狂地舞蹈，不但没死去，反倒上演了生命的狂欢，"是不是疯狂的石榴树使帆缆高高地在透明的天空震响"。我凑过去和它们比身高，它们高我太多。我被野孩子们讥笑。我从它们的欢笑里，从生命的盛宴中，听到孤独敲出的鼓点。

鼓点尖锐，声声震耳，是岩韵锐利四射的香气，荡胃击肠，回甘无穷，削灵魂如泥。它在看似柔弱的韵岩体内有，在不受约束的野孩子们身上有，流淌在一片片、一垄垄的茶畦间，都来自大红袍六棵母株的遗传。来到它们面前的人，无不对它们行注目礼，我也不能例外。这面黑褐色的巨石，被利斧凌空劈下，矗立在峡谷向阳的一面。巨石成于人类之先，不出意外的话，也将傲岸在人类之后。六棵茶树女皇看中了它，出生在它的腰部，从扎小辫的女孩，长到大姑娘，如今都快成三百五十岁的老菜皮了，依然眉眼清秀，细腰肥臀，姿态万千的俊模样，令我想入非非。我用力拍照，按痛了手指，试图用这样的方式与它们沟通，但是白白浪费激情。它们不喜欢穷小子，只攀附岩石。

我计划夜晚偷偷摸摸地再来，星空下，风也止息了，也许它们会走下峭壁，把我从黑影中拉出来，让我坐到它们中间。韵岩踩着碎步从流香涧取来泉水,男孩们抱来柴火,煮开一泥壶茶,允许我和它们一同品尝。我初次喝到此地清香的岩韵,它们却各自品尝古老的寂寞,相对沉默。茶树的寂寞,人的寂寞,九龙窠星光的寂寞,都均匀地幻化在这茶汤里。

章堂涧的石桥

溪水边的碑刻介绍章堂涧：

　　章堂涧是武夷山丹霞地貌最长的一条峡谷。它发源于章堂岩，自西向东，沿途汇合流香涧、流云涧和水帘洞之水，经霞滨岩、玉华涧入崇阳溪。章堂涧峡谷受东西向断裂构造而发育，两侧单斜构造岩层如城垣南北对峙，奇岩怪石沿涧而列，流泉飞瀑随涧而布，古松翠竹回环掩映，是一条涉目成赏的山水长廊。

章堂涧全长约7.5千米，位于武夷山景区北部。碑刻立在跨涧石桥的西南方位，继续沿涧南岸西行至天车架、鹰嘴岩等景点，过桥自北岸行不多远，即至水帘洞崖壁的山下。石桥为单孔拱形，拱顶比两岸高，如三分之一个下弦月搭扣涧石，有悬空之感。它和上游慧苑寺旁的石桥相似。它们都没名字，被提到时，只用石桥称呼。假如命名，不妨把慧苑寺旁的石桥叫作慧苑桥，下游这座便取涧名，叫作章堂桥。

介绍慧苑寺的文字比较多，可简化为：

> 慧苑寺位于鹰嘴岩西，章堂涧北岸，又名法华寺，始建于宋初。朱熹曾住寺读书，留木匾和楹联于寺。现存建筑主体建于乾隆六十年（1795年），基调为徽派风格。2000年重修，2001年新建启用。寺周有钟岩、鼓岩、回龙峰、玉柱峰等，苍松翠竹掩映，金蝉翠鸟和鸣，景色清幽。

另有文章介绍慧苑寺在流香涧之畔。经观察，两种说法都没错。流香涧水流在此与章堂涧汇合，慧苑桥即南北跨两涧溪水。慧苑桥同样属于单孔拱桥，与章堂桥不同之处是它的拱顶与两岸齐平，弧形在地平面下，人从桥上过像走平地，远看形状如四分之三个下弦月，接近满月。

桥在涧上，以渡人为用，石桥一定是人建成的。推定何人何年因何搭建恐怕找不到头绪。以慧苑寺建寺之初为参照，至少慧苑桥的历史够久远了。看章堂桥石头的色泽，应与慧苑桥的岁数相仿。但武夷山多阴湿天气，树干、石头、土壤，包括桥身，聚集苔藓霉斑等沧桑古色绝非难事，可能用不了几天或只需一个季节，岁月的痕迹就会陈旧。所以从看似陈旧这一点判断双桥的历史不一定准确。从另外一个角度考虑更加了然，时间在这大山深处已非必要之物，可有可无，认定双桥为古桥在情理之中。时光快也好，慢也好，静止也好，仅仅被人看重，桥只管摆渡它和人。

我在章堂桥下用仰视的角度观察行人过桥，对其中一前一后两个人的姿势印象深刻，感觉能代表多数游客过桥的态度。遇到桥，由此及彼通过是必然选择。当然，有人在桥头瞭望过风景才上桥，有人站在桥上前后看看再通过，都是过桥过程中的行为。我看到的两个人都从南岸朝北岸去。前面的年龄稍大，和我相仿，五十岁左右的样子，头发花白，穿红色棉外套、黑裤子，背鼓鼓囊囊的双肩背包。他通过时小心谨慎，一步一阶上，一步一阶下，不带匆忙的神情，也不瞭望四周，只专心过桥。他后面的中年人四十岁左右，一身深蓝色衣服，背着更重的双肩背包，手提装满物件的袋子，大步流星，眼盯桥面和脚下，一步跨两三级石阶，眨眼工夫过了桥，超越了停在桥头观光的老者，一刻没停留，垂首朝前去了。

春季涧水小，能下到涧底，蹲在桥洞前后的砂石上，我观察了过慧苑桥的行人，大都步伐轻松，态度悠闲，有的大人带孩子在桥上来回走，或干脆停在桥面玩一会儿。更多的人简简单单过了桥，走去慧苑寺北面山坡上的竹海和水仙老枞茶园，像我这样从北岸寺庙墙根下的台阶，顺涧水流淌的方向继续探索未知之境。过慧苑桥之所以轻松，主要由于桥面较宽，大概一米半多点，可以两人双向同时通过。章堂桥较窄，也就一米宽，一次仅够一人单向通过，不敢太靠边走，石阶中间走成了光滑的一条道。我随后赶到桥上，想看看老者和中年人的脚印有什么不同，可惜找不到了，他们的脚印被前人的脚印覆盖，成了古老石桥的一部分。

慧苑桥上的脚印也是这样，瞬间被坑坑洼洼的石条吃掉，想看到崭新清晰的印迹是困难的。

章堂涧淌过慧苑桥，直行一段短距离的平地，在慧苑寺和鹰嘴岩之间的马尾松前开始走"S"形，逐渐呈现飘逸的身姿。高耸的马尾松下立块黄色小木牌，烙刻白字，这样介绍它：

> 武夷山古树名木牌：马尾松。树龄：152年。胸围：3.2米。保护等级：二级。挂牌时间：2020年。武夷山国家公园。

到马尾松前需先渡溪，水清浅，石条嵌涧水下，直立两排，每排十余墩，每墩高半米，墩上无桥板，供游人踏步跳跃过溪。再行至丹霞岩，崖壁笔立百丈，巨石刀削面团般平阔，上部有多处窄扁的山洞，这便是古崖居遗构——天车架所在地。崖下凉亭旁立四方碑这样介绍：

> 天车架是武夷山现存最为完好的人文名胜之一。其筑宛如双层空中楼阁，上仰悬崖，下临深涧。相传宋代就有山民穴居于此。构建时，用天车（旧式辘轳）从岩底起吊木料，至岩腰狭洞之内，再倚洞势架设木楼、厢屋和贮藏厅等。洞内遗有当年架设"天车"用的架子，人们统称构件和架子为"天车架"。天车架所在地地势险要，至今无路可通。

虽无路通天车架洞内，却有石桥渡人至岩壁下，为一站点，可观景休息。石桥采用两排墩式设计，此地溪水略大，水漫过石礅不足十厘米，人过桥需用蜻蜓点水式。石桥立于"S"形弯上，与天车架一样，庄重严谨，相互映衬，古朴且神秘。天车架外露看得见的神秘，石桥内含看不见的神秘。我称这样的石桥为渡桥。

渡桥上找块石礅站稳，眯眼看前后的涧水和四周的草木，或闭眼仰脸闻空气中流溢的气息，尤胜在慧苑桥和章堂桥上。涧溪的风姿此刻尽显，藤垂蔓，草丛生，木横枝，藓吐绿，溪长流。置身于此不仅闻得到茶香，还闻得到山蕙、石蒲、野兰合流的清气。人世间就这样安宁下来，烦忧随流水而去。这情境被古人写诗赞叹，我想那写诗之人，走得累了，便与我这般呆立石礅之上：

　　沿村行数里，入谷便闻兰。
　　坠叶浮深涧，飞花逐急湍。
　　岚光侵杖湿，苔色袭衣寒。
　　欲试清泉味，烹茶坐石盘。

韩家民俗村见闻

车停在青岛韩家民俗村入口东夷门对面，毛毛秋雨也停了。这个巧合打消了我从高密到红岛一路上都在担心能否进入民俗村观光的顾虑。雨一停，天空透出光亮，民俗村大门前郎君大道的湿气迅速散去，道路一侧的垂柳和另一侧的紫叶李随着大道东西延伸，枝梢垂挂水珠。柳树的"髭须"垂得很低，在一人高处经过人工修剪，方便行人在人行道上行走。相约一同游览采风的城阳区作协的朋友们陆续抵达，在入口集合。韩家民俗村描金画龙的四柱三门牌坊清晰地立在眼前，各类建筑、游廊、桥栏、石碑隐约在高大树木中，沉静覆盖着民俗村。

落叶没停，这深秋的景物，由冷风吹着，也许才刚开始飘零。我看到的路边柳树，枯黄的叶子不多，零星枯叶试探着飘向柏油路面。还没遇见的树木，比如民俗村内的白蜡、银杏，撑开了金黄色的伞，举在高处，往翘檐灰瓦的建筑上落。路面、檐角、瓦片间的落叶黏着雨后的潮湿,闪烁秋色,完成了季节的转换,大多在寻找或已经找到了落脚点。我可以仰视、平视那些黄色的、微红的落叶,避开地面的水洼,从中缓慢地走过,像韩氏先祖那样,悄无声息地从明朝某个时段来到这片海滩,面朝大海,定居下来,以捕鱼晒盐为生。他们以及他们的子孙理所当然是这里的原住民,承继先民的衣钵和传统,在渔与盐中,一代一代辛苦劳作,栖息生活,摸索生存的意义。而我只是过客,低头行走的路人,但不影响我们在此相逢。

飞檐之上的窑作飞禽走兽,例如海马、狻猊、獬豸、斗牛,尤其檐尖的骑凤仙人,它们居高临下,除了可环视占地三百余亩的韩家民俗村落,还可用悠闲的姿态,俯瞰这个季节纷纷飘扬的落叶,采取何种姿态坠入既定的角落,像当年遥望扬帆出海的渔船,如同一片或数片树叶在海面起伏,渐渐远去又清晰地归来。它们又能低首于渔家儿女霞光中的飞梭织网和烟尘中翻耕盐田的垄纹。黎明时望过去,那些白花花的颗粒,仿佛在海滩之上撒了一层金辉。日日劳作,相聚分离,真实地生活,正是生之根脉,烟火的出处,但在岁月流转中,它们如这暮秋一般,落叶飘零,随风飞舞,相聚又消散于浓淡不均的阴影处,再难寻觅捡拾了。

这些烧制的飞禽走兽其实并无人的视觉,也无人的情感,但作为物象,它们存在并一直存在的理由,反映栖居于此的一代又一代韩家人追寻过去与展望未来的心境:过去不敢遗忘,未来尚可求索。在村内走走停停,每座建筑和走廊旁边,随处可见凌霄和枫藤,它们被栽植在墙角屋边,沿着灰色的墙砖或廊架向上攀爬。时光荏苒,它们有的爬上了墙角,有的侧身在屋脊。我想它们的视线一定越过了韩家村，望见了盐滩和更远处的海面，感受到海风的吹拂。夏日里它们齐刷刷地舞动，摊开绿色的手掌，握住流汗的日光。而在今天，秋风秋雨中，它们的手掌变成彩色，更像伸手入怀，掏出了花手绢，驱散着雾霾，向过去摇晃，仿佛又看见了那一行最先到达这里的韩家人，望见了村落里第一缕炊烟，望见了千百年的生活史。它们当然也看见了我们，这群试图探索发现渔盐文化的人。它们无法对我们说出更多，但它们寄托了民俗村建设者更多的情怀和对生命的感受。就像我在民俗村入口观看渔家女的"表演"：她们三五成群，身穿蓝色花布衣裳，挎着条篮，聚在海边，一路行走，弯腰捡拾贝壳、海螺等。她们累了便载歌载舞，边跳边唱边斜视远处逐渐隆起的大海。海面之上，除了几只暮归的海鸥，看不见帆船，她们把隐忧掩藏在嬉闹中。篮子装满了海螺、贝壳，傍晚来临，她们走回韩家村，却把贝壳丢了一路。

英国作家奈保尔著述《抵达之谜》时，沉思默想中，他写道："很久以前的确有一场旅行——旅行催化了其他一切，间接地促进了关于传统世界的幻想。曾经有一场旅行，以及一艘船。"我曾对那艘船产生幻觉，主观地认为它能够抵达任何它想抵达之地，包括人类最隐秘的心灵居所。但我从未遇到过一艘真实的船可以实现这些。在韩家民俗村北侧，一面湖被一座白色单孔石桥和引桥隔开。右侧，缆绳系住几条渔船，距离渔船约五十米的水面，一栋灰瓦红柱的建筑漂在水中，这个物象，代表了古码头。渔船与码头两相对视，始终保持在不可及的距离中。我从引桥走上主桥，不时地望向它们，这段距离没有因我的移动而缩小。当我靠近古码头，与几艘渔船似乎相隔得更远了，这或许来自视觉的错位，或许来自更现实更具体的意义。

扬起风帆，出海捕鱼。这个日常化的生活画面，呈现在每个人心中，也许大同小异，但细节上会有很多不同。把它放在历史的背景中，不同的时代又会显现更多不同的细节。立于现在看向过去，只有细节才会深刻起来，等到猛地出现在眼前，它便向我们描绘出一种生存方式，一种源于具体而真实的生活文化变迁。古渔船，作为曾经的生活工具，变成现代人所目视的文化象征，它让我们在脑海中重现消逝的年代：禽夜起身，韩家的男人们背起女人们昼夜不停补好的渔网，扛起渔猎工具，顾不上女人顾盼忧虑的眼神，沉默着走去海滩码头，解开缆绳，升起风帆，像黝黑的剪影，也像飘落的树叶，向幽暗的只属于大海的远方行驶。女人们挑着灯笼，能望见的只有船尾划开的海水分合而成的白线。她们开始祈祷。对于她们来说，这些渔船是否真的在码头停靠过？而对于他们，每次远行回归，是否真的离开过海鸟鸣唱的大海？那些船，在一代代韩家男女心中，寄托了怎样的情感？这些情感变成了舞蹈，变成了歌，变成了诗行，变成了码头，也变成了帆船。

韩平德先生，韩氏家族的后裔，青岛市政协委员，青岛通用铝业有限公司董事长。他自2004年始出资规划筹建韩家民俗村，历经十余载，投资数亿元，在三百余亩盐滩地上，一座展示"渔、盐、耕、读"主题的村落逐渐形成。它既是对韩氏家族变迁史的回顾，也是对渔盐生活方式和文化现象的总结。韩家村的历史文化不再无着无落地在大海中漂浮，而是停靠在了码头——一座真实的码头和一处心灵的码头。然而在韩平德先生心中，一艘船还在韩氏家族的漂泊史上航行，他要溯源立足红岛之上的韩家人的根脉。

在民俗村过去的"古渔场"，一些尚不算古老的渔船有大有小，陈列在那儿，由于多年日晒风吹，渔船表面泛出盐白色，栏板腐朽甚至脱落，饱经岁月沧桑。这也许便是韩平德先生心中的祖辈们出海渔猎的船，也许是他还在扬帆寻根的船。我站在"古渔场"，目视斑驳和流逝的光影，想象他划船沿着祖先落户红岛的脚印，逆流而上，到达了浙江省萧山区义桥镇湘南村，邂逅了韩氏三兄弟。后来三兄弟跟随傅友德、沐英统领的明军，进驻云贵，在云贵交界的镇雄、威宁地区驻扎。直至洪武十七年（1384年），驻军三分之二再次挥师北上，走旱路，涉水路，最终留守于鳌山卫。其中一支年龄较大退伍的军人，辗转来到红岛，落户为安，建立了韩家村，开始了以渔猎和晒盐为主的新生活。一路寻来，耗费了韩平德先生十几年时光。现在，他把心中巡航的渔船靠在岸边，系紧缆绳，掸掉征尘，将韩氏根脉栽植在了岁月的土壤之中，像我在"古渔场"盐滩地一眼得见的盐藻，倔强地绿在泥土中。

在民俗村，与以各种方式陈列的"物"相遇，也是与"人"相逢——与韩氏家族的今人、旧人，同时也是与古人所遵循的"诚"不期而遇。《中庸》言："诚者，物之终始，不诚无物。""诚者，自成也；而道，自道也。"引发如此感慨的，无非我在韩家民俗村匆忙走下来所遇见的一丝不苟的真实之物。而真实不虚，正是建筑"诚"的基石。文化无不起源于真实的生活，而非来自海市蜃楼的捏造。真实的点点滴滴的生活创造，汇聚成风俗，人们依据约定俗成的风俗，遵行为代代相传的生活方式，进而形成公共道德，成为地域文化，像河流汇入大海，构成更大的文化范畴，成为民族文化、国家文化。而真实需要展示，在这里当然要说到盐业，说到渔业，说到韩家人将渔盐文化真实无误地呈现在世人面前。渔盐文化如同农耕文化，乃东夷文化的组成部分，而东夷文化又是华夏文化的重要分支，韩家民俗村所展示的各个方面，尤其是民俗博物馆林林总总的陈列，再一次让我震撼于华夏文明的源远流长。

秋雨又来，打湿檐角的落叶，打湿人的衣衫。风有风的归宿，物有物的归宿，落叶有落叶的归宿，它们从我身边倏然而去，像盐撒进水中，人被抛入世界之中。我只是在一个偶然的机会漂流至此，趴在窗口，往里看了一眼，看到事物的某个局部，漫长历史的某个片段。若要深入全面地了解这些，必须推开门，走进院落和屋内，带着专注和挂念，仔细寻觅那些古老之物的圣洁之处。

考亭淡影

1

过雨亭架在下考亭中心街北,东西跨四米,南北深六米,像圆木桩撑开的大伞。一般来说,上、下考亭村每年都必须经历雨季。雨天总是两个面:一面缠绵,一面泥泞。有人喜欢在亭里歇脚,听雨点敲打小仰瓦,伸手接雨丝,凉的、温的,便明了身处哪个季节。讨厌雨天的,蜷在一层或两层的青砖房里,扭亮床头灯,歪身翻一本《姑妄言》读,累了,下楼到祖堂吃茶,和一家人唠家长里短。风雨带着响劲儿从门缝挤进来,打断正在做的事,突然一愣怔,念叨起过雨亭,忍不住跑上楼,立檐下美人廊朝外望人们跑上楼。看一看过雨亭有无躲雨的男女倒在其次,主要是为完成瞧一眼这个念头。此际,风卷儿沿油岩山往南吹,雨串儿飘进美人廊,打湿了廊内和亭中之人,同时打湿的还有村东翠屏山下汩汩的麻阳溪。

夏天，过雨亭聚起一伞阴凉，在午间，满满的凉爽寂然不动，好使考亭居民坐在固定亭子的长条凳和躺椅上，享受过街的微风和溪水送来的一丁点儿善意。它招待居民躺下，打个盹儿，睡上一小会儿。过雨亭明白来乘凉的居民年纪都一大把了。村里散养的鸡和鸭走走停停地觅食，斗着眼隔远张望亭子，渴望分享清凉。它一招呼，鸡鸭呼啦一下都进来，卧于伞下。家禽不耐高温，不像自己一身木头，热到极点着了火也无妨，但过雨亭尽量不让这种事发生。

它说朱熹写过一首诗，句子悲凉，许是年纪大了的缘故。诗这样写："惆怅江头几树梅，杖藜行绕去还来。前时雪压无寻处，昨夜月明依旧开。折寄遥怜人似玉，相思应恨劫成灰。沉吟日落寒鸦起，却望柴荆独自回……"那是公元1200年开春的一天，朱熹患了眼疾，视力模糊不清，走路踉踉跄跄，他出门往麻阳溪那边去了。过雨亭留意到朱熹不像平常那样握根杖藜，而是空着手去的，过了大半天，又空着手回来。他去溪边赏雪还是寻梅？赏雪的话，亭盖上就积了厚厚的一层，它歪扭身子，干扰阳光聚焦，为了不让雪融化。过雨亭巴望朱熹路过时，别老低头走路，多抬头看它几次。至于梅花，听来来往往的考亭居民说起过，但没机会一见。过雨亭把无缘得见梅花归因于自身涵养不够，格物功夫欠火候，可心向往之。

清闲的季节，过雨亭忍不住琢磨，究竟是用眼睛格梅花好，还是用心好，反复揣摩。圣人说心为上，过雨亭不甚了然。它被左右居民楼高大的山墙夹在中间，别说拔腿外出走走，连动都动不了,眼界算不得开阔。

2

一排单层的房子面北背南,檐下设美人廊,廊柱和墙体用大青砖垒砌,伸向外面的杉木椽桷搭扣在廊柱上,撑起米余宽的廊道,人字形屋顶全铺黝黑的小仰瓦,和过雨亭的一样,瓦楞和瓦片接缝处隐隐着苔痕,眼见就要返青膨胀。细而长的美人廊被后砌的红砖墙隔断,每家便多出几平方米的私人空间。隔断后,廊道一眼就望不穿了,不如原先敞亮。中间一户人家从内室贴着外墙面引出自来水管,拧开龙头,水便流到下面的平台和石槽。平台是一大块青石板,一米半长,半米宽,二十余厘米厚,支撑它的是两个一米高的红砖墩。姑娘站在美人廊内面朝巷子洗衣服。她才刚洗过头,长发湿漉漉的,滴着水珠,散乱在两耳前后。她穿着橘红色黑条纹长袖T恤,褂子包在屁股后面,两根袖管束腰,腿上绷黑色瑜伽裤,脚跐粉红卡通鞋,上下使猛力,身子一鼓一鼓地,在青石板上搓洗衣物。

我打了个招呼,走向她。她没反感,我壮起胆子靠近和观察。保险起见,我先走到她左手前头的养花大缸,褐色的缸体施了亮釉,由五块薄薄的石板垫起,缸侧近底破掉一块,花泥漏了不少,摊在地上。大缸内部缺泥而有个空洞,花木看似枯死了,要么还没发芽,再没人稀罕,当作一个花盆的象征待在那儿,不合时宜地傻愣愣的。拍完陶缸,后退几步找到合适的距离,再拍离她稍近的横在两个砖墩上的石柱。砖墩半米高,驮着石柱。石柱长二米余，半米宽，半米厚，应该是某栋建筑物的承重柱或板材，如今建筑没了，石柱没了用场。这根石柱两端凿深槽，一头凸，一头凹，用来嵌接另外的柱或板。

镜头对准洗衣姑娘时，她忸怩腰肢，羞怯上身，头便使劲往下低，湿发蓬松过来，遮住半个脸，还小声嘀咕了句什么。我走近她，拍她的手，趁机拍她长发遮脸的表情。我发现她手下的石板有字，小声说有字。她疾速缩手，像躲蛇咬，顺手拽走湿衣，同看见一个秘密似的，对着石板说："有字，真的呀。"

青石板乃一块刓碣，碑首断掉一截，碑文不完整，洗衣久了，残字的笔画磨损严重。她抹去水渍，我左瞧右瞧，加上手摸，只猜出"……公……章贵二府君墓"几个字。不过，我和姑娘都没把它当墓碑看，搓衣板是大青石的新用途。碑文作为散佚的主题，躺在古朴的村庄，躺在洗衣姑娘和我眼前，告诉我们某位考亭先人借用碑碣滞留在时光隧道中的故事，在洗衣粉泡沫的冲刷下，浮沉如麻阳溪的小鱼，忽明忽暗，若有若无，不再有人欲之累、不聪之疾。

3

考亭路41-2号门牌与对面的桂树之间有条下山小道，水泥铺的，短而陡峭，先下二十七级台阶，再向前沿平缓的坡道走百米即到村子。台阶踏步接缝和裂缝里积了淤泥，生长着植物，如苔藓和黄鹌菜。这个春天，黄鹌菜的圆叶紧贴缝隙，试探着长出，尽力收拢身形，躲避行人踩踏。黄鹌菜谨守方寸又自强不息，这个性格保护了它。天运成全了它，几天时间，它迅速长大了，体形完整，心智健全。详细观察和谨慎思考后，黄鹌菜蹿出薹茎，高过台阶，在月光如水的夜晚绽放一簇黄花，过路的春风停下脚步，旋转着祝贺它。黄鹌菜不胜娇羞，摇摇欲坠。

考亭居民都喜欢花，黄鹌菜判断自己花开之际不大会遭遇意外，行人高抬腿、轻迈步，小心地爱护它，说不定还弯腰抚摸它，给它喜欢和宠爱，可它不愿意被掐断带走。黄鹌菜深知开花事小，孕育种子事大，所谓天予之，它可不敢推诿这个使命。由于使命在身，黄鹌菜无暇思考失去植物守护的人类社会将怎样，它只管守护，晓得时候到了，春风便来，便生生不息，便忠信进德了，这是它的使命。

台阶上的黄鹌菜无疑是幸福的，坐拥安静的时光。对于黄鹌菜家族，不存在比安静的时光还好的时光。台阶上度日，世界不过眼前一条两栋楼房之间不宽敞又格外潮湿的裂缝，光透进来，照亮它摇曳的黄色蓓蕾。黄鹌菜每天安静地生长于大自然中，十分惬意。它听上下台阶的居民谈论油岩山、玉枕山、翠屏山或麻阳溪之类，它对这些事物一无所知，深感恐惧。黄鹌菜一生离不开台阶，对它来说，台阶之外无非虚无和死亡。一想到对自己无意义，黄鹌菜眨巴眨巴小眼睛，长吁一口气，也就释然了。黄鹌菜的确不需要记住羊蹄草躲哪个山坡，紫云英是否还守在滩涂开花，传统中，这些早已被凝固为黄鹌菜遗传下去的常识。一件事传到它这儿，它没明白因由。大约庆元二年（1196年）或三年春上，朱熹女婿黄榦从童游远道而来，手提一扎芥菜和两大块剥了皮的春笋，脸色煞白，下石阶（那时是石头台阶）腿发软，摔了一跤。

人横躺在石阶上，磕伤了手肘、膝盖和脚趾，芥菜和春笋都滚到山坡下面，碎了一地。黄鞒不知道疼似的，一骨碌爬起来，菜没捡，就跑村里去了。黄鹌菜捂着嘴，没敢笑出声：

"这个黄老弟，怎么慌成这样。"

后来，黄鹌菜听朱熹家门口的山茶捎信来说，它刚打开的一树大红花莫名其妙谢了，朱熹从五夫老家移来的丹桂也枯了，一个人闷在屋里好几天，邻居发现他头发全白了，腿瘸得更厉害，手不离杖藜了。

4

巷子和中心街交界处装了考亭居民共用的水龙头。韭菜大嫂端着一个大大的鲜红塑料盆，盆里盛一小把韭菜，来到巷口。水管被胶皮、铁丝捆绑在水泥线杆上，晃晃悠悠地不牢靠。她提提裤子蹲下，拧开水龙头，清水哗哗流到盆里。她耐心细致地清洗韭菜，不慌不忙，仿佛不见四旁。时间差20分到4：00，不到忙晚饭的时候，她先洗干净准备着。我想象韭菜的吃法：在北方，开水焯一下，放凉，切碎，蒜泥一拌即一碟美味。韭菜大嫂也许会切小段，磕进两颗鸡蛋，做喷香的韭菜炒鸡蛋。我咽口唾沫，拍她洗菜。她抬头笑笑，再深望我一眼，又笑笑，洗韭菜的动作不乱，一根一根捏来洗。水流下的韭菜很听话，从她这只手到那只手，又长了几寸。

这时候又来一位大嫂，我叫她萝卜大嫂。因为不知姓名，只好唐突地如此称呼。萝卜大嫂出楼道口，脚上一双特别耀眼的平跟大红便鞋，胳膊戴大红套袖，穿浅红棉上衣、黑裤子。她手里提溜竹篮，半米的径，篾青深褐色了，一件有了年头的家用器具，被时光反反复复揉搓过，却无半点破损，平时用一定是小心的。她走到对面楼前，拿起阳光下直径超一米的笪箩，好像还没用多久，篾青崭新。笪箩躺在铺了薄膜的水磨石条几上，稀稀拉拉晾晒细细白白的东西。我问晒的什么，她说萝卜。说罢端起笪箩，把萝卜条往小的笪箩里面倒，再仔细抠出嵌入篾眼的萝卜丝，直到一根不剩，动作连贯，像在原地舞蹈。

建阳不产青萝卜，盛产白萝卜。将萝卜切条晒干，然后加入辣椒面、芝麻粉、胡椒粉、细盐等制成小菜，装瓶密封贮存，比腌制的鲜萝卜条保质久，随时取来下酒，甜、辣、脆，嚼劲足。吃多少取多少，淋几丝麻油，加香葱碎和嫩芹梗拌匀，管叫人灵魂出窍……我咽口唾沫，砸中胃部，听娇滴滴的稻花鱼在麻阳溪翻个身。

北宋宣和五年（1123年），朱松赴任政和县尉，途经考亭进村览胜，遂认定考亭是卜居耕读的好去处。我估计他相中的除了临溪而卧、依山而眠、宜安我怀的小村庄，应该还有酸辣萝卜条。

5

下考亭东南角一方三十多平方米的空场，外围每隔三四米竖原木柱或竹竿，立柱之间挂白色细网，高约两米，圈成透风透光的场院。北侧简陋的建筑物顶上覆蓝玻璃钢瓦，瓦下立宽木板围为室，留开合的柴门，是鸡和鸭的禽舍。禽舍左侧设进出的网栅门，可推可拉，关闭后和四周的网子结为整体。我来这里时，鸡鸭的主人正要离开，想必它们比考亭居民更早享用了晚餐。场院外，头发花白的阿姨倒背双手，面对禽舍，津津有味地观看了喂养全过程，与投食的中年妇女唠着什么，我晚来一步，没听见。阿姨眼前的网子立柱间拴小指粗的黄线缆，横挂着十几米长一排晾晒出油的猪皮。猪皮已经晒黄，比线缆的黄浅淡，半干的状态，再晾一两天就可以收起贮存了。老阿姨听见脚步声回头，冲我招招手，没说话，转身倒背双手，慢悠悠踱回西边的巷子。她身材偏瘦，走路轻盈，背影健康。

两只大个头的番鸭吃饱了，稀罕起舍前一摊脏水，头部深插泥浆，左右剧烈摇摆，泥水飞溅，一遍又一遍地重复，不亦乐乎。黑毛黑冠的牝鸡，甩动肥臀爬上横在场院的香樟枯干，斜歪头颈，瞧同伴们互不相让地争抢食物，一脸谴责的表情。

上考亭村东有数公顷形状不规则的葡萄园，园子被划为小块，少的一两行，多的五六行，分给了不同的人家。园内东首偏南有一方池塘，离麻阳溪健身步道十几米。池塘东西长，南北窄，占地约一亩，水面与塘沿齐平。池塘蓄水主要供葡萄园用，也是大白鹅的戏水池。踩踏青草野花，我小心行走，透过葡萄树的老枝新芽望见了池塘。在水中玩够了的一只大白鹅在塘沿空地忙于晾翅啄毛，半天不抬头。离它不远还有一只，伸长脖子，踮起脚，昂头嘁喙，朝天上唱歌：命不足道也，道之将废也……

没多会儿，我转入考亭村通麻阳溪健身步道的水泥路，这条宽不超过三米的小路正好穿过葡萄园的密集区，近溪一段架设高于葡萄园的拱顶，我葡萄藤爬满架子，春夏绿叶婆娑，入秋垂挂果实，是一条美丽而幽邃的观光小径。从径上又得望见水塘，戏耍完毕的大鹅，趁天光未散，聚到一块儿，有沉思的，有私语的，有昂首阔步的，很有画面感。我朝溪边健身步道走，立在步道上回头，再一次远望考亭，斜照中，大白鹅排成一字队列，横穿观光小径。十几只大白鹅都用慢动作，先在原地抬高一条腿，不急于落地，集体晃动脖子左顾右盼几个来回，再轻轻放到前面，踩踏实了，再抬另一条腿，重复前面的动作，从心所欲，不慌不忙。它们如同接受过正规训练的芭蕾舞演员，步调惊人地一致，奔赴的方向明确：从葡萄园这边到葡萄园那边。

粉色的光景，妩媚的山峦，葡萄新萌之芽，朝村庄匍匐而去的路，缓步行走的大白鹅，翻波逐浪的溪流，急些子也慢些子的稻花鱼……过雨亭半天不见朱熹返回，大概被这乡间山水图绊住了脚步。

6

小花袄和艾姐结伴在麻阳溪步道慢跑，累了趴在栏杆上看溪边花花绿绿的垂钓者、停靠岸边的游船，在夕照落入玉枕山前溜达回上考亭。她们路过观光小径第一个"S"形弯道时，我正在路沿下给寸金草拍照，几乎趴在地上。她们停住，奇怪我为什么无缘无故对葡萄树下的野草来劲。小花袄的花袄束在腰际，除了白运动鞋，上下一色黑装，又挺直站在路上，使她在我面前呈玉立之姿。她不肯下一米到地中来，担心弄脏鞋子，只挪步到路沿，弯着腰，指着几株野草叫我辨识。我所知太少，大都不认得，打开手机，用上花草辨识软件。她不认为软件都正确，便用当地方言，随意说了几个俗名，她说出的名字比手机说的生动传神，可惜我不知道那些有趣的名字怎么写。

她干脆蹲下，上半身探到路沿下，伸长手臂翻动草丛，拉起一棵细长的草叶，说出个俗名，节奏控制得完美，妙不可言。她离我很近，呼吸均匀，我闻到汗味和女人香，风一吹，她的长发打到我脸上，可见几根白发。

艾姐黑裤子，红上衣，外套黑绒大衣，戴红平绒套袖。她比小花袄矮十几厘米，年龄长几岁。她直接走入空地，起先在野草丛中东瞅西看，后来干脆掐起艾芽来。清明前后的艾草鲜嫩。她掐一颗艾芽，艾茎便冒出一滴绿色的汁液，护住伤口。我问掐艾芽做什么。在我们北方，艾叶开水焯一下，再加入蒜泥凉拌着吃。她说做青团子。这道清明节前后江南的传统点心在我记忆中瞬间化为具体可感的实物。在江南生活了十几年，我吃过不少青团子。有时候手捏青团子，散步在清明时节的小雨中。关键要有青团子，才可能幻想着相遇一份难以割舍的感情。我没见过如何制作青团子，但晓得离不开如艾草般的青绿。艾草的春色便是青团子的颜色，也是清明节的色彩，与饥而思食无关。艾姐一只胳膊支撑在膝盖上，直起腰时眯着眼看夕阳，对我说先用石臼把艾芽捣碎或在案板上剁碎，然后用白棉布将艾芽包裹严实，捶砸后挤出汁液，再将汁液滴入备好的糯米粉中，和成柔韧的剂子。这样制作的青团子，可以包豆沙馅儿、莲蓉馅儿，或是其他自己喜欢的馅儿，装上锅蒸，等蒸汽上来，准能闻到清清淡淡的艾叶香味儿。

"我是来找散文的,不料碰上了诗歌。啊哈——你来了,好比一只小鸟飞向亮处。"此刻的艾姐是个诗人,那青草香,说不定与小花袄脖子里的汗味儿相似。

7

两块水泥牌分别用两条腿和后背斜倚在上考亭一条小径和葡萄园交界的红砖矮墙上,一大一小,一高一矮,目视小径对过一幢七八成新的四层农家楼。水泥牌记性不太好,记不得是哪一年被什么人挪到这里了,脸上歪歪扭扭的字却记得仔细。高大的水泥牌上刻:

建阳县城区饮用水地表水源保护区。立碑处起,下至蓄电池厂河段,全长二千米。建阳县人民政府。一九八八年五月。

矮小的水泥牌上刻:

蔬菜科研直控基地。蔬菜食杂公司。童游镇考亭。一九九七年五月立。

水泥牌神情落寞,脸色灰暗,夕阳的余晖也不能给它俩增加多少色彩。居民们猜不透它俩滞重的眼神凝视着什么。水泥牌自己明白在凝视什么。时间这种东西,水泥牌失去过,保不准今后还持续失去。它俩不认为时间是威胁，只要凝视，时间便停止，至少为它俩停止。因为它俩认定自己已经属于过去，是废了的物。现在，它俩发现在小径上进进出出的居民无一不在时间的致命性中，战栗着度日，不敢缓，不敢罢，不敢言，一脸的不堪重负，虽然无时无刻不在无奈的命运里竭力创造历史，却无法成为历史。历史另有主人。他们的生命结束了，就什么都结束了，被后人记得的，无非墓碣上的几个刻字，而那些字的意思一旦暗示其为忠信所以进德者，和活的时候并无二致，无非又在强调某种荒谬的逻辑，希望死后比其他人多得额外的东西。一想到这些，水泥牌就兴奋，你踢我一脚，我踹你一腿。

　　个头高的水泥牌始终没搞明白二千米的具体概念，只晓得自己是二千米的开始。初时水泥牌的肉身还是新的，像五月里长高的蒲草，生命力极为旺盛。它是被几个人抬到溪边的，双腿埋在麻阳溪西岸一簇野苇旁，紫云英的小红花凋零在它脚下，长蔓子叶片碧绿，没记错的话旁边还矗立着挺拔的杜英树。被深埋后，水泥牌心想完了，有"腿"不得走，这辈子再也见不到二千米外的蓄电池厂了。可是忽然有一天，它被拔出地面，抬上了地排车，一路颠簸来到巷子口，放置到墙根处，这里贴近葡萄园，闻得到葡萄枝子散发的清甜，遗憾的是没见着蓄电池厂的相貌。很多时候它想向村庄说一声，给它动个小手术，把脸上的那个简化字"源"修复完整。溪边岁月的阴影在它心里，回想起来总是感到恐惧。夜深时，蛇从它胯下经过，蜷在它腿上睡觉，水泥牌吓傻了，抖个不停。

　　"那个源……"它叹口气，晃荡一下，换个姿势凝视前方。

居民楼里走出一位小姑娘，脖子上围着蓬松的白毛，好像白狐从洞穴探出头，脚步盈风，身似草茎随风起伏，好比飞向麻阳溪的蜻蜓，一上一下颤颤地抖着屁股点水。姑娘抱着一只崭新的鞋盒，昂头闭目，对着葡萄园深呼吸，等身子舒泰了，她坐到路旁的石礅上，掀开鞋盒盖子，捧出新鞋仔细试穿。水泥牌意识到姑娘在故意占用本属于它的可有可无、可无限浪费的光阴，心情不免郁闷。过了一会儿，它转而又羡慕起姑娘的自得其乐，羡慕起新鞋子的雪白，鞋带的温婉细长，嫉妒破损的石礅居然被派上新用场。水泥牌稳了稳神志，想擦一擦满脸的灰垢，猛然意识到自己不曾有过手，徒然有一副空架子和一双假腿——天有成命乎？

8

雨季前，玉枕山顶被铲平，临时存放多年前推倒拆卸的建筑材料，泥地上横七竖八的原木梁檩开始腐烂，瓦砾东一堆西一堆像个大型垃圾场，不怎么好看。考亭书院石牌坊和山顶之间，由几百级水泥台阶连接，阶上生长着古雅的苔藓。巨幅无纺布喷绘的广告牌立于甬道半山腰一侧，可俯视山外。2014年春下过一场暴雨，淋湿了广告牌上的大红字"中国武夷（建阳）朱子文化旅游度假区"。天晴以后，广告牌没着急，等着雨点儿流尽，才睁开眼朝山外望。书院的石牌坊太熟悉了，堪称古物，不用多看。视线落到牌坊旁一丛箬竹上，竹叶噙着雨珠儿，欲滴不滴之状。植物比广告牌更留恋雨水，广告牌心想。箬竹丛中立一块笏头碣，鳌形碑座，碑身正面镌"考亭书院石牌坊"字，大字旁还竖刻两行小字，笔画的红漆脱落成铁锈色，哈喇子般沿石碑往下淌。广告牌不明白石碑的用意，人说行之以忠，居之无倦，脱色的字倦了吗？同样受雨水冲刷，植物却不褪色，不变旧，不懒惰，反而日益精神。不过，广告牌习惯不思考弄不懂的问题，省点力气。猛吸一口潮气，缓缓吐尽，广告牌感觉眉目清秀了，视线就越过了狭窄的考亭路，停在麻阳溪西岸大片葡萄园上。葡萄的绿叶有些特别，恍惚间配合溪水，也游动了，一起一伏，很有波澜。葡萄要流走？它开始担忧。担忧是多余的，葡萄不会走，麻阳溪也不会随便漫上它远古时期塑造成功的滩涂地。广告牌目视覆盖葡萄园的塑料大棚，不清楚塑料棚子凌空架设在葡萄园是什么意思，也许因为葡萄怕雨。这个看似不难整明白的问题让广告牌陷入异常沉重的思考。仁民爱物？它计划下山一次，到书院请教朱熹。

广告牌继续搜寻，它看到不止一条泥巴小径通向葡萄园，但它特别注意其中一条的原因是径旁有一块小个子水泥牌。广告牌有点瞧不上水泥牌，个头太小，比它周围的葡萄树矮多了。水泥牌被一根倾斜的葡萄藤压在头顶，一串葡萄搭在它头上，葡萄上的雨珠闪着亮，像一颗颗钻石。广告牌挺羡慕水泥牌营造的这个意境，它咂摸着滋味，像含着一粒葡萄。葡萄天天见，眼馋却吃不到，广告牌既不晓得葡萄果肉是什么滋味，也不晓得葡萄皮是什么滋味，更不晓得葡萄果肉和葡萄皮的滋味区别在哪儿。

水泥牌透过葡萄枝叶也能望见山腰上的广告牌，而且清楚广告牌瞧不上它，但它并不在意。听来园子收拾葡萄的居民说，广告牌快被拆掉了，为新建考亭书院让道。广告牌却不知道自己将被拆除，水泥牌一方面可怜它孤陋寡闻，一方面又说不出的高兴。

果然，没过多久，广告牌被拆除了。广告牌最后望一眼葡萄园，葡萄圆润欲滴，眼看成熟。它咽下唾沫，爬上垃圾车，放弃了体会葡萄果肉和葡萄皮滋味的想法。水泥牌为广告牌行了长长的注目礼，悲凉之心就有了。葡萄园大半也要移除，水泥牌措手不及，不幸在移除之列。水泥牌被丢在油岩山一个挖走不少土方的坑里，几乎摔折了腿，脸也破了，长时间无人过问，熬下去的结果是魂飞魄散。一个圆月的深夜，月光如水洒到地上，亮如黎明。年轻人推着一辆地排车，车上坐个老人，水泥牌认识老者，他在它脸上刻过"蔬菜科研直控基地"的字。一老一少抬它上车。回村路上，水泥牌闲适又踏实，几乎想唱支山歌了。它注意到广场上刻的朱松的《蝶恋花·醉宿郑氏阁》，水泥牌小时候诵读过：

　　清晓方塘开一镜。落絮飞花，肯向春风定。点破翠奁人未醒，余寒犹倚芭蕉劲。拟托行云医酒病。帘卷闲愁，空占红香径。青鸟呼君君莫听，日边幽梦从来正。

水泥牌被放在通往葡萄园的巷子口，离原来的位置几百米，和一块比自己高大的水泥牌靠在一起，对面是一栋四层高的居民楼。它很满足，转了一圈，又回来了，真是命运。立此守道者，吾之擅长也。矮个水泥牌几乎手舞足蹈了。高个水泥牌低头踢了它一脚："安静！稳重！天下为公，处物为义，圣贤已多，各自安好。"

9

"蔬菜科研直控基地"水泥牌不用再为葡萄园站岗放哨,看似寂寞了点儿,但总有个喷绘广告牌惦记着,寂寞的程度比"水源地"的高个水泥牌轻得多。它的结局算不错,迁移之苦让它瘦了,可减肥毕竟有益健康,如今它回来了,离葡萄园又近,颇感安慰。我出于好奇,触摸它脸上的字,热乎乎的,真没想到水泥牌的感情如此丰富,超越了本质的属性,并且能背诵朱松的《蝶恋花·醉宿郑氏阁》,水泥才子无疑。不得不承认,水泥以特有的优势改变着我们的认知,修改了我们的生存模式,虽然钢筋玻璃幕墙硬来掺和,水泥的势头被打压,但是水泥并不认输,大兴调研之风,以便提高技能,更新换代,让后现代建筑重新评估自己。我触摸水泥牌时满怀崇高的敬畏,几乎战栗了。

葡萄园剩村东近麻阳溪一溜儿,面积还不小,走一遍颇费工夫。葡萄园的棚顶用水泥立柱支撑,钢筋骨架搭建,覆双层薄膜,保温又防雨。薄膜无意与水泥争锋,心怀谦卑,一步一个脚印,对蔬菜的生理结构施加了无与伦比的影响。近来我发现,薄膜对植物的作用力不亚于水泥,深刻改变了蔬菜甚至树木的种植和成长方式。从西到东,从北到南,我游走观察,水泥柱如丛林,顶棚薄膜如海洋,自己不过一条势单力薄的小鱼,顿生怵惕。我跳跃着向前,被蛇追赶一般。前头出葡萄园即到观书园,我收脚立定,恍惚中见朱熹拿一本打开的书,背对我和葡萄园,面朝弟子和喷水池,正在授课:"天地生生之理,只是直。才直,便是有生生之理。不直,则是枉天理……"

听罢朱熹的课，我文明了许多。我慢慢走到葡萄园南头，看到一户人家在葡萄园劳作，年纪大的是母亲，年轻些的是儿子和儿媳，也可能是儿子和女儿。杂草拱出薄土，铺了厚厚一层，可爱但有泛滥之势，威胁了葡萄树。女人用介于锄和镢之间的大锄除草，顺便松土。她下力干了十几米，累得直不起腰，大锄递给母亲，检查葡萄枝新发的芽去了。每年此时葡萄抽枝散叶，长势凶猛，必须拿掉不结果的"谎芽"。识别"谎芽"是门需要眼力的活。儿子用铁丝固定葡萄枝，检查顶棚是否牢固，不断掐"谎芽"剪废枝，迅速而准确。三人齐心协力，葡萄园被打理得愈加整洁有序了。我跑前跑后拍照，女人害羞，男人忙碌，都不及搭理我。母亲大方，站直了，双手握大锄的长木柄，摆个干活的架势，气宇轩昂，就是表情不太自然，不自然的原因是我俩同时想到了张飞吼断流水的场景。她穿血红色上衣，天蓝色水靴，黑裤子，棉外套挂在棚架纵横交错的钢丝上。她染过头发，时间长了，白发又生，额头鬓角添了霜。

"君子引而不发，跃如也。"我竖起大拇指。她横握大锄，哈哈大笑，羞赧不已。

10

从有葡萄开始，其培育、栽植、养护、采摘大概一直沿用传统或称之原始的方法。比如刨坑，过去采用人力刨，技术进步了以后用上了机器，刨改为挖，省力省时。不管怎样，坑是必要的，葡萄必须栽苗入坑才能存活，尚未见过离了土坑还活泼的葡萄树。

这很朴素，也很本质。还有些环节也需要人力，比如为葡萄打"谎芽"，因为我至今没发现哪一种机器可以识别哪一根藤子结葡萄，哪一根藤子不结葡萄。至于采摘，依然用竹篓，人手一把剪刀，轻剪轻拿轻放。在考亭一间老厝二楼上，我见过采摘葡萄用的竹背篓，一身灰，废弃在角落，长期不用。我找不到弃用它们的原因。吃葡萄的办法也古老，一粒一粒丢进嘴里，有吐葡萄皮的，有不吐的，有连籽一块吃下肚的，味道更足。进步了以后榨葡萄汁，机器咀嚼后流出来，人张嘴喝进去，说是省了牙咬，滋味却总不如动嘴自尝。一只活泼的螃蟹和一瓶安静的螃蟹汁，我选吃蟹不喝汁。

我的怪论被另一位母亲证实，也在葡萄园。她也许是奶奶辈的人了。她的头发黑的少，白的多，黑裤子，蓝上衣，朴素得要命。她在一行葡萄树前的空地晾晒笋干。春天鲜笋品种多，从山地溪边挖来，吃不完的，用高温蒸煮，熟透的鲜笋切片，及时晾晒，以免酸化而生霉。她切的片较厚，带到葡萄园，用竹丝一片片串好，吊挂在横担葡萄树的竹竿上。葡萄园的空地有茂草，大量的阳光，合宜的风，比在村庄里晒稳妥。晾晒笋干需要好天气，碰上坏天气，要用更多工夫，打理起来格外费劲。她的笋干晒过几天了，脱水后收缩到很小，硬度却还不够。她踮脚依次取下，一次取两三片，抽出竹丝条，捏笋干的手掌抬高过头顶，松开手指，笋干自由落体式坠入竹篮，就听到鱼儿入水的清脆之音，又蹦跳几下翻腾出水面，尾巴拍出浪花朵朵。她捋直竹丝，归拢到一起，存在一边，预备明天再用。横担葡萄藤上的竹竿十几米，笋干密密麻麻排列着，也十几米长，这般收取很费时间。她尽情享受这个过程，慢条斯理，不怕慢，对我解说怎样最好，像给小学生上课。时候到了，收购笋干的小商贩来村里挨家挨户收走，圩市干货摊一麻袋一麻袋的笋干，大都这么来的。

清晨，一片片挂上竹竿，傍晚，一片片收进竹篾，带回家，始终在光亮的时候认真做完。从她身上，上好笋干的痕迹可考。

11

一块陶瓷碎片比一件完整的陶瓷器皿，更能唤醒文学遐思。到麻阳溪青草中找个落脚的地方，一侧是考亭村，一侧是翠屏山，溪水从身前朝身后欢奔，手捏油滴盏残片，举至尽量高，阳光下慢慢转动，蓝色光晕随光线角度的不同幻化出无穷的色泽。这个刻意的行为除了体会"曜变天目"之玄幻，还有瞬间与永恒的对应关系。此时，脆弱不堪的并非那块瓷片，而是人本身。这个刻意的行为也许千年前就有人做过，我不过重复了一次前人的所为。撤掉香樟松杉等木柴，熄火，一窑建盏烧制完成，师傅一只只取了来，对着阳光旋转，检查成色，满意的放在身旁的木桌上，有瑕疵的丢到一堆瓷片中。一窑上百个碗，选中寥寥数件。前人的茶碗、碎片，经过几百上千年深埋，后来者寻找它们，追忆它们，演化为文化。

直立的白墙挡住去路，这里是下考亭最南端。白墙和老房子之间横着不足四十米深的窄巷子。除了阻断人往前的砖墙，其他都是古旧的。水泥路被挖开，比原地面矮下去四十厘米，铺上了一层陶瓷碎片。那些碎片大多是黑色的，少部分上过釉。我进来的时候，它们停下交头接耳，巷子一下安静了，让我恍惚，以为错进了时光隧道，或错进了异域空间。我踏入古窑厂遗留的梦中。陶瓷片也许觉得奇怪，这个兔子都不来的地方，突然闯入一个衣着打扮不曾见过的人。它们的意识仍旧停留在身体破碎的那个瞬间，或许直到现在都不认为自己已经破碎，那破碎了的不过是杯盏的时光，属于碎片的依然连贯，并未终止。我踩到它们，碎片不适应，身子扭曲，发出咯嘣咯嘣的反抗声。在压力之下，它们碎裂为更小的片。古人说空手不相见，踩碎它们是我的皮鞋带来的礼物。皮鞋对陶瓷片来说是新概念，再一次死于新概念的陶瓷并不冤枉。穷其一生，陶瓷了解不了皮革的内涵，正如皮鞋穷其一生，也了解不了土质的内涵。知与思，于人生最要紧。我在巷子里来来回回地走，咯嘣咯嘣的反抗声不绝。此刻，阳光绕开玉枕山顶的树梢，一缕阳光投到巷子里，我猛醒似的，弯腰拾起脚下一块较大的瓷片，冲太阳光翻转，瓷片不发我要的蓝光，昏聩幽滞，无一丝色彩。

我就要弃瓷片而去，它震动了，翻个身，我掌心立一茶碗，肚大而圆润，安然自适，窑火中刚取来的样子。

12

夜里居民熟睡的时候，星光把天空凿出透亮的洞，鹅卵石从洞口掉下来，有的落入麻阳溪，有的落在翠屏山。天上的洞白天不得见，用秘密和静止隐藏自己。有居民梦中瞧见刺眼的发光体，移动的弧线诱人，说是外星人来了。鹅卵石的秘密和建盏的秘密不太一样。建盏是劳动者的双手造出来的，鹅卵石是大自然的孕育。白天，人们背竹篓，主要下到溪中，有时去山上，寻找鹅卵石背回村，一块挨一块，黄泥嵌缝，铺在门前。村庄一条条鹅卵石小巷就是这么来的。鹅卵石巷子不平坦，但不绊脚，到了晚上，鹅卵石散发从星星那儿带来的光，照亮巷子，居民不妨大胆地走。鹅卵石喜欢雨天，它们借助雨水痛快地清洗身子。有人撑伞来巷子避雨，鹅卵石洗干净自己的目的是让避雨的人脚不打滑。过雨亭既羡慕鹅卵石，又嫉妒它们，它发现去它那儿避雨的没有到鹅卵石巷子避雨的多。久而久之，黄泥巴和鹅卵石凝为一体，溢出苔藓和矮小的绿蕨，古意盎然。鹅卵石每天晚上等居民抬出矮腿木桌，在巷子里围坐喝茶，听他们谈论月亮、星星、溪水和梦。鹅卵石自认为属于浩瀚星河，如今又和居民的梦境建立了联系，便把自己当作村庄的一分子了。

　　记不得何时起，水泥侵入了它们的领地，鹅卵石开始发怨言。鹅卵石被水泥覆盖，蒙住了眼睛、嘴巴、鼻孔和耳朵，于是眼不得见，气不得出，声不得闻，快窒息了。水泥巷不断取代鹅卵石巷子，阻断了鹅卵石与星星的联系，最后，考亭村就剩下半条鹅卵石巷子，位于上考亭21号和22号门前。半条巷子的鹅卵石失去了曾经的水灵和活泼，提不起精神仰望星光。鹅卵石的心境变了，指责村庄的生活大不如前。一条水泥巷子口晒的笋干生了黑斑，便说笋干不该晾晒在铺水泥的地方，放在铺鹅卵石的地方就不会霉变。居民把衣服晒在厝居门口，鹅卵石说这样不对，先人都是到村外菜园的竹竿架上晾干，菜园里生生不息，通风好，空气新鲜，衣服不会烂。鹅卵石喜欢巷里的水井，因为井壁砌鹅卵石，所以水甜。井台一圈也是鹅卵石铺的，居民来打水，不小心晃了桶，水流下来，鹅卵石顿感周身清爽，如沐天光。而今，井口封了水泥窨井盖，水不再甜，一口好井废了。因厌恶水泥，鹅卵石一并鄙夷了水井，叫它快点消失，别趴在巷子里碍眼。

　　闲事管多了，鹅卵石的精神愈加糟糕，悲苦难以自愈，行藏不再安于所遇，怀念起溪中和山上岁月来："海湾那边有一棵绿橡树，这橡树上挂一条金锁链……这橡树上挂一条金锁链……"

13

　　太阳出于翠屏山，再升高一点儿，才能照亮下考亭32号这栋旧厝。此刻，麻阳溪半暗半明，山峦倒映，也灰蒙蒙的。再升到平视的角度，门楼写有"瓯宁府"大红繁体字的楠木匾便赤裸于光中。闽楠特有的木香时断时续，从紧致的淡黄色纹理散开，针脚整齐，像裁缝手中的丝衣。闽楠匾上凸下凹，两端齿痕不规则，腹部的伤疤好像剖腹产过，但木匠处理过的表面整体上细腻光洁。闽楠匾记得自己来自至善之地，说起来那是很久以前了。麻阳溪上游麻沙镇有个水南村，村外有片楠木林，南宋末年，楠木还不够高大，茎干也就半米，三十多米高，其中一棵特别出色，直径超一米，许是长得太猛，死于一场暴雨。这根楠木被建阳城一位官员模样的人买走，请人分割成板材。闽楠匾出自树干上端不起眼的部位，是准备丢弃的。考亭一位建盏商人花一锭银子买了它，保存了闽楠匾的原样，让木匠把正面打磨光滑，请知名书法家写上"瓯宁府"三字，落款潦草，闽楠匾不认得那字。自此，闽楠匾认识到落款要工整的重要性。没多久，闽楠匾被置于一栋新厝门楣上方，终于找到适合自己的地方。闽楠匾实现了从粗陋的木板到代表一座平民府邸理想的华丽转变。它的理想和厝居主人的理想一致，即保证厝南的土窑一年四季升起烧制建盏的白烟。闽楠匾目睹过数不清的木块、木板、树根被烧掉，但不认为自己也会面临焚烧的命运。时光流逝得很快，它的主人和以后的几代主人都不见了。某一天它被人从门楣上摘下来，狠狠摔到旧厝一角，当天夜里，毒蜘蛛来了，在它身上缠来绕去编织网罗。后来，油漆脱落了，厝顶倾圮，掉落的瓦片经常砸中它，眼见一根立柱也要倒下，大难临头，毒蜘蛛也弃它而去。闽楠匾绝望了，就在它放弃希望之时，有个人找到它，把它从瓦砾中拖出来，吹干净灰尘，擦干净污垢，用大红漆描摹清楚原来的字形，然后把它晾晒在土窑，后来的鸡埘，再后来闲置的半截土墙上。闽楠匾感觉自己像块被晾晒的猪皮、待切片的竹笋、需要加工的白萝卜，身不由己。

新主人修缮房顶，掸去厝内角落的蜘蛛网，重置梁檩斗拱，打磨木柱呈现原木色，整平了地面，买来高高低低的水杉木格架子，闽楠匾记起木格子是用来存放建盏的。新主人外出搜罗来石槽、石臼、废旧陶缸，养了金钱蒲、团扇蕨、网纹草和金丝草。他在门外，背对朝阳，面向书卷式门洞，对砖垛和古旧的门楼特别满意。门楼下方门楣上方的空处，闽楠匾知道是留给自己的，它将被再一次悬挂上那个很久以前的位置。闽楠匾等这一刻很久了，它不愿意独自待着，要与主人同乐，它催促油漆快点凝固。新主人似乎不着急把它挂上去，在他的计划中那是最后一道工序。他在土夯黄墙下来回踱步，感觉少了点什么，跑进屋搬来一条矮腿长凳，木凳破裂了，却是他中意的。他就要个破的，破才诚，才正，才知心之无邪。他把条凳放在牛眼大小的窗户下，位置被反反复复挪动数次才满意，牖下橘子盆栽气得差点晕厥。他立在眼见就要从墙皮脱落的白灰前沉默了几分钟，想动手铲除，最后决定省点力气，保留旧样。他的力气全用于清理土窑底子，翻出来的陶瓷片尽数丢到挖好的窄巷子，便造出一条无人光顾的陶瓷片巷。收拾停当，他点燃门楼垂花脚的两只红灯笼，抱起闽楠匾踩上高凳，哈口气，衣袖擦擦，固定在了门楣上方。闽楠匾兴奋地摸一下细腰，腰圆润、细腻、性感，天地俱在，少女般的花样年华一下子回来了。它向新主人飞个媚眼，主人没理它。他看似早已喜怒不形于色，进入了呆若木鸡的高蹈之境。他进屋，搬出一盒建盏，坐在门洞内，用细布一件件擦拭，直到盏壁光彩照人。闽楠匾忽然落寞，竭力散发木香，由门楼沿砖垛朝下垂，再拐弯流去内室。主人忙碌之余，耸耸蒜头鼻子，嘴角上翘几道满足的笑纹，胡子跟着抖了三抖。

嘿嘿，道不远人。

叫闽楠匾深感美中不足的是太阳总是从东向西移动，匆匆忙忙落在玉枕山脚下。自午间开始，高大门楼的阴影罩下来，再光芒四射也照不着它的脸，揭不开它的魅力。闽楠匾因无法展现内慧外秀而食不甘味。

14

上考亭南端数栋泥厝集于横竖交错的内巷，黄褐色的土夯墙虽然僵硬，墙体裂了口子，但整体保存得还完好。厝居时光属于过去，同时属于当下。巷子的鹅卵石、墙体的泥巴块和内室的梁椽斗拱交织，碰撞时移世易的火焰。这火焰伤人，灼痛却不乏快意——该去的已经失去，没来的还在路上。我想象小时候曾在这里生活，白发满了两鬓回来，命运多变的感触一定比初次与厝居相遇深刻。巷子尽头那棵丹桂不见了，它曾经舒展四五根大权子把小巷遮蔽，每年中秋，米粒花筛落淡雅清香，钢针般扎入五脏六腑。她来了，背着花书包，扎着两根小辫，抿嘴的笑几乎刻到土墙上。两人不说话，默然仰脸，微合双目，吸尽巷子的花香，牵手奔向井口，趴在井台上，朝深井探入上半身，试图找到沉底的花香和自己。她那神情满是憧憬，鼓起嘴巴吹口气，小辫绕过耳际向天空垂去。他歪头吻了她的左腮。她的脸红如一段年岁。年少时的情愫乃一生最美好无瑕的天赐。他步履蹒跚，嘀嘀咕咕和自己说话，走遍厝居无数个门口，在老井旁沉默着逗留。

　　上考亭旧厝居的墙体和下考亭"瓯宁府"的不一样。瓯宁府的墙体掺杂大量陶瓷片，仿佛特意加进去的，又像不可避免。上考亭旧厝居的墙体单是黄土，比瓯宁府高许多，墙面一条条纹理，凸起为棱，像刚刚耕过的田野，或如溪水，棱的面正是水波的形态。村居生活像这溪流，在黄色的大地上无垠地展开，居民沉在里面，顺流也好，逆流也罢，都似努力生存的鱼，奋力摇摆的草。

　　武夷山风景区朱熹纪念馆陈列着一截断墙，相传是朱熹1183年在五曲溪隐屏峰西南麓创建的武夷精舍的墙体，我将其与考亭厝居的墙体反复比对，村庄厝居的墙体似乎更古老。1192年起，朱熹卜居考亭，筑竹林精舍，因弟子增多，1194年扩建，更名沧州精舍。过雨亭比我清楚沧州精舍，大概的样子应该与我眼前上考亭残留的旧厝相似，屋顶可能略有差别——旧厝铺黑色小仰瓦，沧州精舍搭的是一层蒲草。朱熹一众大都贫寒，用不起砖瓦。如今不同了，玉枕山麓重建沧州精舍，规模宏大，金碧辉煌，朱熹见了，不知是否鼓之舞之。新沧州精舍正前方建开阔的观书园直抵麻阳溪，方位即考亭曾经的葡萄园。接近麻阳溪的一片弧形绿植内立有一组人物雕塑，朱熹面向观书园站立，一手持经卷，一手捋胡须。弟子们跪坐呈半弧形围绕朱熹，面对绿树，神色专注。看到这组雕塑，我仿佛瞬间回到千年前考亭简陋的厝居内，置身于学子夤夜苦读的场景里，我跪坐于角落谛听。

观书园仿佛巨大的餐台，二里长，半里宽，朱熹和弟子们在这里分食的并非麻阳溪的活鱼、葡萄枝条上的葡萄串、山坡地初冒芽尖的嫩笋、竹篾上蜷缩的萝卜条，而是道，若有若无的道、险而阻的道，这道彰天下之志趣，释天下之惑疑，定天下之形势。

15

张先生到门口，回身面朝镜头，勉强笑了一笑，我拍下了他一张不尴不尬的表情。上考亭17号是他家的厝。屋内比我想象的明亮，墙壁四角和屋顶凿开多个采光点。不会漏雨透风？张先生不以为然地摇头而笑。木架结构的厝居，梁檩为粗大的水杉圆木，榫卯穿斗勾连，木板分割空间，多个房间分布于走道两侧。入户正面即祖堂，供桌上摆烛台、花瓶、画碟和剩半瓶的白酒。

祖堂壁如一面屏风，由厚重的木板拼接而成，正中挂着一幅领袖的大幅彩照，照片下方粘贴一排祖先的图片，都处理成黑白的了。祖堂两侧留一人宽的边门，有框无门，入内即盥洗间，自来水接入水池中，池边放置石臼、石槽和铁锅。张先生家的厝像一座农家博物馆，木制竹制的农具齐全，其中一台手摇动力脱粒机特别显眼，存放在内里通楼梯的一间。这台稻谷脱粒设备为木板木棍制作，还能正常使用，张先生反复解说，我还是没弄懂它的内部构造。绕过脱粒机，沿木楼梯上二楼。二楼间隔房间的木板已全部拆除，整个腾空了，存放农具。木地板"咯吱咯吱"响个不停，感觉要断裂。张先生说尽可放心，不会发生这样的事。过去，厝内几代人共同生活，长辈住楼下，年轻人住楼上。入夜，新婚宴尔的璧人忍不住恩爱一番，为了避免不必要的尴尬，璧人草草完事。时日一久，爱欲了无生趣，如此灭了人欲之大欲亦未可知。朱熹莞尔："这般道理，自是未消得理会，天道自可晓。"

　　如果想了解更多厝居结构，出了17号，沿巷子再朝前走一段，就能遇到那栋四面土墙已拆的厝居。一副木框架，刻意展示似的，摆在巷旁，每方寸都裸露着，接受风雨的打磨和侵蚀。建筑乃至善之物，也是艺术品。它的美因为孤寂被加强了，同时注入了迷惘的情调。有人说总有那么一些人，遵从自己的内心，耗尽一生，在孤独中思考、做事，直到从容离世，不知真假。小花袄和艾姐回家经过我身旁开了一句玩笑，我因出神没听见。她们说说笑笑，巷子中转个弯消失了。

　　空架子厝前，我踱步良久，它也许看见了我，我也正在看它。

16

　　一个广场,位于沧州精舍和观书园之间,水磨石铺地,像一面大镜子。居中位置刻朱松的《蝶恋花·醉宿郑氏阁》。小个子水泥牌坐地排车经过时看见过,熟练地背诵了整首词。词以"清晓方塘开一镜"始,广场以"清晓"命名,纪念朱松。清晓广场两侧的弧形花台采用白沙山石造景,景墙上雕历史上著名的十大读书典故。倪宽头簪发髻,穿汉服,像个地道老农,一手拄和他等高的锄头——大锄的造型酷似在葡萄园干活的母亲手握的工具,一手拿书,《汉书》上解释是经书。书打开着,他的眼睛盯着书页,大概锄地累了,直起身喘息片刻,他不舍得浪费这片刻,掏经书来读。我目视"一寸光阴"的可贵,同时琢磨"一寸金"的魅力。他太专注,不曾留意我在观察他。我在检查他的农活干得怎样,锄过的地是否松了,杂草有没有干净,是否误锄了禾苗。墙上"带经而锄"的倪宽没因我的检查受到影响,考亭小学的学生放学对他也造不成扰乱,他一边锄地,一边继续读经。小学生身穿校服,朝气蓬勃,喝冷饮、刷手机,互不耽误,经过倪宽干活的宣传墙,踩过《蝶恋花·醉宿郑氏阁》,聚去考亭到市区的6路公交车站。

　　校门口对面等孩子放学出来的父母或爷爷奶奶也不少,有个小子,趁接他的家人没到,爬上校门口传达室的外窗台,头枕书包躺下,嘴含手指,一条腿垂下来晃,津津有味地瞧热闹。这一幕我眼熟,小时候也这样干过,可能小时候的朱熹也这样干过。在五夫放牛那些年,朱熹经常仰躺在伞状的樟树下,跷着腿,嘴含狗尾草茎,翻开《孟子》,读几句,四处找嫩草的老牛不用太多照看,比荷锄读经轻松多了。

"乃所愿,则学孔子也。"孟子说。

邱先生平时不忙,今天例外。小学放学的时候,邱先生便着手准备晚餐,招待从建阳来乡下玩的朋友。他家的厝和张先生的隔着窄巷正对脸,门牌是上考亭24号,门洞两侧的砖垛刷一层水泥,过春节贴的大红对子崭新,写"旭日出东方光弥宇宙,百花开大地春满人间",说的正是"世上若无烦心事,便是人间好时节"。他的三个朋友围一张简易长方桌打扑克,输了的象征性地付点钱,不亦乐乎。他的婆娘一身黑衣,素素淡淡,立在一旁观战,谁输谁赢并不在意,等的是饭菜出锅。邱先生的厨房灶台上摆着螺蛳、豆干、芹菜、菠菜、黄瓜、肉丁等,都已是半成品,就等下锅炒制了。我进屋,邱先生正在收拾一堆红辣椒,一只母鸡在客厅踱着方步,见我进来不慌不忙走出去。他说随便看,说着把摘好的辣椒切丝。邱先生改造过这套老厝,前半部分留了支撑房屋的木立柱,分割房间的板叶基本拆除,建了隔音的水泥墙,重新布置了空间,客厅、卧房一目了然,各类电器放在厅堂角落。房间门即使敞开着,也是家庭的私密空间,我不便踏足。我瞄一眼退出屋子,返回巷子。夕阳在前,舒一口气,它等我已多时,困意憋不住,要立马下山了。我走回村庄中心街,见西侧巷子铺满鹅卵石,中间一口水井,井口并未封盖,尽头一棵高过屋顶的丹桂,枝杈繁多,花香溢出巷尾,金米粒如春雨飘落,竟落地有声。

此刻,一位背书包的老人站在树下,出神地仰望。

17

　　1123年春,朱松赶赴政和县就任县尉。中午多云,雨点稀疏落下,打到山间的草木上。三桂里玉枕山的山道不宽,景色深邃悠远,朱松走走停停,像个旅人。山间百余棵红豆杉吸引了他。红豆杉挺拔粗壮,他吃惊不小。朱松身不由己,抓住灌木枝梢,一步步踩实了,攀到红豆杉下。并无额外的意思,他就想凑近了,感受一下自身的渺小。他拥抱红豆杉,居然抱不过来。朱松用力伸长手臂,鼻子快被树皮挤压扁了,脖子拔高了一截,左边的手指还是够不到右边的。他放弃了努力,绕红豆杉兜圈。空气中弥漫着苔藓、松针和树脂的气味。他算不出在这个山坡逗留了多久,因为太阳一直躲在云层之上。他也不想知道时辰,此际陪伴他的已非时光,而是一种非我的心境,天道的本体。

　　朱松重回山路,慢悠悠迈步,前方分岔的小径通往麻阳溪。草木仪态万方,他望不到溪流,隐约听到水声。山间太寂静,清脆水音扩散开,如鸟啭叶鸣。他决定先走岔路,再回主路赶往政和不迟。小径越走越宽,竟望得见右前方的屋顶了,一座村庄隐藏在绿色中。他加快脚步,到达一处葫芦地,两侧摆着木墩,想必是让来人休息用的。他确实累了,腿酸麻,坐到木墩上取水袋喝水,这才发现坐到了树荫下,头顶的树冠合拢,遮盖葫芦地。树分左右两排,沿葫芦地扇形排列,两端留进出口。这种叫罗汉松的树木因生长慢而珍稀,从树干看每一棵树龄都不低于千年。罗汉松的龙形冠合为撑开的伞,空间比过雨亭大得多。他起身数了数,右侧十棵,左侧七棵,地面木墩十七个。后来,在政和任上,得空他便琢磨十七的含义。一阵急骤的雨打得树叶乱飞,天地作响,亦哭亦歌,罗汉松合围的"过雨亭"漏下零星雨滴,躲过雨淋的朱松暗自称奇。

雨停了,朱松离开葫芦地,穿过青皮竹丛到达麻阳溪。大雨打黄了溪水,加大了流量。对岸翠屏山云雾浓重,林木初绽簇簇白花,山峦添加了几个层次。溪边野苇和蒲草中泊着一艘木船,一人身披蓑衣,坐在船头垂钓,半天不动。朱松左瞧右顾,除天空大地、山水草木,世事往复,在这荒僻之地无非一个钓者和一个路人。

朱松不好意思上前打扰,侧身拨开丛围,隐约一条沙径通往村庄。他战战兢兢向前,草叶上的雨打湿了衣衫。他走着,却在纳闷,为什么小山村一直静止在他的右前方。

胶河观鸟记

1

高密城区跨过胶河继续朝东发展,东岸古村姚哥庄的民宅大部分被拆除,穿村的康成大街以南新楼拔地而起。街北西姚村的水泥地被破碎铲走,仅留几条拆迁前的南北胡同。地皮翻出新土,种白松、紫薇、木槿、法桐,树下泥土裸露处成野草滋生的天堂。

入秋后,残垣断壁的地面,种类繁多的野草进入成熟期,也是它们的枯萎期。野草期待结籽被带往广阔的领域,蛰伏壤内,待将来生发。它们当然希望活着时看到自己的种子广泛散播。事实上多数种子在草棵子枯死后才得流传。造物不让它们见到愈加葳蕤的场面。

风、雨和鸟实现了草种的散布。这个过程是无意识地完成的。

　　观察点的野草中，狗尾草、马唐草和牛筋草长得最是繁茂，每块空地上都能见到它们簇拥生长的身影。秋深时熟透的籽穗多不胜数，摇摇欲坠。无论多么繁多，草种都不具备吸引人采收的魅力。然而这些草种对麻雀的魅力显而易见。在其间行走，常遇麻雀起落。麻雀们成群结队，多以家族为单位，每个家族均庞大，少则几十只，多则上百只、几百只。结群飞翔时，如旋风裹挟的枯叶，忽上忽下，叽叽喳喳。

　　一块近三百平方米的草地，狗尾草和马唐草的茎秆挑着穗头，籽粒万千，组成壮观的景象。刚想说地好静谧，便猛不丁地蹦出一群麻雀来。它们蹦得比草茎高三四米，又在五六米外又悉数落下，速度之快如同眨眼一闪。这种运动轨迹相机捕捉不到，拍下的只有无痕迹的安静的场面。麻雀起落地草丛纹丝不动，像深夜里什么都没发生的梦境，继续被静寂填满。显然，草丛为麻雀提供了安全的觅食环境，而草籽则是麻雀们的美食。它们贪恋口腹之欲，不愿离开。至于殢云尤雨，相怜相惜，是忙里偷闲的勾当。

　　过了足够长的时间，仿佛接到一种命令，麻雀再次飞起。这次不是一群，而是分散在草地的多个群，也非旋起旋落，乃一飞冲天。深邃空洞的苍天的背景下，鸟群四散开来，有的飞向遥远的树林，有的飞向寂寥空旷的开阔地，有的飞向还未拆除的村庄，有的飞向继续城市化的城区。它们飞越桥梁、河流、楼宇、大地。它们的翅膀上、羽毛中、饱足的腹内，都携带着种子，飞往人们向往却不能抵达的远方。

2

我时常到这块城市中的荒僻之地。在这里，碰见人的可能性小，遇见鸟的可能性大。比如麻雀，比如喜鹊。

此地村落的房屋早已拆除，高大树木也被砍伐了，喜鹊的栖息地似乎有了麻烦。这是来自经验和观念性的判断。民俗上视为吉祥鸟的喜鹊，大都习惯将窠巢构筑在民宅旁的大树上，平常居高枝引吭高歌，传递喜讯，环境一旦遭毁，难得再遇见它们一面。事实证明这种认识存在片面性。一般意义上讲，把鸟类繁衍栖居的习性作为一门学问研究的话，其规律较难被人类掌握和洞察。

胶河南岸的这块地方，假如停止建设，当有一片又长又宽的宁静之地，不易打破。河边土路旁一行断断续续的白杨或许也能够长期存在。我如果需要直视河面，会下到石头砌高的堤岸，或叫防波堤，或叫挡水墙，向西向东尽情瞭望。白杨树长到一定的高度，树的高耸也是宁静的，风鼓荡它，叶子摇晃，是宁静相互碰撞的私语。这里的宁静有时候被几只——也许七八只，或四五只——喜鹊打断。但我不能靠近，只能远远地看，稍有接近的念头，刚开动脚步，喜鹊们便会警觉地飞走，当日，再等它们回来几乎是奢望。

喜鹊在的时候，在白杨树枝上下跳跃，你叫我也叫，声音清脆。它们碰头的那些时间，总在谈天说地，激情高涨，一直讨论总是讨论不出结果的话题。那些欢悦的啼鸣传到我耳内是一种柔和地抚摸。不多会儿，几只飞了出去，没飞多远，降落到白杨树南面矮树林下的草地上，那里生长着人工种植的草坪。最后面的两只从树梢飞到路面,和我鬼祟地靠近它们的身影差不多成一条直线。路面的喜鹊也许望见了我,但距离安全,它们并不着急飞走。它们在路上蹦蹦跳跳,一会儿靠近河边草丛,一会儿在小路上的车辙里闲步,不时象征性地啄几下沙土,但不会忽略抬头斜眼看我的一举一动。待我想进一步凑近,便是故意打破了它们认为的安全界限。它们默契地起飞,翅膀倾斜,低空飞舞,速度极快又悠闲自在,消失于绿色暗荫之中。

　　落入矮树丛的喜鹊还在,刚好逗留在长满草皮的高坡上啄草茎玩。我弯腰躲在几棵紫薇树下,蹲下身,将相机焦点瞄准其中一只,一边观察它一边拍照。这时,一只喜鹊扭头发现了我,一声呼哨,向其他的喜鹊报警。喜鹊并不喜欢被人窥视或盯梢。它们飞走了,我有些失落。也许这里曾经有一棵或几棵大树,高高的杈子上有它们精心构建的巢穴,而这次也许是它们突然怀念家园了,来了次故地重游,刚好被我碰上。我望向河边断断续续的白杨树,无论大小高矮,树头枝杈都寻不见鸟窝。假设人类对栖居地的选择有先见之明的话,那么善于与人类为伍的喜鹊,其筑巢搭窠应该是建立在这份先见之明之上——避开危险,远离灾祸。

3

　　姚哥庄拦河闸桥北的河水比桥南的小,流水穿透拦河闸的缝隙喷出来,往北聚集到鲁家庙拦河闸一段的胶河。由于层层拦路堵截,最终看不出河水流淌,仿佛静止。桥南的垂钓者比桥北多。

　　桥北三十多米外的芦苇荡小半个身子还活跃在水面之上,露出绿绿的叶子和飘扬松散的穗头。芦苇并不密集，簇簇丛丛，被水环绕。露出水面的一截实际上不够高密，说明聚集的河水够深够大，快把芦苇荡荡平了。此环境中，从稀疏的苇丛游出两只野鸭。一只毛色深黑，年龄较大，身子也大；一只浅黄，颜色比刚孵化的小鸡深，年纪很轻，体格比小鸡大不了多少。

它们是一对母子或母女。小鸭需要游泳和捕食锻炼，作为母亲的老鸭准备引领它到河水流动的桥下，接受风浪考验。当老鸭望见桥上有人注意它们时，便掉头游回芦苇荡，藏身于不多的芦苇叶下。不见了母亲，小鸭顿时急躁，一个猛子扎入水中，被水覆盖的小鸭可能暂时获得了安全感，但它凫水的技术不高明，在水下面不太懂潜行，也就二十秒左右，便钻出来，还在原地，没挪窝。它着急的样子很娇憨，大概还朝母鸭叫了几声。接着它再次潜入水中，这回比上回进步明显，一米外，小鸭又冒了头。

离桥北行近百米，胶河由北朝东转弯。弯道的芦苇真正配得上"荡"字，高而密，茂盛且靠近石砌的挡水墙。如果不从滨河路走到挡水墙上，芦苇荡将会很安静，不会发生什么。如果踩着乱草堆站上挡水墙，芦苇荡在脚下，便有事情发生。只见几只野鸭慢悠悠游出遮身的苇丛，它们不会离开芦苇荡太远，仅仅是象征性地游到芦苇荡与河水交汇处的莎草丛中。莎草籽实饱满，即将枯萎。它们认为找到了合适的地方，把身体藏了起来。它们离开芦苇荡，往莎草丛去的时候，看上去不慌不忙，悠闲自得，实际上每根羽毛都警觉着，镇静里面是慌张和小心。

这七八只野鸭和东去千米外的一群野鸭长相不同，每一只都头顶一撮白毛，个头比其他野鸭大一些，但比白骨顶鸡小不少，喙扁而长,是一个大家族。这片芦苇荡是这个家族的领地,一般不会受到其他鸭群侵犯。若有野鸭来犯,白毛鸭便动用家族的集体力量反击。打群架的情形不易遇到。夜深人静,河流上发生了什么揪心之事,很难猜测。

胶河曲里拐弯,两岸修筑三米多高的挡水墙,只要河水漫过河床,触及墙壁,整条河流便如灌了大水,原生态的滩涂湿地尽数浸泡,植物、动物长期滞留近乎不动的水中,给生存提出了更高的要求。千米外的鸭群较少集体活动。虽然野鸭善于凫水畅游,以小鱼、贝类、草籽为食,但并非整天游荡在大河中央,多数时间栖于挡水墙下,藏身于活着的芦苇或枯萎的水草中。每当有人走上大堤,通常先见三只游离。它们队形严格,一只游在最前面,分开的流水像箭头,由两翼向外扩展,待水纹将要消失,分左右两只野鸭从后面跟上,用第一只缓游的速度续接上水面的波纹,四条水纹两条向内,两条向外,不仅拓展了纹理面积,还呈现了美丽的造型。如果来人不走,站定不动,第二组稍后随即游出,不出意外的话还是三只。若来人继续往挡水墙上沿挪步,野鸭感受到危险,后面的即放弃优美的列阵,一起冲向河流中间。若受惊吓,野鸭便齐刷刷踩水展翅迅捷而去,之后停在深水区,悠悠荡荡,耗费掉时光,直到来人离开。

4

我朝河边断断续续的一行白杨走去。下午四点的阳光越过城市,分散在水面和乱蓬蓬的树叶上。我的脚步很轻,离杨树大约十步之外，却惊了一行白鹭。白鹭躲在杨树阴影中，应该站在挡水墙上，不起飞根本看不到。白鹭起飞时，洁白的翅膀完全展开，双腿向后并拢，伸长脖子，拍打出巨大的响声。"啊——！"我一声惊呼，停了下来，透过树丛目睹七八只白鹭倾斜着从河边上升。它们身躯庞大，像白色的闪电，并不鸣叫，直升至河道中间掉头向铁路桥方向而去。我惊叹着继续朝前走，想看看它们落脚的地方。即将靠近河岸，竟又有一行白鹭飞起，这次十只以上，翅膀拍打空气的声音更响，箭一般冲向河流，这一群没飞向铁路桥，而是左拐飞去了姚哥庄拦河闸河段。白鹭身姿优美，很快就看不见了。我懊悔没带相机，摇着头来到白杨树下，弧形的挡水墙和河面完全在眼前了。一只个头最小的白鹭，想必还是幼崽，孤零零站在挡水墙上，伸脖歪头盯着我，在我准备掏手机给它拍照时，它长鸣一声，展开翅膀，一道白光追去了前面的鹭群。我以为它不会飞呢。

从滨河路朝南望，不管上午还是下午，都会看到挡水墙上沿站着白鹭。它们站立的地方，背后一定有白杨树，大树的背景和树冠的阴凉给了它们安全感。白鹭很少聚为一堆，这只和那只之间隔着至少半米的空，有的拉开好几米，在岸边站成一排，像肃立不动的战士，有时一溜儿十几只，有时三两只，相互间不交流，沉浸于冥想之中。歇息到下午五点左右，某一群忽然兴奋，或在河面又一个大转弯的地方，或靠近铁路桥河流中央的水泥墩附近，上下翻飞，追逐嬉戏，群鸟齐鸣，盖住了机车驰过铁路桥的咣当声，仿佛这段胶河曾经是仙鹤的故乡。

河南岸的树下，也是我时常伫立的地方。闭上眼，河流、树木、野草、飞鸟、废墟、城市，包括自己，仿佛在生命的摇篮里律动，幻化为透明的状态。但当睁开眼，周围的一切又无比真实。对岸的羊群，继续低头啃食青草，那么专心，那么认真。低空沿河飞巡的白鹭，似乎对羊群动了情，飞过去再飞回来，到它们身前放慢飞翔的速度，翅膀展为一条直线，似乎要和羊群比较什么是白色、什么是悠闲。羊群对它的姿态置若罔闻，头不抬，眼不眨，尾不摇。它们只对青草感兴趣。

长时间的观察，改变了我以前以为的白鹭和灰鹭是懒鸟的看法。它们是一个家族，有家规，有纪律，并非杂乱无章，随时偷奸耍滑。灰鹭似乎居统治地位，几乎不见灰鹭沿河巡逻，站岗放哨属于白鹭的工作，灰鹭坦然享受安闲。白鹭们轮流沿河巡逻。上岗的白鹭不间断地从姚哥庄拦河闸飞到铁路大桥，再折返，一旦发现险情，如鹰隼等猛禽俯冲而来，便向家族报警。那时的灰鹭将发挥统治者的作用，勇敢地站出来拼命保护比自己弱小的白鹭。现在，灰鹭们大都逗留在河底夏天施工残留的土丘上，享受阳光清风，不厌其烦地梳理羽毛。其他白鹭则选择蹲守河沿、站立草茎，闭目养神，期待上岗。

5

第一个大弯向东五十米，有一个高约两米的土丘。我们不妨叫它孤岛。孤岛之上，无水年份，除了生长稀疏的芦苇，还长出了四棵白杨树，经过几年的生长，其中一棵略大，其余的依旧弱小。大水来临后，孤岛被淹，白杨树经不起水泡，枯死了。

枯死的小白杨像干瘪了的棉花柴，被芦苇簇拥着，在越来越城市化的高楼丛林中，不仔细或不刻意寻找的话，是个难以发现的存在。

然而孤岛和四棵干枯的小白杨是白鹭和灰鹭栖息的圣地。

约二十只白鹭在此栖息，它们抓住枯枝，缩着脖子，或将脖子弯于翅中，尽情酣睡。这些或许是值夜班的白鹭，睡至傍晚便会醒来。树下唯一的陆地，只有脚掌大小，一只白鹭立在上面，昂着头，警觉地环顾，十分精神。它在为睡着了的白鹭站岗，神情愀然。

如此脆弱的枯枝，竟撑得起如此多的白鹭，让人捏一把汗。似乎要证明什么，一只体格硕大的灰鹭，从施工土丘上起飞，款款着身子，落到较大的白杨树顶，白杨树没感觉似的，连摇晃一下都没有。够结实吧？它扑棱一下翅膀，朝四面看了看，好像对周围的空气说了一句话，然后飞走了。白鹭们没受到打扰，继续酣睡，各自孤独，像干瘪了的棉花柴上留存的一团团开过了头的棉朵。

鸟儿让人回想起一条溪流潺潺的胶河。

桂　枝

1

九月的一个下午，我从崇阳南路朝南走。建阳二中在马路对过，我走崇阳溪一边。溪水比平时旺，前两天下雨浊了一阵，现在又清了，你推我搡地赶路。从水泥栏杆向下望得见水雾，不明显，也可能是热气。水雾上方几只白鹭低飞。北边五里樟大桥前灌木浓密，有个鸟石滩，不止白鹭灰鹭把家安在那儿，还有五颜六色的小鸟。娇贵的翠鸟翅膀扇动得特别快，觅食不离灌木丛左右。白骨顶和水鸡三五成群，在溪流中游来荡去。

没多会儿我走上五福桥，钢结构的桥梁接东门街，下桥就到建阳老城，俗称大东门。崇阳溪和麻阳溪在大东门交汇后称建溪，溪水陡然开阔，表面平静，涡流暗藏，先向南流淌一段，再往东南缓慢大转弯，绕经鲤鱼山向前，至闽江而归大海。下了跨崇阳溪的五福桥过东门街，往左拐上民主北路，沿街走百余米花花绿绿的商铺即至跨麻阳溪水泥构造的水南大桥。上桥再下桥便出了古城的范围。过去，建阳内城外城划分严格，内城以卧牛山为中心，双溪内侧筑砖石城墙，留六个门洞，景舒门刚好面向双溪交汇口。府衙、仓廪、寺庙和钟楼设在内城，麻阳溪以南称水南，崇阳溪以东称水东，包括童游一带，都是附城。附城的人货进出内城必经双溪，因此，永安门和驻节门外，设跨崇阳溪的拱宸桥，景舒门外在麻阳溪上设朝天桥，都是木廊桥。城南永宁门又添加船体浮桥，便利水南的民众。内城被附城的庵山、云谷山、翠屏山、宝山、勒马山、童子山层层环抱。

  两桥之间经两条巷子，先是糕条子巷，窄而短，立民主北路边一眼便能望到头，巷尾与东西走向的友谊巷呈"丁"字形。友谊巷即第二条巷子，入口的"小巷故事"料理店钉着民主北路的牌子，下七级台阶走数步，"旧街坊"豆花店就用友谊巷的牌子了。两家小吃对面的"文华花圃"门口，一棵小叶黄杨枝密叶绿，圃外水泥径向前又向内转弯，穿过建筑物向东与友谊巷平行，也叫友谊巷。若说六个古城门洞像圆球，那么民主北路以南，西依麻阳溪，东靠崇阳溪，由友谊巷和糕条子巷组成的双溪高地，便是突兀在内城东南角的部分。它像膨胀的气球从内朝外戳了一下，气球没破，一直鼓出去。这个建阳城地貌上特别的角落，我叫它古城角。

2

水南大桥西堍即下水南路，路通南北，长三百米，宽不到四米，勾连多条幽巷深弄。下水南路两侧列队铺开密密麻麻简陋的民居，从一层到多层，沿街辟出铺面，出租或自营，以吃食、日用品、娱乐项目（如麻将馆）为主。经营铺面的人家，特别是小吃店，一早开门，夜生活结束后才落门板，表面看庸庸碌碌，无所作为，实则每时每刻不在操持生活的本味，简单重复着昨日之事而为更好的明天打拼，喜怒哀乐并无表演的成分，一出场即本色人生。

年龄偏轻的女人斜倚旧墙，神情落寞，嗑瓜子，打量行人。她们鲜艳的装束为陈腐的街巷点上亮色，见我这个挂着相机的异乡人赶紧低头回避。我把镜头对准她们以外的地方。其实我很想邀请她们当图片模特，以黄泥墙为背景，以灰与旧为主题，以暧昧为情调，斜身旧物，双手无力地下垂，失神又充满渴望的眼睛仰望楼角梁椽。

过了中午饭时，又没到晚餐时间，累了的店家和雇员坐在店外，捶腿捏肩，享受闲暇。祖辈们已逝的时光闪烁在他们头顶，那些时光和他们现在拥有的没什么不同。日积月累的营商习惯陈列在路边的建筑群中，呈现繁复的生态。本地和外来租住做生意的人们早已习惯夹缝中求生存，练就了求生的本能。他们以及与他们有关的一切勾画着地域底色，或一个城市的粉本，看似表象，实则本质。他们合力框定人间烟火的温度和浓度，人事更迭的张力和弹力，对时间惊人的冷漠，仿佛岁月不曾为他们停留和存在。

望一眼主街，人多，我折进左手的"溪巷"。巷子弯曲通向溪水边，一会儿东西，一会儿南北，巷与巷不能全部贯通，我只好摸索着重回下水南路再折进前面的"塔巷"，于是便朝前移动了些路。有的巷子比我想象的更狭窄，不到一个身位的宽度，地面高低不平，石砌台阶相连，拾级而上或下便到了另一条巷子。另一条巷子更窄，且拐弯，别说摩托车、助动车，自行车拐进去也费周折。如此窄巷，对今天来说怕有诸多不便，是过去留下的活生生的范本，是某种生活方式顽强和无奈的延续。我估计与原先居民的选择有关。过去，外部空间狭窄不仅不影响日常生活，还最大限度扩充了居民户数，拓展了内部居住空间。

巷子弥漫阴郁的气质，两侧高墙制造的暗影和潮湿加重了压抑感。大青砖和黄泥巴高墙下整日不见阳光，电灯驱散不走这类阴暗，也极少见到灯泡，行走其中，视线只能缓慢适应。然后分辨房屋建成的年月，屋顶铺小瓦片的木结构房屋应该是这片建筑中较早的，不低于百年。有的建筑顶部坍塌了，立柱歪斜，横梁四散，屋檐垂地，黑瓦片落入灰尘中。地面生出榭蕨类植物，绿叶覆盖着倾圮的颓废。还算完整的砖木结构的房屋大都在柴门上捏长鼻子锁，时日久了，栓和锁生了厚重的铁锈。窗户的玻璃碎裂，单扇挣脱了合页的，歪挂在墙上，早已人去屋空。空房外的幽巷，铺地的青石板闪烁磷光，辨识雕刻的隶书字，知是墓碑。

3

初次来友谊巷那天，巷口住家的金毛犬被铁链子拴着，卧在门口，鼻头黝黑湿润，四岁上下，一身浓密又灿烂的毛发刚洗过，干净清爽。它见我下台阶进巷子,挂上笑容,翻身站起,大尾巴虽不如见主人时热烈摇摆,但有韵律地晃动已表明它欢快的心情。我靠近它,摸它的头、下巴和脖子,暗示我们曾经相识。如果不是链子短,它的欢呼雀跃会更自由一些。我给它拍照,摆手再见,它不乐意,前爪搭上门口潮湿的石礅,支起身子,摇头抗议,呜呜低吟。我再一次摸它,望一眼巷口明丽的阳光和头顶晾晒的衣物,转身离开。

金毛家斜对面,距离也就七米多,一截高一米半、宽半米的狭窄长方形平台上,两只番鸭见我走过来,也跟着兴奋。其中一只,体形是另一只的两倍大,年龄也长,见的世事应该比小的多,胆子便壮。它一只脚踩住台沿,另一只脚悬空,像体操运动员维持着平衡,不让笨重的身体摔落地面,扁而长的嘴巴不停张合,想说什么,或正说着什么,却不能发出声音,所谓口呿舌挢。它一定想告诉我点儿什么,也许是番鸭的生活,也许是古巷和先民的秘密,也许是正在流传的闲言碎语。我们相隔咫尺,四目相对,困于无法沟通。番鸭身后是一个水泥砌筑的小窝,小巧的铁栅栏门上挂着蛇皮袋子,门白天开着,晚上番鸭睡进去,主人替它们关好。平台另一端也是番鸭的家,入户门比平台高几个台阶,窄窄的原木柴门,石阶立陡,连接大门和里面狭窄的过道。

"小巷故事"料理店和"旧街坊"豆花店来往的客人不多,都是熟客,生意清淡。糕条子巷中段高墙上一块白底的木牌上写着"住宿"两个大红字,不见具体的店名,想必有人经营宾馆生意,却不在意生意的好坏。除此以外,整个古城角再无商业形态,是个僻静的生活居住区,不似下水南路热闹。友谊巷南北段和更隐蔽的东西段两侧住满人家，都面对巷子开门，一个总入户门可能被多家使用，进去后是更幽暗狭窄的过道或厝井。我从豆花店一头朝里走，无论南北还是东西，右手一侧始终是一道完整的砖石高墙，大门在高墙上开出一个个方形的或拱形的山洞，门有大小高低，门枕和础石一律嵌入墙体，支撑门垛，合力固定厚重的木门板。墙的高度低处六七米，高点有十几米，阻挡阳光直射入巷。小巷湿润，地上的边边角角，墙体砖缝石缝，凡有点儿泥土，便生长植物，苔藓随处可见。有一段墙面稍有特别，砖是接近方形的大青砖，尺寸大，厚实沉重，竖立宽面朝外砌，秩序井然地立于墙体——古城墙原址就在这一条胡同或稍外面的位置，居民建房，利用了这些砖石。

之后多次到友谊巷来，我就喜欢上了古城角。或许是因为它的内涵，或许是因为那古旧的氛围、沉寂的气息，又或许是某种生命的征候在吸引着我。每次我都从固定的地方进入巷子，大概想再与金毛相遇。除了第一次，我再没见过它，不知它是否安好。我希望它记得我为它留下过俊美雄健的照片。番鸭大多时候都在，一来二去，我们成了朋友，各守孤独的朋友。它们见了我不再胆怯，总要抖抖翅膀以示亲近，不过老番鸭依然讲不出话。每次见面，它的嘴巴不停地开合，继续用无声的语言讲我不知道的故事。最近一次是辛丑年大年初五上午，我走到番鸭家，讲故事的老番鸭不见了，剩小番鸭躲在角落里。它看见我时没以前亲热，眼神多了羞涩和恐惧，未踱到平台欢迎我，躲去了水桶后面。我指指它，说了句话，让它认出我是谁，它抖了抖被剪短的白翅。

4

生命更替是时间的礼物。古道上见不到古人行走，古人行走在古道上。古道是盛放古人的器皿。古城旧村也是器皿，盛放消失的人与事，乐与悲。若想直观地了解一座城市的过去，没有比走进古城的角落更好的方式了。我在友谊巷转悠，期待与古旧的传奇相逢。不仰脸看高起的楼层，避免被代入当下，只管左右顾盼或低头行进。古老的感觉并非完全来自朴拙的门洞、挂锁的柴木门、巷内角落横陈的石条或大青砖墙壁散发的幽光，而是整个古城千百年沉淀的民风民俗及其衍生的文化符号在我心中的投影。这些暗示正努力为我勾勒一幅古城居民生活的画卷。然而，这努力明显徒劳，碎片化是历史留在我眼前的结果，甚至连碎片都谈不上，仅仅是疏淡的蛛丝马迹、淡影陌痕，如同老番鸭讲给我听的哑语故事，难以破译成行，完善为语。

蓝底白字写"友谊巷11-1"的门牌钉在碑形门洞的右上角，在我的仰视中是左上角。日积月累，整个门洞除一副欢庆牛年春节的大红对联外，砖石表面都附着一层无法去除的灰褐包浆，来自漫长的沉淀。门洞下方两块梯形础石支撑砖砌的门垛，无门枕，找不到设置过门枕后来被清除的痕迹。正上方的门楣横着一块长方形条石，由门垛顶部卷出的三层青砖托举，砖的边棱被预先打磨平滑，呈波浪式抹角束腰，为单调的门洞增添了变化。从门洞的布局可以看出，入口不曾安装大门，但不表示未经许可什么人都可以进出。门洞内有一户私人住宅。现在，门洞安装了一扇生锈的铁皮门，门外加设一间储物室，也安了铁门。储物室外靠墙一边,三个高近一米的砖墩支撑着一个室外操作台,台面上有两块分别长一米半、宽近半米的厚条石,供洗涮用。操作台侧下方横躺一方废弃的础石,看似较大规模建筑物的托举构件,比如托举更大门洞的石垛或托举门楼的立柱。

我目视门洞,好像在等什么。等老番鸭讲的故事从门洞走出来?老番鸭讲过很多故事,却不具体,需要我破译还原。日光闪烁,光影迷离,颇有倏忽百年千年之惑,恍惚如风烛,我在巷内摇晃。待稳住心神,定睛看去,门垛和墙壁的包浆缓慢褪去,崭新的门洞立在我面前,我能够直视院内。院子中央,一株丹桂破土而出,急速长高,主茎高约三米,枝大叶密,覆盖院落的三分之一,盛开金灿灿的桂花,清香悠悠,飘入古巷,扑我鼻孔。树下一圆形石桌,桌面一把泥壶,围壶四只兔毫盏,桌下置石鼓凳,但不见人围坐品茶。零星飘飞的桂花落上石桌,跌入盏内,桂花陨落的缓慢动作被我定格在相机中。这时候,内室的门开了,走出老少一对婆媳,媳妇进门尚未满一个月,正新鲜。婆婆说老不老,五十多岁。新媳妇不管怎么看都处妙龄,二十挂零。婆婆发髻高绾,洒了花蜜水,人过香留,惊落朵朵桂花。新媳妇长发独辫,向外弓开,挑在后脑勺上部,随后垂至颈下。婆婆一身墨蓝缎面汉服,媳妇着红艳双绉唐装。婆婆甩着十根手指头,高声说笑。媳妇手提竹篮,亦步亦趋,抿嘴跟行。婆婆不时冒出建宁方言,听着如老番鸭打哑语。我判断她们要去景舒门外赶圩。

离友谊巷最近的圩市设在景舒门外的溪埠口,货摊顺城墙一字儿摆去,只在早上五点、下午三点开市,每次开市时长不过两个钟点,因这圩的市面上菜灵肉肥,鱼活虾蹦,很快就卖光,赶早不赶晚。弯出友谊巷，下个半陡的斜坡，拐出景舒门到圩上不用一刻钟。时针指向下午三点，阳光拖长婆媳二人的影儿，一摇一摆入了圩。媳妇瞧眼崇阳溪的翠水，望望朝天桥的俊俏，手把竹篮摇一圈，叹道："田园古云乐，令我思故乡。圩市稍来集，筲笼转山忙。"婆婆回头睒个眼波，道："无事乱呼愁，圩市非秋扇。打鱼的老林还没到，等他来了再买鳜鱼。你要不要先挑几棵芥菜？你说要露一手儿搞个芥菜鸡丝汤的。"媳妇点头，好字还没说出口，婆婆又道："咱可说好了，现在还不到最适合吃芥菜的时候，泥味重，苦味重，丢了人可别怨我没提醒你。"媳妇睁大眼睛，惊诧道："哎呀，这个我却不知，姑姑，要不我弄个鸡丝笋丝羹？"婆婆摇头耸肩，笑骂："鸡丝，笋丝，还羹，我看你是书读多了，只晓得名词——以后只准叫妈。"

婆媳你一句我一句逗趣，我离开圩市，沿城墙从崇阳溪转到麻阳溪一侧。枯水期溪流清浅，朝天桥和浮桥上陆续走下斑斑点点行人，一色的肩挑竹扁担，前后挂竹篓，篓内香芹、菠菜、芥菜叶颤着响儿，鸡鸭鹅精心梳洗打扮过，一丝不挂，水南的农民正忙着赶来圩市摆摊。我倚柳眺望建溪，那个手握长竿，撑竹筏急着上前来，筏子上放个葫芦形鱼篓的，想必就是婆婆说的打鱼的老林吧。

5

下水南路北半段，门牌 110 号以北，路旁和两侧深巷的房屋肩挨肩、背靠背留下逼仄的空间作巷子，人行其间连呼吸都被挤压。密不透风的群房中多数是五层左右的楼房，用料为水泥和水泥预制件，外置阳台，单套两居室。共用楼道作阳台的筒子楼，一户一居室，私密性较差，比单套楼建成早一些。低矮破旧的平房杂陈楼宇之中，砖木结构，砖是青砖，梁檩用木，斜坡屋顶覆小仰瓦，瓦桁简易，檐角弃用瓦当。雨季的闽北连阴多雨，常常暴雨倾盆，瓦当既护不了檐，又难缓冲雨水下泻。不管怎么说，被时光浸泡陈旧了的砖瓦房是水南早期的建筑范式，代表的不仅仅是朴素简陋的生活空间。

要说半个世纪前住进单元楼房的，大多是国营厂的工人或政府职员。后来房改推行，此类房屋转化成了家庭个人财产。下岗、提前退休、退休席卷过这里，曾经的自豪不复存在。人们依旧聚居在过时的楼房，与不断涌现的新住宅区相比，表面看已沦为贫民区，即使这类楼房曾被当作城市居民身份的象征。伴随房地产价值的提升，拥有平房产权的居民，改造平房，扩大面积，被视为脱贫的必由之举。原来的平房大多数已改造完成，由一层或二层变成了三层、四层或更多层的楼房。扩建的楼层由红砖或廉价的空心砖与水泥制件砌成，与原建筑差异明显。原建筑特别是全木制外挂垂花阳台，由于不可复制而显得珍贵。

再往南，下水南路东侧的巷子稍宽，逐渐接近崇阳溪与麻阳溪合流后称建溪的西岸，这是块较小的三角形地带，在下水南路与宽阔的民主南路交叉处结束。我沿尚未打水泥地面的巷子朝溪边走，越近溪岸地势越低，要在大雨天，水深无疑将没过我的脚踝。靠近了发现，原大堤上修筑了水泥墙，约一层楼高，半米宽，与石筑的斜面护坡相连，主要为阻挡行人越堤进溪，或为保护建溪的自然环境而设，或为保障居民的出行安全而设，或兼而有之。

踩着碎石和水泥块铺设的台阶，我爬上窄墙，见陈旧的楼房仿佛壁立堤岸之上，各家阳台都面向建溪，人只需站上阳台，便能观察滚滚南逝的溪流、东岸在建的高楼、高楼背后连绵的群山，尽情瞭望日出东方而入于西极、万鸟飞腾又伏向林梢，世事融于四季，在不知不觉中一年一年了无痕迹地转化。最佳的景致在东南角，那里像另一个世界。镜面的溪水在那里转弯，看去并无多少犹豫。两岸茂草林木与远去的大山结为一体，由低到高，由浅绿到墨黛，由清晰至朦胧，天光为它们描绘柔美的曲线，随后投下让万物降服于某种规律的梦境。这些梦，有的属于人，有的属于物，有的悬挂在鲤鱼山多宝塔上叮当作响，有的沉睡在溪边废弃的烟囱里，期待有朝一日发芽。

盯着简陋的楼房胡思乱想，盼望一阵风把我摇醒。最终让我守住心神的是一家阳台的布置。阳台上方晾晒着女主人刚洗过的素色连衣裙、T恤等，地面上透明塑料桶里装满河淤土，里面栽种本地辣椒和香葱，一共有四桶。桶里半米高的辣椒分出多支枝茎，开白色花，也许肥力不够，叶子发黄，辣椒弯曲着尖头努力长大。一簇簇香葱在低矮的白色泡沫箱里，细小瘦弱，葱叶挺着不染尘的鲜嫩。靠墙的铁架子上，割掉颈嘴的两个五升油桶装满土，扦插了芦荟，两棵芦荟展开四五片翅膀，其中一片又厚又肥的被割掉一多半，为女主人做出了应有的贡献。不见名贵的花草，两桶芦荟算最有价值的了。它们也一齐遥望让我迷醉的山川风物，并且冥思。

俯视建溪，在高陡的堤坝和溪水之间，一条与流水等长的河滩，最开阔处二十米余，生杂草和小灌木。草高而厚，浓淡着绿意，琐碎之花时有盛开,大有荒芜一切之势。河边草表达的是溪水的情怀,水南的居民不这样想,他们尽力垦荒,与荒芜抗争,播下菜种,养护蔬菜不让荒草吞没。菜是生活,草是生活之外的事物,可有可无。对于关注温饱的人,草和菜有本质的不同。夕阳西下,光线躲开楼宇,从我头顶上方射过,为东岸和半个建溪水面抹上耀眼的金辉,西岸下的河滩处在阴凉之中,已到浇菜的好时候。穿黄上衣、黑裤子的妇人来到自己开垦的小菜园。菜园十分简陋,几乎不能称菜园,只栽了几沟地瓜、一小畦香芹。地瓜蔓爬满垄沟,可以掐叶卖,带着梗。半畦香芹虽不多,但密密实实,敦厚壮实,长大分先后,拣个大腰肥的陆续卖,小的紧随其后,可卖很长时间。妇人提溜着白色水桶,走几步到溪边取水。她不随地漫灌,铁皮舀子盛满水,往菜叶上泼,清澈溪水带着甜味,从她手里飞出去,似画家的泼墨,均匀地落入翠绿的画布。怪不得水南人过朝天桥到城墙根卖菜的路上,菜叶从竹篓里散开,发出悦耳的响声。

　　转回身下堤,鸡群在堤外的空地一边刨食,一边等我走开。领头的是一只大公鸡,仔细看有两只,似乎不睦,为谁当老大刚争斗过。我转身的时候分出了胜负。斗败的公鸡躲开鸡群,自个儿在远处跺脚捶胸,心有不甘又无可奈何,长叹搏击术不如人家。胜利的公鸡雄赳赳站上半截一米高的红砖墙,不趾高气扬都不行。这一刻母鸡在墙下围成一圈,寻找泥地和草丛里的虫,为它庆祝,欢天喜地忙碌的模样令人怜惜。胜利的公鸡也便闭上眼,省着精神,享受获胜后高墙上的寂寞。从它身上我大约领略到"高处不胜寒"的滋味,这滋味只有少数公鸡可以有。

　　斗败的公鸡,自个儿躲在一边,等待一个它不愿意直面的残酷命运。主人在耳房烧好一八印铁锅的开水，热气由老虎窗冉冉飘出。斗败的公鸡来回踱步，暗暗落泪。过不多时，它将被主人仔细认真地梳洗打扮，赤身裸体地送去景舒门圩市。

6

泥土巷民居前又有一东西巷，似是下水南路对过透田巷的延伸，水泥地面通溪堤高墙，翻台阶上去，河堤内侧石阶下如悬梯，到底即河床。草丛中一条光滑的黄泥小径，大概种菜、捕鱼和钓鱼的常来。水滨滩涂粗沙中草木难长，多鹅卵碎石，一棵不起眼的枯柳残枝斜伸到水面——旱柳喜水，却耐不住水泡。离水一步停下，溪水在右，淌声入耳。朝北稳住自己，换上长镜头，盯着相机视孔，推近了观察双溪交汇的点，以及我颇多好感的古城一角。我站的地方离双溪汇流处约一千五百米，前方河滩上的多丛野苇抽出穗子，高度正好挡住观察麻阳溪的视线，位置不太理想。最佳的拍摄点在与麻阳溪呈斜角的东岸或溪流中，西岸则更利于观察崇阳溪。钢结构的五福桥全在视线内，桥东塬接勒马山下的崇阳南路，西头通古城角北缘东门街。桥立三孔，中孔宽度是两侧孔洞的两倍，崇阳溪主流从中经过。若非远距离，看不出崇阳溪在大桥前后的弓形湾。假如没有这小小的拐弯，崇阳溪也许会直冲勒马山或冲决山北峡谷扬长而去。但是造物安排了这个转弯，看似不经意不起眼，却使它与麻阳溪的会面成为必然，也为建阳城千年不变的地貌敲定了格局。更重要的，它成全和守护的古城角，让我遇见并流连忘返。话又说回来，一条来自大山深处的溪水，就是个流浪娃，群山之间颠沛了很久，千回百转到达这里，聚水为潭，成了另一条大溪的起源，不仅找到宁和的归宿，还开启了又一次漫长的旅程，是个奇迹。现在，我停步在它的宿地和起始之处，心情落霞般明丽。

大桥西埭西门下一截城墙是古城的遗存。城墙并非公元205年古城初建时的石墙，多次重修，原貌早不存在，如今只剩一段清道光年间的大青砖墙。城墙位置基本没变，只内迁了一米多，大概保持着与溪水合适的距离，以矗立的姿态，把内外界隔开。人由城门洞进出，溪水却不能随便进城，除非大水的灾年，没了阻挡它泛滥的办法。古城墙把崇阳溪和麻阳溪挡在外面，在双溪交汇处用一个舒服的弧度，与城下河床的弧度呼应，仿佛自然天成，又像缔结了互不侵犯盟约，与水保持若即若离又密不可分的关系。城下空地，便成了城内城外交接融合的场所，既有自然形成的圩市，又有景舒门外特意设立的水陆码头，接纳和发运各地人货。千百年间，接过多少货，送走多少人，或接来多少人，送走多少货，只能请时光在随风逝去的世事中清点了。今天的人算不清过去，将来的人算不清现在。在这里生活的人们，无论城内城外、过去将来，都在这本算不清的账目中留下和即将留下痕迹。古城墙的存在，证明了我初次与这个角落相遇时的直觉：花开花谢知多少，依稀迷离古城角。

我挪移下身子，脚下的鹅卵石陷进泥沙，溪水渗进，湿了鞋底。话到这里，想起一梦。梦是因城墙上的大青砖侧面烧刻的字，有的字易懂，有的字想不明白，便用力想，想多了就入了梦。梦境似乎能解释许多稀里糊涂的东西。一艘舫从建溪大湾的鲤鱼山拐出来，逆流往古城角这边码头来。舫内一中年人，穿大褂，挽起的衣袖雪白，端盏啜茶。盏黝黑中带毛，建盏中的兔毫盏，茶汤金黄色，想必是大湖的中火水仙，尖锐的香味进了我的梦，差点把我唤醒。他啜一口，头左右晃动，哼着戏段子，听不清是南音还是闽剧。此人不是别人，乃年轻媳妇表哥的祖父，姓费，人称费家三公子。费三公子的舫靠上水陆码头，上岸拍打几下大褂，捋平褶皱，才抬头看城墙。下广东两个多月，一色青灰的城墙快完工了，崭新得像个刚下的鹅蛋，他颇感意外。他的视线顺墙垛朝南游，游到南端的弧形时，见一帮人在望楼上使劲，估计再有三五天就能完活儿。墙下一官员模样的人，三四个跟班围着他，他一手捏图纸，一手指指点点，又抬头看望楼，说着什么，估计对檐角弧度提了意见，跟班应着点头。官儿是建阳县令，费三公子的家兄。费三公子不忙上前拜见，只管到墙根，喜滋滋摸大青砖，发现间隔不远，砖上便刻着字，比如"道光二十八年正堂费重修""正堂费重修"等，他左右摇晃脑袋，嘴角挂着笑纹，不以为意的表情。

费县令望见自家三弟归来，撇下众人，迎过来，抱拳道："三弟喜归，有失远迎。弟印堂明亮，可贺！此趟生意顺利否？"费三公子眨巴眨巴眼，抱拳回道："生意尚好，粤地生育旺盛，颇喜建阳红菇过月子，销售见涨——贺家兄城墙修好。"费县令再次打量费三公子："估计不几日即可竣工，只这施工尾款尚待与人结清，库中无银啊。"费三公子哈哈一笑："怪不得家兄行如此礼数，原来缺银。"费县令悬着的心落了地，扯开了道："听师爷说家弟生意越做越旺，红菇却是其次，山货草药、武夷御茶园的岩茶都在之上啊,那建本、建盏更是一本万利。"费三公子赶紧低头抱拳:"不知家兄需多少银两。""不多,三百万。"费三公子差点儿一屁股坐地上,费县令赶紧道:"家弟只出五十万两白银即可,余缺本官自有出处。"费三公子心中明白,不再计较,转了话题:"适才见墙砖上有字,别的不说,只这'正堂费重修'中的'费'字欠妥,恐让后人费猜。"费县令上前拉了费三公子的手:"偶尔有之,偶尔有之,无碍大事,来,随愚兄观瞻一番。"

梦似假还真,似真还假,只城砖上的字愈加清晰,而我又分明瞧见费三公子辞了县令,过城门,回到友谊巷宅中。费三公子匆匆打开袖珍金丝楠木盒,取出祖上珍藏的薄薄一本旧刻本,乃徐渭著南音杂剧《四声猿》,思忖再三,招呼下人尽快"舍了去",此际桂香飘满巷子。在我端着相机愣怔着回味之时,婆婆、媳妇买到了理想的鳜鱼,打鱼的老林不一会儿卖光了宝葫芦鱼篓里的活鱼鲜虾,撑筏停靠在我面前的芦苇丛,整整衣衫,踩着我来溪边的小径,爬上大堤,消失在大片灰舍瓦房中。他要去下水南路北端的百年老店吃一碗水吉王氏扁肉、一个鸭头、一只鹅掌、两枚茶叶蛋,还要喝二两酒,小店里坐个把钟头。

这是他多年的习惯,据说第二天能捕捞到更多鱼虾。

7

我忽略掉古城角的建筑和人的活动,将离我千米之外的这片山水在意念中还原成本来的样子。这时候我发现它们——卧牛山、崇阳溪、麻阳溪以及周围或倾斜或平坦的土地来自造物之初。

千百年来，信守传统的人们通过形式不同的活动改造这片山水，除了为生活添加点儿便利，似乎并没获得什么，也谈不上降服，许多神话破碎并消失在它内部。而且不管经营多久，人都无法改变过客的身份。"我们是暂居的"，身份认知像一根刺，深深扎进历朝历代的人的骨髓，明智之举无非放弃主人的姿态与之和谐共存。卧牛山自白垩纪造山运动完成之始，便像一头苍劲又青春永葆的大牛，披一件绿色的外套，只有深秋亮出几块黄色、红色或杂色的补丁，以头朝东南、尾摆西北的卧姿，眨巴着牛眼，一只瞧崇阳溪，一只瞧麻阳溪，看明晃晃的水带像两条小狗，欢蹦乱跳着朝前去。远远望去，我发现它的眼睛其实是睁开左边的一只时便闭上右边的一只，过一会儿，再睁开右边的一只，闭上左边的一只。它总是半睡半醒，用一只眼看世界。我用一只眼看它，因为脸贴近相机取景器，没办法用两只，两只眼并用拍照既看不清近前的事物，也看不清远处的。人们不清楚什么时候因为什么得罪过它，它很生气，牛脾气上来，头干脆趴到地上，伸长脖子，嘴巴放低，在靠近双溪交汇的地方装作饮水，对世事不理不睬。老牛不太待见双溪，当然还说不上讨厌，相处了数不清的岁月，老牛清楚溪水一直图谋合伙淹没它，只是做不到。都说牛勤劳，我看它例外，不仅不勤，反而特别懒，既不理会人来人往，也不关心世事变化，一动不动，连嘴巴都懒得开合。它的怪模样让人误会，以为它好喝双溪聚成的潭水。其实它从不口渴，用不着喝水，只需要每天的阳光雨露，星辰大海。

　　卧牛山自己也没想到，它怄气的姿势却符合人的审美和趣味。有人觉得好，看它安全可靠又朴实，跑过来建城，繁衍子孙。城向着阳面建，牛头、牛脖全天朝阳，牛背一侧迎接日出、一侧送走落日，都在阳面。入夜，星星满了天，总会多出几粒，落到牛脊梁上，隐隐地闪亮，像极了一条人间的银河。一个不算惊人的发现让我吃惊，双溪交汇后的建溪和卧牛山在一条线上，接近笔直，直到鲤鱼山下朝偏东南方向拐弯。牛头触地之处是我中意的古城角，地势突然塌陷下去，有句话这样说：地陷东南，那东南，乃富贵风流之地。因此，我视古城角为极阳之点，牛的嘴巴，除了伸向水下的部分，便是风流之地的极风流之根，不妨称之旮旯儿。旮旯儿遍长野草鲜花，气息清畅，除了适合捕鱼、捉虾、摸蛤蜊、扣泥鳅，还适合情窦初开，你侬我侬，忒煞情多。

不仅我这个过路人看好这块富贵风流之地，历史上不少人都曾看上它，来摸它的头，与它朝夕与共，白头偕老。从古城角的民居就能看出一些端倪。古时候有过什么样的建筑不好说，只说见过的。古城角现存三种建筑。第一种是厝居，基本见不到了，可根据巷中残存的石条、石板、石礅等零件加以想象。后两种算不得古建，因为年纪不算大，即便古老了，也谈不上建筑艺术的审美价值，却存在见证历史的文化意义。厝是古城角居民早期居住的主要建筑，存在的时间比较长，比如费三公子的家宅便是四合的厝居。费家历代经商积累了钱财，乾隆朝的一年，费家祖先看中古城角一块空地，花重金买下，开始造房子。还算用心有品位，建材大多处理过，请了当地手艺最好的工匠对砖、木、石等精工细雕，满意了才使用，整个厝居谈不上富丽堂皇，却儒雅方正，透着灵气文气，与古城角的地理位置很般配，具备相当的艺术美。费家的厝与普通厝的不同是进门有个北方民居似的院落，穿过院子，便能看到立着的正门，两侧游廊环绕。院内除了预留栽种花木的空地，全部铺设厚条石，条石表面雕刻了各种图案。厝居落成，为纪念这个日子，在院子中央栽下一棵看似不起眼的丹桂，其实是丹桂中的臻品，托人专门从浦城带来的，出身名园。后来费家人迁居国外没人回来，丹桂的具体年龄无人记得了。再后来，我走遍古城角包括友谊巷所有角落，也没发现一棵有些年头的桂树，只在"文华花圃"门口碰见过上些岁数的小叶黄杨。要怪就怪哑巴老番鸭，它的嘴虽然张合不停，却和卧牛山老牛从不张开的嘴一样，讲不清丹桂的具体所在，让我盲人摸象白忙一番。

相机视孔中的筒子楼显眼又重要。筒子楼是古城角现存的第二种建筑。显眼是因为它占据古城角最前沿的位置，楼下即双溪交汇的潭水。筒子楼建在高处，被石砌的城墙托举，青色石块硕大，嵌花抹缝，平均高度三米，有的地方更高，最外端，即道光年间大青砖城墙的弧形处，呈尖锐的直角，是梯形收住形状的最外端。四层高的筒子楼，与石墙走向一致，结为一体，每层的长走廊连着许多单间，设于楼北面，即背面。朝外的阳台，占据东、南、西三个方向，稳稳地俯视崇阳溪、麻阳溪和渐行渐远的建溪，处于风景的中心。它还有一个名字，人称赫鲁晓夫楼，这便是它的重要之处。不用问，此楼形态是舶来品，多采用水泥和水泥预制件，建于20世纪80年代初期。过时的舶来品，在那个时代却是尊贵和显赫的代名词，办公、居住都用它，无处不在，但并非所有人都有资格使用它或靠近它。我眼里的筒子楼即赫鲁晓夫楼，显颓败之色，大概与时过境迁有关。

古城角上，在厝居和筒子楼之间，还有一栋框架结构的楼房，约筒子楼的两倍高，是这个角现存的第三种建筑的代表，看上去像筒子楼的升级版，新住宅的淘汰版，应称之"旧公寓"。住过旧公寓的人，想必都有大同小异的经历。公寓并非按需分配，也非商品，花钱买不到，一般按分分配，分到即得到。分数是一个人的综合素质考评，如学历、职称、工龄、先进称号等条件占几分都在打分之列，根据需要会有几个奇怪的条件也列入打分之中，这是专门定制的打分标准，针对个别人，唯此人得此分，确保此人分到住房。分房和评职称是旧公寓时代最惊心动魄的故事，像悬于高处的剑，锋利到可以抹每个人的脖子，控制一切又腐败一切。住房商品化后，年轻人只管操心赚钱，然后由小套换大套，或不喜欢这个城市了，便到另外的城市买，山里住够了，就去住海边，海边住够了，便去住草原，随心所欲。

　　古城角走一走，看一看，体会的是不同时代的富贵，与时俱进的风流。巷子两边或高或矮的建筑，不是这个人的起点，便是那个人的归宿，无非都生活在或大或小的笼子里，只是有的笼子亮光多一点，有的潮湿灰暗一点，却与人生快乐的多寡关系不大。人生的幸与不幸，也不会因为笼子的大小、材质的优劣而随之变化和迁移。当然，富贵比贫穷好，风流比庸碌好，这是自古以来，人们闷头发财，暗使权力，忌讳言明的。这些，沉默不语的老牛比谁都明白。老牛睁一只闭一只的眼里，人们来也匆匆，去也匆匆，不论老幼，它都以慈爱之心亲切地称他们牧牛者，或牧童。记不清更替多少茬牧童了。近些年，老牛颈项上越发沉重，呼吸困难，需要摇头摆尾一次，掀掉重物，轻松半天。可一思量，人们看中它，在它周围筑城无非由于它耐力久、靠得住，只好再坚持一会儿。

8

夕阳离大堤剩两指高，快将落下。余晖中，水面和河滩依然明亮，湿热逐渐消退，迎来了一天里的好时辰。下一个观察点在水南大桥下，近麻阳溪水流的西沿。绕过芦苇丛，我从河滩朝北走，略微偏西向。河滩没种菜的区域，浓密的野草高过膝盖。一位穿蓝色高筒雨靴的妇人，手提粉色塑料篮子，弯腰在草丛中搜寻着什么。我凑到她身后，故意弄出声响，她没太在意，回头斜睨我一眼，继续翻看青草。鸡爪草、晚生牛膝草和草墩子竞生细叶，绿意盎然。她翻找的是鸡爪草的主茎，却非最嫩的侧枝。她找到满意的就掐断放入篮子，虫噬过的丢掉。这种草到处都是，没多大会儿掐了半篮子，爪朝上归拢到一起竖在篮内。她的行为古怪，我忍不住问她为什么只挑鸡爪草。她提起篮子准备走，和我一个方向。她说家养的两只兔子被惯坏了，就喜欢不老不嫩的鸡爪草，每天下午来溪边掐半篮子。我说你养的兔子还挺挑食，喜欢啃鸡爪，不喜欢吃牛肉。她嘎嘎地笑，无所顾忌。我突然想到那只哑巴老番鸭的笑声说不定就是这样。她收住笑颤的身子，打量我，警告说别光顾着调戏老妪，当心脚下："看你穿成这种样子，最好别往草堆瞎逛悠，当心蛇咬脚趾。"我穿裤头，露半条腿，趿双轻便凉鞋，趾头伸在外面。我听了她的警告，赶紧低头瞧草地。她嘎嘎再笑。

走出河滩，临上台阶，我拿好相机，说给她拍张照片。她大方地回转身，摆几个定型的姿势，篮里的草活泼泼的，像老林竹篓子里蹦跳的鲜虾。拍最后一张时，平台上拐出来一位姑娘冲进画框。姑娘穿浅绿长靴、牛仔裤和白T恤，发髻绾在脑后，烟熏色皮肤。她右手提白桶，和下水南路那家在阳台上种辣椒的白桶一个牌子，大小一样，桶内一瓶洗发露，一瓶护发素，左手攥条毛巾。我抛下老妪，尾随姑娘，向河滩走去。路上没忘为临近一处台阶上坐着的两位老人留影。我右侧溪边隆起的休闲平台上，水磨石块和鹅卵石铺成甬径，栽了桂花、苦楝、皂角和杉木，绿草丛中的鸡爪草轻轻摇晃，一个年轻小伙盘腿坐在扇形台子上刷手机，非常静谧。傍晚的溪边挺有意思。我心里嘀咕。姑娘下了溪，溪水从她身边流过，温暖清澈，晚霞的碎影掉到水面，鼓起金子色。她打开发髻，长发披散背后，猛一弯腰，黑色的瀑布垂到身前，差一点儿触及溪水，再站直，甩浓发到身后，抬头顺势瞧一眼水南大桥，扭脸眺望对面的古城角，随后，目光落在离她十几米远的我这边，停留不超过两秒。我从她的目光中读出允许拍她洗发过程的暗示。她轻车熟路，仔细梳洗，不厌其烦，像钉子立在水中，只是忽而弯腰忽而直身，泡沫飞扬，水花乱颤，倒让我不断变换姿势，一会儿上，一会儿下，一会儿前，一会儿后，气喘吁吁。忙乱中隐约听见老牛说了句"这很好"之类的话，这话音似乎从古城角一块大鹅卵石里传来，我支起耳朵听又没有了。

　　这是麻阳溪独自流淌的最后段落，下去几十米，清澈的溪水即与崇阳溪合流，亘古如此。在这个季节，水位总比崇阳溪浅，可蹚水过溪。一艘竹筏从崇阳溪段快速划去上游，停泊在东门外的水陆码头，疑似吃完水吉扁肉的老林，又不完全像。他把沉重的铁锚扔向岸上，鱼篓放置在竹筏一端，一步三晃，嘴里哼哼着，赶回家去了。溪中间，似有一位白头发老头，靠近了端详，竟是位穿短裤赤裸上身的少年。他在水中摸大个的鹅卵石，小心翼翼地垒成墩，将水流分成几股，水便急了，拧巴着淌，成了水溜子。他固定好绿色的渔网，如此，上游过来的鱼虾只要通过水溜子，就必须通过渔网这一关。我到网前查看，小鱼小虾穿网而过，体形大的鱼则不游浅溜，少年能逮到的是些不大不小的鱼，乐趣或就在其中，他不要大鱼，也不要太小的，要合适的、正正好的。他忙活累了，坐在河滩上的鹅卵石上扔小石子玩儿。我走过他身边，他没在意，也许他本就看不到我。他的注意力在渔网上，或停留在时光中。

我看到自己——另一个我，立在古城墙下瞭望溪中的我，一脸纳罕。他——我只能这样称呼自己——从东门外的圩市转过来，已经傍晚时分，景舒门到永宁门摆摊卖菜的人正散开去。婆婆和媳妇买完可心的菜蔬返回了友谊巷的厝居，媳妇琢磨着鸡丝笋丝羹如何料理，胡椒粉该用白的还是黑的，要不要香葱碎点缀，桂花香飘进厨房，她闻惯了，无动于衷。这也许是他心中的猜测，却把画面传送到我面前。现在，他立在岸上像那位浣发的姑娘，纹丝不动，双手摩挲着相机，在等我，却不刻意。他挥手招呼，叫我上岸。我小心蹚着脚下的卵石和激流，用上最快的动作，使上最大的力气，还是浪费掉太多时间。终于，我爬上了岸，四下搜寻，除了光阴、古城和愈加浓郁的夜色，不见了我自己，要看清与自己相关的往事也是枉然。

9

深夜的城墙根特别安静，我见溪水拍打着石头，听力好的，一定听得见青草的萌动。溪边和墙下争分夺秒分叶拔节的草木繁多，我听了掐草妇人的劝，不再走草丛，顺着小径往旮旯儿那儿去，想着傍晚所遇是否太过巧合。妇人掐草似乎不全为兔子，坐台阶上的两位老人似乎不全为聊天，刷手机的小伙似乎不全为阅读，溪水浣发的姑娘似乎不全为洗头发，少年截水似乎不全为捕鱼……这一切，仿佛他们的专属仪式，使身体有地儿落稳的仪式。大概天天如此，被我遇见。如此，谁都可能遇见，算不得怪异，却为何如在梦境？尤其与自己的相遇，得好好整个明白。这么走着，便接近了双溪与城墙框定的旮旯儿。

"表哥，这次回来待多久？"

听到说话声，我躲进柳树的暗影。溪水闪耀稀疏星光，一对男女坐在旮旯儿前一块巨大鹅卵石上，面对建溪，背对城墙，男的右，女的左，女人斜靠男人左肩，男人笔直端坐，望向溪面。我辨明说话的是新媳妇，头上的独辫子不见了，绾个和婆婆差不多的发髻，身着旗袍，天光太暗看不清颜色，却看得清双肩担着她特别的气质。男的想必就是费公子——费三公子的嫡孙，见媳妇问话，回道：

"这次多住些日子，随孙先生漂泊，尤其近十年，很少回来，辛苦了母亲和老婆，母亲去世也没……"

媳妇屁股一扭，打断费公子："母亲不怪你，了解你做的事，我也了解，我一直守着姑姑。"

"这次回来，除悼念母亲，还要快些处理会所和其他房产，为孙先生东洋之行筹措费用，再就是……"费公子低头看媳妇："桂枝，我要带你离开，人到中年，我们再不分开了。"

新媳妇叫桂枝，多俗气的名字……我叹息。桂枝听罢，猛地坐直了:"真的吗?真的吗?表哥带我到哪儿,我便在哪儿,出生前我就想好了,为了这个,小女子走路,腰不扭,头不抬,眼珠不乱转,秋波不乱飞,低眉鞋前三寸,不望红尘三尺。"

费公子打量桂枝,体态如昨,肤色洁润,杏眼顾盼盈盈,眼角默默生出了细细的鱼尾纹,便搂紧她:

"又背戏词。"

"小女子恨自己是女儿身,不能随表哥仗剑天涯。"桂枝伤感起来,说:"这些年费家人走的走,去的去,后来姑姑也去了,我一个人空守大大的宅子,出门望两条空阔的溪水,仿佛它们不再为了汇流,古城角也不再是简简单单的交汇之地,却是一个实实在在的路口。它们翻越重山抵达这里,不犹豫,不停留,只管顺着这个丫字口直着远去,再没回顾,这是流水的道路。表哥,你看这人生,像极了这儿的流水,流过去的我不曾熟悉,流过来的也是陌生。"

桂枝的话不知是否落进费公子的心里,却句句击中了我,忽觉日沉而月升,一钩银月下,自己处在了别样的世界。费公子抬手捏捏桂枝肩膀:"经上说,因神使为曲的,谁能变为直呢!桂枝,记得小时候我们在九曲溪吗?九曲荡气回肠,正在于千回百转,这是人生的景观。"

桂枝凝神溪水,夜已深,望不远,水声清晰入耳,半晌,她幽幽念起:"曲岸持觞,垂杨系马,此地曾轻别。楼空人去,旧游飞燕能说……小女子见少识浅,只管唱词。"

费公子拍拍桂枝左腮,大拇指触了触她的嘴唇,笑问道:"桂枝,咱建阳的芥菜做酸菜学会了没有?"

"早会了。"

"酸不酸?"

"酸,可酸了,在姑姑眼前酸,在表哥这儿酸。"

桂枝仰脸:"表哥,不管今后到了什么地方,记住这个角,这个码头,记住鸟石滩冲下来的这块石头——我们开始的地方。"

我腿一软,赶紧扶住柳树。等体力恢复,我原路返回,不再偷听。身后传来费公子断断续续的祷告。

10

辛丑大年初五,我刮了胡子,再去古城角。哑巴老番鸭不在巷口,又多了一份寂寞,巷子也似深了。它大概爱热闹,去谁家过年没及时返回吧。日历上说,春天来了。这个好消息,使人心温暖,送来色彩和盼望。古人教今人诸多行乐之法、谨守之道、立世之规,今人还将传给后人。从门缝就可瞧见,匆匆而过的新人曾是旧人,进门落座的旧人曾为新人,都恍惚行于现时,无新旧之别。然而,世无常新之人事,全在更替中。故李渔教人"四体得以自如,衣衫不为桎梏",真是难为他了。"楼上几日春寒,帘垂四面,玉阑干慵倚",剥掉抑郁之气,望穿的秋凉,仅存闲适之情。这条落满我思绪的小巷,一如昨日,每块砌墙的旧砖、承重的础石,一概沉默不语,我无法从它们的哑谜中逃脱。

既然春天来了,万物自按其理运转,人只从之罢了。得知春天又回到古城角,旧墙砖缝、石裂之处,虽无刻意惊动,却先萌了芽,当然这不需要它们默许,是植物们不由自主的行为,来自时光的塑造。我见到的想必桂枝也见过了，因为我能肯定她曾独自一人在旧巷中寻寻觅觅许多年，用心之深远胜于我。即便哑巴老番鸭无法跳下束缚它的平台，植物的初萌也在它的阅历和记忆中按年轮再现，无须描绘的是桂枝伸手抚摸它时的身影，即使在曾经的一天碎了一地，也存在破碎之美。这交融虽不像双溪的相会，却保存了本质上的共同：你中有我，我中有你。

川滇槲蕨斜倚在糕条子巷1号对面的墙头，排成十余米长溜儿，咬牙熬过了冬天。鼠年冬天特别冷，在就要撑不住的时候，1号的老妇人给它们洒了水，现在它们返青了，等来了安心琢磨大门两侧大红对联的新光景。剑叶凤尾蕨、肿足蕨、紫竹梅在去年开枝散叶的老地方新生，它们依旧需要川滇槲蕨浓荫的保护，心安理得享受潮湿。拐个直角便是友谊巷，高墙连成整体，苔藓还在睡梦中，经过一场春雨便会苏醒。等不及春雨来临的是弯果黄堇、紫背天葵和黄鹌菜，它们在砖墙的不同位置、不同高度安家，避免抢占显眼的地方，空出的位置不知留给谁。它们从泥土稀少的砖缝伸出叶芽，惊讶的表情仿佛初次遇见天光。最小心谨慎的也许要数六耳铃，它们生长在贴近地面的第一层砖缝里，个头小到需要蹲下才能发现，像旷野中躲在碎石缝里的过路黄，柔弱羞怯，手一碰要么倾身相许，要么粉身碎骨。弱小不影响六耳铃睁开眼睛，仰视一户人家把家什装车，准备搬离巷子。从水泥地面更为恶劣的环境挣扎出来的点地梅、六叶葎、袋果草不代表软弱和渺小，相反，如果不被清除，它们要么长出大而圆的绿叶，要么抽出细长的蔓子，绝不收敛野性，与溪边早萌的泥胡菜、蓼子草、竹节菜、花点草、冷水花遥相呼应，宣示它们才是古城角历史上的主人。

走完糕条子巷,再在筒子楼和旧公寓夹出的友谊巷逗留些时候,绕古城墙和溪水边游走,随后我止步在旮旯儿的石墙直角。如果说古城角是建阳城往事起伏的角落。那这个直角便是角落中的角落。它不起眼也不著名,好在名副其实,不仅面对潭水,还可观望三溪、水南、水东,观望旧情新事、旧人新人,直至放开视线,远眺千山,望尽世间的风物。如此一想,我对这一角便生敬畏,有破石格物的欲念,即使那不过是些东拉西扯的人欲。

去年九月的一个下午,我初次驻足这个直角时,多是好奇。直角收缩着向上,高出我丈余,支撑着上面的水泥楼,不管从两侧用视线怎么切割,都是直角三角形。石缝中长出一棵我不认识的树,看树叶像我家乡的野梅,于是便认作野梅,产生一堆好感。野梅枝条密实,叶繁多。因为生长在缝隙中,野梅不再是一棵树,而是长成了在多处石缝扎根的灌木,它不向上伸枝,多数朝下垂。其中一根枝条特别长,好像专门设计过要这样生这样长。夕阳的光斑路过下水南路,再路过麻阳溪打上来,正好落满它全身,叶片透了明亮,不同的聚焦点生就明暗不同的变化,如果算上不同的时间,它的千变万化之美将吸引我流连到夜晚。

小半年过去了,度过了冬天,新春如期而至,现在我凝视树叶枯萎的野梅,想找到那根下垂最长的枝条,发现不在了,我有些失落,可转念一想野梅将萌发新叶新枝,再次枝繁叶茂,搞不好会再长出一模一样的,下垂着细长的柔韧,夕阳下被我看见,留我环视,如此之好的光景又让我舒心很多。

年前施工过的旮旯儿比过去的面积大,往溪水伸展。地面填进的多是小个头的鹅卵石，向双溪，应该是三溪，探出新的角，这角算是旧角的外延。不见那块桂枝和费公子感情开始的地方——巨型鹅卵石，据说它来自崇阳溪上游的鸟石滩。如今，鸟石滩是白鹭、白骨顶、水鸡等鸟类栖息的地方，只是体积比从前小了不少。也许旮旯儿前的巨型鹅卵石不曾出现过，仅是我的想象，或桂枝的幻觉。我坐上新角近水的鹅卵石滩，面向建溪，背向直角，两侧是崇阳溪和麻阳溪，顺着水流的方向朝前看，估计渔夫老林的竹筏又停在了芦苇丛后面。我望见自己曾立身水边观察古城角时发现的那棵枯柳，它生发了几根幼芽，新柳枝会适应这一年的溪水漫过它吧？溪水铺着镜面朝前去，一直到鲤鱼山脚下，山影簇拥着它转弯，它带走两岸的绿，峰峦固定在它的身下，被鱼虾围绕。

背后响起脚步声，皂靴触地的声响是费县令的，他走到我坐的地方坐下。喘息声来自金毛犬，噗噗声是哑巴老番鸭的，它们也赶过来了，坐在我一侧。说说笑笑声起于水陆码头，不用问，是婆婆、桂枝和费公子来了，他们也坐到了我坐的地方。费三公子没来，他奔波于武夷山和广东之间，想尽快赚钱赎回那本绝版的建本《四声猿》。我们坐成"一"字形，都不说话，沉默着凝望溪水。老番鸭猛地站起，打破了这沉寂，剪短的翅膀不知何时长出来了，通体洁白，它立直身子，挥舞双翼，节奏缓慢而有力地前后呼扇，扬起砾尘：

"我们游泳吧。"

话音未落，老番鸭飞落溪水，双蹼踩踏水面，弓张翅膀，像助跑起飞的白鹭，箭一般冲向芦苇和香蒲丛，划出白白的水线。

金毛急了,它不喜欢水,前腿绷紧,头朝上昂,大耳朵披往脑后,发出一声悠长的狼嚎。号叫声撞击水陆码头,让平常的古城角显示了不同。

"这很好。"

费县令、婆婆、桂枝、费公子和我相互看看,我们都没说话,但瞬间明白了叫好声来自哪里。声音来自水下,来自山顶,闷却极具穿透力,大概老牛只动了下嘴唇,担心掀我们落水,上嘴唇才不动。

我想,此刻卧牛山的两只眼睛也许同时睁开了。

凤凰古村在时光中安睡

一条河

曹植诗"游子久不归，不识陌与阡"是写给应氏兄弟的。套用其诗曰："游子始归去，终别阡与陌。"写的是凤凰古村和路过它东边的一条河。河的名字叫泉泸河。它七拐八转来到济南南部山区仲宫街道的凤凰村，像我一样，用的是寻寻觅觅的脚步。不同的是，我只取时光中的一小段，脚步迟疑，试图从惊喜中寻找并发现什么。泉泸河则耗尽毕生，义无反顾到达这里，然后离开，带着未知又去往未知，始终平静。

它的离开与它的到来也有不同。它来时是游客的身份，也许只想远距离看一眼凤凰村，但不知为何停顿了一下。在村东，因为一瞥，它改变了直接向前的想法，开始拐弯，弧度平滑，探入凤凰村村内，踮起脚，仰起脸，观察凤凰村古老的榆树和椿树，更多的是看那些幽深的巷子。它一边观察一边流向村庄的东南角，不经意间为凤凰村冲刷出一条半圆形的河道。它这样用心观察了多少岁月无法计算，我能知道的是它在离开时成了凤凰村的游子。它的身份变了——那从异乡去往异乡的路途，让它偶遇了故乡，忧郁的是又不得不持续地与故乡挥别，始终与凤凰村的阡陌保持疏离。

石板路通往泉泸河河边，尽头是断裂式峭壁。我站在那儿，背靠村庄的石墙，看泉泸河与凤凰村亲近留下的痕迹。峭壁下方，一条并不宽阔的半圆形河道，布满鹅卵石、青石、落叶、枯草和笔立于天的树木。峭壁壁面，是水流刻蚀的划痕和气息相通的洞穴，我相信里面曾经有鱼游走和栖息。弧形河道中央立有一块或几块巨石，河床绕它而行。巨石之上，薄薄的土层，种植了玉米，栽植了树木。

让我好奇的不是村庄的这个角落的现状，而是泉泸河在那些年以什么力量冲开或劈开了巨石的阻拦，一定要拥抱凤凰村。人世间没有比爱更伟大的能力。在物的世界里，比如一条河，比如泉泸河，如果它的力量不是源自爱的冲动，它劈开巨石奋力向前的能力又来自何处？难道单单是凤凰村的吸引？

步入河床，更真切地看到了巨石的威严高大，除了万能的神，几乎没有什么能将它移动或改变。于是我相信在某个我们未知的深夜，河流用它真挚的情感，感动了某种超自然的能力，并借助这种能力冲开了层层阻碍，完成了对自身的塑造。而今，河水枯干了，只留下巨石让我仰望，只留下河道向前延伸，只留下时光踽踽独行，那样安静。我蹲下来，听到树叶的飘落之音，听到一条河熟睡后，安然于星光和岁月背后的呼吸。它会再度醒来，我相信。

一眼井

在圆弧河道的顶端，一眼荒废的水井，周围覆盖着白杨树的落叶。井与河一衣带水，不可分割。它让我想象水与石和村庄的关系。水柔软，石坚硬，水冲刷石头并改变了它。石壁立，也塑造了流水。在岁月的框架内，它们互为因果，但本质上，它们趋于一致。石是柔软的，因为水的坚硬；水是柔软的，因为石的坚硬。它们结合于隐忍的点上，塑造了一个村庄的性格。

我趴在井口，取上一桶水，再取出一桶，挑在肩上。我走上河沿，石板路的缝隙里钻出些野草，沾着早晨的露水，打湿了鞋面，带来几分凉意。我走在民国的石板路上，走向一个院落。我每天这样，晨曦初萌，走下河堤，望一眼泉泸河不急不缓地转弯，白光浮动。井水清冽，只要弯腰，伸手即可够到，如同摘一枚月亮。石板路湿滑，像一张张青色的刚刚刮过胡子的脸。我小心翼翼，移动脚步，往深巷走，又拐过一条相连的石板路，巷子更窄，再走一会儿，到一家门前，门开着，迈上三级石阶，进入院落，柿子掉落了几个，摔到地上，弹跳了两下。井水倒入大缸，我看到自己的脸在水里晃动。转身，点上烟，往屋里去。

那个民国的我，这样的水也许喝了五十年，也许喝了八十年，但始终弄不清喝的是河里的水还是井里的水，其实没必要弄清，因为河水和井水一样甘甜，没必要分别。井水不犯河水在这儿是个错误。我记得非常清楚的是反复走过的那些石板路，青石板铺成的路，它们崎岖，它们转弯，它们大多时候湿滑，它们只能容纳一个人挑着水桶经过，没有人阻拦一个挑水桶的人，尤其挑着水桶走青石板路的人。水、石板路和我是一个整体，甚至和村庄都是整体。太阳冒出来了，仿佛从青石之间，也像从河水中央。我和时光也是一个整体。

蹲在井边，我想象有个民国的我在这里生活，在这里早出晚归，也许我一直这样渴慕着吧，像渴慕拥有一座石头的房子。往井内探入半个身子，我没能看到自己的脸，井中只有垒砌的石头。起身，往村庄而去。我想仔细走一走那些通往民国的石板路，那些把村庄撑得很开的每个早晨，穿针引线把村庄缝合的每个傍晚。

一座村

凤凰古村是座石头的村庄。它在注视一条河，一条河也在注视它。它们共存于现今的时光中。古村落不大，坐落在泉泸河河岸，像位耄耋老人。

古村中的石房子注视着我，当我出现在青石板的巷弄，当我把想象的民国生活在脑海中反复演绎。它们因为看到我而忘了现在。它们忘了自己如今是一间一间的空房子，早已失去了遮盖生命的屋顶。但它们分明还是一座又一座石头房子，如我渴慕的那样。

它们来自青山。它们从青山里走出来，带着青山的模样，它们也带出来不老，像泉水永存日月。它们排列在一起，站成墙，围成房屋的样式，让人们进出其中。它们也留出不算开阔但足以通行的巷子，注满风和四季，不时有新的生命进出。它们时刻醒着，但记不清是哪个具体的时间,炊烟散了,它们侍立于时光之中,品尝孤独。

只需天降甘霖,那条河还会转回来,像游子回乡,舔舐故乡的衣襟,拥抱每一块巨石。但它无论再怎样激荡、回旋,一座石头的村庄睡去了,即使每一块石头还醒着,还清楚当日的阳光扫过。我在它的睡梦里穿行,沉入石缝中寻找,只是不曾了解我如何成为它的梦。

挑着水桶,我走过青石板路,穿过窄巷,进入院落,将水倒入缸内,走去门口,坐在青石条台阶上,听河水与巨石碰撞的声音,那声音既熟悉又陌生,像隔了许多朝代。我掏出烟,刚要点燃,却看到许多年后的另一个我从一条巷口走来,分开没膝的野草,举着相机,为一座沉睡的村庄拍照,既熟悉又陌生。

那个熟悉的我走回院子,那个陌生的我出了村庄。阡与陌,交错在虚化的背景中,像一张脱彩的旧画纸。

道上柳树

1

三月春风细如柳丝，裹着旋儿，从方外来，着急赶路，却对什么都陌生好奇，留了小心，犹犹豫豫在古道上移动，顺手把荠菜、苦菜、兔耳朵、麦蒿等幼芽，一棵棵从泥土里拔出，枯草萎下去，散开、腐烂，地皮现了绿，板板正正等着春雨。风停在一丛龙柏旁喘息几口，等气息匀了，再下坡拐进一道弯路，听到溪水流下明山岭被鹅卵石砭出的响声，于是一支箭般地去了。春风钟情清澈透明的东西。

随后有辆毛驴车也拐下弯道。车崭新，去年入冬砍了几棵刺槐树做的。两个胶皮轮子，驮着带厢的车架，双辕前伸，架在毛驴身上。驴儿迈开碎步，面无表情又挺惬意，鼻子一鼓一鼓，头一点一点往前挪，鼻喷热气。车架前坐个男人，不到四十岁，穿一身粗蓝布衣裳，披件黑袄，肩膀耸着，一手握根竹竿的鞭子，一手虚拉缰绳。男人手里的鞭子半空摇晃，却不落到驴身上，偶尔一扬一甩，打声脆响，毛驴两耳陡起，皱皱眉头。车厢两侧的挡板，其中一边坐着一双儿女：男孩大点，七八岁的样子，头戴瓜皮帽，单辫垂在脑后，穿对襟的红褂子；女孩也就四五岁，穿着淡绿斜襟的上衣，顶两根羊角辫，随着板车晃。这真是个红男绿女的搭配。男孩并不安分，一会儿站起，一会儿坐下，或干脆蹲在车厢里翻弄竹筐里的韭菜。韭菜一拃长，绿叶黄梗，沾着新鲜的黄沙土，菜筐旁还有半筐菠菜，看样子像刚从菜地收割的，菜根红红的须，叶片上滚着露珠。坐在另一边的是位母亲，不过四十岁，穿的是收腰素花袄，像朵全新的杏花，开在早晨，细看却有了几个月的身孕，笑笑地，看儿女们玩耍，也不言声。

一家人穿戴过年的装束，离开铺集镇，不知去胶州赶集还是回娘家，抑或既是赶集也是回娘家吧。

拐上宽道，早起的日光，过了明山岭的半腰，洌着春的清冷和潮湿，洌着水灵，往道上洒，往驴蹄上洒，往人的眼睫毛洒。车前草和吐绿的茵陈草中意这些时刻，支棱着嫩叶，不愿错过一滴。待日光洒满大地，一条道就明晃晃、金闪闪的了。这时男孩正立于车厢上，他往前望，整张脸浸在光里，愈加稚嫩，突然抬手一指："柳树！"不远处果然有一棵柳树，伫立道边，粗粗大大，枝干黝黑，一头嫩黄的绿。毛驴听到喊声，脑袋甩了两甩，喷声响鼻，可能想说男孩少见多怪，或可能要附和男孩说的话，认为柳树的确漂亮，与其他的不同。父亲也注意到了，偌大的岭坡，杨树、槐树、桐树赤条条着身子，少不了多生荒凉，只这乍现的柳树，裹了春天的巾衫，昂扬着，顿生朦胧，扬起的鞭子停在半空，嘴巴张开，仿如静止的画，遗忘的流年。

　　车停在了道上。据猜测，车停下，还因一处景致。男孩、女孩、父亲，都在眺望柳树。女人侧坐着，却看到一片杏林。杏林在古道下方，隐约着几间瓦房，房顶烟囱冒出白烟。星星们赶了一夜的路，正没个去处，暂住杏林歇脚，却了无睡意，不停地眨眼，闪闪烁烁，煞是好看。过溪水稍远点，又是一片杏林，深藏几间瓦屋，枝条也挑起花束，似开未开，甚是动人。女人"哎哟"一声，像是因为腹痛发出的叫声，吓醒了痴痴凝望柳树的男人，鞭子垂至驴儿眼前，毛驴一愣，车便停了，胶皮轮胎上的草屑簌簌地掉。

　　男孩先蹦下车，又扶了女孩由车后溜下，手拉手跑向那棵柳树。男人忙不迭瞅瞅女人，见她用手掩了嘴，"哧哧"地在笑，想是无事，待要扶，女人自己轻盈地跳出车厢，落到地上，像片离枝的花瓣。

　　"还是当心点儿好。"男人嘟囔一声，挂了鞭绳，也往柳树去。驴儿自己得了空，低头寻吃的，不断喷响鼻。浅浅的稀雾中，柳树拢着发髻，静雅又安然。女孩仰着脸，视线顺着树干向上走，身子往后倾斜，羊角辫在头上像换了位置。男孩也这样看了，再猛力一跳，手伸长了，要抓那些柳枝，可就是够不到，因为那柳树是棵旱柳，根根枝条翘着向上长。男孩不停地跳跃，辫子跟着在背后一跃一跃，帮不上忙。男人快行几步，望着男孩的样儿就乐，有了"打柳哨"的念头。

　　他围绕粗黑的树干转圈，瞅准了，往手心啐口唾沫，后退几步,躬身往树干急跑,贴近树干一个飞身,抓住一根杈子,双脚踩上了树身,几个箭步就蹿上了树头。男孩女孩张开了嘴,直愣愣地不敢出声。他们只见父亲双脚踩实柳树的巨大分杈,一手拉紧一根树枝,一手在树冠中扒拉着找中意的柳条,先是掰断一根拇指粗的,再掰断两根细的,扔到地上,自己也回了地面。之后,他捡起柳条东扭西扭,白白的枝条脱了出来,手里只剩柳皮,细细长长,却不见软,再折腾会儿送到嘴边一吹,居然发出声音来。

三人站成一排,吹起柳哨,声音一板一眼,溪水的流淌声加进来,风的回旋声加进来,远处的鸟鸣加进来,杏林的袅袅声也加了进来,居然是支乐谱,清波潺潺。女人本来立在车旁,被乐声吸引后终于按捺不住,几个回旋到了树下,在树与三人之间,扭起"地秧歌"。手里虽缺少扇子手绢等家什,又有身孕,却不影响她一扭三弯的身段,活脱脱一棵大白菜从地里旋转着往上生长,生生不息的脆生,活色生香的甜美……小毛驴被感染了,三条腿着地支撑躯体,一只蹄子刨地,把些新泥刨成飞花,飞去老远。哨音一落,女人双腿交叉,双臂斜伸,一个回头顾盼,眼角眉毛上挑,定住,风情万种,犹如春风化雨。女孩小手张开,猛扑了过去。

杏林里出来一位婆婆,拄根龙头拐,一头白发,颤巍巍如一树杏花。她站在一棵杏树旁,拐头点地,合着柳哨声,合出个特别的节拍,眯着眼望向柳树下的一家人。

2

"渭城朝雨浥轻尘,客舍青青柳色新。劝君更尽一杯酒,西出阳关无故人。"我在辞别庄园的鹅卵石,拽根白杨树枝上了溪岸时吟起这首诗。这溪岸正在古道边,木板车由我身边下了溪坡,上了横跨溪水的石桥,伴着"吱吱扭扭"的声音远去了。车上一家四口,也许五口,仔细打量过我,还指点着说笑,可他们似乎并未看见我,视我如无物,而我的确看到了他们。我们隔着近百年的时间,他们从民国的古道上来,我往旧日的古道上走,我们迎面相遇,那些先前的人不能知晓我,而我却能明晰他们的一举一动,一颦一笑。时间便是阳关,西出之门关着,偶尔开启,为那些逆行找寻的人,那些看似游离的人——而故人已不在。

一阵萎靡感袭击全身,我回到明山岭庄园散步的当下,静静凝视那条古道。去年生长的占据道路的野苇被割走了,留下一路苇茬,崭新的刀口根根直立于午间的日光下,像些粉碎过的水纹。道北一棵柳树,不知是否还是那棵柳树,却一样温柔敦厚,远看像面扇子,颜色是绿的,打开了,扑扇着风。站在树下仰望,却是把阳伞的形,撑开着,白天遮挡阳光,入夜驱散星辰。我凑近树干,看到它苍老的皮肤和新生的枝条。那枝条折下来还可做柳哨,我抱住树干听,什么也听不到,又似乎听见它在写字,用深埋的根须,一个字一个字衔接,凑成了诗句:斜光照墟落,穷巷牛羊归。野老念牧童,倚杖候荆扉……

我转身看到路南果然一片杏林,杏花朵朵,斑斑点点,开得正盛，许是那柳树一不留神挥落的星星吧。我搜寻那瓦房，那炊烟，除了杏树杏花，再无别物。近前一棵歪扭的柳树，正要发芽，像是婆婆遗失的拐杖，倒立着，无所依傍，仿佛在等待什么，是等那位男孩吗？想毕不禁又怅然了许久。

忽一激灵，像道闪电，心道：这地方若没了那棵柳树，没了杏林，失去遍地野草卵石、虫鸣水唱，失去季节循环和人的记忆，那年岁与风，因丧失依附而没了形骸，人生该多空洞啊。

还好，道上总会有柳树，道上也总会有人，人们总会相遇。相遇纷纷，绝少恶人。若遭遇了那恶的，倒不失为一件稀罕事、一件有意思的事吧。

香蒲记

6月22日甲午年夏，柏城湾

夏至的第二天是个礼拜天。中午，柏城湾寂静无声。有人说寂静是世上最伟大的声音之一。

大湾紧挨村东，与胶河一堤之隔，野草丰茂。湾内存水被日子消耗殆尽，泥沼和湾中央薄薄一层黑水是目下的情状。人不可踏进去，有陷入拔不出的可能。水太小，以水为乐的野鸭已迁居，踪迹全无。草丛里甲虫众多，午后倦怠，都停了叫唤。

湾四周和湾内野草的品种不同。除了青草，外沿一圈芦苇，内里则清一色香蒲，一根根挤靠着，个头比芦苇高大。香蒲喜欢沼泽和漫不过裤裆的活水，气温适宜的话，短时间可完成生长。两米左右是香蒲身高的极限。柏城湾中，抱团的香蒲像被剪子剪过似的，一般高，乌压压的绿，不下五亩。

六月的大湾被香蒲占据，成就一方原生态蒲田，别的植物都似它的点缀和簇拥。多数香蒲吐出褐黄色蒲棒，擎高花序，雄花序比雌花序短但粗，通常雄居上雌在下，但不一定都是这样。雄的花粉药典中称蒲黄，利尿止血，消痈去瘰疬。秋后，蒲棒碎裂，散开的绒丝白如柳絮，随风飘舞。摘一根在手心攥紧，松开再攥紧，松软温暖有弹性，不比棉绒差。从溪边、湖畔、沼泽大量采集，填充做枕芯，可做枕头。不知道有没有每天睡这样鼓鼓囊囊的蒲绒枕头的人。这样的睡眠，做噩梦的机会应该少，是亲近自然的上佳方式了。

柏城的民宅三五幢横于村东，人们出门走几步便到湾沿，若想把寂静或蒲黄、蒲绒、蒲笋之类的带回家，有得天独厚的近便。若嫌寂静太怃然，不妨深夜出门，在杨树底下坐上一会儿，低头或仰脸，都听得见星光和甲虫窃窃私语。此时此刻，蒲田是这片朦胧风光的背景。

9月12日乙未年秋，潍河

几朵白云飘来荡去。

乙未年，潍河缺水，九成河床干了，野草人腰高。河水像条蚯蚓，阳光下艰难地蠕动，因浓稠而浑浊，看不出流淌。鹭鸶、野鸭结成队，逐水飞腾，慌里慌张，边飞边大声呼喊。灰雁、彩鹬卷铺盖卷准备搬家。燕鸥飞速掠过时投下的影子，像秋天白杨树的一片落叶。

大约是季节到了，碎米莎草、龙须草等黄了叶子的植物准备收摊子，但十棵左右的香蒲还绿意盎然。十几棵蒲草不算多，难成景，有一两棵略高，约一米。多数较矮，瘦瘦弱弱的，看去刚钻出地皮。由于缺水，香蒲该发芽的时候没发芽，到末了终于从干裂的河泥中冒了头，生长十分缓慢。慢正是它还绿意盎然的原因。错过了这一季，假如大水再次淹没河床，将永远错失发芽见天日的机会。香蒲选择挣破籽衣，与命运抗衡，说不定赶上几场雨呢。

没有雨，河水越去越远，几乎望不见那条白线了。香蒲感慨命运多舛。河蚌比香蒲更亟须水。一只河蚌钻出淤泥，追赶撤退的河流，辗转到了香蒲脚下，刚要开口问候，便死去了，嘴巴大张着。香蒲悲伤数日，流不出眼泪。它铆足劲儿把根扎得尽量远。身边的水分不够它长大，它深感对不起水蜡烛这个雅称。香蒲拒绝抽出蒲棒繁衍子孙，时间上也不允许。香蒲只能努力让自己活下去。

立足脚下，忘记外界，香蒲这样安慰自己。下午的风刮得毫无新意，干燥又破碎，香蒲不由自主地左右摇晃，前后摆动。风刺骨了，说不定明天下霜。香蒲突然觉得自己出生得太晚了，这很致命。戛然而止的命运是怎样的？它不想无聊地活着，可活着本身却很无聊。不过说实话，香蒲不清楚什么叫早，什么叫晚。旭日东升和夕阳垂暮对它来说差别甚微。本质上，它没见过冬天。香蒲想试试，像蜡烛那样燃烧一次。

然而现在，这片古老苍凉的河床上，它最绿。

7月18日丙申年夏，胶河

河水穿过十一孔桥，蜿蜒如小溪，是去年的事。丙申年，胶河已经断流。说还流淌，其实是一段极短的路，淌得滞涩，也就几百米，像一处水源涵养地。说不好涵养地多么重要，抑或不重要。水的养育让重要也不重要的桥前桥后变成沼泽或湿地。

然而，静谧有时候来自水，否则不会有哲学家说："唯有在静水中，万物的倒影才不会扭曲。"汉斯·马哥里奥斯说的"静"，想必不是指停止不动等腐臭的死水，当是清澈见底的活水，流淌却似静止，潺潺犹如无声。倒影在水面上，既不扭捏作态，又清晰可视，除非鱼或水鸟想对倒影做点什么。即便做了什么，在洁净远行的移动中，万物还将复原本质的样子。

桥北的水聚集为"L"形小溪，瘦弱短小，无法流向更远的地方，却也足够悦人悦己。桥南的水聚为潭，形如胶河一只闪光的眼，夜晚也不闭合。不规则的潭四周，生长着一大丛一大丛的香蒲。每丛上百平方米的香蒲，都长到极高，极端青绿，密植的丛内掩藏着幽静。幽静太深太浓，人不敢入内，只有小鸟可去探查究竟，可小鸟又不外传幽静长得什么模样。两丛上百平方米的香蒲中间，留出一条弯曲小径通往潭边。小径多为细沙和小石子铺就，湿润渗水，走在上面不黏脚，也不塌陷。即使通过小径到达香蒲丛边也依然看不清香蒲丛内幽静包裹的意义，只好蹲在潭边，欣赏小鱼小虾戏水。

"L"形的水流漂荡浮萍。除了水，浮萍不留恋任何事物。唯有流水能携带它们去流浪。莎草矮矮的，有的直立水中，多数抱团在沙地上，沙壤土蕴含的水分足够完成大自然赋予它们的使命。比起香蒲来，莎草类植物数量不多。香蒲依然是"L"形小溪的主角。可能大自然用心规划过，水中荡浮萍，近水处生矮植，外围长高高大大的香蒲草。在这段河道的水生植物中，香蒲算乔木了。它们自觉地对小溪两侧形成护卫。如此安排，天衣无缝。溪流倒映香蒲和万物（假如万物有并存的可能性），因为水小，要靠近了才看得清倒影，好比烛下观美人。

这个夏天，桥前桥后的香蒲有个共同点：鲜嫩。闲情者拿铲子镰刀，下到河里，把嫩中更嫩的整棵取上来，一层层剥去外衣，到最后，白嫩羞涩的美人便躺在眼前了。小心翼翼包好带回家，切薄薄的片，清水泡会儿，清炒如笋，味道鲜、脆、爽、滑。蒲笋小菜的滋味很特别，品尝它的人说不定能从中品咂出香蒲藏于内核不为人知的秘密。

6月25日丁酉年夏，五龙河

五龙河四孔石桥北段的河道整修过，堤陡底深，存水极少，断流并近干涸。蒲柳垂下蘑菇绿。深挖时，河中的香蒲块茎被移位或清除，因此，虽着力萌发，也失了美的格局，零零落落于河床。

黑衣女孩和浅衣女孩跑向河床。她们维持身体的平衡，重心向下，身体倾斜。浅衣女孩接近了河床。黑衣女孩在大堤的半腰横着跑。香蒲让她俩兴奋，或兴奋来自中午放学，且不用着急回家。她俩骑一辆电动车，黑衣女孩前头骑，浅衣女孩坐后座。电动车停放在河堤的柳树下。阳光喷吐热气。

她们下到河床，不太敢直接往里去。黑衣女孩重，浅衣女孩轻。

浅衣女孩前头探路，高抬腿，轻落地，小心地向前。黑衣女孩紧随后面，位置不超过浅衣女孩。她俩因为兴奋而大呼小叫。香蒲略微摇晃，以为来了风。河床腾起一团生气和一片色彩。大中午，两岸村庄虽不远，但没人到河边来，除了她俩。

浅衣女孩接近河床一丛较大的香蒲。香蒲下湿黏的泥，踩上去泛起水泡。浅衣女孩拒绝再往里迈步，黑衣女孩拉扯着浅衣女孩的T恤。浅衣女孩使劲探身，伸长一条胳膊，把一棵带蒲棒的香蒲拉到近前，接着用另一只手，抓住蒲棒下端，接近了蒲茎，一根蒲棒被拗断。黑衣女孩始终拉扯浅衣女孩的T恤，担心她趴到泥中。浅衣女孩又拗断一根蒲棒。她俩心满意足，每人各有了一根，便朝岸上撤。黑衣女孩骑电动车，浅衣女孩坐在后座。浅衣女孩手里扬起的蒲棒像两根雪糕，冲着阳光晃。她同时抬高两腿，一上一下起伏，错落着打节拍。

翅白身灰的燕鸥俯冲到河床，在女孩拗断蒲棒的香蒲丛低飞两圈，叫了几声，又飞走了。

10月13日辛丑年深秋，堤东岛

堤东岛中间的方塘，不妨命名为香蒲塘。这天离重阳节还差一天，离霜降还有十天。冬天要来了，这个严酷的事实让游到塘边的野鸭又游回香蒲丛。塘内的水挺脏，漂着垃圾。

离冬天近了，茎上的香蒲叶子用干枯迎接寒冷。换句话说，香蒲准备以无感知的状态迎接冬天。无感知不是死，却比单纯的没感觉更显麻木。香蒲把准备来年发芽的块茎埋于淤泥、冰层之下。它感知着泥土的温度，那合适的温度让它休眠，进入无感知的状态。

其实它不清楚自己正在步入死亡,像所有生命体一样,认为自己活得还不错,像绽放的鲜花,招蜂引蝶,目的是随时吸引羡慕的眼神。

香蒲准备为冬天留出稍微开阔的空间。它能做到的,就是把方塘腾开,送冬天一个温暖的蒲草窝。寒冷的冬天蹲在方塘或躺在香蒲身上都随意,淤泥下香蒲的块茎绝不冒头打扰它们。方塘不用改名,继续叫香蒲塘。冬天没有想象的那么漫长,那么不可忍受,一路扫过来,寒冷主要为了吓唬人。冬天的冷酷不光针对香蒲,还有苇荻。香蒲明白这个道理,情愿把香蒲塘借给冬天用。

现在它的叶子黄了,几天前从叶尖开始的。接着是蒲茎,先停止吸收水分,慢慢从上往下干瘪,一直腐朽到接触淤泥的水底。等到完全枯萎,"咔嚓"一声,借风的推力拦腰或完全折断,塘内留给冬天的空间就有了。香蒲似乎听见了咔嚓声,还没真的咔嚓之前就听到了。

香蒲透过树隙望见一人拐上小路,朝香蒲塘挪步。他戴苇笠,披蓑衣,穿蒲鞋,背着蒲席,左手拎蒲扇,右手握根带疤的花椒木杖,敲敲打打地面,谨慎而行。香蒲恍惚认得此人,虽然远,看着模糊。香蒲预计有人待要从此人身上回忆起幸福,或快乐,或田园之类。这是不可避免的,人们擅长回忆和朝前看。而香蒲准备朝冬天去了,同幻觉一道。

似曾相识的光阴像一幅漫画,岁月静好。岁月静好,知道吗?香蒲拍打拍打秋风吹到肩膀上的黄叶,继而伸手遮挡阳光,眯上席篾宽的眼,对浑身泥浆的野鸭说。

一粒或多粒鹅卵石

午间，我在六百亩的范围内无目的地散步。一座原生态私人庄园处在一整面向阳的岭坡，"地势使之然"。岭叫明山岭，庄园就叫明山岭庄园。坡面舒缓倾斜，开阔度极大，四边虽然围了，倒未感觉界限存在，只把世事喧嚣阻隔或驱逐了，剩下大片安静，层层叠叠，很有些荒野求生的味道。再关闭手机，只剩脚踩泥土、碎草、落叶和风过之声，整个人，从内到外干净起来。

初春，全坡素淡，树木荒草自由生灭，随意率性满眼皆是。树叶落在哪儿便在哪儿腐烂，或不腐烂，或由风带走。野草野花得了放纵，追着人跑，追着岭地跑，片刻不闲。不一会儿，我碰到一块鹅卵石。它的个头比鹅蛋大，一面贴地，正面朝天，无声无息。其他的部分被枯干焦黄的羊茅草和灰色的白杨叶遮挡。可视的正面上头不知碰了什么比它硬的物件，生生少了一块，像蛋壳凹了进去，这样看来，或可能在生长中，身边还有块早成的石头,把它挤住了,又难移动,不得不收紧被压的一角,长成了缺陷,但不至于残疾。这缺角因羊茅草、枯叶支棱在上面,现出了阳光明亮的轮廓,否则我还以为又是霾天呢。一条细长的裂纹,横穿它的腰部,不知是受了重力击打还是自然形成,超出了我已知的范畴。我沉吟片刻,考虑是弯腰捡起它还是俯身安慰它,因为从它身上,我看到了孤单。

口袋里装块鹅卵石散步总不是事儿,还是轻省点儿才容易迈步。行不多远,又陆陆续续碰到好几块,大小、颜色、形状各异,距离相隔不远。心想这些石头不管是被人掷于此抑或原本就生于此,大概由来非一朝一夕,还是别乱帮忙的好。那种所谓"孤单",不过是人把自己的情绪感怀推给了物,很有种说"鱼快乐"的武断。再一转念,若要知鹅卵石孤单与否,问鱼或许可得。寻思间,大大小小的鹅卵石骤然增多,原来是走到了一处河滩。仔细打量,河滩乃由溪流冲刷而成,自岭顶往坡底去,与一条河交汇。河的名字叫老母猪河,最宽处超过百米。河水如弯月镰刀,自西南往东偏北穿过包括庄园在内的明月岭,把岭地分割成南北。因此,我分明是来到了老母猪河的一条支流,身处溪水过境的岭坡。视线穿过树丛、堤岸的缺口,隐约可望断断续续的老母猪河河水。几年干旱,支流水尽,河床裸露,形成滩地,布满鹅卵石,现在流淌的,不是溪水,而是鹅卵石了。

这一见喜不自禁,仿佛白鹅找回一篮子鹅蛋,肥臀摇晃,脖子伸长,嘎嘎鸣叫不停。我来个大鹅入水,小跑进入"石流"。自上而下,鹅卵石一块一块紧挨着,像用手摆过,却并非人的手,许是风的手、光的手、水的手、鱼的手,又或许是大自然的手、天使的手。看似散乱，却存天然的秩序，有笔直，有弯曲，有腔有调，一路和谐。于是我相信那不是一只手的作为。风在岸上的树叶上擦了擦染灰尘的手，替它们掀开各自不同的颜色和条纹。阳光升到明山岭上方，推开一片云彩，用闪光并有力的手指弹掉它们纹理内的细沙。溪水由岭顶潺潺而过，清理掩埋它们的泥巴，让它们裸露更多一些。大自然和天使用神力，看护每一块鹅卵石，发现松动的，便安排在它们身旁长出一棵草或小树苗，让它们卧得更安稳。鱼呢？几尾鲫鱼逆流而上或顺流而下，游到我面前，而我赤脚立在水中，倒影恍惚。其中一条看看我，吐了口气泡，仿佛要提醒什么。它晃动尾巴，那或许就是它的手，敲了敲我脚下一块褐色的鹅卵石，侧头谛听一会儿，又冲我吐出两个气泡，想告诉我它和鹅卵石交流过。那块浸入水中的石头一点儿也不孤单吗？我一下进入了一块石头和一条鱼的语境，顿觉茫然。那份孤单之感，原来生于我的内心，它让我看到自己的影子，随着水草摇晃，跟着水流消失。

　　我想问问鱼，在被敲打的鹅卵石里面，它听到的是喧嚣还是寂静。鱼没回答，沉入水底，扫起沙尘而去。水也消失了，水中的身影也随之消失，被鱼带走了吗？假如今年春夏，下几场大雨，溪水蜿蜒又来，而我也散步至此，能不能将它重新寻回？由此，我忽然希望鹅卵石们是漂泊者，四处流浪，偶然聚到这里，与我相遇。虽然我们由不同的道路到达这儿，至少我们由于漂泊者相似的际遇，会找到共同的语言，我可以安心坐于河床，望着时光发呆并与它们交流得失的本质。但我没这样做，没惊扰任何一块鹅卵石。我爬上堤岸，扯住树梢回头，再看一眼鹅卵石的溪流，我深信这是大自然的善意,将它们安放于此,上帝擦去它们的眼泪,为我眼前的世界塑造了清晰的轮廓。

为什么不用这个作为结语?正如乐观主义者所言:有悲伤的地方,就存在勇敢。普通人需要帮助时,更为普通的人会施以援手。因为他们感受到了那些人的痛苦和恐惧,要一同对抗。每一天,每一个地方,大多数人心中,仍有着满满的爱去帮助有困难的人。善终将获胜。

谁从万物,或一颗鹅卵石中,发现过非善的存在呢?

八里峪红叶

我们说说红叶吧,用边走边看的方式。在济南南部山区仲宫镇八里峪这个地方,我们看看红叶吧,选秋天的一个下午,用"愿,吾爱之……"的目光,用忽略雾霾到达明净的心意,用触及大美内部的脚步。

捡起或摘下一枚红叶,反复端详、调整角度,当找到恰当的距离时,远山便淡化为飘浮的背景,而整面山坡的颜色却聚集到眼前,浓缩为深秋的一片湖水——它有渐变的颜色,带着望不到边的眩晕感。红叶纹理清晰,叶上斑点可爱,那随心又自然的姿态,像一个人由遥远处走来,拐进山道。从这片红叶上听一听山风吧。你看山路弯弯,盘旋向前。风从树叶的后面,或者前面,或贴着叶片的薄边,仿佛刚换上轻便春装的人,被树梢弹了一下,就绕到你眼前了。它没有那么快从你耳边过去,而是先滑过你的嘴角,在你的脸颊稍作逗留,又看一眼你染霜的头发,闻到你身上的气息。我认为它是认识你的,像你认识红叶。它和你说了什么吗？可能太小声了，我没听见。

手上的红叶告诉我，山谷里有风的声音，有风的来路。我松开手，红叶滑向山谷，把一座山染成一条路。

山路是怎样弯过去的？差一点儿记不得了。就让我再站高一点吧，那块山石嶙峋，凸起在坡顶，刚好可以站在上面，从红叶留下的一条缝隙，望到不远处转弯的路。是由于模糊，路才越来越鲜明地靠近我吗？它不宽，但足以让我的思绪沿着它往回走，甚至还有时间看看枝头那枚最特别的叶片。叶片的边缘有一滴鲜红的血，应该是昨夜被一滴过路的寒露点染的。寒露蘸着一丝星光，星光闪亮。我甚至还有时间弯腰，用两根手指从鳞片般的灰色石缝夹出一枚即将枯干的红叶，它从树枝到达这儿需要多久？是一个早晨还是一个黄昏？或者用了一个秋天还是一阵风？

山路弯过来了，用明亮的姿势，柔软的表情，从眼前去了我身后，后面山峦起伏啊，满山红叶，有流水的响声，淌成一条河，一条红晕的河。还是再让我遥望一下夕阳吧，它照亮了八里峪所有的红叶，也照亮了一条路婉转的叙述——即使它始终沉默不语。我在它的弯道上走了多久？是一个下午还是一生？那走过来又消失在远处的，是不是另一个我？他和我那样相似。

我翻遍了数面山坡的红叶，这仅仅是个假设。假如翻遍了这些山坡的红叶，我会不会从一种平庸中抬起头，清空过往，换上崭新的笑容，像过了一个季节又迎来一个季节般重新开始？"岁月忽已晚"，我想问问手中的红叶，此时飘零，会不会就永远飘零？

红叶红了，在它的岁月里。红叶，又叫黄栌，它的花开满仲宫镇八里峪，从山下开到山顶，又从山顶开到山下，开在我走过的和未曾走过的道路两边，开在我一言不发之时。

寒泉精舍记

桂花香

  七棵桂树后面是位于莒口镇马伏村的马伏良种场宿舍，宿舍正面是天湖、朱熹之母祝夫人墓、朱熹创办的第一个书院寒泉精舍旧址。中秋又近，雨稀疏又绵绵，加上空气本有的潮湿，时间朝前迈进的脚步被黏得慢了，甚至感觉往后滑去。桂树在武夷山南麓随处可见，很多做了行道树，高大到让我吃惊。北方我的老家也有桂树，为抗冻，嫁接到榆木、流苏、樱桃等砧木的枝干上，存养的方式主要为盆栽，用心的人家冬天搬进室内，春天移院里，中秋前后也开些花出来，暗香淡雅，隔些距离也闻得到，是深秋最好的植物香气。我面前的七棵桂树与平日建阳大街上所见的桂树相比算不得大，也谈不上壮，却比我老家的桂树茂盛得多。这排桂树虽然小点，却非幼树，从长苔藓的主干看翘起的树皮就知道有了些年纪，但非朱熹手植，与朱熹的年龄不可比。桂树正孕育中秋的花蕊，准备或已经释放香味，我隐隐约约能闻到，朱熹想必也喜欢。我和一位故人同时享用一树植物香，颇使我兴奋。对逝者，桂花香搭建了追溯的通道。它的香味因为常新而赢得了时间的尊重，让我暂时忘记在时间面前每个人都会被它锋利的刀刃砍翻。在寂寞天地中我设想，大概桂花香逢秋不会寂寥，而是释放迥异的气息。这香气不仅活人乐闻，连墓中的祝夫人闻到后也高兴地走出。远行道上的朱熹折返回来，与我一同站在这排桂树下，指指点点，清享自然之赐，暂时忘了失亲之痛。从宋孝宗乾道六年（1170年）开始，朱熹在此守孝近十年，不曾见母亲一面，今日终于得见，全因桂花香。我想世间能让人复活的无非是些香味，尤其桂花香，最擅长将逝者唤醒。

酸枣黄

酸枣树在路的另一边，也是一排，有八棵，其中三棵深入竹林中，占了毛竹的地盘。每棵酸枣树粗细不一，粗的胸径近一米，细的也有半米，主干大都七八米高，加上分叉细梢，高度超十五米甚至二十米了，需要仰视。桂树和酸枣树相比，好比小巫遇见大巫，同时颠覆了我对酸枣树矮小的一贯认知。在北方，河岸、沟边、灌渠经常见酸枣树，大都丛生，细小多刺，很难长成大树。酸枣树结的枣比豆粒大不了多少，皮红味酸，据说是一味良药。闽地的酸枣树如此硕大，超乎我的认知。我认为如此硕大的酸枣树应该生长了百年或几百年，这知识也来自我生活的北方：酸枣树长得慢。黄家鹏告诉我，这里的酸枣树长得飞快，眼前的也就用了几十年。陈谋安收好雨伞,帮一位妇人从草丛中寻找酸枣。树太高,人不能爬上去摘枣,只能等熟了它们自己掉到地上,然后一个个捡起来,积少成多,制成名冠当地的风味小吃酸枣糕。我在竹林中欣赏竹子,这时候仰头看酸枣树,密密麻麻的枝叶中望不到一粒,又很想知道酸枣的样子。老黄进竹林帮我找,几乎走到天湖边,他才分发现了一粒,捡起来掸掉浮尘,用手捏给我看。南方的酸枣比北方的大几倍,比普通甜枣小一点,皮黄色,蒂干枯,从枝梢脱落到地上后,视时间长短,表皮泛出褐斑。若时间久了没被找到,整粒枣便腐烂在泥土中,有的枣核会发出小枣树来。我找到一棵小酸枣树,已开枝散叶,结几粒青色的酸枣,豌豆大小,饱满而翠绿,几乎和竹叶同色。也许因为小,不太了解四季,它把秋当成了春。老黄也以为奇,用力拔几下,想取出带回家种。不起眼的酸枣树,竟扎下深厚的根脉,连老黄这位壮汉都拔它不动。

竹翠滴

入寒泉精舍,首先要过一片竹地。"瞻彼淇奥,绿竹猗猗。"竹地不大,竹子却高而挺拔,刚直铭节,几乎绕天湖一周。开始的地方两条窄窄的水泥路框出个直角,第一片竹林便在其中自由生长,和风习习。竹冠于半空错落相握,像给大地穿了蓑衣,接住毛毛秋雨。秋雨持续飘下来,打湿竹叶,重量增加了,竹子便弯下腰,用一根杆撑腰,风来则摇,风止则静。在这里,静似乎也是一种风,竹林中回旋,却无一丝声息。多余的雨水滴下来,似染了竹叶的青翠,也是静静地,滴到地面的野生紫苏、地桃花、冷水麻的绿叶上，啪的一声，润出些水泽来，闪烁天光。也有的翠滴到直角竹林最外面的两块碑上，却消失于无形。第一块碑较老，1995年建阳市政府立，竖刻"祝夫人墓"。第二块碑较年轻，2018年建阳区政府立，横刻"祝夫人墓"，注明为南平市公布的第一批朱子文化遗存。双碑离祝夫人封土墓穴尚有一段距离。如果不走水泥路，径直穿竹林，能较快达天湖。稍加留意的话，可见竹林中三间茅屋，茅屋前一条卵石小径被细雨淋湿出光，通向一个亭子。亭由四根较粗的毛竹支撑，为方形，顶为竹片勾连，上覆茅草。亭中两人，一人坐案前，一会儿翻书，一会儿用毛笔写字，是朱熹。还有一人立朱熹身后，手握经卷，不是别人，正是为朱熹母亲祝夫人选定墓地的蔡元定。从半空竹叶上落下的雨水进不了亭子，只打湿亭子四周。就听啪一声，蔡元定抬手打死落在朱熹胳膊上的一只花蚊子。朱熹放下毛笔，合上正注释的《论孟精义》，扭头望向天湖北面的母亲墓，目光再度寻回水面上，不无自嘲地说："所谓不为，并非黄老的不为而治，而是该做的不做，将精力和时间都用于形式化的、无聊的、根本不必做的表面文章上……"亭子外的我听后不禁一阵脸红，再看蔡元定，他的脸不知何故也红了。

屋宇苍

马伏良种场的房屋是几排平房，不高也不宽阔，看上去很旧，基本都用青砖砌墙，砖可能取自旧建筑，因为砖的个头比新窑烧制的大，但也可能是我的误解。也许本来都是新砖，只是时间久了，便显出旧来，再旧下去，恐与古砖无异。屋顶全被瓦片覆盖，又黑又薄，沿着房屋的斜坡铺开，直接出檐，望着一片灰。中秋前的细雨飘落瓦楞间，顺槽沟流到檐，随后滴到地上，墙根因连绵不断的雨水，湿漉漉，基石和贴底的几行墙砖生一层苔藓。也许受祝夫人墓影响，房屋都建于阳面，即面南背北，不同的是墓地为天湖正阳，屋宇均在墓地西侧，说居于天湖的侧阳也无不可，与竹木一样，更像对天湖的保护。数排房屋有的是职工宿舍，有的存放农具，有的贮藏良种，我这个外人看来区别不大，有说不尽的落魄之感。若登上屋顶四望，可见山岳间一片片稻田，这些试验田中种植了不同品种的稻子，大都在细秆绿叶间垂下了稻穗。其中一片特别显眼，是晚熟中的早熟品种，稻叶黄而不枯，稻壳也是黄色，稻粒稀穗子却垂得很低，田中竖块牌子，写着"ZXS-1"，应为长江中下游地区试验种植的籼稻名称。若俯视，显眼的当数天湖。它是大地生出的一只眼睛，深邃并安静地仰视天空，一眨不眨。如果放开了眼，极目眺望水墨画似的远山，便见一层层雨云缠绕翻涌，稻穗般垂下幕布，要把一个个山头遮下去，或如一个人拼命撕扯头发，欲把自己抛往空中。

寒泉圆

天湖作为寒泉的别名，保留了自然天成的暗示。天湖并非人工挖掘，却如人造的那般浑圆。此地方圆里余称寒泉坞，确乎因这潭水而起。不知水下多少泉子，亦不知泉水源自多深，以名忖之想必冷而洌。朱熹葬母于寒泉之阳，开始守孝后，搭茅屋数间，用以讲学、会友、著述，取名寒泉精舍，一为沿用此地本名，二为借用《诗经》中"爰有寒泉，在浚之下，有子七人，母氏劳苦"

的诗句，以寄孝怀。一条弯曲的石子路隔开祝夫人墓与寒泉。墓地被铁篱和墙垛包围着，面对寒泉留门，平时上锁，只能于铁篱外远观卵石封盖的花瓶状墓穴。墓地西侧铁篱下挖砌一窄细顺水沟，用以向寒泉输送高坡的积水。大雨时，雨水沿渠而下，漫过石子路，淌进寒泉。然而，雨中的寒泉难见水多，枯水季节也不见水少。它似乎总是那么一潭，不多不少，不涨不降，与砌湖一周的砾石几乎等高。寒泉的水面像镜子，倒映环湖的翠竹、杂木和野草。云彩在湖中飘浮游荡，若无其事。人立岸边，可看岸畔菜地，也能望水中自己的面目。湖面无蒲苇荷莲等植物，洁净如初，其静与四周环境合一，却静得如一人幽邃的沉思，让空气窒息。著述之余，朱熹倒背双手，沿寒泉一圈圈散步，阅竹赏花，快意人生。那时的寒泉承载朱子闲适的脚步，如今是予人凭吊的景点。

路漫长

寒泉精舍旧址除祝夫人墓一面，西、南、东三面都有路。西侧一条"T"形水泥路，顶端一横为马伏良种场街道，或巷子，两侧筑房，东端与墓地和寒泉相接。一竖自马伏村委、养老院及马伏古街始，直过809县道，再过二里多稻田，即至桂树、酸枣树、竹林生长之地。竹林角东拐，又一水泥路，较窄，路边杂木野草侵入路中，车辆难行。步行不足一里至寒泉东侧，又一路，南北向，顺山势蜿蜒，为一乡间尚未硬化的原始路。路面仅一车宽，向西侧倾斜，多为泥巴，间或砂石填充，雨后积水，或积为泥泞。

路西沿又一处稻种试验田，览去平整，矮稻垂首，近树远山雨云为其背景。路东山边的坡上，梯形菜地里种黄瓜、豆角、茄子等，雨帘下菜农正在抢收。目视的一切都被古往今来的雨水打湿，然无碍于彰显磊磊落落。此路无名，却可称古道，原为修竹夹一崎岖小径，通寒泉与世界。淳熙二年（1175年）四月的古道上，吕祖谦绕过一棵棵翠竹，芒鞋竹杖，不远千里来与朱熹晤面。朱熹迎出寒泉精舍，古道上二人隔竹而望，顿生烛光互映之感，亦免不去恻怛之情。我淋于古道的雨中，想象古之圣贤的相会，竟如痴如醉。自朱熹创建第一个书院"寒泉精舍"起，至最后一个书院"沧州精舍"止，教学著述，可谓劳心困顿，不管有意无意，"寒"起"沧"止便是他一生的写照。无论伟大的和自以为伟大的，渺小的和自认渺小的，最终结果无非用尽生命体验"寒沧"二字。道边的野草打开了琐碎的粉色花朵，雨雾中足有十几米长，远望这斑斑点点，我心中道：陌上花开，君可缓缓归矣。

湖上梅花

1

淳熙十年（1183年）夏天旱灾严重，范成大奏请开仓赈济灾民，下令驱灭境内蝗虫，缉拿盗贼，同时产生了致仕的想法，写了奏折。在宋孝宗赵眘眼里，范成大不贪不奸，得留着重用。皇上看罢折子，没当回事。不承想范成大来真的，三番五次上折，赵眘心想让这老臣休养几年，等身体好些了再起用。折子上打了朱砂钩，御书"石湖"二字，意为爱卿就在石湖休养吧。

致仕准了，范成大先喜悦，继而失落。他返回吴县，在石湖东岸的老宅子睡了一夜。很久没睡这么香的囫囵觉了。睁开眼，首个念头是确认自己是否还是朝廷命官。不再是了。布衣？不像。自己对耕织分明生疏了的。石湖是他仕途的起点，而今成为终点，一个圆，从开始到结束的圆圈代表什么？生命的圆满或虚空？那称自己为隐士？可这不过是个要额外图谋些什么的雅号，所谓退隐者，也不过是在营造另一个江湖。那称大师？上方山的石头，石湖里的水都是大师，就是人不行。皇上圣明，"石湖"二字，期待和希望并存，日月和风雨同往。我住这里，就一块不起眼的石头，浩瀚太湖的一滴水，一个无所事事的闲人，那就叫"石湖居士"吧。范成大吁一口气，弯了弯被窝里痒而麻的脚趾，脑袋没那么晕了。

石湖东岸稀稀落落几户人家，白粉的马头墙和屋顶黛色的小仰瓦，直的脊背和飞起来的檐角，比周围柳树、榉树、樟树矮许多。竹林黑黝黝的，加上黎明前光线不太好，范成大只能望见一栋房子的半间粉墙，村落不像个庄子的模样。农闲打鱼，农忙耕种，算起来大家都是邻居，少小离家，如今白发而归，熟识的乡亲不多了。湖堤和小时候的样子接近，不相认也相识的是几棵老柳树，新栽下的则陌生。柳丝搂拢晨烟，冬寒之故，柳叶卷为蚕蛹状，还是绿的，并未干枯，与湖水的碧澄十分搭调。湖面水汽上升，好像雪地里奔跑的人不断哈出的气，湖水一鼓一沉也在呼吸。从开阔的湖面看过去，上方山林木葱幽，山顶楞伽塔棱角清晰，晴天会倒悬水中，虚幻迷离的样子。范成大立在一棵老柳下，面对上方山举高手臂，摆手，和小时候的早晨一样。此时晨曦挂上塔尖，梅红色，擎着彩缎，仿佛在呼喊，大概望见了摆手的少年，或恓惶的老人。

一年前为官任上，苏州亲友捎信来说，石湖西北角跨越来溪新建了一座石桥，取名叫越城桥。桥单拱券顶，全部由花岗岩砌筑，像大半个赭黄色月亮凸于水面。越来溪穿过桥洞，蜿蜒流淌至桥北的水田，逗留够了，潺潺流去横塘，如此这般，越来溪就有了明确的起点。来信还说，越城桥接东岸，又修长堤与石湖北渚的行春桥相接，弯堤上栽柳，柳丝长到垂地，风一吹就飘飞，尤其孟春之际，清清淡淡的，煞是好看。范成大闭目构思，脑海中便有桥的影子落入湖面，脸颊痒痒的，被柳枝携风拂过，心生惬意。他想的是：某一天返回石湖，再不用坐小木船从东岸到西岸了，只需扯着衣衫，一步一步过桥踱堤，左顾右盼即可览遍石湖胜景。但是，若要捕捉石湖飞虫，还数坐小船荡进深处，升亮纱罩灯，观看流萤乱飞的好。

越城桥比范成大想象的略高一点儿，桥洞为满月的三分之二，足够中等个头的货船往返。有意味的是在石桥拱顶，脚尖尽量顶上花岗岩的桥栏板，鹤姿朝南眺望石湖，视点放到越堤之外，似乎可以看到太湖明晃晃的大水、水面的漂浮物如吴越古战场尚未消尽的兵燹、范蠡携西施隐遁时的一片白帆，以及至今生机盎然的渔耕图——网撒出去了，阳光用网眼吹出气泡，闪现明亮，那应该是时光的颜色。网触上水流，本来倒悬湖水的楞伽塔一荡而碎，哗哗塌掉一般消失于无形。不多会儿，渔家拉上鳜鱼鲈鱼，鱼儿们不甘心，吹胡子瞪眼，尾巴猛力拍打舱板。这幻觉是范成大记忆中的画面投射到浩渺的湖泊上形成的。现在，除了雾气和莳田，湖面空荡荡的，晨曦擦白了湖水，波纹细浪隐约，相互推送着向极远处去。

转向北，由拱顶迈数步，脚尖抵上北侧的桥栏，目光沿穿桥而过的溪水逡巡大片水田，燕儿低飞，麻雀结群，上演的是农家四季相衔的耕织图画。几条小径穿行其中，散乱的石子嵌入黄土的路面。柳树、香樟、朴树、榉树孤零于地头道边，仿似零散世间欲行欲止的旅人。这里是范成大生活过的乡间。恍惚中一头水牛从巨嶂山石中钻出来，垂首走上行春桥，朝距离不过几十米远的越城桥缓缓而来，牛背上的牧童扬高手握的柳枝，绿丝条冲范成大旋转着。待定睛细看，柳枝幻化为梅枝，雪天的暮色里晕着夕黄，粉粉的小花苞在堤岸间闪耀，眼瞅着就要绽开。范成大恍然那个牧童是自己。没错，就是自己。枝头的梅花，古老的意象，大团的红，大团的白，大团的粉，迷乱了他的眼。他像被悬锤由远而近击中，因为激动头晕目眩。

人生仿佛每十年便作个小结似的，如今闲居石湖，十年后会怎样？四十年前，绍兴十四年（1144年），范成大十八岁，在昆山荐严资福禅寺读书，像蝉卵深埋地下，不知光明为何物，黑暗里摸索，潜心研学，十年后破土而出，登进士第，别石湖故里，开启了时长三十年的官宦生涯，看似漫长，实则弹指一瞬，白发已然爬上头顶。范成大下越城桥石阶，朝几十米外的行春桥踱去，心中味道怪异，滋长的是十年苦读时的恐惧，难以作为的彷徨。天大亮了，行春桥石狮子蹲坐的姿态历历在目，这么多年了，石狮从未变换瞭望湖面和远山的姿势。湖水被一种力量推送着，持续撞击堤岸。远处犬吠，柴扉吱扭声响，好似有什么人走出村舍，而步伐轻盈。

乾道七年（1171年），范成大以集英殿修撰出知静江府兼广西经略安抚使，实为贬谪外放。他转道苏州启程，在石湖小住几日，三千里赴任路上择定水路为主，陆行为辅。乾道九年（1173年）元月十二日，范成大行至江西樟树市，游历了地方风景胜地芳林和盘园。他遇到了一棵盘园的古梅。芳林也有梅树，且不止一棵，生长在山道两侧，上下如入梅圃。冬末春早，草木困乏未及苏醒，加上不时阴雨，举目尽是凄凉，全无曾几、扬无咎等仙逝的同僚诗句中的美景。但是，点点梅花挂上枝头，晦暗中射出光斑，让人眼睛一亮。梅枝犬齿错落覆盖着山径，范成大拾阶朝上走，穿过梅花的洞穴，顺台阶朝下则踩踏着花枝，梅花朵朵就开放在脚下，人如浮萍飘然若仙，此时的雨也没那么讨厌了。芳林东去一里是盘园。盘园者，前湖南倅任诏的居所，一私家园林。盘园酒家屋后有一棵古梅，大枝盘结向上，小枝髭须繁密，覆盖足半亩地。近看大枝因重而沉，木架支着也摇摇欲坠。满树清香的白花，像刚下过鹅毛大雪，满树静谧成形，不染世外尘嚣。任诏一旁解说此树乃天生尤物，生于方外，古今均不可得。范成大建议古梅前建凌云阁，阁中鸟瞰梅花，当别有一番天地。他瞭望近地远川，盘园的确够大，短处是缺水，有山无水灵秀尽失。可怜如此古梅，当立石湖也。这个念头他没敢说出口。

三个月疲乏单调的行程在脑际一闪而过，随官场沉浮逐渐淡忘，唯那棵古梅时时闪现在范成大眼前。在这个华光四射的早晨，手摇梅枝的牧童唤醒了他。

昨夜鸟声春，惊鸣动四邻。
今朝梅树下，定有咏花人。

吟罢庾信的句子，范成大不再踌躇，转身尽快朝宅中返回。

下越城桥时见桥堍临水的石阶上一位早起的村姑正撩水捣衣。村姑年龄不大，估摸三十来岁，脑后发髻高挽，白皙的颈子，穿着金团苏绣花袄，灿灿的若水滨初绽的梅花，身体随手臂的上下挥舞而颤抖。范成大不由自主步下石阶，脚步声惊动了村姑，她直腰起身回看，一布衣老者正沿阶而下，笑盈盈一俯身道个万福："范大人，您回来了。"

绍熙四年（1193年），范成大病逝于石湖。后来，他的著作《范村梅谱》名动天下，范村梅园亦游人如织。捣衣村姑雅正贤淑，用心灵一针针绣好的范大人六十首《四时田园杂兴》的锦缎，由于未知的原因，如同当年西施登舟石一样，不幸遗失。

2

秋近薄寒，西湖上的小舟咯吱咯吱摇了过去，湖水如一簇簇白梅花，不离船桨左右，远处望木舟比蚱蜢大不了多少，头顶斗笠的船家缩身船底，像一只浩瀚湖面上的蝼蚁。小舟是从里湖朝外湖去的，追赶着夕阳。在山中恍惚二十年了，孤山如同一艘石船，荡漾着却从未抵靠过湖岸，但我随时可以离开，蝼蚁般爬过山石，解开缆绳，把小船从石缝推进水里，划动它驶向西湖以外那些我并不怎么渴望寻见的事物之处，仅仅为体验蝼蚁般的生命是否还能翻山越岭。

孤山东麓，离西湖不足百米，两间竹木支撑的茅屋，湖草覆顶，若蚱蜢小舟摇摇晃晃，极不稳当。近旁香樟巨大的侧枝遮蔽了它。屋前，几十片竹篱歪斜着，架起一棵蔷薇不规则地蜿蜒，蔷薇枝子爬去哪儿，竹篱便跟去哪儿，形成一条蓬松的长垄，如透风的墙，风吹过，枝叶飒飒作响。蔷薇内侧，一株金桂拢着枝杈，如施了粉黛的玉女，抖开米色的碎花，密密实实包裹枝梢，香气浓郁直逼湖泊，又贴水面飘出很远，最后与水相融不再回来了。蔷薇与金桂之间，凹凸不平的石几湿漉漉的，横在忽明忽暗的岁月中。几上散落粗瓷盖碗，还摆着一把栗色横梁大茶壶。闪烁光亮的是几片晚秋的落叶，金黄中透着灰斑。宋真宗年间，丞相王随、杭州郡守薛映端过这盖碗，凝望里湖舟来舟往，喝过林逋自采自制的茶，也曾传出与范仲淹、梅尧臣的唱和声。

四十岁前，林逋漫游江淮，饱尝山水之后结庐孤山，隐居西湖，一生不娶不仕，诗词写了不少，随写随丢，画画了不少，随画随弃，人生浸泡在自娱自乐中，活于浑不知名利富贵的世外。袁宏道游历至此，作《孤山小记》，感慨道："孤山处士，妻梅子鹤，是世间第一种便宜人。我辈只为有了妻子，便惹许多闲事，撇之不得，傍之可厌，如衣败絮行荆棘中，步步牵挂。"虽有戏言的成分，却道出林逋孤山隐居之不孤。他自己的说法是："然吾志之所适，非室家也，非功名富贵也，只觉青山绿水与我情相宜。"孤山二十年，林逋以梅为妻，以鹤为子，有了个"梅妻鹤子"的名声，还得着个"梅花诗人"的称号。

这年深秋，寒潮路过西湖，笼罩了孤山，隐逸的梅花诗人林逋也老了。闻到桂花香后，林逋起身拉开柴门，阳光照进来，闪得他眯起双眼，瞧见一树金黄便喜从心起。他蹒跚到桂树下，想收些黄花以润茶汤，以添酒色。迟疑多时，他转身背湖望山，看了眼摇摇欲坠的茅屋，孤山孤庐被凉风四面围住，屋前屋后黄叶翻飞，漫山遍野热闹非常。然而，凄凉感袭击了林逋的脊梁骨，他忘了收桂花的事，踯躅至茅屋东侧的小冢。冢丘被腐草掩盖，圹内埋着他的双鹤。白鹤何时西去的，他记不清了。他记得棹舟湖中，离孤山很远时，山崥如一团化不开散不尽的雾，影影绰绰。鹤童放飞了白鹤，那灵气裹身的大鸟仿佛清楚他在哪儿，云端下振翅，在他头顶盘旋。有客来访，林逋掉转船头划去孤山，白鹤长鸣一声，先他一步返回山里。而今，他很少放飞自己，久不沾水的船底开裂，真是孤人对孤山了。鹤儿竟先他而逝，林逋不胜唏嘘，感喟白发人送黑发人。他垂首鹤冢前，沉默于紧挨鹤冢的深坑。这是他为自己挖的墓穴，一米多宽，两米长，黑黢黢的，一头向湖岸，一头冲山尖，四周梅树横枝，言不尽的凄切。墓穴中，世上的光阴将把他忽略，他将被置身年轮之外，腐朽却与孤山长伴了。林逋凝视穴前古梅，二十年来他栽下无数梅树，遍布山前山后，最后栽下的一棵他留给自己。这棵古梅瘦小，干细枝弱，已然身披青苔，如历经无数风霜的老者，他不曾记得它开过梅花——去年刚栽下的？恍惚中，他记起是去年挖好深坑栽植的古梅。他的视线顺着山坡，掠过一棵棵梅树，掠过梅枝梅叶缝隙中的湖泊，白鹤展翅般飞去了山顶。

　　山径铺满梅树叶子，红一堆黄一丛，如满地落花，新飘下来的打到林逋的额头、肩膀，他掂量着落叶的重量，感受肩膀被敲击的疼痛。踏上石阶一步步走向山顶的孤山寺，默念他一生最满意的梅花诗："疏影横斜水清浅，暗香浮动月黄昏。"日暮时到达山顶，林逋掸掉肩膀上的树叶，低头迈进寺庙的门槛，仿佛一下子用完了一生的力量。折去和尚休息的卧房时，他靠墙停下一会儿，调匀呼吸。

这是他多年前常来的地方。推开卧房的木格窗，西湖的黄昏被一双神奇的手拉拽着在他面前展开。这里是最佳观景地。

深秋的湖水平坦如镜，一望无涯的是天际，夕阳隔着万千路途，将梅红的辉光洒在水面上。木舟匆匆划行，靠近了岸边的葑田，茭蒲若黛。只见一只鸟儿颉颃，飞去余晖下的树林，山峦如烟，好一幅"阴沉画轴林间寺，零落棋枰葑上田。秋景有时飞独鸟，夕阳无事起寒烟"的绝美画卷。窗内放眼这样的黄昏，林逋顿生暖意。爱上秋日的黄昏是多么容易，爱上生命的黄昏是多么艰难。他突然厌倦了自己，想着快点下山，逃离这幅画面，返回秋风吹破的茅屋，缩进幽暗狭小的时空，犹如星星躺在夜空中，不用思考。

"人生飘零，最初的权利已被剥夺，就像所有的生命一样"，后来，张岱梦寻西湖，为林逋写下墓柱铭：

> 云出无心，谁放林间双鹤；
> 月明有意，即思冢上孤梅。

东坡梅花

1

　　元丰二年（1079年）七月二十八日，到湖州任不久的苏轼被捕，八月十八日被押解汴梁御史台审理，至十二月二十九日定谳，历时五个多月。苏轼一身倦容出大牢，精神劲尚可，笑眯眯顶着四十多岁不该有的花白头发，回望御史台周围森严高挺的柏树林，冲乌鸦窝和啄羽毛的寒鸟挤挤眼：躲过死劫重见天日，却难言吉凶，赖活总比死的好。年近岁除，按规矩，谪官不可滞留皇城，解差老少一前一后像护卫，押苏轼往流放地黄州打马飞驰，苏轼长子苏迈随在后头。出开封城时，朔风吹来元丰三年（1080年）大年初一的早晨。

　　正月十八过河南蔡州，路遇大雪。雪花儿从压低的云层扑簌簌飘落，个头大的挂上眼睫毛，手臂一扫才掉到泥地。马鼻喷洒热气,不停咀嚼,看似恨得牙痒,又像诅咒。白茫茫的旷野上一行人如黑菇,缓慢移动,黯然耸立的树梢由灰黑变雪白。不一会儿,北风啼号,像有人在阴寒处吹响唢呐,声音破裂,不成曲儿。雪花被旋风扬起,呼啸着,不离四人左右,白生生的土地踩上去更加泥泞。

"老苏啊,俺跟着你遭罪。"老差役梗直脖子,似乌鸦扭头,眼神却如猫头鹰,一望便知是练家子。苏轼听到抱怨,并不在意,雪天的动静比牢狱的死寂强多了。他闻到自由的滋味,空气凉了点儿,却很畅快:"新年如此暴雪,着实不多啊。"他自语,也是回老差役的话。话一出口迅疾冻成冰片,被狂风卷为刀刃。不知多少看似死去的生命会在苦寒中复活。

过新息县城,雪小了。等到雪停了,天空如冻裂的壶底,漏下阴沉和水珠,渗到肌肤比雪还冷。摆渡口一间茅屋,像个雪人蹲着。舢板船拴在岸边,一艘孤舟。过河费加倍,老差役亮出御史台的牌子,船家不再说什么,载人马横渡。淮水宽阔,水流不急却硬朗,木船水上颠簸如撞击石壁,砰砰作响。老少差役缩于船尾,手抱船家的水烟袋,你一口我一口分享温暖。苏迈坐船舷一侧,神情坚定,让苏轼心安。苏轼坐另一侧,凝望一带黑水滚滚而去,诗句涌到嘴边却不成行。他想学古人端立船头,后背双手,宽袍大袖随风飞舞,目视对岸馒头般的山峦,思绪飞越古今,呈潇洒状,无奈木船摇晃起伏,他没站直的功夫。轻叹一声,这声音落到心里,只他自己听得见。苏轼有些心乱,有惊弓之鸟的乱,有千里投荒的乱,有前程未卜的乱,都似眼前翻滚的淮水。灰蒙蒙的天气铁锅般把他罩住了,不久前呼吸到的自由空气稀薄起来,逼得他用力鼓荡胸脯。就在他的精神沉入黑暗将要崩溃之时，眼前现出一条山谷，弯曲悠长，存太古旷世之静。峡谷多巨石，岌嶪相依，石头缝隙的灌木不因畏寒而不绿。一支队伍进了富春江边的这条山谷，骑马行于中间的正是苏轼。熙宁六年（1073年），王安石新政，苏轼任杭州通判，他反对新政却不得不执行新政。正月下旬的一天，微风和细雨中，苏轼巡按属邑富阳时被身旁峡谷清绝的景色吸引，越往深处走，景致越与尘俗不同，不觉半日已过。又行数步，几块圆石后的一棵树斜伸几根枝子，开着数朵白花，宛如朝山径招手。苏轼闻到梅香，下马直奔白梅。石头后面的梅树主干竟比大腿粗，半蹲着，露半颗脑袋，手臂粗的大枝搭在石头凸棱上，举着初绽的白花，更多的苞含在枝上，渲染着唇红的萼。苏轼喜不自禁，大袖子轻拂花朵，花瓣新沾的雨滴，惊慌之下垂落石槽，花香被衣袂卷走。苏轼擎高衣袖，距鼻尖尺余，耸鼻闻香气。香如丘，将他掩埋，顿时身轻脑明，仿佛重生一次。沉醉中，身后传来钝器撞击石块的响声，回身见不远处有一位老者，甩举镢头，一下一下开垦山坡上的荒地。身旁开过荒的不到半亩，种了小麦。麦苗噙着雨水正在返青。苏轼好奇，斜身下坡。老人头发全白，身上的衣服破洞太多，像被虫噬的树叶一条一缕的。他光着脚，趿拉着一双草鞋，汗珠子滚落到泥地上。苏轼瞧着脊梁骨发冷，四下望望，只有雾障不见村落。

闲聊得知老人八十六岁了，山坳村子的，种了两亩地，收的粮食不够每年的青苗钱，上山开点荒，好有口饭吃。苏轼无语，抓起老人磨出水泡的手看，心道安石安在？他眺望簇拥的山峦，喊不出的愤懑。苏轼招呼随从下马垦荒，哪怕搬走一块石头也是好的，老人可以少弯一次腰。日头西沉时，开出一片新田，鲜土散开梅花的清香。告别时，老人拉住苏轼的衣袖，一再嘱咐："别朝前了，往回走吧，入山太深就出不去了。"

透过七年光景，梅香在苏轼记忆中隐隐约约。他撩起衣袖嗅了嗅，香气全无。入山太深就出不去了。舢板破浪的速度明显快了。登上淮水南岸便是楚地，离中原远了，无法望见汴梁。苏轼意识到，河北的人和事都被这一支流水阻挡了，与他是永别也未可知。

鄂北关山层叠，云遮雾绕，细雨中瞭望恍如无路，近前才见一崎岖古道在叠嶂间盘旋。老少四人至麻城黄土关，天色已晚，驿站打尖一宿。正月二十日晨，乌云翻滚，小雨飘飞，寒气却不似淮水之北那般逼人了。山风掠脸，频送春暖，四人有了说笑的惬意。不多会儿过厌狭关口，需下马牵行，边走边惊呼险峻，仰视一线天慨叹，真个是行路难。难字未落，便闯入一片洞天。原来黄土关不过百十来米，连接一处开阔的峡谷，名字叫春风岭，暗指此处只有一种风，一个季节，蕴含美好。苏轼立谷口闭上眼，驻足挺胸，长吸一口甘醇的空气，四肢百脉仿佛运转正常了。

谷地一溪，从山外折来，坠落中跌宕为瀑，弄出百鸟齐鸣的响声，在低处汇为大潭，鹅蛋状，因映照青山翠岭各种颜色，反失了自身的清白，望去黏稠，流出峡谷时，才找回浅潺和清澈。一行梅树，有高有矮，有的三五棵一簇，有的单棵独立，排着队，斜生溪水对面，正怒放白花。春风中晚开的送出香味，早开的花瓣陨落，飘荡着入了溪水，不知被载去了何处。白梅在一谷青翠中特别耀眼，像些碎了的镜片挂在枝杈上闪烁。说来奇怪，梅树下周围除卵石和细沙，无杂木和荒草，如被净化后画上去的一般。

执笔的画家是春风岭，它还画了百年的榉树、千年的香樟、万年的藤萝……苏轼视而不见，眼里只有梅花。

缰绳递给苏迈，山道旁取一截枯枝，点拄石阶，苏轼快步入谷，朝那些梅树而去。苏迈从未见过父亲如此慌张，着急又担心。老差役搞不清苏轼要干啥，缰绳塞给年轻的差役，随苏轼下坡，跟跟跄跄，嘟囔着什么。梅树看似不远，其实有点儿距离。首先得离开石阶的路，下一个长坡。随后绕过潭水，过片草甸，水草中隐约有水洼。最后涉步溪水，看上去窄窄的溪流，足有二十多米宽，湍急且深及膝盖。苏轼对老差役喊什么毫不理会，更不回头，一袋烟的工夫趋至溪边，不停步也不脱鞋，径直踏入水中，右手的枯枝探去水下，趔趄着蹚水。老差役追到水边，不想尝试刺骨的冰凉，干脆坐上一块石头，大口喘气，目送苏轼过溪。

报春的白梅伫立在岸上，像个冷艳的美人。身后留下一串水渍的脚印，苏轼直奔孤立的白梅。那是一棵直脚梅，野生几百年之久了，植株并无年龄所示的庞大，身子向溪水倾斜，干枝疤痕累累，通体黑亮，荒寒中疏瘦樛曲，到了跟前看不是美人，似一位看遍风云的耄耋老人。苏轼在仰视中缓慢闭上眼睛，鼻翼开合如牛马，凛冽的梅香直逼肺腑，仿佛第一次闻到这种淡而坚的味道。花瓣飘离枝头，无声无息，落在他脚下。他想俯身捡起，嗅那飘落之香，低头的刹那，清泪满眶。

他看见了自己。

苏轼掸了掸衣衫，仰躺在直脚梅下，再次闭上眼，任凭梅花、风雨、寂静落到身上，时光平和地扫过春风岭。

2

暖湿的岭南迎来了秋天，目视落叶的人不免想到飘零。假如飘零的秋叶是坠落着归乡，不免凄惨了点儿。花朵的凋零则如谢幕，悲壮的仪式感，不妨称为断魂——香消玉殒。被贬黄州，苏轼在失望中看到希望。大江东去，水流不息，梅花飘落还将重绽枝头。那时苏轼四十五岁。绍圣元年（1094年）谪居惠州，苏轼五十八岁了，失望中他看到的是绝望，看见了梅树的枯萎。绍圣二年（1095年）深秋的一个午后，他眼望万木萧索的窗外，伤了情怀，再无心外出赏景会友。苏轼身后的王朝云，抬手拂去他后背看不见的灰尘。每次外出，朝云都要前后左右绕他转几圈，抚平领肩襟边，让他干净清爽地离开家门。苏轼转过身来，握住朝云的手，一双水乡温润的纤手。

"秋来伤怀，唱阕词吧……"

"花褪残红？"

"好。"好字从牙缝挤出。痔疮的疼痛让他吸溜冷气，苏轼因此忌食了一段时间酒肉，今天却想喝一杯。

陋室内，朝云燃上檀香，置酒一壶，调试琴弦时扭头瞧苏轼。他老了，颓废地老了。她胸口隐隐作痛。这次贬谪惠州，到岭南瘴疠之地，再回中原恐真的无望了。苏轼遣散歌伎，为姬妾安排去处，只带子苏过一人同去，其余家人安置宜兴。患难之中，唯朝云定要随侍苏轼南行。王夫人已过世，孤独的老翁饮食起居没有人照顾会是怎样的局面？骆马回嘶的情义，朝云的亲人之情，叫苏轼大为动容。王朝云把歌词在心里默念一遍：花褪残红青杏小，燕子飞时，绿水人家绕。枝上柳绵吹又少，天涯何处无芳草……琴弦拨弄处，朝云清清喉咙，却一个字也唱不出来，泪水簌簌流下眼角，啜泣起来，两肩抖动如花枝。

苏轼搁盏闭目，谛听铮铮弦响，却无歌词唱出，睁眼见朝云低着头，泪水满了眼窝两腮，滴到了古琴上。苏轼的心像被钢针刺穿一般，拧着麻花往下滴血。杭州通判任上，苏轼正当风流韶光，钱塘少女王朝云十二岁入通判府邸，她的聪慧乖巧深得苏轼的浪漫心性，随侍二十余年来，朝云既是他朝夕相见的亲人，更是无可替代的红颜知己。今日端详，朝云依然如一朵梅花般亲切，青丝中却见了几根白发。人世沧桑镌刻在苏轼心头，也爬上了朝云额角。和朝云一起在杭州超山上手植的二十棵古梅该长大了吧？是否岁岁花开，游人蝶来？苏轼还记得朝云清脆的笑声，像白云间雀鸟的欢叫声从树枝间滑落，溪水清澈地流过草地。假如那些欢笑触地开花，一定是一大片繁花似锦的白梅。白梅，洁白的花瓣，玉雪为骨冰为魂，一年一年昭示死而复生的奥秘。苏轼端详朝云，再端详内心的白梅，猛然想起黄州的"雪堂"。

初到黄州，苏轼寓居定慧院，寒夜难寐，春风岭的直脚梅不断浮现，那朵飘摇陨落的白花瓣落入了他的灵魂，自此，梅花不再是他吟咏寄怀的物，而是自己："拣尽寒枝不肯栖，寂寞沙洲冷。"一年后，积蓄几乎用尽，生活成为第一课题。尽管朝云隔三岔五挑选便宜肥腻的猪肉，慢火煨炖，成了苏轼不舍的美味，但节省解决不了生存困境。幸好追随而来的老友马梦得颇具神通，从当地政府争取到五十余亩废弃的营地，辟作农场。苏轼总览农场，通盘计划，取名"东坡"，较低的湿地种植粳稻，平地种枣树和柑橘，贫瘠瓦砾地面植上桑树，买了一头耕牛和必要的农具，过起了他心目中的田园农桑生活。视野最好的角落空了出来,他想盖几间房屋,结束寄居。除了马梦得,潘丙、郭遘、古耕道等新知都伸出手来,帮助苏轼实现了建房的黄州梦。元丰五年(1082年)二月大雪纷飞中,五间房屋在"东坡"落成了。择一日,苏轼闭门谢客,将堂屋四壁画满了雪花,自书"东坡雪堂"悬挂于门上。一室雪花成为隐喻,飞舞着白梅的灵魂。

凝视泪落如雨的朝云,灵魂中的白梅突然有了一个鲜活的有血有肉的美丽形象。朝云便是他的一瓣梅花,一朵雪花,他一室的晶莹。心灵震颤了,苏轼挪步到朝云身旁,抚摸她的鬓角,替她擦拭泪水。好一会儿,朝云收住心神,止了眼泪,难为情地扭捏一下身子,抬眼望着苏轼,喃喃道:"我唱不出来的是'枝上柳绵吹又少,天涯何处无芳草'这两句。"苏轼掩饰惆怅和悲伤,佯装大笑,说:"我正悲秋,你却伤起春天来了⋯⋯"眼角止不住闪烁了泪花。

第二年,绍圣三年(1096年)六月下旬,天气酷热,朝云感染时疫,惠州缺医少药,回天乏术。七月初五,瘟疫夺去了朝云盛年的生命,终年三十四岁。至此,朝云陪伴了苏轼二十二年。苏轼老泪纵横。他灵魂中的白梅飘落了,雪堂倒塌了。八月初三,依朝云遗言,苏轼葬朝云于丰湖东南湖滨松林中,山风吹来,松吟萧萧,仿佛在唱"花褪残红青杏小⋯⋯"令人凄断。苏轼在朝云冢上搭六如亭,亭柱上手书楹联:

　　不合时宜,唯有朝云能识我;
　　独弹古调,每逢暮雨倍思卿。

苏轼遭贬岭南途中,要过大庾岭。过了大庾岭,就是岭南了。大庾岭上,有唐代张九龄开辟的山径,种植了梅树,设为关口,叫梅关。绍圣元年(1094年)九月,梅关的梅花开了。苏轼、朝云和苏过千里风尘到达关口,时逢细雨,一家人冒雨赏梅。一棵年纪大的白梅,一半树枝枯萎,开了半树梅花。朝云看罢,拉住苏轼衣袖,轻言道:"这棵梅树好可怜。"苏轼捏紧朝云一双水乡温润的小手,眼望远处暮霭,沉吟半晌,道:"一块生活过的人永远不会过世。"

得其所哉

1

梁实秋先生不待见樱花,这一点在他的《忆青岛》一文中表露无遗,而梁先生憎恶樱花的具体原因,恐怕要到他在美国西雅图撰写的《槐园梦忆》这篇长文中去探寻。

抗战期间,梁先生辗转战事后方,因万千无奈,将父母妻儿置于北平日本铁蹄下,睽违逾六载,瘀滞的生命之痛可想而知。"凭了这六年的苦难,我们得到了一个结论:在丧乱之时,如果情况许可,夫妻儿女要守在一起,千万不可分离。"劫后梁先生再未与家小长期分离,直至发妻程季淑女士1974年4月因故去世。如此说来,梁先生憎恶樱花在情理之中,至于这憎恶是否具有普遍性,即既憎恶青岛中山公园的樱花,亦憎恶日本上野的樱花,就陷入揣测了。但以梁先生一贯秉持的文学当揭示普遍意义的人性论视之,一并憎恶也在情理之中。原因恐怕要穿越历史,返回到20世纪30年代梁先生寓居青岛教书的生活中搜寻。

比樱花有意义的似乎是西府海棠,它既不具备感染人性的背景,也无产滋生阶级性的环境,纯粹一束束粉中揉白、白中含粉的艳美花朵。阳春之际,海棠花垂生人世,装点我们的山川、道路、花圃、庭院,甚至梦境。同样在《忆青岛》这篇文章中,梁实秋先生写道:"我喜欢的是公园里培养的那一大片娇艳欲滴的西府海棠。"由此推断,梁先生明示喜欢西府海棠始于青岛,但喜欢西府海棠的具体因由恐怕也得去《槐园梦忆》中查寻。

1930年夏天,梁实秋先生应杨振声博士邀请,携妻小与闻一多先生一道,前来青岛。梁先生担任国立青岛大学外文系主任和图书馆馆长,第一年租住鱼山路4号,翌年搬入7号(如今的33号),住所楼前有庭院,山径衔接山径,穿过花木交织如网的路径,步行二十几分钟可至汇泉海滩,人居环境不比当今差。曾经的鱼山路7号为新造楼房,楼前庭院宽敞有余,只略显光秃,程季淑女士喜爱花木,建议房东青岛本地人王德溥先生栽几棵树。第二天,他伙同儿子拉来两车几乎成树的树苗,有六棵樱花、四棵苹果、两棵西府海棠栽满院子。次年即见花束挂枝,满了季节,美丽得紧,颇让梁先生夫妇心花怒放。其实重点是程季淑女士,梁先生描述说:"西府海棠是季淑特别欣赏的,胭脂色的花苞、粉红的花瓣衬上翠绿的嫩叶真是娇艳欲滴。"可见,那时的梁先生本人对樱花和西府海棠没有明显好恶的分别,说不好还是一并喜欢的——栽植时,他并未出手制止,且有六棵。由于"季淑特别欣赏",季淑在梁先生心里又有特别显要的位置,难免跟着欣赏。此后的岁月，命途多舛，强化了他的偏爱——当然同时与程季淑女士的偏爱有关。

由青岛回出生地北平后，梁先生一家包括父母兄弟姐妹十几口人，由大取灯胡同一号迁到老宅内务部街二十号，梁先生一家分得外院和西院居住，垂花门里一棵硕大的梨树，遮盖半个院落，因"梨"与"离"同音，其母令人砍去。小院裸露，程季淑女士便往隆福寺街花厂挑选了四棵西府海棠栽下，算是延续了在青岛偏爱海棠的情感。第二年，海棠"繁花如簇"，深得梁先生夫妇喜爱。

鱼山路33号，过去的7号，门开在路边，崂山花岗岩砌的墙垛，安装对开的黑色铁栅门。门内左侧几株侧柏，靠门的一株斜向鱼山路，几欲歪倒。矮墙顺山势渐次低下去，与东侧的房屋山墙隔出夹道式胡同，窄窄的，不深，三四十米，沿石制台阶与砖混的甬道走到底，即为"梁实秋故居"入门。门开着，游客随意出入。入内即院落，两层楼房立于庭院东北角，屋顶与外墙面已修葺，顶红墙黄，目视如新。小院地面大面积铺设地砖，梁先生记忆中的樱花、苹果树、西府海棠了无踪迹，只一棵粗而高耸的水杉透着生命的水灵，挺立岁月的苍劲，树身米余处挂一木牌，写此树是1930年梁实秋先生居住期间亲手栽种等字。

慢的生活，给了他爱憎和成长。梁先生晚年，时常思念青岛，他托居住在大陆的女儿专程去青岛，从汇泉海滩装了一瓶沙子，辗转送到台湾。梁先生如获宝物，置于书桌，昼观夜想，以慰平生。海沙中有他怎样的情思？他写道："在一个隆冬里，我有一回偕友在汇泉闲步，在沙滩上走着走着累了，便倒在沙上晒太阳，和风吹着我们的脸。整个沙滩属于我们,没有旁人……永不能忘。"海沙正似梁实秋先生自己,千万粒中的一粒,流离失所的一粒,最终回归了大海。我迈步向梁先生故居的书房走去,恍恍惚惚,我把自己走成一片树叶,一片西府海棠的树叶,或者樱花树的树叶。我走成一个黑点,一缕微不足道的游影,消失于漫山遍野的树丛。在那片莽莽苍苍的丛林,梁实秋先生从书桌抬起头,在那儿,他那么年轻,还不到三十岁,他握着笔,开启了莎士比亚的翻译,用喜欢和爱意,数十年不倦不怠,翻译完《莎士比亚全集》……若硬要逼梁先生感慨,他大概依旧是那句"疲马恋旧秣,羁禽思故栖"吧。

然一切不复当年模样矣!

2

"秋老虎"比我先到青岛的闻一多故居。"秋老虎"再厉害,也同我一样,进不了故居的门——门关着。入户上二楼揣走几本闻先生收藏的古籍善本,或如当年臧克家先生那般进屋后与闻先生畅谈诗歌,都是不可能的事了。时间偷走很多东西,包括闻一多先生坐的那把让他从新月派诗人往文化学者转型的扶手椅。时间又总会放过一些东西,让其不老,比如"秋老虎"。20世纪和21世纪的"秋老虎"同样方头大耳,花纹生猛,保留着炙烤树叶和往人脸上涂抹光阴褶皱的特长。现在,它们趴在闻一多先生故居外墙的枫藤叶上,闪闪发光。

"秋老虎"和枫藤合伙,把两层楼的故居弄得油光锃亮。"秋老虎"似乎还不满意,还想爬到光秃秃的烟囱顶沿,往下瞧瞧黑色的烟囱如何深不见底,可屋顶的牛舌瓦太滑,摔几跤后,跌落到叶片上。它拨开一些缝隙,透过窗玻璃往里瞅,一丝亮光是自己的眼神,瞅见闻一多先生正埋头读一本焦黄的古书。"秋老虎"不识字,对书本兴味索然,它感兴趣的是闻一多先生的脚,准确说是脚趾。闻先生坐在扶手椅里,仰躺着,双手抱书在胸口上,跷起二郎腿,脚上套老布鞋,鞋尖破一个洞,大拇指露在外面,不知因布鞋太小还是脚趾太长。脚趾扭着秧歌,一上一下蠕动,像秋天进出泥土的豆虫。"秋老虎"议论纷纷,哗哗声不断,仿佛汇泉湾的海浪,惊扰了闻先生。

他放下书,斜着眼睛看破窗而入的光线和乌压压的枫藤。枫藤的围困让他想起刚到国立青岛大学那阵,住处离海太近,浪涛日夜不宁,吵得彻夜难眠,于是搬家到校园东北角一栋僻静的德国人遗留的小楼,离海边远了,安静了好一阵。闻先生戴着围脖,低着头,一撮山羊胡子朝前翘,被风吹得有点儿乱。此刻的闻一多先生已不在乎风吹雨淋,"秋老虎"肆虐。他屏息凝视身下右前侧圆圆的石头造型,琢磨不透那是只花圈还是救生圈。

四号门在北,五号门在南。由四号门进,北行不到百米就能看见闻一多先生的故居。四号门门口的电杆上挂块蓝底铁皮牌子,写着"本校门只进不出"的白字,五号门立柱上有块同样的牌子,字也一样,只把"进出"调了位置,为"只出不进"。汽车时代针对的是车辆,人的进出当然不加限制。保险起见,我选四号门。闻先生一般不从四号门进出,除非他想去沈从文先生那儿。闻一多先生常去梁实秋先生住处,两人各拄根拐杖,边走边敲打山石,敲打得越响，一路上愈加静谧。他俩在鱼山路上来回走，像帧夕照般散步。

闻一多先生扭头问梁实秋先生："乌龟和兔子，哪一个是我？"

梁实秋先生举杖朝幽篁处指指："任你选择。"

3

沈从文先生喜欢在清晨散步。1931年，他来国立青岛大学讲授"小说史"和"散文写作"，散步不像闻一多、梁实秋那样携带拐杖。拐杖自然和年龄没有必然联系，握根拐杖戳点草木、石头和季节，走走停停探讨点什么是腔调，如同抽烟斗、写文章，或写文章时抽烟斗，火灭了也含在嘴里吧嗒两口。沈从文先生的牧歌式腔调都展现在他的作品里，他也喜欢牧歌式散步。沈先生一般顺福山路往南走，就是我眼前略显狭窄的车辆单行山道。目视中山道仿似直的，实际绕行在八关山麓，不知不觉转着弯，不知不觉让人迷失。这条路在半山腰，正好避开两侧盖红瓦片的建筑。靠山一边石墙陡立，足三米高，垂挂枫藤、迎春等藤蔓植物，还有树木枝杈靠在墙头，颜色青绿。山上错落分布着各种建筑，往山下去是一条条巷子，两边堆满房屋和围墙，从福山路崖朝下望，浪漫悠长到看不见底。

沈从文先生每天清晨散步到太平湾，沐浴一阵海风，听白鸥独飞的啼鸣，看海浪翻滚的波涛，完事后再折回来。"海边那么寂寞，它培养了我的孤独心情。"孤独是一种不示人的情感，与人生寂不寂寞无关。在青岛的山海之间走来走去的沈先生并不寂寞,那时他正沉浸在精神恋爱中,热恋着苏州闺秀张兆和。有情书写不言寂寞,即便言寂寞也非寂寞,而是腔调,类似执拐杖散步。如此说来沈先生多少有点矫情劲儿,还好没到做作的地步。他这样写:"学校离我住处不算远,估计只有一里路,上课时,还得上一个小小的山头,通过一个长长的槐树夹道。山路上正开着野花,颜色如金子。我欢喜那种不知名的黄花。"一里路和不知名的黄花不重要,重要的是"欢喜"。苏州人说喜欢不说喜欢,说爱不说爱,而说"欢喜"。"吾欢喜伊"这一句顶一万句。张兆和这样说属于方言土语的自然流露,自是让人喜欢得紧,可若一个湘西人如此说,便有矫情的嫌疑。在这里,寂寞孤独的只有黄澄澄的花了。由此,我猜想沈从文先生去授课时,进校园大概不会从海大四号门和五号门进,因为有条"长长的槐树夹道"从山头直通校园,别说一里路,即便有三里、五里远,沈先生都会乐呵呵地走着。原因在于,那条路边有一块草坪,草坪需要一点儿黄色点缀,于是便真的有了一抹黄——那是一个穿着浅黄颜色袍子女人的身影。

  我想推开沈从文先生故居的铁门,进去走走槐树夹道,找到黄色的野花和身穿浅黄色袍子的女子,可铁门关着。等了许久,一对老年夫妇外出归来,用钥匙开了门,我赶紧走过去,打问是否可以参观沈先生故居,回话说不能,因是私人地方。铁门又关上了。此刻220路公交车驶过故居门口,停在故居南侧齐河路站牌下,一位撑阳伞的中年女子上了巴士,无人下车,巴士很快开走了。

  沈从文先生在青岛教书一年后,经过悠长的追求,张兆和终于撑开一把油纸伞,素面低首,拾级而上八关山的胡同,迈过最后一级花岗岩台阶,迎向海边散步归来的沈从文先生。她像个素淡雅正的音符,轻轻颔首,让沈从文先生在青岛收获了顶重要的一句表达:"我欢喜你。"

崂山茶人

第一章

1

老刘瞄一下手机,不到九点。雨滴到屏幕上炸开,他拉衣角擦净。斧仁子山是长岭村的最高峰,在村庄西南方,雨雾吞没了大半个山顶。黄海在左前方一公里外的山坡止步,隐约传来海浪拍打礁石的破碎声。旅游公交过长岭村东,设长岭北、长岭和南长岭站点,从村南老刘家的半亩茶园望得见车子停靠南长岭,再往南朝黄山和青山去。茶园和树木绿中泛黑,风不大,雨一时半会儿也下不大。老刘种崂山茶四十多年了,他说春末夏初的雨,下一次让茶芽价格跌一次,茶味也一次不如一次。

老刘走下茶田,经四棵大杏树,再过半山腰的臻崂茶厂,和制茶人打过招呼,上了通向海边的坡道。水泥路面年头久了,不少大裂痕,路过的三轮摩托猛烈颠簸,像断了似的。老刘趿拉着人字拖,穿靛青长裤,浅蓝短袖上衣,两截半裸的胳膊套白色条纹袖筒,浓发夹杂白丝,皮肤偏灰。他一摇一晃下山,右腿有点跛。

老刘立在旅游专线公路外侧等我,正面是他的村庄和斧仁子山,茶田层层上升。在辽阔的大海边,紧贴公路的"福"餐馆外面,大多是喝茶用餐和凭栏远眺的游客。此时,一身彩色衣裙的小姑娘挥舞园艺铲子,手提红色小篮子,在年轻母亲的看护下挖蛤蜊。海天一线的地方,浓黑的云层你推我搡。

我打量老刘,判断他和我另一个崂山朋友老王的不同。一个是崂山茶种植者,一个是崂山茶经营者,或者都兼而为之。老刘生活在山上,老王生活在山下。

"先上山还是先喝茶?"老刘问。

"上山。"

老刘前面带路,一瘸一拐。茶园因我们登高而缓缓下降,大小峰峦因视角变位而漂移。老刘、老王和我仿佛生活在巨大又无形的钟表内,向前移动。

长岭村的茶园仿佛一本摆在地上的相册,美如画。老刘闭着眼也清楚哪一块归谁家,哪几垄年头更长。我们把目标设在山顶,因此停在某一片茶田的时间不长。那梯田太有型了,花岗岩砌成的墙体、冲积而来的土壤、土里生土里长的茶树、清新畅快的海边空气。老刘坐在圆石上耐心等待,而我稀罕不够。

长岭村的梯田形成于何时我没向老刘打听。它们漫山遍野,上直达山脊,下直扑大海,每一块都是人们用心血垒筑而成,即便只种一垄两垄茶树的一小块区域,石头的隔墙也板板正正,不会让一粒土跑掉。这些梯田不是一朝一夕完成的,也许明朝的先民们就开始一点点刨土筑田,一代一代传下来,直到今天也没停止。梯田是长岭村的美景之一,也是众多美景的载体,印证来自悠悠岁月的劳动才是美的源头。先民们的创造富含激情,往往以数百年计,从不停息。此地一面是群山,一面是大海,即使前赴后继地开垦,土地也有限,每个村民头上平均几分地,一家一户大都在三亩之内。

老刘说我来得不是时候,抱怨乌云翻滚的天空落下小雨,担心影响我对崂山茶的好感,担心我拍的照片不清晰、不透彻,有损长岭茶园的名声。他说晴朗天气下的茶园山峦叠翠,大海绵延,可见一叶小舟冲向一群海鸟,都是欢愉的,而茶芽嫩如水滴,挂满了梯田。这时候他一脸自豪。我毫不在意。眼前的梯田,盛夏的茶园淅淅沥沥下着小雨,与美池无异,而我是吐泡畅游的鱼,谁还在意照片如何。

2

为了灌溉,长岭村砌了许多蓄水池,散布在茶园各处,有建在山道边上的,有置于山崖一侧的。每个水池面积十平方米左右,一米多深。池子与梯田的用料一样,取本地的花岗岩。梯田围墙的石块不规整,为省人工,保留原貌,对好边角填筑,不使用泥浆、水泥抹缝。蓄水池的要求高,石块经过打磨,被规整为条状,厚薄大小尽量一致,做到严丝合缝不渗水。水池的建设选点讲究,设在茶园的不宜耕种处,利用整块的裸岩做池底,用水泥浆灌平边角，不浪费稀缺的耕地资源。水池蓄满水，经过几天的晾晒蒸发掉氯，水便健康了，茶树用它浇灌，生长也会更加旺盛。

一个山头隔开南长岭村和北长岭村，老刘叫它团岭顶。团岭顶高二十几米，从山道上望过去，比南北村庄高一大截。整个岭全是种茶的梯田，把四面山坡围住，几乎到顶，青青绿绿的，凸起于四周橘红的瓦片，煞是好看。找不到合适的近景拍照，便见前面有个蓄水池，水面幽幽，平静如镜。蓄水池自然是很好的近景，中景是团岭顶，远景是茫茫大海。照片主体本来是团岭顶，按快门的瞬间我改变了主意，将主体变成蓄水池，团岭顶便矮于近旁的刺松和蜀桧了。一棵小叶朴高扬枝条，斜对着北长岭的碧海红瓦。

蓄水池是长岭茶园的秘密武器，我给它取名叫"天镜"。在我越来越留心天镜时，镜子的数量随着登高显著增多。我跑上跑下观察天镜只为寻找水源，池中水明显非就地涌出。当我看见一线泉水由管道入镜，确定它经过了长距离跋涉。泉水没有水压，自然流动，一点儿力道都没有，看上去很虚弱，也很清澈。

山径上一个弯道口，一位中年男人光着膀子弯着腰，手持镢头，费劲刨开泥土，避开厚重的墙石，拽出一截胶皮水管。他说水管堵了，要更换。他正在忙这件事。水管在地下盘来绕去好几公里，我弄不明白他如何认定是这个地方的这段水管出了问题。隔着数层梯田，视线绕过四五位采茶人，更高处一家刚采摘了幼芽的茶园启动了喷灌设备，喷头吱吱地旋转着，喷洒亮晶晶的水滴，池子里困过、日光晒过的天镜之水瞬间化作了一场春雨。

不消说，以天镜为枢纽的梯田灌溉系统是维持茶园茶叶生长的关键。为了让不同品种和年龄各异的茶树喝上崂山矿泉水，长岭村动足了脑筋并付出了艰苦努力。茶叶品质的保障和茶园美景的实现绝非一日之功。付出获得了回报。村庄的崂山茶产业与观光旅游业无意中完美融合，促进了周边其他产业的发展。屈指算来，已历近四十年时光。老刘也由半大小子变成了中年男人。

长岭村北朝西去山里的一条峡谷，窄长陡峭，谷中布满大大小小的岩石，有的零落，有的堆叠。两岸即为山壁，稀少的土壤中杂木蓊蓊郁郁，乔木茁壮挺拔。石缝树荫中，生长诸如透骨草、山萝花、露珠草、荸荠等山里不多见的植物，这些大自然的馈赠，是植物爱好者追逐的目标。峡谷里有一条河，名长岭河，水不汹涌，也不稀少，匍匐谷底，一年四季潺湲不绝，即便每年的枯水期，同样一溜儿碧溪，鱼翔蛙鸣，浪花飞溅。绝大多数河水由深山的泉水汇成，掬捧可饮，透着甘甜，东流过村北，一路欢歌，去往大海。这是天赐的水源，万物生生不息的根本。20世纪90年代，正值长岭村崂山茶产业成型之际，村里不惜举全村之力，于1998年在峡谷中段开建堰坝，一年建成，阻断了河水流失。一座水库，如一面天镜赫然呈现，成为全村茶园灌溉体系的水源地。

山道贴靠长岭河一侧，划着半弧，往高处去。前面，茶园已经稀少，岩石裸露，层林叠翠，离山顶越来越近了。近旁，立着块崂山区政府的木牌，通告居民保护堤防、护岸、涵闸、泵站、通信、照明、监测等设施，通告牌下方，即为长岭河堰坝。堰坝通体石筑，两端嵌入山体，壮观、整齐又规则。坝身高十余米，彻底截流。正面堰体笔立，后背则有近40°的斜面支撑，即便大水年景，河水聚多，漫过堰顶，因之厚重结实也不会被冲垮。堰体每块石头都和砌水池的石料一样,一丝不苟地凿磨过,敦实且不妨碍美观。寻石、搬石、凿石、砌筑以及昼夜劳作的号子声,穿透时间的屏障,到达我面前,我望见了如今大都不在人世的身影和坝成之日的笑脸。这是集体和理想的力量。

找到一处围栏缺口,我走上两米多宽的堰顶。对极度恐高的我来说,应对身体两侧的悬空是个考验。费力挪动了二十几步,头晕目眩和恨不能腾空跳下去的欲望让我像钉子一样不敢动弹。我能转动的只有头部和眼睛。向左,我看到高起的群山和峡谷穿山而去,那里,不再有流水涌来,只有层层的巨石和绿色的树木,也像一条河流。向右,透过峡谷缝隙,我看到明亮的大海,这里的地形正是被它塑造形成的。自第四纪以来,此地与众多海岸线一样,经历过六次海退和海进。海水使出全身力气,打磨了白垩纪晚期此地隆起的花岗岩,最终变成我眼前的形状,或高高耸立成峰,或匍匐于地筑谷。距今六千余年前,海面停止上升并有所回落,浅海变陆地,长岭河才有了专属的领地,再不担忧海潮来袭。它以汤汤,以潺潺,终于在今天,吟唱完一曲岁月之歌。

我前面垂直的下方,塑胶水管如爬山虎的藤蔓,一头在坝前,探入所剩不多的一汪水中,一头翻越至坝后,钻过乱石,去往山下各处,将泉水送到一个个蓄水池。这些水管又像密布的血管,输送心脏泵出的血液到达茶园生命体的每个部位。

我艰难地同时挪动双脚转身,用蚂蚁爬行的速度离开堰坝,返回盘山路。路边松树下的老刘正观望对面山脚和水库右前方的茶园。连年旱情,长岭河断流,水库即将见底,这些情况让老刘忧心。

3

过狐狸洞，再行百米弯道，即到老刘说的山顶。狐狸洞是山体在山道边张开的一张大嘴，不见下颚，上颚是外伸的整块巨石。人或狐狸，进入洞中，不能避风（嘴朝北方的风口），却可避雨雪（有一定深度）。在崂山文化体系中，一棵树、一块石头、一种花，都可能演化为民间故事的载体。例如"石老人的传说"来源于伫立大海的像老人的石头，那神情分明在翘首企盼久出不归的人。蒲松龄先生以耐冬、牡丹和崂山道士为题材创作了《香玉》《崂山道士》等小说，成为崂山民间故事中的经典。当今的山上，难寻狐狸、獾等小动物，不太可能化身美女藏身在这简陋的洞窟与尔相会。因此，传说不过是浪漫的幻觉，村民干脆给它改了名，叫仙人窝，说洞窟里遇见仙人的机会（仙人要打尖）比狐狸多，我想大概与本地人的传统营生有关。

清代贡生黄肇颚先生晚年栖居返岭后村的华严寺十年，编撰《崂山艺文志》十卷，有"春采药，夏采蝎，冬割蜜脾"的记载，我们不妨称从事这类职业的人为药农。"烧炭者，曰窑户，或松或柞，雇人入山林而烧之"，称之为卖炭翁亦无不可。类似的记载还有养蚕者、菌蕈种养者等等。此类人士，都是在不误"农务"前提下，从事第二职业。尤其窑户，"农务既毕，山事方兴"。他们上山伐木，专挑粗大的松柏和柞树，尤其柞树，"纳官者须石炭"，烧制完成的柞木即为石炭。他们在我和老刘途经的山道旁伐倒数棵参天柞树。不料狂风大作，下起秋雨来。窑工几人以手遮脸，逃入狐狸洞躲雨。没多大会儿，雨水顺石颚淌成溪流。

透过雨帘的窄隙，遥见山间秋红并不减色，反更婆娑多姿。如此一栖观一景，赛活神仙也。有人提议，叫狐狸洞难听，莫如称仙人窝的好。原来仙人实非别人，乃山民也。

《崂山艺文志》所记职业颇多，独不见务茶事者。清同治年间的《即墨县志》崂山物产类对"山茶"有记载，仅一笔带过，未书来龙去脉。志书中的山茶，应为崂山本地的原生茶，即今之茶人吃喝的"野茶"。1899年前后，传教士花之安，一位博学的植物学家，著《崂山植物》，想必对崂山原生茶有所追述，憾不曾见此书。从浩繁文字中，仅见原生茶只言片语的记录，探知茫茫山脉中，原生茶不过是凌乱生长的植物之一，不成规模，亦无专门的从业者，更无法以此谋生，远不如伐木取炭。历史上，崂山茶若有当今的规模，陆羽的《茶经》也不会以"茶者，南方之嘉木也……"开篇了。

老刘心中的山顶是建筑在峭壁之上的三间红瓦房，我称为山居小屋。小屋采用花岗岩筑基，墙壁如老刘的上衣，粉刷为浅蓝色，在山巅间十分抢眼。山居小屋背北面南，屋前窄小的院落，打水泥地面，院前有一米高的围墙，墙外即悬崖。瓦屋东侧接我们上来的山道与院落贯通，外侧同样立青皮墙防护，比院前的矮点儿。老刘坐在步道南墙边，点燃香烟，歇歇脚。山风猎猎，他旁边的一面黄旗翻卷如云。

秋茶收罢，每年十月，老刘拾掇铺盖卷，上到山顶，住进这瓦房，度过冬天，直至春天又来，茶树再度萌芽。这段时间，他又多了一个身份——看山者。仿佛仙人窝挪了地方，而老刘正是那仙人。

山居小屋南面正对斧仁子山,视觉上,与长岭村这座第一高峰平起平坐。高山与小屋之间,隔着宽阔的峡谷,村里人叫它风凉涧。风凉的意思不难理解。炎热的夏天,南侧山峰垂挂下阴凉,谷中气温明显低于谷外。冬天,北侧峭壁挡住扑来的寒气,峡谷温暖,植物照常生长,谷中的茶树总能率先发芽。谷地茶园可谓寸土寸金,无一寸土壤不种植茶树,于是村民前赴后继,连年垦荒,艰苦拓展,如书中的记载:"山田稀少,开垦沙砾,如梯如蹬,刨以镢不耕以牛……"

"涧"则需要想象。此地在早些时候无人居住,涧是一条溪水。这条溪水,既没有想象的浩大,也不比想象的弱小。它浑身充满力量,从西部的群山流淌过来,汇聚沿途的山泉,推动大石,冲刷沙砾,曲曲折折地流往东边的大海。它的力量,既没有设想的力大无穷,也没有想象的无缚鸡之力,而是刚刚好。好到什么程度?好到正好把裹挟的泥土、沙砾、石块摆放到大海面前,借助海潮的挤压,沉降堆积起来,越聚越多,越扩越宽,最终把孤立的团岭顶吞噬了大半,塑造了一个谷口扇形地带。这个扇状的斜面,像趴卧前海沿的贝壳,微微张开嘴巴,喘息的频率与海洋一致,与浩渺连波的大海和绵延层叠的山脉结为一体,造就了适合人类安居生活的平台。

完成谷口扇形地带塑造的涧溪,减嶙峋、拾澄明,不再裹挟泥沙块石,变成越来越柔美的涓涓溪水。它拒绝再翻越扇形地带,直扑大海,冲毁它用千百年塑造的"贝壳",温顺地从斧仁子山山脚南折,开辟新的河道,开创新的风景。从旅游专线公路能清楚看到,这条溪水从"贝壳"南沿,从斧仁子山东侧,分岔为两股,一股朝东，一股朝南，分散了流量，分别缓缓入海。而今，两股溪水流经的低地，均为长岭村上好的茶园。茶园的角落，挺拔着稀疏的古树。

明朝初期，长岭村的先人们终于发现了这个地方，他们在这只"贝壳"上建造房屋、修筑梯田，从事渔樵耕织，过起平凡安稳的日子。立村之初，村民勘察这片土地时，发现房屋西侧有一组活泉。村民下挖不到三米，围成水井，泉水深足两米，距井沿一米余，探身可取。直至今天，井水一如往昔，并不见少。夏日的井水，清冽甘甜，饮之去暑。整个寒冬，井口温暖的水雾升起如炊烟，家家户户，隔着石头房子的窗户，望见它袅袅娜娜地升腾。学者品尝井水后说："其味甘，其色白，其汁厚，其气劲，其水视外间较重，故山居者多寿……"

如今的长岭村，家家户户用上了自来水，隔三岔五，不少人家还是喜欢到井边打两桶上来，挑回家，洗菜、烧饭、泡茶。人们说这口井是风凉涧留存的第三股溪水，取之不尽、用之不竭，潜行岁月深处，浸润人的心田。它乃天成之镜，长岭村的血脉，隐隐含着光。

第二章

1

老姜是二龙山一带的茶王，这个称号是某个全国性组织颁给他的，还给了他一块象征身份的牌子。他把它摆在工作室西墙各种奖牌的中央，看得出茶王这个称号在老姜心中的位置。早些年，茶王这个称号给老姜带来许多自豪感，毕竟得到这个荣誉的茶农不多。茶王是对他制茶技艺的肯定，老姜珍视的正是这点——自己的崂山茶终于获得社会认可。在外人眼里他理所当然升华为"人物"。那时的老姜没敢把自己当"人物"看，他清楚被当成"人物"是危险的。他那一代学手艺制茶的同龄人中——老姜1955年生，比老王大近十岁——是年龄最大的。但他并非因为年龄大做茶到今天，乃源于热爱和坚持，或对茶的痴迷。他的人生目标似乎就是再做出一锅好茶，由于下一锅的存在，他对这一锅便怀上了不满和遗憾，于是马解不了鞍，驴卸不了磨，他也乐此不疲于下一锅了。光阴荏苒，转眼年纪大了，一回想茶王称号，竟如七泡之后的茶水，滋味寡淡。把茶渣倒进垃圾桶，老姜不再在乎什么称号了。也许从那时起，二龙山下，十里八村，才诞生了一位真正的茶王——爱茶人心中的茶王。

老姜的茶工作室在他上千平方米茶厂的正南面，两间房子的开间，很宽敞。室内有两样东西，一样靠东墙，一样靠西墙，喝茶的地儿显得空落落的。木制的展示柜立靠在西墙上，格子里摆放不同年代的奖杯、奖牌和大红封面的证书，顶棚的灯光照射在上面，明亮耀眼。这些荣誉，还在向初来乍到的寻茶者诉说，一个茶人在黑暗中寻找光明的过程。对老姜来说，它们已经安静了，光环也不刺眼了，过去的好时光噤声不语。茶台靠东墙根，台子和墙壁之间，放一把藤椅。坐藤椅中的老姜为来客泡茶之余，抬头便望见西墙，一种现在对过去的凝视。没有人清楚他想到了什么，他也不会说出来。老王说老姜不爱说话，如今的话更少，不再轻易向人介绍他的技艺和他的茶，他只管泡，你只管喝。老王的话里有故事。我举杯,很少提问题,喝下的是老姜过去和现在经历的融合。

"清风明月无人管,并作南楼一味凉。"

我脑子里冒出黄庭坚的诗,与品茶的氛围不搭调。起身走到窗前,窗外是老姜的大片茶园。茶树又冒了一批新芽。茶园南面二龙山嶙峋,像个端着烟锅的老头,朝茶田张望,十分清晰。这情形让我忽然想起苏州西山的茶园和山峰,嘴里蹦出一句什么话,自己没在意。老姜又烧上一壶水,拿了茶则,离开茶室,不多会儿端回一撮茶叶,根根卷曲。老姜说这是刚刚出锅的七月新茶——崂山碧螺春。

碧螺春迅速还原为嫩芽,在茶杯中跳舞。在我想象的山坡上,在记忆的旧相簿里,浓雾遮盖了桂花和杨梅,远一点的香樟树若有若无,山峰完全不见了,嫩芽直立在齐腰高的茶垄,嘴含露水,一只手伸过来,取走一些,放入身边的竹篓。

仰脖喝一杯,我示意老姜再倒一杯。三杯过后,扭头看老王,他也抿了一口,再没举杯的意思。"比刚才那壶春芽更有滋味。"我说。

老姜手擎茶壶笑得发抖。老王瞪大双眼,想再认识我一番似的。

2

崂山西北隅的一座山,叫口子山,峦黛脊青。云彩因山显低,也因山之峭然加快流速,景象诡谲,但不失瑰丽。山南瀑布飞泻,松响鸟啭,怪石峥嵘,人称北九水,风景特别符合游客的审美。

山北一条宽而长的峡谷，与近海的王哥庄河相连，途经山坡上的村庄姜家村。河柳、黑松、椴木、云杉耸立谷地，初看峡谷不像峡谷。进到深处，高大树木下岩石累累，石缝中的土壤稀少，树木照样樛曲而生，奋力舔云。谷底的岩石壮硕，形似巨卵，你挤我靠，互不相让，撑开了峡谷之腹。从卵石分布像飘带的现状看，这里原来应该是一条溪流，汤汤而来，力量满满，冲刷了谷底和岩石，村里人称菇子河。

高家茶园已是人能到达的峡谷尽头，菇子河的源头也在此处。几股泉水从地下涌出，汇聚成潭，却不见水流向外淌。

老高的出生地姜家村到高家茶园八里多地，山径沿峡谷西坡曲曲折折到达那里，最里边的四里是老高亲自开辟修筑的，窄了不少，可勉强错车。小时候，老高和老王——老高生于1968年，比老王小四岁——上学的空闲时间，常沿菇子河朝峡谷深处探险，边走边捡干柴和山货，用麻绳捆扎背在身后。等柴货足够多了，再追赶着溪水，背回山下，自家烧火用，或到集市上卖掉。年轻的时候，菇子河给了他们精神的愉悦和物质的馈赠。

茶园开辟在峡谷向阳的一面，一天下来，不缺日晒。茶园对面，无人开荒搞种植，大概是日照少的缘故。按陆羽《茶经》的总结，生长在向阳山坡有林木遮蔽的茶树，紫色的茶叶品质好，绿色的差一些；芽叶肥硕像竹笋形状的质量好，而新芽展开像牙板形状的差一些；芽叶的周边反卷的质量好，边缘平展的差一些。生长在背阴山坡的茶树，不宜采摘，这样的茶叶性质凝滞，饮用容易腹胀。陆羽的总结多来自种茶人的亲身实践，细致入微。事实上，见不到茶人在背阴的山坡上种茶，不用担心喝到背阴山坡的茶叶，种茶人明白阳光的重要性，缺乏阳光的照耀，不单茶叶对人体有害，其他瓜果蔬菜也很难成熟。

老高不一定认识陆羽，未必读过《茶经》。他从1995年小伙子的时候搬离姜家村，住进这片人迹罕至的深山，不惜力气一分一厘垦荒，春夏秋冬不得闲，根本无暇找什么陆羽，别说喝茶讨论《茶经》或别人家的趣事曲直了。老高几乎置身山里，二十多年既不问道，也不问事，就知道栽植茶树。老王说他和老高从小是伙伴，从老高进山，十几年没见了，连电话号码都是辗转打听到的。凭此判断老高欠缺情趣忘了老友却大谬。单说品饮，即喝茶，老高的趣味便不在老姜之下。虽然老姜的茶艺出神入化，严格讲起来，还属于人间的烟火，即便离开藤椅踱步窗前，即见茶园与二龙山组合的仙境。用"人间烟火"形容老高种茶饮茶的志趣似有不妥。他的茶园也有房子，也能升起晨昏之炊烟，然而怎么看都不像人间的炊烟。至于像什么，我想到"茶"本身——一个人隐匿于一草一木之中。"茶"属于天养之物，人处在天养的环境中，茶养人而非人养茶。喝茶在野，野在林泉。凭此一点，就足够老姜羡慕的了。

林泉是文人墨客向往之地。有树林子，说不定是竹林；有泉水，搞不好是小溪。在这样的地方不用说住一辈子，待上几个时辰就足够幸运。有一首诗这样写："野泉烟火白云间，坐饮茶香爱此山。岩下维舟不忍去，青溪流水暮潺潺。"说的就是老高的喝茶之地。茶园开辟到一定程度，有规模了，产茶了，老高终于亮出心中所愿，挂上旗杆，让它逐步变为现实。他早就物色好喝茶的具体位置，面南的住房右前方五十米处的一个山坡。他把坡腰整平，大约六七平方米，作为平台。平台东植上杉树和松树，留登临的径，一米多宽。小径并非直来直去，而是曲成几个弯，添了点变化，松风或也可转弯而行了。平台西是山坡的延续，往上是一层接一层的梯田。老高于陡坡上栽了一丛竹子，竹影如诗如画，抖动着翠绿。竹梢高出坡顶，冲茶园摇啊摇的，打着招呼。

起先我并没注意到这片松林翠竹间的野趣，因为在老高住房正南，两块磨平顶部的大石之间，摆放一张八角石桌，五墩石鼓凳，两个暖瓶、一个烧水壶摆放在一个大潭旁边，分明是一处喝茶的好地方。我急匆匆跑去看潭水，水的凉气直往上冒，行走茶园的一身臭汗几乎被它扫干，却苦了相机，镜头内外瞬间蒙了雾气。镜头里，眼前的景象上了一层薄膜，像看见了自己的梦。我转动身体按动快门，还好相机没罢工，便把朦朦胧胧的梦拍了下来。拍的时候，我望见了平台上的木质六角沁心亭——那儿才是老高喝茶的所在。

历史中，总有几个喜欢山林野趣的人，他们崇尚心灵自在，于溪边林下，把盏畅饮。"竹下忘言对紫茶，全胜羽客醉流霞。尘心洗尽兴难尽，一树蝉声片影斜。"新泉活火，松风竹炉，他们喝茶的那番雅趣、隔篱相呼的那份情怀，不知我这粗俗之人的崂山之行能否寻觅得到。数阶石磴、圆形的石砌平台、竹林下褐红色的沁心亭，全部崭新，一看就是老高用了心费了力的。他在追求什么？沉沉的木色、吐湿的青苔、摇落的竹影、斜开的余晖……在我眼里，这些设置分明过了千年，似古人当年的烹茗之地。

从沁心亭朝南望是绝胜之境。菇子河的源头就在我眼前山谷的尽头，溪水汩汩而来，从沁心亭下的石壁转弯东去，聚成一个潭，然后流出高家茶园，汇入口子山后的大峡谷。溪水沿途吸纳峡谷两侧山坡的泉水，汇成滚滚北去的菇子河，冲荡谷底的石流，滔滔响声在我耳畔回荡。而今的山谷，只有不多几汪泉水，稀罕地团着身子，像大山藏起的玉盘，老高为存贮珍贵的泉水，在百米多的山谷中筑了几道石堰，依然聚不成规模。老高看我失望，连续说了几遍下几场大雨，水就来了。

山谷左侧，一条碎石铺设的山径往河源那边去，那边有沁心亭面对的第二道风景。山径上覆盖着一层树叶，那是去年飘下的河柳落叶，因卷曲而变小，因时间而变色。河柳耸立，粗而高大，茎干上斑斑青苔，有的枝干上缠绕着枫藤。树冠不密实，却足够遮蔽山径，使小径幽邃，隐藏意蕴。

我该往那儿走一走。

山径上堆积的落叶告诉我平常少有人来，即使老高，顶多茶余饭后偶尔来散步停留会儿，因此，去年的落叶也好，前年的也罢，都像刚飘落的，看上去轻盈而古老。山径给了我复杂的观感，说不清它像什么，也许仅仅是一条道路而已。在这茶园中，老高满意却不常来踏足的道路，不声不响延伸到菇子河源头——纯粹为了抵达。

山径尽头是一个圆形平台，七十厘米高，模样同沁心亭平台一样，只是砌筑时间更早，石头的表面有一层苔痕。老高和老王立于平台上议论着什么，我从河源的石缝正好望见他们，他们也能望见河源和我。平台的作用就是瞭望。拍他们时，眼前出现那张八角石桌和六角凉亭，这里缺它们吗？假如郭熙从宋朝回来，出了老高的屋子，一手提溜马扎，一手端壶泡好的崂山春，颤巍巍走上山径，到石头的平台上落座，长时间凝视这菇子河的源头，也许会说"可行可望"，或"可居可游"，这样的话是否意味着什么都不缺了呢？

3

老姜的茶厂建在茶园内，位置在东北角，占地上千平方米，茶厂和茶园南头隔一条马路就是二龙山，二龙山水库的输水管道在山腰间盘旋，隐隐约约像蟒蛇。茶园绕水库围成了旅游景点，买门票，过一道有人看守的栅栏门即可入内参观。老姜的茶厂和茶园景观独特，无遮拦，可举目望山水，低头览茶色。把老高茶园定义成世外桃源的话，老姜的茶园则像"世内桃源"：一方面，老姜制作自家茶园的茶叶，完成销售；另一方面，凭技艺和信誉，为附近的茶农代工崂山茶，收取加工费，日子平稳滋润。在老姜的工作室喝茶，感受不到他的忐忑，茶里的商人味、水中的商业气息都比较淡。

老姜走得稳还有一个因素，就是他不盲目扩大茶园规模，控制了从种植、加工到销售各环节的成本，很有"躲进小楼成一统"的架势。小心翼翼地不扩大生产，意味着较难赚大钱，却因此规避了成本飙升、市场多变的风险，躲开了疲于奔命的个体困境。种植业投入大、成本高、见效周期长，没有雄厚的资金，坚持到底的不多，勉强喘气的比比皆是。另外还有个无奈的原因，那就是无法集中农户手里的茶田。每家每户的茶田本就不多，一般是三四亩，少则半亩一亩，这些茶田捏在农户手里，他们不想放弃，这制约了老姜等大户扩大生产规模的想法。这样下来，他刚好专心制作起真茶好茶，不知这算不算幸运。如今的老姜，坦然地挣手艺钱，拒绝昧心钱，恪守生存之道，日子悠闲，舒服又舒心。

老姜茶园的规模实在小了点儿，立定某处即可尽收眼底，视野范围内的有些还未必是他的茶田。从一开始，茶园的小事比大事更让老姜在意。一垄上了年岁的茶丛上方，空闲着一块长约七十厘米、宽不足五十厘米的土地，土壤当然和茶园其他地方的一样好。老姜不动声色地整平这块土地，撒上茶种，日头过来，月亮过去，长出三行怯生生的茶苗，太神奇了。可惜中间一行发芽不齐，长势不理想，可老姜却不气恼，在他看来，植物生长也得"喘气"。他找来细细长长的竹片，绕三行茶苗插一圈，警告行人别踩踏。老姜对茶苗微笑，我一丝不苟地给三行茶苗拍照，老姜愈加得意、兴奋。

茶厂西门口的台田上有一棵柿子树，树不是很大，可能被控制了不让长得过快过猛，但比四周的茶丛高大很多。柿子树和北面的村居、南面的群山、东面的茶厂组合出很好的景致。我奔过去，想拍几张照片。到跟前发现，一部分茶树被修剪过，贴地皮剩不到五厘米高的老茎长了新芽，又粗又亮。我在别人的茶园多次见过这种修剪，但不明白怎么回事。老王像突然想起什么，扔掉烟头，对我说："这叫更新。"老姜翻开更新的茶苗，让我仔细看催发的嫩茎，说来年春天将生发优质的茶芽。如今他就操心这些小事。我琢磨"更新"二字，或许这是茶叶死而复生的一种方式。"更新"二字，像一杯茶，越咂摸越有味道，寓意越深刻。如果人能像茶树那样"更新"就好了。茶芽边一簇嫩粗翠绿的韭菜不久前也被更新过。石缝中，两三棵苦菜，一点儿都不老，叶子水灵灵的，留有被更新过的痕迹。老姜的茶园到处都有更新过的事物，还继续随时随地更新着。

伏天的每一个钟点都翻滚着热浪，汗水顺着裤腿朝下流淌。三位采茶女一早来到姜家茶园，一人一个马扎、一个塑料桶，每人负责一行茶丛，坐在马扎上采摘着往前挪。北方的茶丛不同于南方，植株比较矮，高不过人膝；而南方，如武夷山一带，矮的茶丛也齐腰高，叶芽高挑，威风凛凛。植株的高低决定了采摘方式的不同。南方有种采收方式，省人工，叫机器收割。两个壮汉抬一台收割机，机器后面拖一条大口袋，瞄准茶丛，用步行的速度，同步在茶丛两侧，剃头式采收茶芽。割掉的茶芽落满口袋，捆扎好，放在畦垄，再更换一条，继续收割。茶芽的口袋够一车，运回茶厂，由人挑拣，分出茶叶等级，等待其他的制茶工序。这样的方法，大大降低了采摘成本，效率高，人工采摘不能比。崂山茶园的植株太矮，嫩芽藏于老叶中，采茶人得手眼一块使劲才能找到，费力费时，从早到晚忙活儿，一天也采摘不过二十斤。茶芽采摘的黄金期，茶农优先采摘自家的茶叶，这导致那些上规模的茶园缺乏劳动力，工费高又寻不到人。茶芽得不到及时采收，眼看老掉，不急死人才怪。这是规模化茶园不可控的风险之一。即使伏天烈日当头的正午，山间茶园也能随处见到采茶人的身影，与嫩芽衰老的速度抢时间。

再热，再怎么暴晒，采茶人也得全副武装：戴遮阳帽，披挂纱巾遮住脸；穿长袖上衣，短袖的用套袖包裹；下身配长裤，最好穿长袜和布鞋。否则，除了被晒黑，还要忍受蚊虫叮咬，露哪儿咬哪儿，未曾听说哪只蚊子良心发现，口下留情过。我摆弄相机，说笑一个，她们头更低了，嘴上喊不要，一个用花巾，一个用太阳帽，把脸遮蔽得严严实实。三人中，有一个例外。

她最年轻，在西侧的茶垄，对我的呼唤不理不睬，埋头忙碌。她戴纯白长舌太阳帽，上身穿黑白相间的横条纹薄衫，下身是一件浅粉双绉长裙，脚上蹬着白色回力鞋。她的装束不似经常采茶的打扮，更像来茶园体验的贵宾。她的双手在茶丛翻飞，十根手指看似都长了眼睛，瞅得见哪根茎干有嫩芽。看她采摘的样子，几乎半张脸贴在膝盖上，专注而准确，像非常熟练的采茶女。

采茶人的活力、朝气和精神全部在自己娇嫩的手上。经她的手采摘的嫩芽，若由老姜制成崂山茶一定特别。假如有幸融雪煮茶，更有幸用这双纤手采的叶芽冲泡，或许便能品出茶叶中蕴含的"真"味——珍贵的滋味、真挚的情感、儒雅的品质、稀缺的资源。

4

"南茶北引"的成功，使崂山相当多的家庭拥有了茶园，崂山山脉海岸线一带贫瘠的沙砾中有了丰厚的产出。半个多世纪以来，茶扮演着崂山物产的重要角色，开唱精彩大戏，"崂山茶"毫无疑问地成为标志性产品，这一符号伴随内涵的扩充，转变为地方的旅游资源和文化资源。一提到崂山，人们脑海中除了磅礴的山峦，蜿蜒的海岸线，还会勾勒秀丽的茶园。在当地政府的鼓励、引导和帮助下，这一战略的成功给崂山人民带来了深刻变化，不光土地获得更加充分的利用，丰富了域内风景，还给本地人的生活方式带来了改变，主要表现在人们生存角色的转变。

史料载，几千年前，崂山腹地便有先民活动的痕迹。漫长岁月中，本地居民一直担当着两种角色：山民和渔民。山民靠山吃山，渔民靠海吃海。一个人或一个家庭，可能是山民，也可能是渔民，或兼而有之。临海的村庄坐落在山谷中，既是小山村，也是小渔村。人们拾起刀斧上山，捡起渔网出海，种植五谷是渔樵生活之余的补充。农耕并非本地人的主要生产方式。20世纪90年代中早期，茶叶大面积种植，土地的产出增长，不管山民、渔民，还是兼具双重身份的人，都面临着新的身份选择。例如，五哥李日宝早先干林业，种过茶，但他最终选择了回归渔民身份，以捕捞为主业。而他的连襟老姚则相反。老姚搬进深山，垦荒造田，栽植茶叶，做起茶农。相当数量的人，因为土地少，既种茶，也出海，还在附近打工，身份多重。有的干脆既不做茶农，也不做渔夫，而是从事服务业，包含特色餐饮、本地物产销售、导游观光等内容，其中的典型代表是方兴未艾的民宿。当然，最显眼的还是"茶人"阶层的形成。

"茶人"的概念较为复杂，它应该是指拥有茶园，懂种植和制茶，同时兼顾茶叶销售的专业人员。他们既有丰富的茶知识，又熟悉市场，是维持和保障崂山茶产业健康发展的主要力量和活跃分子。他们中优秀的茶人，能够独立制作品质卓越的崂山茶。对我来说，茶人至今是个神秘群体。单纯种植崂山茶的应称作茶农，为数众多。他们茶田较少，除管理好自己的一亩三分地，平时主要为茶人服务，比如管理茶园、采摘茶叶、生产加工等。市场上，从事崂山茶生意的群体极为复杂，从事运营的大多为茶叶公司和茶城内以批发为主的个体商贩。企业视承载风险的能力，不同程度地拥有少量茶园或名义上与茶人合作的茶园，往往与茶人保持密切的利益共存关系。围绕崂山茶日益成熟的产业链，从业人员不少于二十万人。

"南茶北引"这场变革，包括产业化后当地居民的职业裂变，从根本上改变了崂山民众延续数千年的生活习惯和生存方式。传统被打破，老高毫不犹豫地选择了做茶人，是率先跳出传统生活的代表。

我走访深山峡谷中的高家茶园，本意是追踪一个茶人的艰苦奋斗历程，却意外收获了远超个人访问范畴的内容。时代变革需要率先觉醒的先行者，在崂山茶领域，老高便是其一。1995年，崂山茶开始大面积种植，或许是出于对口子山后这片向阳山地的喜爱，或许是他已经感觉到大变革时代的来临，又或许两者兼而有之，他与村庄签下包山协议，背起简单的行囊，住进距离姜家村八里外的深山。那时候，通往这里的只有一条荒僻小径，三轮车都无法通行。他居住在一间低矮的看山护林的小屋里，小屋隐藏在高大的河柳和上百年的樱桃树林中，供他栖身和蒸煮简单的饭食。如今，这间具有纪念性质的石砌小屋已经倒塌，山墙倾圮在老高近几年才修筑的通往菇子河河源的山道边。

老高的目标非常明确，那就是开垦梯田、植树种茶。刚进山时，他每年无休无止地劳作八个多月，天气酷热或寒冷时回村短暂休整。现在，他几乎一整年都待在山里了，因为二十多亩的优质茶园建成，选择山间最平整的地面盖了新房，建了制茶生产车间，营造了与自然融为一体的喝茶秘境……一条自给自足的崂山茶产业链在老高茶园诞生，二十多年的付出结晶为一个以茶为主体的世外桃源。坐在沁心亭的老高，从前的小伙子，今天的中年人，似乎没有余暇对过去展开回忆，与老王对抽着香烟，喝下自产的香茗，欲言又止。这对儿时的伙伴，见天忙于各自的崂山茶领域，十多年没碰面，却没有陌生感，只有时间也隔不断的缘分。我特别想了解老高进深山后，如何选择第一块荒地，怎样铲下第一铲、挥出第一镐，用什么办法搬来石头，一块块垒出第一方茶田。秋去冬来，四季循环，他在哪一年初春撒下了第一粒茶种，第一丛茶苗如何长成，第一壶高家崂山茶何时炒制，他喝下第一口自己开山、播种、采摘、制作的茶水时是怎样的心情……太多第一了，老高不愿多讲，我只能想象。

在园外的门口，老高正在整理新开的一块荒地。那块地小小的，呈三角形，铲平后像从山坡抽出来的软木板，泥土的清新直扑他的脸。腰有点酸，老高直起身来抹掉脸上的汗水，缓口气，刚好听到老王打来的第二遍电话。他告诉我们拉开铁门，开车进园，然后到一排新房后面的茶田。走过菇子河上的短木桥，望一眼集聚的溪水，随后从一排房屋东侧下的草径拐进去，便见茶田。茶丛长短不一，叶芽碧绿，借着地势组成大大小小的方块，有的藏身树荫下，有的围在山石旁。绕过几棵较大的樱花树和朴树，两块较大的茶田躺在身前。其中一块居山坡间，五六米宽，弯成一个弧度。穿条纹T恤和迷彩裤的老高站在斜弧尽头的再上一层泥土里，冲我们打招呼，距离远听不清他喊了什么，我们用力挥手，贴边穿过树隙走进平展在山坡下的茶田。按面积算，这是老高茶园最大的一块，有四五亩规模，茶行整齐，中间一块与地表等高的巨石，平坦如镜，被茶树的绿色和从茶畦拣出的碎石围着，望过去既有情调又有诗味。黄昏中，树梢婆娑，山岚幽浮，石镜上席地而坐，品一壶茶，说不定别有滋味。再张望老高，已被树丛和山坡掩住，原来这方茶田是顺山体向下倾斜的，属于峡谷西坡的组成部分，人在其中，感受不到它的高悬。难怪有哲学家说大自然的每一个领域都是美妙绝伦的。

我留心观察过单块茶田的布局和高家茶园整体营造的小环境、小气候，发现二十多年来，无论老高如何大动干戈垦荒造田，整个山体的原始风貌未遭破坏，与大峡谷和谐相处。单块的茶田，并不讲究整齐美观，茶垄按原始地貌排列，茶丛隐现。垦荒之初，除杂乱的灌木被砍伐、杂草被处理，成形的乔木都保留了下来。不仅如此，老高还在边角栽植了树木，如樱花、樱桃、枫树、竹林等，二十多年时间，很多树木长成大树，树冠高耸，笼罩着山坡，若不入内行走，看不出是个茶园，以为是原始森林。《茶经》记载，茶田"野者上，园者次"，"阳崖阴林"为难得的茶树生长环境，这样的地方产好茶。老高凭直觉，为他的茶园营造了野生的环境，林泉之中，树木荫荫，不能不说是崂山茶的幸运。这是老高的直觉使然吗？他像个老道士，避而不答。亚里士多德说："人生最终的价值在于觉醒和思考的能力，而不只在于生存。"我相信老高的茶园，既是他觉醒的结果，也是他思考的结果，更是他持续重复做一件事的价值所在。

山里的日子过得快，一眨眼二十多年。一眨眼，我在高家茶园过了两个多小时。世外一刻钟，抵上尘世好几年，指能得到的快乐。看罢菇子河河源，我提议再去沁心亭竹林上方的茶田走一走，不过是想在这世外多待点儿时间，多忘掉点儿世间的烦忧。高家四哥自告奋勇，说带我去。我估计那是个不容易爬上去的山顶。我们绕行后找到一条窄窄的山道。高家茶园里一方方高低错落的茶田之间，根本没有道路连接，需要寻找泥坑、石凳攀爬。山顶茶田的北头，有雨水冲刷的痕迹，雨水流淌的小径供我们顺沟而上。我们登上一层，望见一方飘带似的茶田，又上去一层，又见石砌的梯田，上面还有几层，于是我们再爬上一层。这一层视野开阔，我选好位置站定，面朝北，视线穿过峡谷，望见山外的红瓦房和蓝天白云下的大海；转身朝南，口子山笔立，矗立在眼前，山顶的裸石幻化出青色。我凝视了好大一会儿。

这时候，高家四哥并未随我眺望高山大海，他看惯了，不稀罕。他蹲在茶畦中，伸手抚摸茶芽，那专注劲儿，像峰顶的一块山石俯视小村庄，不动声色却似倾谈，用沉默的方式、神秘的语言。我迅速注意到他的那双手，那不是采茶女的纤手，而是一双饱经风霜的男人的糙手。五哥李日宝也有一双这样的手，青筋凸起，骨节肿大。这两双手，一双伸向山地，一双伸向海潮，连接了高山和大海。高家四哥的那只手，像根扭曲的木棍，从岁月深处探出来，碰触新生的茶芽。我奔过去，按动快门，将这一幕凝固在照片中。此刻，这双饱经沧桑的手与记忆里采茶女的纤手在我眼前重叠交织，变成一种符号、一种悠远。

深夜，山下星星稀疏，万籁俱寂；山上星光璀璨，树影清晰。我走上菇子河河源的三级台阶，在圆形平台上。像被施了魔法，沁心亭摇摇晃晃地"跟"过来了，亭中摆着矮腿方桌。桌上，飘逸杯中的崂山茶已泡好。时值深秋，石径上方的树叶翻滚着，如在水中舒展。我端起茶杯，喝一口，周身清爽。耳边传来"哗哗"声，细看石缝，淌出泉水，清澈有力，汇成大水，顺着峡谷拐弯，流向远方，最终消失在我视线尽头。

第三章

1

早些时候，返岭村人均六分山地，种小麦、玉米、地瓜、花生等，产量低，生活穷苦。积累了一定资本的前辈出于先见之明，在王哥庄买了几十亩平地，种植农作物。村庄和土地隔着山海，二十里远，山路迢迢，水路迢迢，每年的耕种，劳神费力。土地收归集体后，王哥庄那块地照旧划属返岭村。老姚清楚地记得这事。

那年头没拖拉机、三轮车等机械，即使有也爬不上山，因此耕种山上的薄地靠人驮肩扛。叫人分外操心忙碌的还是山海外的地。自古以来，返岭人视地如命，视海如命，两条"命"都不想丢。村里出海的木船，其动力来源是村民。不管何时，人一直是最耐用的"机械"。他们把积攒的粪，沤成土杂肥。秋后，各家各户拿出家什，条筐也行，袋子更好，都装满肥料，运至村东的小码头，扛进船舱。两三辆胶轮手推车装另一条船。三五艘小舢板满载种子、土杂肥、铁锨、钉耙等，捎上一袋子食物，壮小伙子摇橹，船尾坐着小媳妇大姑娘，嘴里哼着五哥李日宝的打油诗出海种地：

山海奇观官斗气，来历有段小故事。
朝廷大员游崂山，连阴不见星和日。
皇上金牌催得急，半月方觉运不济。
回京延误军机情，大字刻下官罢职。

传说山东巡抚惠龄巡游崂山，连阴半月不见日，非常气恼，说了多遍"山海气官"，回京又被罢官，自是恼上加恼。老姚说他们的运气比当官的好，那天秋高气爽，光照充足，海面上几朵白云，拖曳长尾，远方的小岛又红又黄，树叶都看得清。他们唱着笑着，像快活的鱼群，朝仰口码头一路荡去。

出海种地的年代烟消云散了。老姚不再是毛头小伙儿，像遭受过霜打的茄子，变成了老头。霜是落到他身上一个一个的日子。那些日子似刻刀，重点雕刻脸和手，不漏掉一个人。老姚是被特别照顾的，尤其手和脸被用心琢磨过，用力雕刻过。它在他的额头、眼角、脸颊、下颌等地方动了很深的笔画，即使老姚不哭不笑保持沉默，也纵横交错着凹凸。它没忘记老姚的手。它发现雕刻那双力大无穷的手光用刻刀不够，还得准备一把锥子。它拿起锥子穿刺和打磨，最终让那双手变粗糙，于是老姚夏天不觉热，冬天感觉不到冷。这是时间的独门绝技。其实那些日子还看得见，有些躲在老姚的皮肤里，隐藏为酱油色，有些钻透老姚的头发，使劲过猛，连发丝一起不知掉去哪儿了，但多数力道适中，且恢复了霜雪的本色，寄居他的头顶和两鬓。日子做不到明察秋毫，无论它的心思多么细密，总有粗心大意的时候，它疏忽了老姚脸上的两样东西：鼻子和耳朵。不管怎么看，老姚有个不错的鼻子，光滑如昨。

老姚立在胡同口冲我们的车子招手，一脸憨相。他的姿势像线茄子，不很直，身高不到一米七。胡同不长，实际上是老姚家的两层小楼、炒茶车间和邻居家的院墙间隔出的夹道。因为地势悬空，院外垒了一米多高的围墙作为防护。村西山峦嵯峨，峰顶大石林立，山腰青色浓郁。峡谷中的华严茶园一层层由高到低，轮廓被勾勒得分外明朗。五哥笔下的华严八景，比如望海楼、鱼鼓石、檐滴泉、船眼石等，隐于青山深处，无法看得清楚。村东的大海，如一面平镜，琐碎纹理下潜流涌动。村码头在视线之内，依旧隔着距离，渔船停泊，像搁浅的鱼侧仰着晾晒肚皮。

老姚家的小楼是他生命里的自豪。一楼会客、起居，自家用，通向楼后的炒茶车间。二楼设有五个房间，全部安装有电炕并改造成为民宿。其中东首的几间隔窗见海，可躺在炕上看日出。各个房间经客厅都与阳台相接。阳台和四间房子等长，两米多宽，是瞭望山海之地，山峰、海洋、茶园、村庄，一览无余。老姚不懂网络，因此，他的民宿在民宿业高度发达的崂山不为外界所知，从来没接待过游客。

老姚是老王敬佩的茶人、铁人、工匠。老王只有一句感叹："太能干了！"像你这样的，老王指着我，拿我举例，五十个不抵他一个。我数了数五十个自己，旅游公路上大概能排半里地。"五十个你一辈子流的汗不如老姚一天流的。"老王接着说。这让我骇然。我盯着老姚，他提溜着半袋子几天前炒制的伏茶笑。"这栋楼是老姚自己一个人盖的，说出去没人信。"老王补一句。老姚泡好茶水，分杯、点烟，烟卷的白和他手掌的黑对比鲜明。我脑子里快速闪过小楼的样子，石砌的门楼、小院、山墙、布局合理的房间，充足的采光……大概花了多少钱？我终于问。"一百二十万。"老姚吐一口烟雾，往后仰了仰："请人帮工的话，要一百五十万。"看不出他瘦小的体内，竟然蕴藏着如此巨大的能量。

我们是上午十点多动身去的姚家茶园，坐上老姚骑的三轮车，体验了一把他二十年如一日上山垦荒种茶的岁月。走出老姚家门楼时，我忍不住再瞥一眼返岭村的码头。码头上似乎正发生奇妙的变化，或已经变化。一只红头蜻蜓快速飞过邻居的房舍，寻找它的同伴。远处的朴树挡住我注视渔船的视线，也许再等一等，它们将游出码头，毕竟禁渔期已过。我喜欢海腥味，淡淡的潮气让我止步。我走到拐角，抓住栏杆，探出半个身子，朝大海深吸一口气。

2

说起青龙河，雕龙嘴村无人不晓。它发源于滑溜口，经村南入海。而今人们习惯叫它雕龙嘴河，起点确定为白云洞水库，十余里长。崂山风景区旅游专线公路从仰口过来，由村北爬上将军山陡坡，翻越雕龙矶脊背，再折几个弯穿过整座村庄即到河畔，跨河的石桥，随了地名，叫雕龙嘴桥。石桥距仰口七里路，离老姚返岭村的新居三里多，去滑溜口峡谷海拔三百多米高的姚家茶园，还要走十里多的山路。这是以石桥为中心的实际距离。现实生活中，老姚、老王、五哥他们，由于习惯而产生的模糊性，距离这个概念不再存在，测量的时间单位是季节、年份或一生。

五哥李日宝住石桥北埝东侧，紧邻旅游公路。房屋共有三间，进深同样是三间，布局接近正方形。整栋房屋和五哥一样敦实。五哥家有别于传统的一溜儿几间面南背北横脊耸山的平房，三十多年前是引领潮流的，现今与两层、三层甚至四层以上的小楼相比，当然落伍了。老王说五哥家虽地处黄金地段，适合做生意，但他志不在此。五哥一直努力谋生，一日三次或四次出海，禁捕期和气候寒冷无法捕捞的季节，就近打工贴补家用，可日子不见起色。当五哥翻开他近年在《崂山春秋》杂志发表的诗歌，我仿佛看到一个以家为圆心，在山峦间寻寻觅觅的身影。他心灵的原始状态未被世俗浸染，灵魂尚未过度沉溺于物质世界。因此，他能凭借自身的力量攀爬面前的巉岩巨石，释放情怀，展示自我。他的乐山乐水让他在诗意的语言中，摆脱了精神的虚无。

自古以来，崂山便是一座天然的文化宝库。在这座庞大的文化宝库中，产生了不同形态的文化成果。远的不说，单说清朝贡生胶州人王大来，素工诗画，因为钟情崂山山水，七次游历崂山，著《崂山七游记》，详细记述了崂山风物。1861年，王大来干脆迁居崂山华阴，一住就是二十年，"日在辋川图画里，平生夙愿快相偿。"可见他何等喜欢崂山。王大来与雕龙嘴解不开的渊源来自他的一首五言诗。提到这首诗，如同雕龙嘴村有点儿年纪的人说起村前的青龙河一样，无人不知。

独坐白云洞，山曲且闲步。
萧萧修竹林，泉声在何处。
欲下东山巅，飘然入烟雾。

> 俯瞰大海波，咫尺迷云絮。
> 但闻风涛声，势作蛟龙怒。
> 行入山下村，始见村边树。
> 不辨雕龙嘴，道人导我去。

旅游专线公路从进雕龙嘴村到出雕龙嘴河，足有两公里。整条路仿佛商业街的间道。独特的崂山山海风景吸引了大批游客，带动了本地的商业发展，尤其以解决吃、住、行、游、购、娱为主体的民宿生意，随处可见。繁荣的商业满足了游客所需，同时为村民带来财富，是大好事。然而，假如商业过度或无序发展，自然资源特别是水资源消耗过快，则让人忧虑。

虽无道士指点，我还是希望到雕龙矶去，一是站上龙头或趴在龙嘴远眺大海，思索那饮水之龙为何无法吸干海水；二是找一找老姚驾船的种地船队到了什么海域，听听海风送来的他们的说笑声和那个年代的波涛声；三是证实五哥所写的雕龙矶"一龙卧波涛，二目金光耀。三甲映朝晖，四海乐逍遥"是否为真，尤其三甲（松、朴、柏）是否还在。据传，龙头上两棵朴树其一惨遭砍伐，所以五哥亲眼所见只一棵？要拐弯的时候，一处院落门口创作写生基地的牌子打断我预设的行程。时值暑期，附近一定有创作写生的学员，雕龙矶是一个热闹的地方，非绘画写生优选之地，估计他们躲在某个僻静地儿。

一条东西走向的街道，路边停满了车辆。树荫下、房屋门口，张挂着不同名字的民宿牌子。随后掉头原路退回，再择另一条路进去。此路幽静，少车辆和行人，果然遇到一个写生班，十几位少男少女，分列在弯道两旁。我尽量轻手轻脚地靠近，躲在他们身后拍照片。弯道上方，一条小溪浅而清，水下碎石生青苔，零散的红枫和樱桃树的落叶沉底。溪水顺石砌小渠，溢过堵截的石条，轻轻流淌。

一位少女，头戴黄色宽檐遮阳布帽，上身一件宽松体 T 恤，草绿色，右手握画笔，左手端调色板，身前画夹上的白纸画出她视野中民居的轮廓。我立在她的侧面，背靠石墙，从相机镜头里看她落笔。她发现了我，抬头笑笑，眼睛并未离开对过的石头房子和一条斜向西南角的胡同。汗珠从她的脸颊滑到下巴。她把沾满蓝色染料的画笔伸进脚旁的小桶，涮洗干净，再从染料板蘸些粉红的下来，在画纸的左上角用力提拉。

3

青龙河和雕龙嘴河是指同一条河，这是地理上的概念。在雕龙嘴村，尤其老人的心目中，却是两条不同的河，区别来自情感和遥远的记忆。从明朝雕龙嘴先民选择此地扎根开始生活算起，青龙河就产一种鱼，名仙胎鱼。一提此鱼，等于打开崂山人的话匣子。崂山峡谷溪水奔流的年代，盛产这种鱼，青龙河的特别多。烹一盘仙胎鱼和泡一壶崂山茶类似，为忙碌的人生平添趣味和色彩，为单调的生活挤出闲暇和美好。

它来自一个传说。一年深秋，树叶变了色，何仙姑途经崂山，被山色吸引，游耍起来。仙姑瞥见峡谷有涧溪，水潆甘洌，清湛见底，红的黄的落叶飘进溪水，极为可观。观赏之下，感觉少了点儿什么。她驾云飞去崂山,找到一棵结满红果的千年人参,摘茶芽那般,仔细采满口袋,遇溪水撒一把,不遗漏一条涧谷。种子入水,一袋烟的工夫,卵石缝里摇头摆尾游出些小鱼,不解地看看何仙姑。时值入冬,水冰冷,鱼儿们不胜寒气,结群游去海里。海水温暖,还有硅藻吃,一个冬天,鱼儿们长大,体扁而青黄,身披细小鳞片。大伙儿你帮我,我帮你,在彼此腮后画好卵形橙色斑纹,作为家族标识。来年春,溪水回暖,仙胎鱼离开大海,溯溪而上,欢奔旧居。这个季节,大部分雌鱼身怀六甲,忸忸怩怩,小脸通红,急流中搜寻石缝,准备诞下红色人参果……

手扶雕龙嘴河桥栏,朝滑溜口张望,一条溪水从深山里来,顺峡谷从我脚下的石桥流向大海,世世代代,未曾间断。前方十几里蜿蜒曲折的峡谷便是仙胎鱼的故乡。我转身朝海口望去,只见一人立于齐腰深的淡水与咸水交汇处,正在张网捕捞。难道是青龙河再现昔日清溪模样,仙胎鱼得了消息,准备回来久违的出生地吗?

一群仙胎鱼,约五六十条,几条挂了渔网,多数躲过捕捞,冲上溪流,速度惊人,箭也似的去往上游。我发愣时,鱼群过了石桥,又过了村南一幢小楼下的游览桥,引得游人惊呼。溪水一级一级由上向下流淌,听响声便知流速极快,仙胎鱼使出浑身力气,由低向高,溯流而上。前面几道小瀑布,约半米或一米高,水花像海蜇的膜。在湍涡中稍微休整,等落在后面的小不点儿到齐,喊出号子,雌鱼率先依次跃起,翻上瀑布,伏在石卵下喘息;雄鱼随后轻松飞腾,空中转体360°,入水时没激起泡沫,借向前的冲劲一猛子游出去五十米。雄鱼齐获跳高和游泳双料冠军,这出色的表现令雌鱼激动不已，热泪盈眶，也让俯瞰仙胎鱼表演的大山觉得自己太笨重了，扭转头去。

仙胎鱼的目标明确，那就是抵达青龙河源头人迹罕至之处，完成产卵生子的使命。这是大自然赋予它们的使命，难以抗拒。这个秘密，万事万物合力替仙胎鱼保守，无人破解。溯游淡水的仙胎鱼，躲开一路凶险，止步于溪谷深处。那儿是山里的"平镜"，是它们的出生地，是故乡。地方虽不大，但泉水澄澈，纤尘不染，远离尘世。雌鱼找到各自理想的位置，产完卵，力竭而亡，无一幸免。鱼卵在净水中育化，小鱼脱膜而出，成千上万，群居觅食。待小鱼长到五六厘米大小时，齐去下游，急流中戏耍，浅滩处歇息，逗留半年之久。时光催人老，时光也让仙胎鱼长大，大的长二十余厘米。它们在长溪中穿梭留恋的目的似乎只有一个：成为人间的美味。待到枯水期来临，水也寒凉了，仙胎鱼随最后一拨，投身大海，第二年，它们如约再至，重复上一辈的命运。

没什么能阻挡它们的生死循环，除了遭遇断流。不久前的春天，看上去与往年的春天相似，人们照旧说说笑笑，拿起塑料桶，提溜马扎，进茶园采摘头茬嫩芽。这时候，仙胎鱼从大海深处集中到河口，却发现溪流不见了。鱼儿们越聚越多，集体焦虑，神色惊慌。它们交头接耳，搞不清发生了什么不幸。一天、两天、一周、两周、一个月过去了，雌鱼因难产纷纷死掉，双料冠军唉声叹气，失落地潜回深海。第二年又相会河口，鱼儿们少了很多。河道远处几汪弱水，不再流动，臭气熏天。它们绝望了。而第三年，再也没有仙胎鱼的身影出现。海面依旧风平浪静，山头照常春暖花开。

4

老姚骑中飞牌三轮车载我们去滑溜口的茶园,由旅游专线公路朝北开,路过雕龙嘴桥和五哥李日宝家。一路上,他没留意连襟是否在家,也不在意仙胎鱼是否正溯流而上,穿越滑溜口峡谷。这段去茶园的十里山路,老姚不用思考就知道什么地方直行,什么地方拐弯,何时上坡,何时下坡,二十多年下来,走这条路像把食物往嘴里送,熟悉的下意识动作而已。

仙胎鱼祖祖辈辈来来回回多少次雕龙嘴河,没人记得清了,次数肯定比老姚上山垦荒种茶多。我想,它们每年一定留心观察谷地的新变化,避开被捕捞、油烹的结局,快速逆流移动,赶往上游产卵。

时空就这样出现了错层——在我能感受和参与的时空维度里,不同的故事并行上演。一层时空里,我随仙胎鱼赶往上游,查找鱼群命运的秘密。另一层时空里,我坐在老姚三轮车的后斗,忍受爬坡下坡的颠簸,朝滑溜口飞奔,追寻一个人不向生活妥协的奋斗历程。两层时空里的故事似乎同时发生、发展,有时辨不清哪一个更真实,哪一个在想象中。歌德说:"最难的是什么?是看起来最容易的:用眼睛观看就在眼前的东西。"眼前的东西往往给人逼真的幻觉。

使劲扭油门,三轮车拐上雕龙嘴村朝西南上山的街巷,出村继续爬坡,老姚离他峡谷上的茶园更近了。峡谷南面,太阳悬挂在山峰上两块像手指的巨石间,熠熠生辉,继续照耀它认为应该被照亮的事物,而我只能眺望光影。峡谷中溪水往下游移动,淌过沙砾和庞大的石卵,急一阵缓一阵,仿佛呼吸。仙胎鱼喜欢奔腾急湍的水流，不太中意平静的水面。急湍中它们兴奋，在平静的水里则死气沉沉。

我站立在一块卵石上，朝上游和下游张望，几个年轻小伙冲出峡谷缺口，一条斑纹秀丽的仙胎鱼情急之下跳上岸，瞬间变成穿牛仔裙的少女，戴一顶橙色长舌遮阳帽，上身着白色T恤，坐在石头上佯装玩手机——故事是这样的：

村内几个小伙子得知仙胎鱼将要过境——他们从记事起就听老人谈论仙胎鱼，说它们如何漂亮，美味如何难得——于是，商量去雕龙嘴河捕捉。仙胎鱼只游急流，不进平滩。一大早，物色好水流平缓的河道，两头用沙砾和石块封堵，上下各留三十厘米的口子，让溪水进出，两头便成了仙胎鱼中意的急流。安排一名小伙立在与平滩平行的急湍处，手握木棒，吓唬仙胎鱼，阻止它们穿过。这是仙胎鱼躲不开的陷阱。果然，我在河口遇到的五六十条仙胎鱼，大约二十条冲进陷阱，藏身岸上和手拿木棒的小伙快速跑过来，封堵水口，仙胎鱼成了瓮中之鳖。小伙子们把随身携带的泥土撒进水中，使劲搅拌，水浑浊了，好干净的仙胎鱼受不了脏水，一条条肚皮朝上漂浮在水面，被捉住时，立刻死去，决不挣扎。小伙把死鱼串上狗尾草，提着回家。

此役看上去小伙子们获得了全面胜利，但真正的胜者却是仙胎鱼。面对必死的陷阱，雄鱼游到队伍前面，留下七八条保护雌鱼。双料冠军们义无反顾地冲进平滩，不再向前，等人捕捉。小伙子的注意力被全部吸引后，剩下的雄鱼保护雌鱼迅速冲过险滩。这时候，一条雌鱼终于按捺不住，飞身上岸，变身少女，目睹了家人被捕捉带走的一幕。

从三轮车上我望见了溪流中的我，溪流中的我望见了仙胎鱼，这个奇怪的视觉现象，如同海市蜃楼。

5

眼前是一大坡道，像一根倾斜陡立的筷子，老姚踩刹车往下滑。这是峡谷的北坡。滑到谷底，一条沙砾路横跨溪水，而路的另一侧，立陡的南坡正等着我们攀爬。沙砾路较新，底部垫大块的卵石和多棱的花岗岩，溪水穿透缝隙流去下游。路面覆盖着薄薄一层沙土，减轻了三轮车的颠簸。上方百米外，一座石桥，桥身跨峡谷两岸，连接在斜坡半腰开辟的小道。桥为单拱，桥洞硕大，桥身黝黑，斑斑点点，透着岁月的沧桑。石拱桥上方三十米，一道石墙壁立，是白云洞水库大坝，高十余米，建筑模样像一截长城，隔断了滑溜口上游和下游的直接联系。水库位于滑溜口中段，是雕龙嘴河的起点，但不是另一层时空中青龙河的起点。说不好青龙河起于何处，也许三趾峰下，也许挂月峰下，以我的体力爬不到那儿。老王说老姚去过，找到了水源，翻山越岭铺设引水管，解决了茶园的灌溉用水。

以前，青龙河包括滑溜口在内没有大坝、没有石桥、没有道路，属于"三无"河流。从峡谷这边去那边必须挽高裤腿，策杖涉湍流，盛水期无人斗胆犯险，整条河都归仙胎鱼自由自在游弋。近代学者周至元著《崂山志》称："山游之路至此始奇，巨石作堵，涛响盈门，绿竹苍松，翛然绝尘矣。"再早些，明朝山东参政和提学使陈沂嘉靖年间游崂山途经雕龙嘴，称之为"恶水河，乱石滩"，可见山重水复的险峻没给他好的观感，想必他也未遇见逆流欢腾的仙胎鱼群，否则恶水河该改称碧水溪了。至于老姚，年轻时在林业部门工作，是植树造林技术员，一把好手。他培育栽植的松树苗成活率比别人高，隔三岔五上山植树造林，每次都经过单拱石桥。他肯定与仙胎鱼打过交道，说不定还尝过它的美味。翻遍五哥的崂山诗，找不到他描写仙胎鱼的只言片语。五哥一辈子和大海掰手腕，和鱼虾较劲儿，或许对此类淡水小鱼司空见惯，压根不放在眼里，它们存在与否，不值得浪费笔墨。

如今，很少有人再绕行峡谷半腰的小道，通过石桥穿越峡谷了，走沙砾路更便捷。人立于路基由脚下朝上望，谷底的石卵、悬空的石桥、壁立的坝墙、耸峰的山峦、悠扬的蓝天，由低到高，构成青绿植物装点的别样景观，层叠着人与自然的关系。如果绘画写生班的少男少女来这里支起画架，烈日下不惜汗水，泼墨挥毫，一定能绘就一幅大好河山的画卷。然而，年轻的小画家们或许并不知晓雕龙嘴河曾有大量的仙胎鱼。它们身材娇小，脾气刚烈，个性鲜明，与炊烟、峡谷、溪流、植物等和谐共生。

假如我是远道而来的画家，我将描绘这里的生命形态。鸭蛋形的崂山花岗岩，似有若无的溪水环石而行。一棵枫藤爬上卵石，青翠的藤尖，红色的叶沿，脉络清晰而繁复。叶间巴掌大的空隙，隐现鱼化石，仔细辨认样子竟似仙胎鱼。远处背景虚化，青山隐约，石桥扭曲变形，白云洞水库的水从低于两端坝墙的中间流泻如瀑，雨雾缭绕……巨型卵石一侧，一位少女，长裙素颜，手握画笔，盯着仙胎鱼化石沉思。

油门扭到底，三轮车闷吼几声，冲上近90°的高坡，随后停在坡顶摊开的黄土平台。这里是三轮车能开到的滑溜口的尽头，也是必须步行的起点，同时还是白云洞水库的南沿。这个点，海拔三百米。走到库边，我望见一面明镜。

水库蓄水不如想象的多，水库规模也没有遥望坝墙时想象的大，一座小型拦水坝挡住了滑溜口和白云洞的倾泻之水而已。我竖起耳朵，听到仙胎鱼历经百折千回，游到了坝墙下。它们一路损兵折将，剩余二十多条，多数是即将分娩的雌鱼。水下的仙胎鱼望不到坝顶，确信碰上了高山。也许能绕行，但溪流提供的活动空间有限，绕不过去。瀑布垂挂，清澈而有力，是它们喜欢的。仅存的七八条双料冠军奋力跃起，尝试攀缘瀑布游进水库。可瀑布不是路。水流重力大，仙胎鱼力量小，它们从三米高处重重跌入溪水。招数用尽，高墙难以翻越。水库下方非理想的产卵之地，也非祖辈留在它们基因里供后代识别的故居。仙胎鱼在高墙下徘徊，焦虑又紧张，你看着我，我看着你，像遇到了世纪难题。仙胎鱼最终做了怎样的选择，不得而知，那时候我已随老姚和老王走进了深山的茶园。有一点却可以肯定，世界从未剥夺过仙胎鱼对绝望的陈述。

6

我们开始步行，老姚在前面带路，老王和我跟在后面。老王熟悉姚家茶园。开春采头茬茶叶时，老王会来茶园转转，收嫩芽做崂山龙井茶，本地称"扁茶"。姚家茶园开辟在峡谷两侧，这里没有规整的路。所谓路，是找准"上"或"下"的方向，沿着一块块梯田的边角，踩住泥巴和石头，匆匆前行的小径罢了。扛一口袋茶芽下山很费劲，大多是老姚帮老王扛出峡谷。老姚走路一扭一歪，是三十多年前给五哥李日宝盖新房摔坏髋骨遗留的残疾，但是不影响他爬山如履平地。老姚的背影让人想到激流中穿梭于石缝的仙胎鱼。他是溪水干涸了也能活下去的仙胎鱼。整座大山，一个大峡谷，就是他的激流，他的生存空间。

　　说起生存空间，人们自然会想到人和土地的关系。在崂山，土地是稀缺资源。自古以来，山海间生活的人家，从未停止向大山索求土地，多增一分一厘，都让他们喜出望外。过去返岭村人均六分地，如今不到一分半。老姚在林业部门工作时，熟悉不少山头和峡谷。1998年，他与村庄签订包山协议，具体位置是白云洞水库上方滑溜口峡谷两侧的山坡。从那年深秋开始，老姚的人生发生了变化，垦荒和种植崂山茶成了主业。二十多年过去了，他开垦了十亩茶园。

　　大平原上，有十亩二十亩或上百亩耕地，不算稀罕。在山区，尤其像崂山这样的地方，像老姚老高这样的人，凭一双手，耗费二十多年光阴，垦荒出几十亩茶园，如开天辟地，极不平常。他们开辟了也许自己并不十分满意却足以让人钦佩的生活，每年在大自然赋予的时节里，把汗水和大自然熬炼的香和甜，融化在了一片树叶中，为社会捧出精品崂山茶。

　　姚家十亩茶园分布在峡谷两侧的山坡上，中间是三趾峰和挂月峰下、滑溜口峡谷的上端。这里曾经有溪水潺潺而下，最终汇聚成青龙河，暖湿气流沿峡谷上涌，形成冬暖夏凉的小气候，适宜茶树生长。南坡背阴，我曾担心茶叶的品质不佳。等差不多走完三亩多的南园后，顾虑即刻打消。老姚深谙茶树生长习性，只选取每天日照超过八小时的地方开垦，取舍得当，细整为畦，一块块平躺，让茶垄基本处于一个平面，远远望去像航空母舰伸出的甲板，日出日落，均能接受阳光。峡谷北坡朝南，茶园大一些，将近七亩。层层梯田环绕山坡，近乎垂直的地势，让茶园的日照充足而强劲。在黑松、山楂、樱桃、花椒、柿子等树木的掩映下，绮丽而梦幻。

从南坡到北坡要翻越峡谷。谷底的卵石一块紧挨一块，色泽比山体浅，从空中俯视似一条白练，由三趾峰直挂白云洞水库，仿佛溪水从未停止流动。看似狭窄的峡谷，实际足半里宽，当你在卵石间跳跃，才知这些被岁月冲刷掉棱角的石头不仅体宽，而且个高，不小心掉进石缝，会淹没整个人。卵石下传出水流声响，也许是我的幻觉，也许是真的。若无坝墙阻拦，仙胎鱼必然逆水绕石到达这里，或更高更远的上游，找到水流平缓的犄角旮旯或一处存水的平台，分娩后代，种族不绝。

峡谷北坡的树荫里，坐落着一栋灰瓦红瓦相间的石头小屋。当我说这小屋是两间时，老姚赶紧纠正说是三间。他让我查看墙基，说很多年前放蜂人住在这里，后来房子倒塌了。垦荒之初，他从山下扛来瓦片、水泥和简易门窗，开凿石头，利用没坏的旧墙基把房子盖了起来，建灶垒炕，就扎根山上了。二十年下来，石头房还像新的一样，隐于巨石和树荫中，见证了老姚垦荒造园的历程。很难想象他对小屋怀有怎样的情感，一些深刻的经历或许只有小屋理解他。恐怕只有小屋还记得他费尽怎样的周折清理干净满山的藤萝，这种万年藤根系发达，很难清除，那是艰苦的开始，耗时半年之久。巨石间的泥土多为沙砾，是《茶经》称为"砾为上"的土壤，经几万年沉淀，坚硬无比，一镐下去，镐头弹起老高，虎口震得生痛，再看土块，只辟出鸭蛋大小的坑。入夜，老姚躺在小屋的炕上，身体像散了架，多少次他想放弃，结束这艰苦的劳作，迷糊入睡后，一场大雨飘过，板结的泥土松软了，老姚再次迎来希望……

随后几年，小屋周围自发自生了几棵树苗，其中院东矮墙外的酸枣树和院南石缝中的苹果树最让老姚喜爱。酸枣树和苹果树年龄差不多，接近二十岁，都生机勃勃，果实累累。苹果枝杈舒展开，叶子油光闪亮，树荫覆盖大半个院落。平时，尤其夏天中午，老姚忙完活儿，先要坐在苹果树下的大石上，凉快一会儿，恢复一上午耗尽的体能，再生火做饭。我和老王摘几个垂到眼前的苹果，果皮纤尘不染，下口就咬，品尝天赐的酸甜，算稍事休整。老姚则坐上圆石，手摇苇笠，朝脸上扇风。圆石失了顶，遗留大大的凹坑，像个天然水槽，积攒一汪几天前台风利奇马过境后的雨水。山间静极了，溽热绕开了这里，朝山外去了。此地的寂静力量强大，甚至胜过孤独。

原以为到达小屋，姚家茶园的行走就告一段落了，没想到老姚来了精神，戴上苇笠，继续领我们上山。他的表情好像在说好戏还在后头。屋后几畦茶树旁，连着陡立的山体，四五块石板摞成的台阶，阳光照到石面很晃眼。老姚和老王前后脚，走进普照大山的阳光中。旁边还有一棵老姚早年嫁接的山楂树，虽不如小屋西侧的白蜡树和楸树高大，却也十分壮观，叶子里密匝匝的山楂果，把枝条都压弯了。

7

　　同为垦荒人，老姚和老高性格相似，不爱说话，走路和坐着，基本处于静默状态。这种性格的养成与常年同高山和土地打交道不无关系，山和地都是默然的。行走时，他们是移动的石头，坐下来仿佛成了不动的石头。因此，想通过交谈了解他们二十多年山中垦荒一朝一夕的经历是困难的。阅历太多往往不语。话虽然少，老姚和老高却善于"写文章"，洋洋洒洒，落笔千言。他们要表达的都在"文章"中。他们的笔是镐头、铁锹、钉耙、二齿钩子等等，文章是一个高山茶园。布局、结构、逻辑、细节……无一不精当，有别于内容空泛、措辞潦草、大喊口号的坏文章。只是阅读的过程烧脑，耐心读完更烧脑，恍如面对一座空中花园，一处世外桃源，扶荜门窥之者，难见全貌。

　　读完老姚用二十年写好的"文章"需要两个多小时。我用两个多小时穿越老姚二十多年的光阴，这经历像仙胎鱼畅游雕龙嘴河一般奇特。现在，我仿佛化身为仙胎鱼，游完南园游北园，寻觅每一处细节。北园的阳光比南园的浓烈，仿佛连天接地的溪水，畅通无阻地灌进陡峭山坡的岩缝间。老姚和老王走在前面，每一步都迈向更高处，每一步都跨过几垄茶畦。茶畦似石阶，又窄又陡，在山坡上一层层铺展延伸。南园是文章的上半部分，茶畦悠长，叙事舒缓，如溪水入了平滩，清澈见底。北园是文章的下半部分，茶畦短促，叙事节奏加快，铿铿锵锵，乍见感觉紊乱无序，像急流跳崖，扬开簇簇浪花，激起红的白的沙粒，色彩斑斓。等到了茶园极顶，情景完全不同了，原本看似紊乱的一切变得整齐有序。

这让我想起曾目睹过仙胎鱼在浅水中悠游的画面：它们绕沙砾围成多个圈，层层叠叠，看似杂乱无章，实则井然有序。它们一起摇头摆尾，一派自然之态、生命之美。

姚家茶园的极顶是一块七十多厘米高的卵石，顶部一个斜的凹面，正好可以下脚。一块小卵石搁在一块大卵石上，大的是小的上百倍。我像一根枫藤爬上小卵石，并且站立起来，环视四周。似乎可以把此时的自己比喻为一棵松柏，挺拔坚韧，不惧山风吹，不怕海潮涌……高大感油然而生。

脚下的卵石给了我高于海平面约三百五十米的高度，视野极好。东面，十五里外山下的雕龙嘴村，红瓦绿树，建筑物塞满青龙河冲积而成的扇形谷口，虽然望不尽村庄的全部，也已经非常壮观。更壮观的是村外的大海，它今天穿着和天空一色的衣服，蓝丝绒的面料，绣荷数支，望去像小岛，由于波澜不惊，荷叶便不轻摇。返岭村出海种地的船队过了雕龙嘴，停靠仰口码头。老姚和众乡亲把种地物资卸下船，再装上胶皮轮手推车。老姚年龄小，推最轻的一辆，吱吱扭扭又行八里，日上三竿时，抵达王哥庄农商行附近的地头。开阔肥沃的土地太诱人了。我想招呼老姚快些爬上卵石，和我站在一起遥望他自己放下手推车，扑向肥沃的土壤，跪地捧起一把泥土，像捧起春天新摘的茶芽，整张脸埋下去，忘情地嗅那香味……此时的老姚坐在一棵苹果树的阴凉下，抬头和老王说着什么。他俩的身边是十几畦横的竖的茶垄、一棵高大的黑松、一棵低矮的桃树、一棵枝挑红果的花椒树。他们身处一片崂山之中。

即使我站在姚家茶园的极顶，西南方的三趾峰和挂月峰，仍如在雕龙嘴河桥、白云洞水库仰望时那般,看似近在眼前,实则远在天边。只有一点不同,那个双峰间的缺口显得更宽、更清晰了。仿佛是大自然造物时,故意留了这个缺口,赋予其善良的天性,正因如此,青龙河的第一滴水才源自那里。缺口上方一朵白云,优哉游哉,不肯落下来,不肯升上去,凝视着开辟河道的卵石,由缺口一路铺向雕龙嘴村。丰水年,溪水漫过卵石,浩浩荡荡,奔腾入海,顺便将巨石的棱角抹去。枯水年,溪水潜行石下,百绕千回,潺潺鸣琴,汇聚海口。仙胎鱼肯定年年到达缺口,用祖祖辈辈的基因编码辨识旧居,完成生命的延续。多少年不见溪水了?老姚拍拍受过伤的脑袋,确实记不清了。髋骨的痛减轻了些,他走出苹果树的阴凉,走进卵石铺就的河道,一块一块踩着卵石,去往缺口。我见他的步伐有点艰难,不停趔趄,几次掉落石缝,人没了踪影,过不多久,又爬出来,身上披几棵野草继续前进。用了多半天,他终于站上缺口,像一片茶叶,冲我挥手,然后转身隐于缺口对面。

老王说:"浇灌茶园的水是老姚从缺口对面引过来的,用了六千多米的水管。"他手指我旁边茶园顶端的小池塘,池水浓稠,像加了蜜糖,满得外溢。水先到这里,再通过抽水管引向茶园各处,都用虹吸技术。我盯着黑色的胶皮水管,拇指粗,流水带着压力流进池塘。在茶园极顶还有一棵樱桃树和四垄茶树:樱桃树的主干两米多高,一看便知有水滋养,树冠外探四五根侧枝,飒飒扬起,高出我的头顶一大截;四垄茶树生长于一块三角形梯田,长的一垄不足四米,短的约半米,离池塘较近,不缺水,株株壮实。我不忍掐茶树的叶子,不忍扰乱老姚在这有限的空间栽种下的无限的梦想。

"快来喝茶。"老姚的舅子媳妇见我们走完茶园,远远地招呼。他的舅子一家是老姚茶园的合伙人,常年在茶园里忙活。此刻正值正午,太阳当头,山风轻拂。整个茶园,有一些静,一些寂,一些温情。天为顶,地为床,茶园做伴,群山置景。一块平整的石头当茶几,茶几生些黑斑,紧致密实,是不可能抹去的痕迹。就近的石缝中贴地分蘖枝杈的樱桃树是把阳伞,它筛下的阴凉足够我们四五人享用。那位夫人,没因日夜操劳而衰老,看上去比实际年龄要小十几岁。大瓷壶中的茶泡好了,她先倒入硕大的不锈钢茶缸,再斟入每个人面前的瓷碗。

我留意到她用的茶叶,是筛剩的碎末和老叶,无形无颜,不能拿到市场卖,扔了可惜,便自己喝。喝这样的茶随意随性,茶味淳朴浓烈。仰脖咕咚一口,说不定能惊醒沉寂多年的仙胎鱼。我抬头端详身旁的樱桃树,恍惚看见枝头大红的果实肥硕、甜蜜,便想摘下来当佐茶的佳肴。